山东省社会科学规划研究项目文丛·青年项目

山东师范大学中国语言文学山东省高水平学科·优势特色学科建设经费资助

《诗经》祭祀礼乐探索

张硕 著

中国社会科学出版社

图书在版编目（CIP）数据

《诗经》祭祀礼乐探索/张硕著.—北京：中国社会科学出版社，2021.9
ISBN 978-7-5203-9029-3

Ⅰ.①诗… Ⅱ.①张… Ⅲ.①《诗经》—诗歌研究②祭礼—礼乐—研究 Ⅳ.①I207.222②K892.98

中国版本图书馆 CIP 数据核字（2021）第 179901 号

出 版 人	赵剑英
责任编辑	史慕鸿　王小溪
责任校对	师敏革
责任印制	戴　宽

出　　版	中国社会科学出版社
社　　址	北京鼓楼西大街甲 158 号
邮　　编	100720
网　　址	http://www.csspw.cn
发 行 部	010-84083685
门 市 部	010-84029450
经　　销	新华书店及其他书店
印　　刷	北京明恒达印务有限公司
装　　订	廊坊市广阳区广增装订厂
版　　次	2021 年 9 月第 1 版
印　　次	2021 年 9 月第 1 次印刷
开　　本	710×1000　1/16
印　　张	16
插　　页	2
字　　数	258 千字
定　　价	88.00 元

凡购买中国社会科学出版社图书，如有质量问题请与本社营销中心联系调换
电话：010－84083683
版权所有　侵权必究

技术性说明

一、本书采用简体字，字库未有之字，保留繁体或以图片代替。

二、本书引用图片、编制表格，从 1 开始编号到底。

三、本书引用《十三经注疏》内容，出自阮元校刻版（中华书局 1980 年影印本），不一一注出页码。

四、本书引用甲骨文、金文多出自《甲骨文合集释文》（中国社会科学出版社 1999 年版）、《殷周金文集成释文》（香港中文大学出版社 2001 年版），只标序号，不一一注出页码。

五、本书金文数据统计，参考台湾"中央研究院"历史语言研究所金文工作室《殷周金文暨青铜器数据库》（http：//www.ihp.sinica.edu.tw/~bronze），与华东师范大学中国文字研究与应用中心《金文资料库》（广西教育出版社 2003 年版），不一一说明。

目　录

绪　论 ……………………………………………………………… (1)
 第一节　研究背景及缘起 ………………………………………… (1)
 第二节　研究对象与方法 ………………………………………… (6)
 第三节　学术史回顾 ……………………………………………… (8)

第一章　角色与行为：祭祖乐歌《周颂·雝》的本义与移用 ……… (25)
 第一节　问题的提出：主祭者与禘祭 …………………………… (25)
 第二节　主祭者称谓与仪式态度 ………………………………… (30)
 第三节　牺牲、献祭与劝食：禘祭中主祭者之"孝行" ………… (37)
 第四节　瞽矇代言与乐歌移用：作为表演唱的《雝》 …………… (48)

第二章　先祖是听：降神之乐《商颂·那》与《周颂·有瞽》的
   探讨 ……………………………………………………… (60)
 第一节　周礼"金奏"功能探索 …………………………………… (62)
 第二节　殷礼"合乐"降神：《那》 ………………………………… (68)
 第三节　周承殷礼：《有瞽》之"合乐"降神 ……………………… (80)

第三章　怀允不忘：祭祖乐歌《邶风·简兮》与《小雅·鼓钟》的
   "感伤"美学 …………………………………………… (103)
 第一节　《简兮》：思"西方美人"之宗庙祭祖乐歌 …………… (104)
 第二节　《鼓钟》：军礼祭"迁庙主"乐歌 ………………………… (130)

第四章　时周之命:《大武》组乐再探 ……………………… (150)
　第一节　古今《大武》研究方法检讨 ………………………… (153)
　第二节　《大武》的构成与"天命"主题思想(上) …………… (172)
　第三节　《大武》的构成与"天命"主题思想(下) …………… (180)

第五章　雨我公田:《小雅》之《甫田》《大田》"公田礼"乐歌考 …… (194)
　第一节　"籍田礼"还是"公田礼" ……………………………… (196)
　第二节　方、社、田祖之祀探源 ………………………………… (217)

结　语 ………………………………………………………………… (229)

参考文献 ……………………………………………………………… (234)

后　记 ………………………………………………………………… (251)

绪　　论

第一节　研究背景及缘起

"诗三百"是什么？是经学？是文学？可能每个时代都有它的答案。追本溯源，回到"诗三百"所诞生的那个时代（商至春秋时期），无疑会发现其"乐歌"原始属性。先秦文献所载"季札观乐"等史实能予以充分的说明；清人马瑞辰《诗入乐说》①、今人顾颉刚《论诗经所录全为乐歌》②、何定生《诗经与乐歌的原始关系》③ 等论著也都有细致的考察。如今，《诗经》原为"乐歌"，已得到公认。

那么，进一步追问，这三百"乐歌"的创制动机及功能是什么？宋人郑樵已给出精彩回答：

> 古之达礼三：一曰燕，二曰享，三曰祀。所谓吉、凶、军、宾、嘉，皆主此三者以成礼。古之达乐三：一曰风，二曰雅，三曰颂。所谓金、石、丝、竹、匏、土、革、木，皆主此三者以成乐。礼乐相须以为用，礼非乐不行，乐非礼不举。自后夔以来，乐以诗为本，诗以声为用，八音六律为之羽翼耳。④

---

① （清）马瑞辰：《毛诗传笺通释》，中华书局1989年版，第1—3页。
② 原刊于《北京大学研究所国学门周刊》第十、十一、十二期，1925年；又见《顾颉刚全集》（12），中华书局2010年版，第301—341页。
③ 何定生：《定生论学集——诗经与孔学研究》，台北：幼狮文化事业公司1978年版，第17—94页。
④ （宋）郑樵：《通志·乐府总序》，中华书局1987年版，第625页。

简言之，由于行"礼"的需要，促使"诗乐"的产生。反过来说，"诗三百"即礼制仪式所用音乐，也就是通常所说的"礼乐"。

实际上，先民在造字时，已将"乐"的因素注入"礼"中。林沄指出，古"礼"字作豐（豊），此字从珏（两玉相合）从壴（鼓）。① 可见，行"礼"有两个基本要素，一是以玉为代表的礼器，二是以鼓乐为代表的音乐。鼓乐仍为较为原始音乐形式，随着社会发展，乐的形式越来越丰富，也就逐渐产生出"诗乐"的形态。由这一造字过程所积淀的原始"文化心理"来看，"礼乐相须以为用"所言不虚。

当然，"礼"的范围甚广，周代已有"吉、凶、军、宾、嘉"五礼之分。但"礼"有主次，《左传·成公十三年》："国之大事，在祀与戎。"《国语·鲁语上》："夫祀，国之大节也。"头等大"礼"非祭祀莫属，其实自古如此。《礼记·礼运》载："夫礼之初，始诸饮食，其燔黍捭豚，污尊而抔饮，蒉桴而土鼓，犹若可以致其敬于鬼神。"最原始的"礼"正为祭祀鬼神之事，它的方式除喝酒吃肉外，还少不了音乐的因素。于是，"祭祀礼乐"便成为整个"礼乐"体系中最为重要的一种。相对应，"诗三百"中也自然少不了这类"礼乐"，可称之为"《诗经》祭祀礼乐"。

"祭祀礼乐"在《诗经》中怎样分布？《周礼·春官·籥章》载：

籥章掌土鼓、豳籥。中春，昼击土鼓，吹《豳诗》，以逆暑。中秋，夜迎寒亦如之。凡国祈年于田祖，吹《豳雅》，击土鼓，以乐田畯。国祭蜡，则吹《豳颂》，击土鼓，以息老物。

《豳诗》即《豳风》②，尚存于《诗经》中。所谓"逆暑""迎寒"，

---

① 林沄：《豐豊辨》，载《古文字研究》第12辑，中华书局1985年版，第181—186页。
② 郑注曰："《豳诗》，《豳风·七月》也。"郑玄进一步认为此"诗"为《七月》篇。在先秦文献中，有称某地之《风》为某地之"诗"的习惯，如《国语·晋语四》载齐姜引诗："郑诗云：'仲可怀也，人之多言，亦可畏也。'"此处的"郑诗"即指《郑风·将仲子》。又如《左传·襄公三十一年》载北宫文子引诗："卫诗曰：'威仪棣棣。不可选也。'"这里的"卫诗"指《邶风·柏舟》。《邶风》归属卫国《风》诗，详可见本书第三章。

孙诒让释为:"迎其气之至而祭之。"① 这意味着"风诗"可用以祭祀。而《豳雅》《豳颂》是哪些诗篇,尚有争议,但演奏两者用以祭祀农业神与蜡祭,这一事实至少表明《雅》与《颂》也有祭祀功能。看来,"祭祀礼乐"于《风》《雅》"颂"三体诗中,均有存在。

具体说来,到底哪些诗篇(诗乐)用于祭祀呢?遗憾的是,先秦文献的明确记载太少,我们只知道用于祭祖的有《周颂》的《清庙》②、《雝》及《大武》组乐《时迈》《武》《赉》《桓》③等区区几首。④为什么记载的如此少?这恐怕与东周时期整体文化大势有关。

首先,在"诗乐"与"礼"的关系上,春秋时代"礼崩乐坏",不断出现"礼乐失所"的现象,即"诗乐"与各级各类之"礼"不能正确对应。如《左传·襄公四年》《国语·鲁语下》都记载的"穆叔如晋"一事:晋悼公燕享鲁穆叔之礼乐,竟然出现了本该"两君相见"才能使用的"《文王》之三"。以"周礼尽在"著称的鲁国,情况也不乐观,《论语·八佾》载:"三家者以《雍》彻。子曰:'相维辟公,天子穆穆。'奚取于三家之堂?"作为卿一级别的季氏敢公然搬用天子祭礼用乐《雍》(《周颂·雝》)。于此"管中窥豹",可见当时"礼崩乐坏"的程度着实不低。由此也可推测,依托周礼的"《诗经》祭祀礼乐"已日益式微。

其次,于"诗"与"乐"的关系上,东周时代日趋"诗乐分离",这加速了"《诗经》祭祀礼乐"本义的遗失。王国维说:

> 此《诗》、乐二家,春秋之季,已自分途。《诗》家习其义,出于古师儒,孔子所云"言诗"、"诵诗"、"学诗"者,皆就其义言之,其流为齐、鲁、韩、毛四家。乐家传其声,出于古太师氏,子

---

① (清)孙诒让:《周礼正义》,中华书局1987年版,第1907页。
② 《礼记·祭统》:"夫大尝禘,升歌《清庙》。"按照周代礼乐三篇连奏的规律,《清庙》也可能指《清庙》《维天之命》《维清》三首。
③ 《时迈》是否为《大武》之一,也有争议。详见本书第四章。
④ 参见王国维《释乐次》,载氏著《观堂集林(外二种)》,河北教育出版社2001年版,第36—47页;李清筠《从文献考索看诗经入乐问题》,台湾《教育与研究》1990年第12期。

贡所问于师乙者，专以其声言之，其流为制氏诸家。①

在"诗乐合一"之时，"诗乐"的原始礼制仪式之用，必然紧密结合诗义，不可能离诗义太远。②但《诗》家专注文本，结合自家之说，引申出各种见解，他们并不太重视包括"祭祀礼乐"在内的"诗乐"之本义。实际上，这种现象已经在春秋时代政治人物"断章取义"的"引诗赋诗"里大量涌现。之后，儒家在《诗经》中发挥其"道德哲学"，四家诗是其传承者。③而乐家专注技术性操练，如上面王国维提到的制氏，《汉书·艺文志》载："汉兴，制氏以雅乐声律，世在乐官，颇能纪其铿锵鼓舞，而不能言其义。"他们已记不得"礼乐之义"，更不要说"诗乐"本义了。

当然，也有保存与恢复"《诗经》祭祀礼乐"本义的努力。这就不得不提《毛诗序》。从内容看，《毛诗序》对《诗经》的《风》、《雅》及《鲁颂》部分以"美刺"说之，《毛传》则辅以"比兴"的方法主题先行地贯彻"美刺"之旨，如此解读未免有种种穿凿附会之处，与本义有一定距离。④如此，在《风》《雅》两类诗上，《毛诗序》对具体诗篇是否"祭祀礼乐"，几乎没有涉及。但对《周颂》与《商颂》，《毛诗序》较严格遵循了以"仪式之用"为功能指向的阐释，这其中涉及很多祭祀仪式。从形成年代看，《毛诗序》是先秦至汉初"层累"的产物。⑤那么，它对这二《颂》的解读，可能有一部分是传下来的"古义"，也可能有

---

① 王国维：《汉以后所传周乐考》，载《观堂集林（外二种）》，河北教育出版社2001年版，第57页。
② 举个通俗的例子，大家熟知的歌曲《难忘今宵》，本是专门为大型仪式"春节联欢晚会"创作的结尾曲。此歌的歌词诸如"难忘今宵""告别今宵"之类，与仪式的结尾阶段正相呼应。这就是"诗乐合一"的意义所在。但若脱离结尾曲这一乐歌仪式语境，《难忘今宵》也可能从其他角度阐述出很多意义来。
③ 于鲁、齐、韩三家《诗》，班固直接道出其底色"咸非其本义"（《汉书·艺文志》）。
④ 对此，张节末《从〈诗经〉比兴循环解释现象探究"兴"的起源——以〈关雎〉〈汉广〉〈樛木〉三诗为例》[《浙江大学学报》（人文社会科学版）2017年第1期]有精彩的论述，可参看。
⑤ 可参见王洲明《关于〈毛诗序〉作期和作者的若干思考》，《文学遗产》2007年第2期。

一部分是其"作者们"的"研究成果"。但这些解读到底是不是"祭祀礼乐"本义，就需要甄别。①

除《毛诗序》外，东汉蔡邕《独断》保存了《鲁诗》对《周颂》的阐释，这些说法与《毛诗序》基本相同，但《鲁诗》多出"歌"字，它以某仪式所"歌"的形式阐释诗篇，如其云："《清庙》一章八句，洛邑既成，诸侯朝见，宗祀文王之所歌也。"② 这种形式更符合周代"诗乐合一"的文化特征。但《鲁诗》是否因袭了《毛诗序》，仍不是很清楚。

汉代之后，古人的"《诗经》祭祀礼乐"研究即以先秦文献、《毛诗序》为最基本的材料，以寻找诗篇与具体礼制仪式的关系为主要方法，进行了筚路蓝缕的探索。这些研究得出了很多有启发的观点，有的已经相当可信。但古人"惜言"，所论吉光片羽，有时观点尚不成系统，缺乏论证。还有，最为制约古人研究的是先秦可用文献稀少，常常面临"文献不足征"的问题。

而今天，有赖于百年来商周考古的蓬勃发展。于"礼"，新材料诸如甲骨文、金文、东周简牍不断发现与释读，礼器如各类青铜器、玉器日益增多，礼制遗迹如周原宗庙等已发掘与复原；于"诗"，与《诗经》有关的先秦材料屡屡"重见天日"，如上博简《孔子诗论》，清华简《周公之琴舞》《耆夜》，安徽大学收藏《诗经》简，等等。毫不夸张地讲，相比古人，我们获得了更多对"《诗经》祭祀礼乐"诞生大背景的认识，此议题也正面临新的"机遇与挑战"。在此优渥的条件下，找出《诗经》中哪些是"祭祀礼乐"，具体属于何种礼制类型，其功能何在，仍是未完成的任务。

---

① 清代经学家皮锡瑞提出"《诗》比他经尤难"，原因有"就诗而论，有作诗之意，有赋诗之意，郑君云：'赋者或造篇、或述古。'故诗有正义、有旁义、有断章取义。以旁义为正义则误，以断章取义为本义尤误。是其义虽并出于古，亦宜审择，难尽遵从"，"说经必宗古义，义愈近古，愈可信据。故唐宋以后之说，不如汉人之说，东汉以后之说，又不如汉初人之说。至于说出春秋以前，以经证经，尤为颠扑不破，惟说诗则不尽然"（皮锡瑞《经学通论·诗》，中华书局1954年影印本，第1—2页）。确如此论，在复杂的阐释情况下，《诗》本义到底是什么，已经湮没不清。即使汉人的四家诗说，也不能因其时代较早而全凭信据。

② （汉）蔡邕：《独断》，中华书局1985年版，第13—14页。

第二节 研究对象与方法

本书所说"《诗经》祭祀礼乐",又可称"祭祀诗乐",乃"祭礼"中之"诗",是指在祭祀仪式现场演唱与表演的诗乐歌。如《周颂·清庙》一诗,先秦文献多载王室祭祖时"升歌《清庙》",那么《清庙》即典型的"祭祀礼乐"。当然,周代祭祀的对象包罗甚广,"天神、人鬼、地示"[①]都在其内。不过,《诗经》中的"祭祀礼乐",最为集中于祭祖与农事祭祀两个方面,本书的研究范围也在这两个方面。具体说来,本书主要涉及的诗篇有《周颂》之《雝》《有瞽》《时迈》《我将》《赉》《酌》《般》《桓》《武》;《商颂》之《那》;《小雅》之《鼓钟》《甫田》《大田》;《国风·邶风》之《简兮》,共计十四首。

于这十四首祭祀礼乐,本书要做的是:其一,以诗篇整体为研究对象,求证在"礼"中的"诗乐",而不是单单截取诗篇的某一部分来"以诗证礼"[②];其二,探索这些祭祀礼乐的原始仪式之用,还原它们的原始时空搬演情境,也部分关注它们脱离原始之用后出现的"移用之义";其三,研究这些礼乐在人神交流祭祀仪式中的具体功能与演奏程式;其四,通过探索这些礼乐的原始仪式之用,解决一些相关的问题;其五,检讨已有研究存在的不足之处。

《豳风·伐斧》云"伐柯如何,匪斧不克""伐柯伐柯,其则不远"。制斧柄尚要有斧子与方法可依,研究何尝不是?在借鉴前贤成功经验的基础上,本书尝试运用建构在下列基础上的"以礼解诗"法。

第一,多重证据。综合运用传世文献、考古资料(甲骨文、金文、礼器、礼制遗迹)、民族志等,全方位地论证。本书特别关注新材料有关周代礼制的记载,因为它们刷新了我们的认识,从而也促使对依托"礼"的"《诗经》祭祀礼乐"有新的看法。如由出土西周金文可更正已

[①] 《周礼·春官·宗伯》:"大宗伯之职,掌建邦之天神、人鬼、地示之礼。"

[②] 以诗篇部分来证礼,古人已经做得很多,这以清儒包世荣《毛诗礼征》为代表。相比之下,以整首为单位去解决其"礼乐"归属的研究,还比较少。

有禘祭的认识，从而启发我们重审《毛诗序》对《雝》为"禘祭"乐歌的记载。又如关于周礼是否有降神之乐的争论，我们可从青铜钟铭"卲各"相关内容厘清真相。

第二，立体观测。本书力图从仪式地点、时间、角色与行为出发，还原"《诗经》祭祀礼乐"最初搬演的礼制情境，而不是停留在平面文本上。如在辨析"籍田"与"公田"两类不同仪式地点的基础上，探索《甫田》《大田》所涉"公田礼"。

第三，整体观测。本书以诗篇整体为单位来展开研究，不主张割裂诗义与经学式的"随文求义"，而是充分考虑诗文本的完整性。在此基础上，我们为诗篇寻找最恰当的礼制背景。如本书在宗庙祭祖语境下试着对《简兮》作整体、连贯的解读。

第四，比较的方法。首先，本书注意诗篇之前的联系，这些联系包括功能的相近、美学风格的相近及组诗现象。本书在篇章结构上多以一组诗篇出现，即考虑了这种内在的联系。其次，本书又在这些相似诗篇之间辨异，找出它们仪式之用的区别。如本书认为《甫田》《大田》同属"公田礼"，仪式地点是相同的，但它们的仪式时间不一样。又如《大武》组乐，之前的研究尚未明确各篇"诗乐"的仪式之用；对此，本书在比较的基础上，将给出一个较为合理的说明。

第五，以问题为主导的个案研究。笔者不主张泛泛而谈，而是有论而发。故而本书选取有典型意义的诗篇，以个案研究为主，进行细致的论证与分析。如本书第一章解决《雝》是否为禘祭乐歌的疑问，并以《雝》为例说明"祭祀乐歌"在仪式上的功能及具体搬演程式。第二章解答周礼中是否有降神之乐及降神礼乐是什么的问题。第三章探索之前讨论较少的《简兮》与《鼓钟》的本事，论证两者皆为祭祖礼乐。第四章检讨《大武》的研究方法，并解决其如何构成的问题。第五章检讨之前研究中将"籍田"与"公田"相混淆的现象，探索《甫田》《大田》两首乐歌真正的礼制仪式之用，从而尝试以"诗"补"礼"，提出"公田礼"的新农事祭祀仪式类型。当然，本书的见解能否成立，还需学界检验。

此外，论《诗经》研究不是闭门造车，必然要参详历代各家之说，这其中也有个取舍的态度。对此，姚际恒的做法值得关注，其云：

> 惟是涵咏篇章，寻绎文义，辨别前说，以从其是而黜其非，庶使诗意不致大歧，埋没于若固、若妄、若凿之中……①

与姚氏齐名的方玉润也说：

> 乃不揣固陋，反复涵泳，参论其间，务求得古人作诗本意而止，不顾《序》，不顾《传》，亦不顾《论》（按：《诗经通论》），唯其是者从而非者正……②

两人所秉承的客观公正之态度，笔者乐于效仿并践行在本书之中。

第三节　学术史回顾

　　古往今来，《诗经》研究"蔚为大观"。尚不论古代，即使于20世纪，《诗经》研究论著也数量众多，还有专门汇总此类研究的目录学专著如《二十世纪诗经研究文献目录》《中国香港、台湾地区诗经研究文献目录：1950~2010》③，故而此处的"学术史回顾"，限于篇幅，笔者选择较新、较有代表性的研究成果综述之。

　　总体而言，不论哪个时代，由于广阔的"包容性"，《诗经》研究都未"冷"过。不过，"《诗经》祭祀礼乐"方面的研究显得较为波折，它的盛衰与礼学的命运息息相关。清代礼学曾是中国传统礼学的顶峰；清代之后，在很长一段时间内，由于时代原因，礼学式微；改革开放之后，特别是近十几年，中国传统文化有复兴之势，在这一大环境之下，礼学也由"冷"转"热"，"《诗经》祭祀礼乐"的研究也随之"热"起来。当然，也有很多研究并不注重"乐"的因素，而是以祭祀诗为研究

---

① （清）姚际恒：《诗经通论》，中华书局1958年版，自序第9页。
② （清）方玉润：《诗经原始》，中华书局2015年版，自序第3页。
③ 寇淑慧编：《二十世纪诗经研究文献目录》，学苑出版社2001年版；马辉洪、寇淑慧编著：《中国香港、台湾地区诗经研究文献目录：1950~2010》，学苑出版社2012年版。

对象，涉及祭祀必然关涉"礼"，这一部分祭祀诗的研究，对本书研究也有帮助，故而亦有论及。

一　国内研究

国内仍是"《诗经》祭祀礼乐"研究的中心所在，已有很多成果，相关情况如下。

(一)《颂》中的"祭祀礼乐"研究

《颂》是祭祀礼乐分布最多的地方。在整部《诗经》中，《颂》祭祀礼乐或祭祀诗的研究最为热门。在这方面，前面说过，《毛诗序》可算作最早的研究。汉之后，古人在《诗序》基础上，继续对三《颂》祭祀礼乐作了很多探索。但以现代学术标准而言，古人的探索、解读多是"评点式"，尚缺乏系统的论证，这就需要现代学者作出补充。

我们按出版时间先后来看。张松如《商颂研究》较早关注了《商颂》的"祭祀礼乐"。《商颂》作于何时？清儒魏源、皮锡瑞与近人王国维举出几十条证据，证明《商颂》系宋诗，作年在周代。张松如《商颂研究》反驳了他们的观点，力证《商颂》乃商诗。此论近年来已得到学界认可，并有很多研究补充之。此著还对《商颂》五诗作了全面的疏解，并初步探索了它们的仪式之用。如张文认为《那》乃"迎神曲"[①]，这是十分正确的，但未有太多论证。笔者认为可以"接着讲"，并可将《那》与《周颂·有瞽》比照研究，会发现周礼对殷礼的继承。

李山《诗经的文化精神》着重关注了《周颂》中农事祭祀礼乐，认为《臣工》《噫嘻》《丰年》《载芟》《良耜》五诗是与"籍田礼"有关的乐歌。"籍田礼"是周王亲自参与的农事仪式，此礼之"诗乐"向来备受关注，古人也多有谈及。较有新意的是，李文认为《臣工》系"籍田礼"中"'耨获'之'获'时的诗篇"[②]，这与孙作云对《甫田》仪式类

[①] 张松如：《商颂研究》，南开大学出版社1995年版，第11页。
[②] 李山：《诗经的文化精神》，东方出版社1997年版，第43页。

型的判断有异曲同工之妙①；联系"籍田"产出以供祖先祭品这一事实，李文又将《丰年》联系到"籍田礼"，这也十分有启发。另外，李文不满足于《周颂》中的"籍田礼"乐歌，他认为《小雅》之《甫田》《大田》虽不是仪式上的乐歌，但它们是记录"籍田礼"仪式过程的诗篇，如此判断的重要依据是杨宽"籍田、甫田、大田"等同的说法，笔者认为这一说法存在问题，靠此说法得出《甫田》《大田》与"籍田礼"有关的观点，恐怕不能成立，诸多论著都犯了这一错误。对此，笔者将在第五章予以详论。

姚小鸥《诗经三颂与先秦礼乐文化》重点研究了三《颂》礼乐与其蕴含的文化精神。此著对礼乐术语"成""象"，《诗经》中"媚"与"馌"等字均有新颖的阐发。此著认为，"成"乃"某一完整的'乐'的组合的演出完成"；"象"是"'似'、'效'、'法象'之意"；"媚"系顺从、和顺之德；"馌"是野外飨神、祭神之礼，而"天子举行的馌礼又叫'藉礼'"。②这种以关键字词训释的突破带动整个研究创新的方法，令人印象深刻，也值得学习。当然，姚文的有些观点也有商榷的空间，如农事祭祀诗《甫田》云："曾孙来止，以其妇子。馌彼南亩，田畯至喜。攘其左右，尝其旨否。"此句的"尝其旨否"是否等于《仪礼》"祝命尝食"的"馂余"之礼，笔者有不同的看法，可见第三章。

值得关注的是，姚文在评析与扬弃王国维、高亨、张西堂等前人观点基础上，认为《大武》按顺序由《时迈》《我将》《赉》《酌》《般》《桓》《武》七篇礼乐组成；如此，对《大武》的构成有了系统的看法。但遗憾的是，此著未能对这些诗篇的原始仪式之用与排序原因有更详细的论证。实际上，《大武》研究是"《诗经》祭祀礼乐"研究中最受瞩目的议题。据笔者统计，包括姚文在内，从明代至今已有三十余种看法，但缺少对这些看法的系统梳理与检讨。鉴于此，笔者会在第四章检讨历来的《大武》研究，并从"仪式乐歌"的角度探寻《大武》构成诗篇的背景与排序原因等问题。

---

① 孙作云：《诗经与周代社会研究》，中华书局1966年版，第367—368页。
② 姚小鸥：《诗经三颂与先秦礼乐文化》，北京广播学院出版社2000年版，第48、101、131、226页。

2000年前后，诞生了几篇《诗经》断代的博士学位论文，断代必涉诗篇的原始背景，于是这些论文也探索了一部分"《诗经》祭祀礼乐"。如贾海生的《周初礼乐文明实证——〈诗经·周颂〉研究》①，此文以文献学方法，绵密地建构了周初礼乐仪式的时间轴，基本遵循《毛诗序》与郑玄《周颂》"其作在周公摄政、成王即位之初"的观点，将《周颂》三十一首仪式乐歌还原到明确的历史语境中去。如其认为，成王六年，周公摄政六年作《大武》（《武》《赉》《酌》《桓》）；成王七年，洛邑建成，周公主持南郊祭天歌《昊天有成命》，以后稷配天歌《思文》，以先王配享歌《天作》；在武王庙祭祀武王，以《时迈》与《般》为仪式乐歌；成王八年二月十七日，成王亲率东方诸侯祭祀文王、武王，歌《雝》与《载见》，祭祀之后行飨礼，歌《有瞽》等。

马银琴《西周诗史》是篇幅更大的断代专著，涉及整个西周又延及东周初年。在祭祀礼乐上，马文也是主要围绕《周颂》展开。在参考《毛诗序》基础上，该著认为《时迈》是武王克商后"巡狩告祭柴望"（《诗序》）之作。《大武》初作于武王克商后，此时有《赉》《酌》《我将》，周公时又作《武》《桓》，最后形成《我将》《武》《赉》《酌》《桓》的表演顺序。"《有瞽》一诗，应作于周公平定天下后制礼作乐之时"，"是一首通过祭祀奏乐活动教戒殷人的乐歌"②，等等。

客观地讲，《毛诗序》对具体《周颂》诗篇的解读，到底是不是它的"祭祀礼乐"本义所在，恐怕难以保证。李山即不同意"论述多取证于《毛诗序》"③的方法，很多学者也持此谨慎的态度。笔者以为，较科学的做法是先验证《毛诗序》的说法，看其是否合于文意、礼制与历史语境。也就是说，我们更愿意秉承"史学"而不是"经学"的态度。在本书中，笔者试图贯彻这一做法。是否恰当，请读者鉴别。

李瑾华的博士学位论文《〈诗经·周颂〉考论》从仪式用乐的角度分析《周颂》，重点解读《清庙》之三与《闵予小子》之三，关注了

---

① 贾海生：《周初礼乐文明实证——〈诗经·周颂〉研究》，博士学位论文，西北师范大学，2000年。
② 马银琴：《西周诗史》，博士学位论文，扬州大学，2000年，第76页。
③ 李山：《西周穆王时期诗篇创作考》，《中国古典文献学丛刊》第7卷，中国古文献出版社2009年版。

《周颂》中的组诗现象。李文认为"《清庙》、《维天之命》、《维清》为用于同一仪典上的一组诗,《清庙》为升歌所奏降神之诗,《维天之命》系受嘏后告祝之词,《维清》是仪式最后的舞诗","《闵予小子》、《访落》、《敬之》三诗是嗣王践阼礼典中朝庙而作"①。这些都是有益的探索。

韩高年《礼俗仪式与先秦诗歌演变》是探索仪式与先秦诗歌关系的力作。在笔者看来,韩文的优点是能敏锐地结合新材料,探寻祭祀诗的本义。这一点在《鲁颂》研究上就很突出。如韩文将描述马形态的《鲁颂·駉》与睡虎地秦简《日书》"马禖祝辞"文献对读,发现了两者隐秘的关联,其认为:"《駉》诗用于祭马祖仪式,其主题、功能与《秦简》'马禖祝辞'具有一致性。"②这是一个可喜的发现。其实,古代已有《駉》是与马相关"祭祀礼乐"的看法,但苦于拿不出充分的证据。看来,新材料的运用有效促进了《诗经》研究的发展。

(二)《雅》中的"祭祀礼乐"研究

孙作云《论二雅》已论及《大雅》《小雅》中的"祭祀礼乐"。通过比较二《雅》与三《颂》,他发现两类诗之中有不少相似之处,如此他推测有"《雅》中之'颂'"的现象。此"颂"又可分为"祭祀歌、宴飨歌、颂美歌"③。我们单独来看孙氏所说的"祭祀歌",这是本书所关注的议题。

于《大雅》,孙作云认为,《生民》《公刘》《绵》《文王》《皇矣》《灵台》《思齐》《大明》《下武》《文王有声》,"这十首赞美先公、先王、先妣之歌,全是祭祀歌"。之所以如此认为,主要证据如下。一是从诗文内容来看,这些诗篇的诗文有赞美祖先的内容,有些更直接地谈到祭祀之事。二是这些诗篇与《周颂》存在一定联系,在《周颂》中被祭的

---

① 李瑾华:《〈诗经·周颂〉考论》,博士学位论文,首都师范大学,2005年,第74、94页。

② 韩高年:《礼俗仪式与先秦诗歌演变》,中华书局2006年版,第265页。按:韩氏此书的前五章是他的博士学位论文,见氏著《颂诗的起源与流变——三代诗歌主流的逻辑推演与实证研究》,博士学位论文,西北师范大学,2001年。

③ 孙作云:《论二雅》,载氏著《诗经与周代社会研究》,中华书局1966年版,第402页。

对象也能在《大雅》中找到，如《文王》《皇矣》《灵台》是祭祀文王之歌，而《周颂》中的《清庙》《维天之命》《维清》《我将》也均系祭祀文王之乐；又如《生民》与《周颂·思文》皆用于祭祀后稷。三是与《鲁颂》《商颂》相比，无论从诗篇的长度还是赞美祖先"追溯往古"的创作方式上，这十篇《大雅》均与之相似。特别是《鲁颂·閟宫》一篇，其叙述内容与《生民》《绵》《文王》《皇矣》《大明》多有相近，而且《大明》云"上帝临女，无贰尔心"，这句也直接出现在《閟宫》中，可以说《閟宫》"等于是这些歌的最好的'提纲'"。于《小雅》，孙作云认为"也有祀祖歌，即《楚茨》与《信南山》；有农事祭祀歌：《甫田》《大田》，皆周宣王之'颂'"[①]。

以上孙作云找出的二《雅》祭祀歌，主要是宏观地从《雅》《颂》整体结构比较入手，尚无更细致微观之论证。那么，一是这些诗篇到底属于祭祀乐歌吗？二是找全了吗？是否还有其他诗篇？这都需要后学继续探索。整体上看，孙氏的论证有时不够严密，有些说法现在看来也是有问题的；但其文整体上闪现的"洞见"，总给人很多启发。其实，他的很多观点已如同影子一般潜隐在今人的论著之中，仔细观察不难发现。

李山《〈诗·大雅〉若干诗篇图赞说及由此发现的〈雅〉〈颂〉间部分对应》一文也发现了《雅》与《颂》的联系。李山认为《大雅》中的《大明》《绵》《皇矣》《生民》《公刘》等诗篇是"祭祀时的图赞诗"[②]。具体说来，在他看来，西周宗庙存在表现祖先事迹的壁图，上述《大雅》的诗篇正是诗人看着壁图而唱，即为"赞图"而作；与《颂》诗不同，这些诗篇并不是为神而作，而是为人而作，唱给人听的。《雅》与《颂》的对应乃是："有些内容一致的雅颂诗篇，在创制的当初，本系同一祭祖大典的乐歌，只是由于其间存在着'神听'与'人听'的分别，才一归于颂，一归于雅。"孙作云的解读并无这一区分，李山如此论述，就与孙作云的观点不同了。李山的阐释，结合宗庙空间来作答，颇有

[①] 孙作云：《论二雅》，载氏著《诗经与周代社会研究》，中华书局1966年版，第348、356、401页。

[②] 李山：《〈诗·大雅〉若干诗篇图赞说及由此发现的〈雅〉〈颂〉间部分对应》，《文学遗产》2000年第4期。

新意。

　　当然，一般认为，周代的乐师如师旷等，乃盲人瞽矇，他们与诗乐的关系最为密切，郑玄说："凡乐之歌，必使瞽矇为焉。"① 那么，瞽矇、诗人与图壁的关系是怎样的，首先要申述明白。

　　林志明《西周用诗考》从"仪式乐歌"的角度对西周典礼用诗作了系统的考察，其中《雅》中"祭祀礼乐"的论述较精彩。在孙作云、李山基础上，林氏进一步明确认为《颂》《雅》存在"对应关系"。所谓"对应"，指《雅》《颂》共同使用于同一祭祀典礼中，所不同的是，《颂》献神，《雅》戒人。② 林氏对《雅》功能的界定，受到朱熹"正大雅，会朝之乐，受厘陈戒之辞也"观点的启发。举例来说，他认为《周颂》之《我将》《维天之命》《维清》对应《大雅·文王》，前三首《颂》诗分别为升俎飨神之歌、主祭者献神乐歌、送神乐歌，《文王》则系祭毕赐胙陈戒乐歌。林氏对《文王》功能的分析甚有启发。他又认为，《雅》之间也有"对应"，《皇矣》《思齐》乃合祭大王、王季、文王之乐等；于农事祭祀礼乐，《甫田》是秋收后报祭方、神、田祖等诸神的乐歌；《大田》则系秋收后报祭四方之神的乐歌。③

　　总体而言，林文在方法上，以文献考证为主；在内容上，对李山《诗经的文化精神》《诗经析读》等论著多有继承、批评与发展。但相比对诗文内容的较深入理解，林文对礼制仪式的论述似乎还不够充分，有时将诗篇与仪式结合得过于急切，实际上两者的联系需要细致地论证。

　　张强的博士学位论文《〈大雅〉诗文本与天子宗庙仪式搬演》探寻《大雅》诗体的形成原因。在他看来，《大雅》中的诗篇如《文王》者，其原始仪式形态不是仪式乐歌，而是自身已经蕴含的仪式结构形态，乐歌乃成诗后的用途；"《大雅》之真正形态，也就并非纯粹的文字性文本，乃是一种搬演性文本。进而指出，仪式化叙述，乃是《大雅》诗体结撰的核心模式"④。这已经探索到乐歌之前的诗状态。虽然同是探索

---

① 《周礼·春官·宗伯·序官》之郑注。
② 林志明：《西周用诗考》，新北：花木兰文化出版社2013年版，第76、84页。
③ 林志明：《西周用诗考》，新北：花木兰文化出版社2013年版，第176—180页。
④ 张强：《〈大雅〉诗文本与天子宗庙仪式搬演》，博士学位论文，浙江大学，2015年，第12页。

《诗经》之"表演文本",张文与柯马丁从理论与形式出发不同(后面会说到),其以细致的文献主题考证为主,提供了有中国特色的分析,得出了不少扎实的观点。

(三)《风》中的"祭祀礼乐"研究

这类研究中,《陈风》的探索较多。文献有载陈国巫风兴盛,《汉书·地理志》:"周武王封舜后妫满于陈,是为胡公,妻以元女大姬。妇人尊贵,好祭祀,用史巫,故其俗巫鬼。"郑玄《诗谱·陈谱》:"大姬无子,好巫觋、祷祈、鬼神、歌舞之乐,民俗化而为之。"这些记载带给研究者很多启发。如韩高年《周陈关系、祭礼与陈地风谣本事考——以〈宛丘〉、〈东门之枌〉为例》,认为《宛丘》《东门之枌》反映了周初"以'羽舞'祀高禖以求子的仪式"[①]。又如樊树云《〈陈风·宛丘〉是祭天祈雨诗》则考证出《宛丘》"祈雨"本事。[②] 总的说来,《陈风》"祭祀礼乐"研究,有"文献不足征"的问题,"足征"的文献多是汉人之说,各家考证要想成立,还有赖新出材料的证明。

张岩《诗经国风祭词研究》是一部专门研究《国风》"祭祀乐歌"的著作。张文认为,《国风》中相当一部分是"下层社会(国人)的祭祀乐歌"[③],具体说,系"祭祀者与牺牲沟通的祭词"[④]。在方法上,张文采用建构与解释的方法,先用异域民族志与中国史料建构出有关祭祀中祭祀者与牺牲沟通的"祭祀情境"、祭祀者对牺牲表达复杂感情的"祭祀内容",及《诗经》中的"子"系"祭祀仪式中的牺牲及死后灵魂"[⑤] 等解释框架,代入《国风》六十篇疑难词中阐释与检验。这些观点都十分有挑战性,也使我们关注到一些未引起足够注意的问题。当然,任何科学解释都有可证伪性。《国风》到底是否为底层的歌曲,存

[①] 韩高年:《周陈关系、祭礼与陈地风谣本事考——以〈宛丘〉、〈东门之枌〉为例》,《文献》2001年第1期。
[②] 樊树云:《〈陈风·宛丘〉是祭天祈雨诗》,《诗经研究丛刊》(第10辑),学苑出版社2006年版,第292—297页。
[③] 张岩:《诗经国风祭词研究》,人民出版社2014年版,第2页。
[④] 张岩:《诗经国风祭词研究》,人民出版社2014年版,第66页。
[⑤] 张岩:《诗经国风祭词研究》,人民出版社2014年版,第88页。

在很大争议，近年来越来越多的研究倾向于认为《国风》也乃贵族作品。① 至于"子"的意义与祭祀中牺牲的地位，商代卜辞的记载，其实能够更好地予以说明。也不要忘了围绕"子"还有"君子"等词，商王族也姓"子"，殷墟花园庄东地出土过大量带"子"字卜辞②。另外，像《唐风·蟋蟀》，张文认为"这首词由祭祀者唱诵于牺牲巡行中"③，但清华简《耆夜》载《蟋蟀》本是首饮至礼上的乐歌。④ 看来，《国风》可解释性是很强的，它的祭祀问题仍很棘手，异域资料怎样解决中国问题，仍需要我们共同探索。

近期，尹荣方对《国风》祭祀诗的研究值得关注。尹荣方《〈诗经·鸱鸮〉与周人冬月傩禳鹰隼之礼》⑤ 一文，力图证明《豳风·鸱鸮》与傩禳鹰隼之礼的直接关系。傩禳是防止鬼神加害的消极祭祀，也是广义祭祀的一种。从形式上看，《鸱鸮》是《诗经》中一首很奇特的诗，全篇采用"禽言"的形式，表达了"小鸟"对被"鸱鸮"迫害的不满。此篇原义，众说纷纭，未有定论。尹文首先考证出"鸱鸮"乃"鹰隼类之鸷鸟"，然后结合《礼记·月令》季冬之月"命有司大难（傩），旁磔，出土牛，以送寒气。征鸟厉疾"的傩禳"征鸟"（鹰隼）之礼，探寻《鸱鸮》的仪式属性。他认为"《鸱鸮》是周初周人季冬行傩礼而'禳鹰隼'时的祝咒之词"。在举行仪式时，有人分别扮演"鸱鸮"与它的食物"小鸟"两个角色，于现场，"小鸟"向"鸱鸮"祝咒与控诉，营造"鸱鸮"应该被击杀的氛围。这是非常富有启发的解释，与《鸱鸮》文意很贴切。在方法上，尹文于文献细致的考索与广泛的联系，令人佩服。此外，尹文又认为《周颂·小毖》也与《鸱鸮》的仪式类型相同，同时，《尚书·金縢》与"禳鹰隼"有关联，这些判断似乎需要更多证据。还有，尹文未考虑音乐的因素。

尹荣方还著有《〈诗经·驺虞〉与上古"迎虎之礼"》一文。⑥《驺

---

① 可参见刘立志《诗经研究》，中华书局 2011 年版，第 65—73 页。
② 可参见韩江苏《殷墟花东 H3 卜辞主人"子"研究》，线装书局 2007 年版。
③ 张岩：《诗经国风祭词研究》，人民出版社 2014 年版，第 125 页。
④ 李学勤主编：《清华大学藏战国竹简》（壹），中西书局 2010 年版，第 150—155 页。
⑤ 尹荣方：《〈诗经·鸱鸮〉与周人冬月傩禳鹰隼之礼》，《民族艺术》2015 年第 4 期。
⑥ 尹荣方：《〈诗经·驺虞〉与上古"迎虎之礼"》，《中国文化研究》2015 年第 4 期。

虞》诗旨，陈奂《诗毛氏传疏》曾将其结合《礼记·月令》大蜡祭"迎虎之礼"解释；尹文"接着讲"，认为此诗"当是年末举行迎虎之类的田猎礼时的乐舞"。这次，他考虑了音乐的因素。但总体上的考察，不如上篇有力。

（四）比较研究

1. 跨文化比较

据笔者所见，于祭祀诗乐方面，《诗经》与其他异文化比较研究的论著，还比较少。有代表性的如金克木《〈梨俱吠陀〉的祭祖诗和〈诗经〉的"雅"、"颂"》①。《梨俱吠陀》是印度婆罗门教祭司的歌曲集，有三千年的历史。与《梨俱吠陀》相比，金文认为《诗经》有"更多的刹帝利王族和吠舍平民的气息"，其渗透着政治意识与伦理意识；而《梨俱吠陀》体现比较纯粹的祭祀性质，"那里既不见忠，也没有孝"。

两者也有相似之处。在传播应用上，《诗经》有"断章取义"的"引诗""赋诗"，而《梨俱吠陀》情况差不多，甚至更明显，因为"许多诗都被打散了编入另三部《吠陀》，以后的《梵书》和《经书》等更纷纷摘取作新解，或则说明在祭祀礼仪中的用途"。不止如此，金克木对《梨俱吠陀》其他种类如"送葬诗""招魂诗"的研究②，也可与《诗经》进一步比较。

2. 跨礼制类型比较

《荀子·礼论》："凡礼，事生，饰欢也；送死，饰哀也；祭祀，饰敬也；师旅，饰威也。"在此基础上，沈文倬进一步提出："礼是现实生活的缘饰化。"③贾海生《祝嘏、铭文与颂歌——以文辞饰礼的综合考察》则研究了何以"饰"礼，指出"祝官、礼器、乐舞是沟通人神之间

---

① 金克木：《〈梨俱吠陀〉的祭祖诗和〈诗经〉的"雅"、"颂"》，《北京大学学报》（哲学社会科学版）1982年第2期。

② 参见金克木《〈梨俱吠陀〉的送葬诗》《〈梨俱吠陀〉的招魂诗及有关问题》，载氏著《梵佛探》，江西教育出版社1999年版，第207—237页。

③ 沈文倬：《艮与糌》，载氏著《菿闇文存》，商务印书馆2006年版，第772页。

的媒介"①，那么祝嘏、陈礼器观铭文、奏乐歌颂均有"饰礼致情"的作用，它们都是"饰礼文辞"，故而存在很多相似之处。贾文能跨界"勾连"，联系三种"饰礼文辞"进行比较，这是很有价值的探索。

（五）其他综合研究

1."三礼"所用"诗乐"研究

王国维《释乐次》②系统总结了"三礼"所用"诗乐"，绘制出《天子诸侯大夫士用乐表》，建构各等级阶层的"诗乐"表演程式。王国维总结，"三礼"涉及"祭祀礼乐"者，有鲁禘与天子大祭祀。于诗乐表演程式，前者升歌《清庙》，下管《象》，舞则《大武》《大夏》；后者开始金奏《王夏》《肆夏》《昭夏》，升歌《清庙》，下管《象》，舞《大武》《大夏》，结束金奏《肆夏》《王夏》。客观地说，包括"三礼"在内的先秦文献对具体"诗乐"的应用，特别是"祭祀礼乐"的应用，只涉及很少的部分，绝大部分均未有详细记载。所以，一方面，王国维的总结功不可没；另一方面，限于"文献不足征"，这一总结有时不免"默证"。这就要求后人不能满足于已记载的"祭祀礼乐"，对未记载的也应作出探索。

王秀臣《三礼用诗考论》③在总结"三礼"所用诗乐基础上，揭示周代"诗礼相随"的文化现象，并对诗乐从合一到分离的过程作了"深描"。王文涉及的"《诗经》祭祀礼乐"，以"三礼"文献为主。

2. 五礼与《诗经》礼乐

这部分成果以周代"吉、凶、宾、嘉、军"五礼与《诗经》关系为研究对象，全面分析"诗中之礼"，也涉及一部分祭祀礼乐，但篇幅有限。如江林《〈诗经〉与宗周礼乐文明》④与战学成《五礼制度与〈诗经〉时代社会生活》⑤。江文认为《小雅·楚茨》为天子岁时祭乐歌，

---

① 贾海生：《祝嘏、铭文与颂歌——以文辞饰礼的综合考察》，载氏著《周代礼乐文明实证》，中华书局2010年版，第229—258页。
② 参见王国维《观堂集林（外二种）》，河北教育出版社2001年版，第36—47页。
③ 王秀臣：《三礼用诗考论》，中国社会科学出版社2007年版。
④ 江林：《〈诗经〉与宗周礼乐文明》，博士学位论文，浙江大学，2004年。
⑤ 战学成：《五礼制度与〈诗经〉时代社会生活》，中国社会科学出版社2014年版。

论证可取。战文对祭祀诗文化特征之分析，较有新意。

3.《诗经》与祝辞的研究

祝辞是神官系统中祝官的言辞，有沟通人神等巫术效果，故而在祭祀中经常被采用。日本学者藤野岩友提出"祝辞系文学"的概念，受此启发，张树国《〈诗经〉祝辞考》梳理祝官职能与其话语体系，找出《诗经》中相似的内容，并引证了不少前贤精彩而又未引起重视的观点。张文提出："《诗经》中的'祝辞'系文学体现为两种样态，一是全篇为祝辞，二是包含祝官活动和祝辞成分。"[①] 这些祝辞形态有祝祷、尸祝、祝史、祝诅等，涉及《颂》《雅》《风》27篇。但值得注意的是，若《诗经》是乐，那么它与乐官有更直接的联系，而祝官与"诗乐"如何产生关联，仍是可进一步探索的议题。另外，在顾颉刚观点基础上，张文认为《大雅·皇矣》"帝谓文王"这类"神话"是"祝史"所为，但不能忘了乐官瞽矇之中也有瞽史这类史官。

4.《诗经》中的祭祀角色研究

祭祀由不同的角色相互配合完成。那么，在祭祀中表演的"祭祀礼乐"与这些角色有怎样的关系，也是值得探索的论题。许继起《周代助祭制度与〈诗经〉中的助祭乐歌》从射礼选拔、祭祀参与等角度详细考察了"助祭者"角色，并对"助祭者"所涉的诗篇进行了分析。[②] 王莹《〈诗经〉祭祀诗的诗体变迁与程式化叙事探论——以"尸"之主题为个案》以祭祀中的神灵扮演者"尸"为线索考察祭祀诗的诗体特征，发现"尸"在祭祀性最强的《颂》中消隐，在《雅》中反而大量或隐或显地出现，这是因为两类诗与祭祀仪式的不同关系有联系。[③] 吴壁群《〈大雅·既醉〉之"祝"角色分析及其"致福"对唱》以"祝"这一祭祀中负责与神灵沟通之关键角色为切入点，研究了《既醉》表现为"问答"

[①] 张树国：《〈诗经〉祝辞考》，载《第六届诗经国际学术研讨会论文集》，学苑出版社2005年版，第821页。

[②] 许继起：《周代助祭制度与〈诗经〉中的助祭乐歌》，《文学遗产》2012年第2期。

[③] 王莹：《〈诗经〉祭祀诗的诗体变迁与程式化叙事探论——以"尸"之主题为个案》，《兰州大学学报》（社会科学版）2017年第2期。

诗体的缘由，指出这可能由不同祝官协作"对唱"造成。① 总体来看，《诗经》中的祭祀角色研究较少，尚有较多讨论空间。

二 国外研究

《诗经》云："他山之石，可以攻玉。"国外学者重理论、方法，其研究视角与中国学者有很多不同，往往带来启示。

（一）宗教人类学角度的研究

宗教人类学角度的研究以日本学者家井真《〈诗经〉原意研究》为代表。实际上，在法国年鉴学派学者葛兰言《古代中国的节庆与歌谣》一书影响下，日本很早就形成《诗经》文化人类学的流派，第一代有松本雅明、赤塚忠等人，家井真是第二代。比照葛兰言与家井真两人的著作，会发现一种写作模式上的相似：葛兰言在书的正文中用了不少篇幅注释诗篇，家井真也沿用此法，这可看作一种传承。

从治学倾向看，葛兰言"认为中国古代的文化是一种富有宗教性的文化"②，故非常重视中国宗教文化的材料，而且有意挖掘更多的"宗教事实"。其《诗经》研究以《国风》为中心发掘了诸多"主题"（基本社会事实），又以这些"主题"加之异域民俗学资料，建构出中国上古村社的季节节庆仪式。他认为，《国风》正是围绕这些神圣宗教仪式而产生的歌谣，"在古代农民共同体举行的季节节庆过程中，青年男女在竞赛中相互挑战，轮流演唱，歌谣就是这样创作出来的"③。这些看法对有深厚鬼神信仰背景的日本学者来说，有强有力的吸引。

葛兰言还只是把《国风》当作宗教仪式歌曲，家井真则更进一步，他说："《诗经》的内容，基本上都是属于宗教歌性质的诗，或是在宗教

---

① 吴壁群：《〈大雅·既醉〉之"祝"角色分析及其"致福"对唱》，《兰州大学学报》（社会科学版）2017年第2期。

② 杨堃：《葛兰言研究导论》，载氏著《社会学与民俗学》，四川民族出版社1997年版，第130页。

③ ［法］葛兰言：《古代中国的节庆与歌谣》，赵丙祥、张宏明译，广西师范大学出版社2005年版，第183—184页。

仪礼祭礼上使用，或是歌咏这些宗教行为的。"已推广到整部《诗经》。如此理解，依据何在呢？家井真的重要依据是对风、雅、颂三字的考证。通过对这三字的考证，他为研究定了调子，以此调子再演绎到各篇诗中去，形成方法。如他认为，"《诗经》中《雅》诸篇因'夏'的假借字而得名，起源于周、诸侯的宗庙或神社上由巫师歌舞的宗教假面歌舞剧诗"，"《雅》诸篇几乎都是假面歌舞剧诗，而这恰恰就是它的起源"。① 家井氏如此说，似乎是在商周宗庙祭祀上找到了有巫师带假面的铁证，但查阅全文，他只是引了日本学者加藤常贤"'夏'是假面舞蹈"的观点，又举希腊民俗学的证据，并未举出中国文献与实物的证据。看来，家井氏的立论并不牢靠。

再者，家井真对先秦礼学一些问题的看法值得商榷。如《礼记·祭统》："君执圭瓒祼尸。大宗执璋瓒亚祼。"他解释其中的"祼尸"："行祭祀前，须先用放在盛酒玉器中的花纹玉将酒洒在尸主身上。"按此意，要把酒直接散在神灵扮演者"尸"的身上，这岂不是对祖先的不敬吗？关于"祼尸"，郑玄："祼之言灌，灌之以郁鬯，谓始献尸求神时也。"②孔颖达："祼者，灌也。王以圭瓒酌郁鬯之酒以献尸，尸受祭而灌于地，因奠不饮，谓之祼。"③ 郑玄认为"祼"乃向"尸"献酒喝，在孔颖达看来，"祼"系将酒洒向地面以降神。不论哪种解释，均不见家井真的那类释义。还有，《甫田》"曾孙来止，以其妇子"一句的"曾孙"，家井真在引朱熹"曾孙，主祭者之称"与高亨"曾孙，周人对其祖先神灵的自称"两家看法之后，说："曾孙，指祖灵、农神等降临附身的尸主。"那么，"曾孙来止"一句，他自然译为"祖灵悠然降临来"。④ 但家井氏的理解正好反了，因为曾孙乃主祭者的称呼，其系祭祀祖先的实施者，并不是祖先神所凭依的对象"尸主"（即等同于祖先）。

当然，家井真之著，优点也是很明显的。其对诗篇的注释，参详各

---

① ［日］家井真：《〈诗经〉原意研究》，陆越译，江苏人民出版社2011年版，第4、18、17页。
② 《周礼·春官·大宗伯》"以肆献祼享先王"之郑注。
③ 《尚书·洛诰》"王入太室祼"之孔疏。
④ ［日］家井真：《〈诗经〉原意研究》，陆越译，江苏人民出版社2011年版，第78、112、113页。

家,旁征博引,于文意的理解有不少值得肯定。另外,他对有些《国风》诗篇宗教性质的探索很有启发性,不失为一种可能的答案。

(二) 礼制变革与祭祀诗风格变化的研究

美国学者夏含夷《从西周礼制改革看〈诗经·周颂〉的演变》对《周颂》中的祭祖诗先断代后比较,指出西周前期的祭祖诗《清庙》等九首诗有向祖先直接祈福的词语"其"等,人称代词也多用第一人称"我"与第二人称"尔"。那么,这些前期的诗紧密联系祭祖仪式,"实际上是在一种仪式中被集体庆祝者唱颂过(及舞蹈过)的祷告诗"。而西周中期及以后的祭祖诗《执竞》《有瞽》《载见》《雝》则缺少对祖先祈福的词语,而是描写仪式的进行过程。为什么出现这样的变化呢?在夏含夷看来,这可能是西周中期礼制改革的反映。而所谓礼制改革,他引用了青铜器研究专家杰西卡·罗森的观点。杰西卡认为西周早期青铜器小而纹样复杂,多酒器,这些礼器需要近距离观赏,而西周晚期青铜器纹样粗线条,又多青铜钟等乐器,这暗示仪式参与者远距离观赏这些礼器。夏含夷概括此乃"礼仪主持者于观众相分离的礼制改革"①,《周颂》西周中后期诗篇的形式符合这一特征。这些诗篇逐渐脱离了对仪式的依赖,反映了诗人的相对专业化与独立性,而这正是文学发展的关键。夏含夷所用"历史语言学"的方法、联系青铜器与《诗经》发展史的横向比较法,的确值得我们借鉴。此文自可成一说。

可是,笔者认为祭祖仪式乐歌有更具体、细致的功能,像《有瞽》,其可能系祭祖前的降神之乐②,也没有脱离仪式,其与《清庙》这类直接"享神"之乐有所差别。由此而论,《周颂》各个历史时期诗篇的比较,当以相同祭祀功能的诗篇为样本更妥当。

(三) 建构角色表演的研究

建构角色表演的研究以美国学者柯马丁《作为表演的诗:〈诗经·

---

① [美] 夏含夷:《从西周礼制改革看〈诗经·周颂〉的演变》,《河北师院学报》(社会科学版) 1996 年第 3 期。

② 《有瞽》的降神性质,本书第二章将会有论述。

楚茨〉的个案研究》为代表。① 与东方学者重文献的方法不同，西方学者更善于运用理论。此文调用了礼仪表演、礼仪语言、文化记忆等理论，并以诗文的押韵形式为重要依据，构建了《楚茨》作为祭祖仪式表演的形态。具体说，其所谓《楚茨》"作为表演的诗"，乃"仪式现场分角色讲话表演的诗"。

柯马丁所运用的理论与《诗经》的祭祖诗多能契合，特别是他较早地运用"文化记忆"概念来解诗，现在成为《诗经》研究的一个新增长点，国家社科基金已有相关立项。柯马丁的探索，为《诗经》进一步多层次的研究提供了可资借鉴的理论后援。

辩证地讲，柯文也有令人思索的问题。其一，柯马丁将《楚茨》还原成"讲话表演的诗"，如此就消解了诗篇的乐歌属性。实质上，音乐的因素，柯马丁并未考虑太多。其二，柯马丁对《楚茨》的角色建构不尽合理。他主要依据了押韵换韵的规律，但如此仍不够充分。换韵的因素有很多，由于音乐的变化也是有可能的。也因为其忽略了《楚茨》的音乐属性，可能存在的"表演唱"之旁观视角，并没有考虑到。此外，柯马丁还建构出仪式现场有"报幕者"这样的角色，笔者未见过文献有这样的记载。其三，柯马丁非常强调《楚茨》要早于"三礼"，特别是《仪礼》。他认为："后来礼仪指南（尤其是《仪礼》）中的解释，可能基于《楚茨》。"② 但实际情况更加复杂，礼学家沈文倬指出："礼典的实践先于文字记录而存在。"③ 我们更相信巨细无遗的《仪礼》是有源头的，最起码不会与西周祭祖礼截然不同，那么其可以作为检验《楚茨》角色讲话构建是否合理的依据之一。看来，文献与理论两者是否应该结合，怎样结合，是研究的难点。

综上所述，"《诗经》祭祀礼乐"的研究已取得很多成绩，这些都是

---

① Martin Kern, "Shi jing Songs as Performance Texts: A Case Study of 'Chu ci' (Thorny Caltrop)", *Early China*, Vol. 20, 2000, pp. 49—111. 译文参考陈亮的翻译，http://www.docin.com/p-17241844.html, 2020年10月5日。

② Martin Kern, "Shi jing Songs as Performance Texts: A Case Study of 'Chu ci' (Thorny Caltrop)", *Early China*, Vol. 20, 2000, p. 75.

③ 沈文倬：《略论礼典的实行和〈仪礼〉书本的撰作》，载氏著《菿闇文存》，商务印书馆2006年版，第7页。

我们进一步探索的基础。特别是相比一些百衲衣般教科书体系的研究，很多深入的个案分析更能给人留下深刻印象。但不可否认，也存在一些问题。

其一，《诗经》祭祀礼乐中"乐"的特性阐释不够，其具体功能是什么，需要分析。

其二，具体的诗乐与哪种祭祀礼制仪式怎样构成联系，有时讨论不够充分。

其三，新材料的发现促使对先秦"礼"的认识有了新发展，与之有关的"《诗经》祭祀礼乐"研究尚未跟上。

其四，众所周知，"诗"与"礼"相随，"以礼解诗"已不新鲜，但从"诗"去补正"礼"还不多见。

其五，研究的诗篇较为集中，有"扎堆"的现象，有些诗篇被反复讨论，有些关注较少。

根据以上问题，笔者研究一批之前关注较少的"《诗经》祭祀礼乐"，以个案研究为基本方法，广泛结合新旧材料，以期待在礼制时空背景下对这些诗篇有深入的探索，并希望能"以诗补礼"，于"礼"也有所贡献。

第一章

角色与行为：祭祖乐歌《周颂·雝》的本义与移用

祭祀乃沟通人神的仪式。那么，作为"祭祀礼乐"的《诗经》篇章，在这一沟通人神的仪式上发挥了什么功用？其与祭祀现场的角色、行为有何联系？搬演方式如何呈现？这些问题关涉"《诗经》祭祀礼乐"创制及应用的机制，是理解《诗经》的一大关键，不可不察。为了不"泛泛而谈"，让我们先缩小论述的范围。由于商周时代的祖先崇拜十分兴盛，故而在"《诗经》祭祀礼乐"中，用以祭祀祖先的礼乐即"祭祖礼乐"为数最多，地位也最重要。现择取一首祭祖乐歌《周颂·雝》展开我们的论述。

《雝》是先秦文献明确记载仪式之用的"《诗经》祭祀礼乐"。文献多载其系礼制活动中撤去祭品或食物的仪式乐歌，但毛、鲁、韩三家诗却均一致认为它是祭祖禘祭礼乐，如何理解此种差异？其实，这涉及"《诗经》祭祀礼乐"功能的变迁，也是一个值得探索的问题。

第一节 问题的提出：主祭者与禘祭

《国语·鲁语上》云"夫祀，国之大节也"，"祭祀"在周代社会有重要的地位。而祭祀是以仪式为中心，为表演性、象征性、程式化的群体宗教行为。一个完整的祭祀仪式，主要由主祭者、助祭者、祝、尸等角色共同完成。每种角色，分别承担着各自的功能。于各类角色中，又以主祭者最为重要。

何为"主祭者"？在先秦文献中，吉、凶、宾、军、嘉各类仪式的发起与承办者被称为"主人"；"主祭者"则是祭祀仪式中的"主人"，其为祭祀仪式的主导者与祭祀权的拥有者。这一角色称谓始终与《诗经》阐释有密切联系。据笔者所见，主祭者一词较早可追溯到隋代《北堂书钞》，它记载了一则对《小雅·楚茨》"永锡尔极，时万时亿"的疏解，其曰："毛诗《楚茨》云：永，长也；锡，与也。言主祭者礼容庄敬，故报尔以众善之极，使尔无一事以不得所。"① 至此"主祭者"角色被引入《诗经》研究，"主祭者"称谓也逐渐固定下来。

至南宋，"主祭者"这一角色开始受到重视。朱熹《诗集传》从称谓出发，在注释《信南山》与《行苇》"曾孙"一词时云"曾孙，主祭者之称"；《宾之初筵》"锡尔纯嘏"之"尔"也被解释为"主祭者"。②其后，吕祖谦《吕氏家塾读诗记》、严粲《诗缉》、辅广《诗童子问》等都沿用了朱熹的说法。范处义《诗补传》又将"主祭者"一词用于《泂酌》《执竞》《雝》等诗的阐释上。③南宋之后，"主祭者"称谓多被《诗经》研究者采用，并用来解释更多诗篇。如元代刘瑾对《商颂·烈祖》的解读：

　　愚按：《颂》诗所以美盛德告成功，而皆自歌工，以导达主祭者之意也。歌工自己身而指主祭者，则曰"尔"。自先祖之身而指主祭者，则曰"汤孙"。自主祭者之身而言则曰"我"、曰"予"，立言虽殊，所指之人则一。如上篇所指亦然也。又如《周颂·雝》诗既称天子，则固自歌工之身，而指主祭者矣。下文又称孝子亦若此诗称"汤孙"也，又称"予"、称"我"，亦若此诗。称"予"，"我"也。④

---

① （隋）虞世南：《北堂书钞》，中国书店1989年版，第334页下。
② （宋）朱熹：《诗集传》，中华书局2015年版，第205、207、218页。
③ （宋）范处义：《诗补传》，《景印文渊阁四库全书》第72册，台北：台湾商务印书馆1986年版，第332、384、389页。
④ （元）刘瑾：《诗传通释》，《景印文渊阁四库全书》第76册，台北：台湾商务印书馆1986年版，第778页。

刘瑾在延续朱熹从称谓出发的思路之外，还注意了诗中的人称代词与叙述视角的转换。"尔"是从仪式乐歌表演者乐工的角度指称主祭者。"我""予"则是主祭者自身的称谓，其由瞽矇表演唱，则是代言；"汤孙""孝子"这类特殊称谓是与祖先神的对称，意味着与祖先神的交流。这样的解读将《烈祖》还原到最初产生与应用的仪式语境上来，从而对《颂》诗产生机制有了较深入的认识。

与刘瑾从仪式乐歌角度解读角色、还原仪式不同，美国学者柯马丁（Martin Kern）运用仪式表演学、仪式语言学等理论与文本形式分析的方法，建构出《小雅·楚茨》作为祭祖表演的原始仪式形态，其中形式因素人称代词、特殊称谓仍是重点分析的对象。[①] 经柯氏分析，《楚茨》成为一个由祝主持，以对话为主，主祭者、助祭者、尸协同参与的"仪式行为中表演的文本"。换言之，他认为，角色的仪式行为与《诗经》文本相互指涉，通过《诗经》文本可以构建出比东周文献更可靠的仪式过程。不过，《诗经》与仪式并不存在简单的对应关系，仅靠文本分析就得出仪式过程，可靠性令人担忧。可以说，柯氏的方法有赖于《楚茨》较完整的叙事性，或者说是《诗经》篇为仪式之相对完整的"记录"；[②] 他似乎也没有意识到存在非对话、非角色的，瞽矇表演唱时的旁观视角。

《诗经》中的仪式乐歌，并不是仪式的"副产品"，其最开始为仪式不可或缺的一部分。对于这部分诗，更加合理的解释方法，是要把它们放到所处时代的仪式语境中去，既要注意角色仪式行为与《诗经》文本的相互指涉，又要考虑诗作为仪式乐歌的独立功能。

《周颂》是周王室祭祀仪式上的乐歌，它本身就是为仪式而作。这一点已成为共识。可以说这部分诗的"本义"依存于它们的原始仪式用法。《周颂·雝》是在多种仪式场合出现的乐歌。"雝"字，先秦及后世文献中常为"雍"。孙诒让曰："雍即雝之隶变。"[③] 字形演变造成了二

---

① Martin Kern, "Shi jing Songs as Performance Texts: A Case Study of 'Chu ci' (Thorny Caltrop)", *Early China*, Vol. 20, 2000, pp. 49—111.

② 参见张节末、张妍《"自我指涉"：柯马丁对〈诗经〉的解读》，《浙江学刊》2013年第3期。

③ （清）孙诒让：《周礼正义》，中华书局1987年版，第1810页。

字的混用。如《诗经》"肃雝""肃肃雝雝"，在《礼记》中常作"肃雍""肃肃雍雍"。《雝》全诗为：

> 有来雝雝，至止肃肃。相维辟公，天子穆穆。於荐广牡，相予肆祀。假哉皇考，绥予孝子。宣哲维人，文武维后。燕及皇天，克昌厥后。绥我眉寿，介以繁祉。既右烈考，亦右文母。

据文献记载，《雝》共有五种仪式用法。

其一，《毛诗序》曰："禘大祖也。"《鲁诗》说："禘太祖之所歌也。"《韩诗》云："禘，取毁庙之主皆升合食于太祖。"① 三家都记载了"禘"这一主祭者祭祖方式与祭祖仪式语境。这是天子"禘祭"之用。

其二，祭祖时有"彻"之仪式环节，即祭祀完毕撤去祭品与祭器。《周礼》记载乐师"及彻，帅学士而歌彻"（《春官·乐师》），瞽矇中的小师"大祭祀，登歌击拊，下管击应鼓，彻歌"（《春官·小师》）。但到底所歌为何，《周礼》并未说明。而《论语·八佾》曰："三家者以《雍》彻。"据此，汉儒推测三家僭越了天子礼，那么周王室彻祭时应歌《雝》篇。如马融曰："《雍》，《周颂·臣工》篇名。天子祭于宗庙，歌之以彻祭。今三家亦作此乐。"② 这是天子祭祖"彻歌"之用。

其三，《周礼·春官·小师》曰："彻歌，大飨亦如之。"贾公彦疏云："其大飨，飨诸侯之来朝者，彻器亦歌《雍》。"这就是说，作为世俗燕飨的大飨礼也有"彻"之仪节，并且也是歌《雝》。这是天子大飨礼"彻歌"之用。

其四，《荀子·正论》记载"《雍》而彻乎"；《淮南子·主术训》也说："尧、舜、禹、汤、文、武，皆坦然天下而南面焉。当此之时，馨鼓而食，奏《雍》而彻。"此"彻"为天子日常饮食完毕之后"彻馔"的仪节，同样以《雝》为歌。这是天子日常饮食"彻歌"之用。

其五，《礼记·仲尼燕居》："礼犹有九焉，大飨有四焉……客出以

---

① （清）王先谦：《诗三家义集疏》，中华书局1987年版，第1029页。
② （清）刘宝楠：《论语正义》，中华书局1990年版，第79—80页。

《雝》，彻以《振羽》。"孙希旦曰："大飨，谓诸侯相飨也。"① "客出以《雝》"乃指仪式结束，宾客退场时歌《雝》。此之谓诸侯相飨礼中"送宾"之用。

　　五者之中，哪种是《雝》的原始仪式用法及本义？仅从《雝》"荐广牡""肆祀""绥我眉寿，介以繁祉"这些词语，就能断定其本义必然与祭祖有关，故而只能是第一、二种。而第三、四、五种仪式用法是祭祖仪式乐歌世俗化、被移用的结果，这种现象在《周颂》中不是个案。那么，进一步追问，"禘祭"之用与祭祖"彻歌"之用，何者是《雝》本义？这又关系到对"禘祭"的理解。

　　《论语·八佾》载："或问禘之说，子曰：'不知也。知其说者之于天下也，其如示诸斯乎！'指其掌。"据此可知，"禘祭"是一种非常重要的祭祖方式，所以孔子有知禘者"天下在掌中"的感叹。但这种礼制类型却是一个难解的问题，先秦文献所载之"禘"祭，错综复杂，后儒更是聚讼不已。坚持"禘祭始祖所自出之父"的一派②，发现《雝》诗内容未涉及周王始祖之父帝喾、后稷，于是舍弃了《雝》为"禘"祭之诗这一说法。如朱熹《诗集传》认为《雝》是"武王祭文王之诗"③，只是泛说"祭"，不再说何种祭法。但他又在晚于《诗集传》的《诗序辨说》中说："此诗但为武王祭文王而彻俎之诗，而后通用于他庙耳。"④ 姚际恒、方玉润、吴闓生支持这种说法。⑤ 但主祭者与被祭者，仅靠诗的内容难以准确推测，于是高亨直接说其为"周王祭祀宗庙后撤去祭品祭器所唱的乐歌"⑥。

　　与高亨类似，近人受朱熹影响较大，多持《雝》为天子祭祖"彻

---

① （清）孙希旦：《礼记集解》，中华书局1989年版，第1270页。
② 此派以王肃为开端，朱熹深受其影响。但其观点，古代学者如崔述等已有怀疑（详见崔述《经传禘祀通考》，载氏著《崔东壁遗书》，上海古籍出版社1983年版，第496—512页）。
③ （宋）朱熹：《诗集传》，中华书局2015年版，第306页。
④ （宋）朱熹《诗序辨说》，见《朱子全书》第1册，上海古籍出版社2002年版，第398页。
⑤ 参见李中华、杨合鸣编著《〈诗经〉主题辨析》，广西教育出版社1989年版，第504—505页。
⑥ 高亨：《诗经今注》，上海古籍出版社1980年版，第492页。

歌"的观点。① 然而，祭祖"彻歌"也并不是《雝》的原始仪式之用，因为《雝》的内容不能与祭祖"彻"的仪节相互指涉。试问既然已经撤去祭品，又何来"既右烈考，亦右文母"此类劝考妣祖先神享食的内容？《雝》祭祖"彻歌"的用法也当是仪式乐歌移用的结果，这种移用与音乐有更为直接的关系。对此且待后文细述。

近年来，随着对出土甲骨卜辞与金文研究的深入，我们对西周祭祖礼的真实情况有了比前人更直观与清晰的认识。实际上，东周礼书之"禘"与西周史实存在较大差距：其一，西周禘祭并不是"不王不禘"（《礼记·大传》），周王与下属贵族都可用此祭法；其二，西周禘祭不分特祭（祃）与合祭（祫），并不是"王者禘其祖之所自出，以其祖配之"（《礼记·大传》），这种祭祀仪式的对象乃不出三世的近祖，且主要为先父，可以说是一种尊父之祀，源头能追溯到商代。② 对照可发现，《雝》仪式内容与西周禘祭颇为相合，其大致类似于天子宗庙岁时祭朝践荐血腥之仪节。本著以此诗为例，对主祭者称谓、行为等内容逐一阐释，并对《雝》本义、瞽矇表演唱的仪式机制及被移用的现象作出讨论。

第二节 主祭者称谓与仪式态度

一 孝子：主祭者祭祖"享孝"之自称

称谓是人在社会关系中形成的身份名称，其形成受所处文化制度、语境的制约。在人类学中，亲属称谓常被用以研究亲属关系及这种关系

---

① 参见程俊英、蒋见元《诗经注析》，中华书局2013年版，第964页；袁梅《诗经译注》，齐鲁书社1985年版，第972页；姚小鸥《诗经译注》，当代世界出版社2009年版，第621页。

② [日]岛邦男《禘祀》（载《古文字研究》第1辑，中华书局1979年版，第396—412页），刘雨《西周金文中的祭祖礼》（载《考古学报》1989年第4期），黄彰健《释〈春秋〉所记鲁国禘礼并释〈公羊传〉"五年再殷祭"》（载台湾"中央研究院"历史语言研究所集刊》第75本第4分，2004年12月，第699—737页），曹玮《西周时期的禘祭与祫祭》[载《考古学研究》（六），科学出版社2006年版，第404—415页]，等等，均对西周禘祭有较深入的探析，本书多有参考。

所表征的社会规则。其实，不仅人与人在关系中形成称谓，人神之间同样有一套称谓规则，透过这种规则，可以窥测人神关系。周代主祭者在祭祀过程中也有相对固定的称谓，其是人神关系中对自身的定位，反映了周代宗教文化的特征。

《雝》曰："假哉皇考，绥予孝子。"此处，主祭者的称谓为"孝子"，它是与被祭者"皇考"的对称。"孝子"是典型的主祭者祭祖称谓，与此类似的还有"孝孙"，这视祭祀对象的身份而定。祭祀先考则为"孝子"，先考以上则为"孝孙"。文献的例子有：

主人曰："孝孙某，来日丁亥，用荐岁事于皇祖伯某，以某妃配某氏。尚飨？"（《仪礼·少牢馈食礼》）
祝曰："孝孙某，孝子某，荐嘉礼于皇祖某甫，皇考某子。"（《仪礼·聘礼》）

前一例为主祭者自称"孝孙"；后一例是祝为主祭者代言而称"孝子""孝孙"。不过，据笔者所见，在西周金文中，并没有出现"孝子""孝孙"的称谓；而据《仪礼》，可知两种称谓出现的场合应为仪式现场。《诗经》中除自称"孝子"之《周颂·雝》一篇一次外，还见自称"孝孙"者，有《小雅·楚茨》《鲁颂·閟宫》两篇共四次；这些诗篇都与祭祖仪式有直接关系。应注意的是，祭祖现场自称之"孝"与后世日常语境的"孝"有所区别。"孝"作为道德准则，通常须由他人作出评判，一般不会自称"孝子"。而先秦祭祖时，主祭者之所以会自称"孝子"，因为此"孝"之义应是其初义：它并没有太多伦理道德的色彩，而是指具体祭祀行为。

西周青铜铭文中，"孝"常以"亯（享）孝""用亯（享）用孝""用孝用亯（享）""追孝"等固定组合出现，其最主要对象为男女祖先神，是对祖妣考母的祭祀。《逸周书·谥法解》云"协时肇享曰孝"，也就是说要合时宜的开始献祭为孝，此义与金文"孝"相符合。当然，在祭祖仪式中，有实际的祭祀"孝行"才称"孝"。制作珍贵的青铜礼器以祭祖，本身是一大"孝行"；《仪礼》中出现的"荐岁事""荐嘉礼"同样如此。《礼记·曲礼下》曰："君子将营宫室，宗庙为先，厩库为次，居室为后。凡家造，祭器为先，牺赋为次，养器为后。"周代虽重人事，但宗庙祭祀的优先性也是突出的。质言之，主祭者要向祖先神献祭，此之谓主祭者物质上的"孝"。

除物质献祭之外，主祭者在祭祀仪式上，必然要有相应的仪式情感与态度。《论语·泰伯》云"子曰：禹，吾无间然矣。菲饮食，而致孝乎鬼神，恶衣服而致美乎黻冕"，而《礼记·礼运》曰"夫礼之初，始诸饮食。其燔黍捭豚，污尊而抔饮，蒉桴而土鼓，犹若可以致其敬于鬼神"；孔子认为大禹以更多的物质去"致孝"鬼神，《礼运》说"礼之初"饮食虽简，犹能向鬼神"致敬"。同样是仪式献祭，一是"致孝"，另一则是"致敬"。其实两者共存于祭祀仪式之中，只是前者重物质，后者偏精神态度，两者皆起源甚早。《礼记·祭统》云："是故孝子之事亲也……祭则观其敬而时也。""敬尽然后可以事神明，此祭之道也。"看来，"敬"是祭祀仪式的必备态度。

何为"敬"？从殷商甲骨来看，此字最初指牧人手持棍棒警戒羊群[①]，是对危险情况的防御，带有畏惧的色彩。"周因于殷礼"，可推测，周代主祭者祭祖之"敬"继承了商礼。不过，在商人观念里，王之祖先神时常作祟于自己[②]，其祭祖之"敬"，畏惧的成分仍然很重；此时"敬"近于"敬畏"，可称为消极的"敬"。周初，仍能见到此类观念。《尚书·金縢》载周武王病重，周公祭祀祖先祷告"以旦代某之身"，言下之意仍是"作祟"的思想。但之后这类思想罕见，周人的祖先神逐渐成为后代的保护神，金文存在的大量求福之祝词即是其明证。相对应，此时之"敬"，"畏"的成分少了，演变为主动积极的恭敬、虔敬。

终于，"孝"与"敬"发展出来紧密关系，以至于二者联言成"孝敬"一词。《礼记·祭义》云：

> 孝子之祭可知也。其立之也敬以诎，其进之也敬以愉，其荐之

[①] 朱芳圃：《殷周文字释丛》，中华书局1962年版，第69页。
[②] 朱凤瀚：《商人诸神之权能与其类型》，载吴荣曾主编《尽心集：张政烺先生八十庆寿论文集》，中国社会科学出版社1996年版，第62页。

也敬以欲。退而立，如将受命。已彻而退，敬齐之色不绝于面。

在祭祖仪式上，"孝子"不论是"立""进""荐""退"还是"彻"，可以说全程贯彻"敬"的仪式态度；不仅如此，实际上主祭者在祭祀之前就已经向"敬"的状态过渡了，此待后文再述。①

综上，从主祭者祭祖"孝子"之自称，可知"孝"为主祭者与祖先神之间的关系规范。主祭者在仪式上既向祖先献上祭品，又要有相应的"敬"之仪式态度，二者同为"孝"的要求。《周颂·雝》的主祭者角色分析及仪式还原，也可由这两个视角加以探明。

二　穆穆与斋：主祭者"敬"仪式态度的转化

《雝》曰"天子穆穆"，"穆穆"一词，见于《诗经》其他篇目者有：

穆穆文王，於缉熙敬止。（《大雅·文王》）
穆穆皇皇，宜君宜王。不愆不忘，率由旧章。（《大雅·假乐》）
穆穆鲁侯，敬明其德。敬慎威仪，维民之则。（《鲁颂·泮水》）

在金文中，"穆穆"一词，集中出现于西周中晚期，如：

大师小子师望曰：丕显皇考宄公，穆穆克明厥心，哲厥德，用辟于先王。（《师望鼎铭》，《集成》2812）
虢叔旅曰：丕显皇考惠叔，穆穆秉元明德，御于厥辟，得纯亡。（《虢叔旅钟铭》，《集成》238—244）

"穆穆文王"，《毛传》曰："穆穆，美也。"但"美"只是笼统的审美评价，未涉及美之原因，那"穆穆"因何而"美"呢？《尔雅·释训》

---

① 到春秋之时，据《论语·为政》载："子游问孝，子曰：'今之孝者，是谓能养。至于犬马，皆能有养；不敬，何以别乎？'"可见，孔子已把这种仪式态度转化进道德准则的"事父母"之"孝"。

云：“穆穆，肃肃，敬也。”在金文中，“穆穆”也不出“美”“敬”二义。① 看来，“穆穆”是以“敬”为美，乃一种道德主义的审美经验。具体说来，“穆穆”是外在形态，而“敬”则是内心状态。因而，《大雅·文王》中文王之“穆穆”，表现为“於缉熙敬止”；《鲁颂·泮水》中鲁侯之“穆穆”，具体是“敬明其德”“敬慎威仪”；都不出一“敬”字。《雝》说主祭者“穆穆”，即表其“敬”。

《礼记·少仪》云“祭祀主敬”，“敬”是祭祀仪式要求主祭者必须具备的宗教态度，而这并不是只在祭祀时所能立即呈现的，其形成需要一个转化过程。《礼记·祭统》曰“及时将祭，君子乃齐。齐之为言齐也，齐不齐，以致齐者也。是以君子非有大事也，非有恭敬也，则不齐”，此处“大事”谓“祭祀之事”②，可知“敬”通过“斋”完成过渡。“斋”在文献中常作“齐”字，《召南·采蘋》：“谁其尸之？有齐季女。”《毛传》云：“齐，敬也。”看来，“齐”“斋”“敬”近于同义。怎样做到“斋”呢？《说文·示部》：“斋，戒絜也。”“戒絜”即“戒洁”。“斋”是一个遵守禁忌（即“戒”）与净化身心（即“洁”）的过程。若说祭祖是公共仪式，那么斋则为个人仪式，主祭者通过斋之仪式化的生活，先达到与“神”沟通的可能，最终参与到公共仪式中来。

斋之过程，《礼记·祭统》有较完整概述，其曰：

> 不齐则于物无防也，嗜欲无止也。及其将齐也，防其邪物，讫其嗜欲，耳不听乐。故《记》曰：“齐者不乐。”言不敢散其志也。心不苟虑，必依于道。手足不苟动，必依于礼。是故君子之齐也，专致其精明之德也。故散齐七日以定之，致齐三日以齐之。定之之谓齐。齐者精明之至也，然后可以交于神明也。是故先期旬有一日，宫宰宿夫人。夫人亦散齐七日，致齐三日。君致齐于外，夫人致齐于内，然后会于大庙。

---

① 谢明文：《从语法角度谈谈金文中“穆穆”的训释等相关问题》，《古籍研究》2013年第1期。

② （清）孙希旦：《礼记集解》，中华书局1989年版，第1239页。

第一章　角色与行为：祭祖乐歌《周颂·雝》的本义与移用　35

在时间上，斋由七日之"散齐"或称"戒"①、三日之"致齐"组成。此过程需主祭者遵守严格的行为规范，既要"防物"，又要"止欲"，孙希旦曰："物自外至，故曰'防'，耆欲自内出，故曰'止'。"②看来，"齐"是一个内外都克制的过程。整个斋期需暂时与世俗隔离，远离可能影响心灵平静之物；换言之，应严守禁忌。郑玄总结整个斋期禁忌为"不御、不乐、不吊"③。具体说来：其一，"不御"，即主祭者与夫人在不同地点"致齐"三日，杜绝情欲活动；其二，"不乐"④，即不听音乐；其三，《礼记·曲礼上》云"齐者不乐不吊"，可知斋期"不吊"，即不参加葬礼。主祭者遵守禁忌也同时完成净化身心。

斋在饮食上，更有所禁忌，《论语·乡党》记载孔子"八不食"：

> 齐必变食，居必迁坐。食不厌精，脍不厌细。食饐而餲，鱼馁而肉败，不食。色恶，不食。臭恶，不食。失饪，不食。不时，不食。割不正，不食。不得其酱，不食。肉虽多，不使胜食气。惟酒无量，不及乱。沽酒市脯不食。不撤姜食，不多食。

《论语·述而》云："子之所慎：齐，战，疾。"作为周代宗教文化的继承者孔子，非常重视"斋"。而以上所引文字，从"食不厌精"至以下，正为孔子斋期"变食"的内容，邢昺即认为："皆蒙齐文，其凡常不必然。"⑤ 与日常相比，"变食"的内容有：其一，注重宜于消化，故"不厌精""不厌细"；其二，更注意清洁，因而变质及有变质可能的食物不吃；其三，应"依于礼"，与"礼"不相符的食物不吃。孔子斋戒"变食"尚且如此，更高级贵族的情况也可想见。

具体到天子的斋期饮食，据《周礼·天官·膳夫》记载，平时"王

---

① 《礼记·坊记》曰："七日戒，三日齐。"郑注曰："戒，谓散齐也。"
② （清）孙希旦：《礼记集解》，中华书局1989年版，第1239页。
③ 《礼记·祭义》"致齐于内，散齐于外"之郑注。
④ 即使是随身玉佩也不能让其发出声响，故"齐则绤结佩"（《礼记·玉藻》），孙希旦云："盖佩玉有声，齐者欲静以致思，故绤结其佩，即齐者不乐之义也。不去而但绤结之者，君子无故玉不去身也。"〔（清）孙希旦：《礼记集解》，中华书局1989年版，第822页〕
⑤ 程树德：《论语集释》，中华书局1990年版，第698页。

日一举"，而斋期"日三举"，钱坫解释："古者一日之中三时食，朝、日中、夕也。日一举者，谓朝也。杀牲盛馔曰举，则日中及夕馂食其余矣。惟齐日三举，改常馔更而新之。齐者，洁清之义也，所谓变食是。"① 三餐之前都要杀牲，就是要保证食物新鲜。另外，对主祭者而言，祭祀中必然恭敬从事，诸多仪节也事必躬亲。祭祀越盛大，持续时间往往越长，必然非常消耗精力。若主祭者只有"肃敬之心"，无相应的体力，难以维系。祭祀前的斋期，正是为此作储备。朱骏声指出："古人祭祀行礼，委曲烦重，非强有力者弗能胜。三日之先杀牲盛馔者，所以增益其精神，致齐内寝，散齐外寝者，所以专壹其意志。且凡敬其事则盛其礼。故斋之馔必加于常时也。"② 此论甚确。

此外，《周礼·天官·玉府》云："王齐，则共食玉。"天子斋戒还应"食玉"。为何？从"玉"久远的历史用途来看，其有礼神、祀神的重要功能。主祭者天子食玉，大概是为了获得与"玉"一致的属性，使其更加迫近通神的可能。除去食物，天子斋期又要饮用"秬鬯"或"醴"，甚至用其沐浴③，以起净化作用。

在禁忌、变食、沐浴之外，《礼记·祭义》载曰：

> 齐之日，思其居处，思其笑语，思其志意，思其所乐，思其所嗜。齐三日，乃见其所为齐者。

据此，主祭者还要主动思虑祖先生前的行为，甚至于"见其所为齐者"。可以说，这是一种神秘主义的宗教体验，其目的无非还是加强通神之可能。④

---

① 程树德：《论语集释》，中华书局 1990 年版，第 686 页。
② 朱骏声：《说文通训定声》，武汉市古籍书店 1983 年版，第 574 页。
③ 《周礼·鬯人》："凡王之齐事。共其秬鬯。"孙诒让曰："凡王常时沐用粱，浴用汤，不用鬯。齐尤洁清，故以秬鬯给浴，盖以鬯和汤也。"[（清）孙诒让：《周礼正义》，中华书局 1987 年版，第 1507 页]《国语·周语上》记载周天子在籍田礼前的斋期与沐浴都用"醴酒"，其曰："王即斋宫，百官御事，各即其斋三日。王乃淳濯飨醴，及期，郁人荐鬯，牺人荐醴，王裸鬯，飨醴乃行，百吏、庶民毕从。"韦昭注云："灌鬯，饮醴，皆所以自香洁也。"斋期之饮用与沐浴也应如此。
④ 本书第三章还会论及这一祭中之"思"。

总之，在祭祖过程中为实现与祖先神灵的交流，主祭者必须以"穆穆"即"敬"的身心状态去践行仪式。而"敬"之状态，又应通过"斋"的仪式性净化活动完成。主祭者在斋期，暂时与世俗脱离，于禁忌、变食、沐浴、存想等仪式行为中完成身心转化。《雝》说"天子穆穆"，展现与夸耀了主祭者天子"敬"的祭祀态度。

第三节 牺牲、献祭与劝食：禘祭中主祭者之"孝行"

《雝》"於荐广牡，相予肆祀"，予，为"我"之义，乃主祭者天子的第一人称视角。这句诗有明显的仪式现场感，从主祭者的视角指涉了祭祖仪式上祭祀行为：以"肆祀"的献祭方式向祖先神献上牺牲"广牡"。而这类仪式行为正为理解禘祭的关键所在。我们不妨技术性地分析"牺牲""献祭""劝食"三个主题，以勾勒主祭者禘祭仪式行为，同时也还原《雝》诗的原始仪式发生语境。通过分析可看出，这一仪式过程与天子宗庙岁时祭朝践荐血腥之仪节类似。

一 主题一：广牡——牺牲

牺牲是主祭者献给祖先神最为重要的"礼物"之一，在祭祖礼上占有突出的位置。牺牲的选择、饲养与最后的献祭，主祭者都亲自参与。

"禘"在金文中全为"啻"字。在目前发现的西周金文中，共有五条记载禘祭，如下[①]：

> 1. 唯八月既望，辰在甲申……既咸……王各庙……用牲啻周王、武王、成王。（《小盂鼎铭》，西周早期，《集成》2839）
> 2. 唯五月，王在㫘，辰在丁卯，王啻，用牡于大室，啻邵王，剌御，王赐剌贝卅朋，天子万年，用作黄公尊彝，其孙孙子子用宝

[①] 此释文部分参考了刘雨《西周金文中的祭祖礼》，《考古学报》1989年第4期。

用。(《剌鼎铭》，西周中期，《集成》2776)

3. 唯六月初吉丁巳，王在郑，蔑大历，赐刍骍犅，曰：用窨乃考。大拜稽首，对扬王休，用作朕皇考大仲尊簋。(《大簋铭》，西周中期，《集成》4165)

4. 唯王卅又四祀，唯五月既望戊午，王在䇂京，窨于邵王。鲜蔑历，祼王朝，祼玉三品。贝廿朋，对王休，用作，子孙其永宝。(《鲜簋铭》，西周中期，《集成》10166)

5. 唯九月初吉癸丑，公酡祀，掌旬又一日辛亥，公窨酡辛公祀。卒事，亡䀠，公蔑繁历，赐宗彝一肆，车马两。繁拜手稽首，对扬公休，用作文考辛公宝尊彝，其万年宝。(《繁卣铭》，西周中期，《集成》5430)

这五条中，前三条记录了牺牲。《雝》"於荐广牡"，从中只可知道牺牲是"牡"，即雄性。《剌鼎铭》反映了真实的周王室的禘祭仪式，其也说"用牡"，两者相合。此为《雝》乃禘祭礼乐的一证。同时，也意味着牺牲"牡"有特别的意义，否则不会被记录下来。①

从字形看，《剌鼎铭》"牡"本字为"牡"，字的兽类形旁为𰁼，即牛，因而为"公牛"；这可与其他形体组合如𰀀（公马）、𰀁（公羊）之"牡"字相区别。《小盂鼎铭》记载"用牲"，"牲"字从"牛"，其本义指牛。《大簋铭》之"刍骍犅"提供了"禘祭"完整的牺牲信息。"犅"，《说文》曰"特牛也"，也就是公牛。"骍"为赤色，《礼记·檀弓上》曰"周人尚赤……牲用骍"，与此相符。作为一类祭祀仪式的牺牲是固定的，据此可知，"刍骍犅"应为禘祭仪式所用牺牲之全名，也正是《雝》"广牡"之义。

"刍骍犅"之所以能作为禘祭这类重要祭祖仪式的牺牲，除"赤色公牛"本身一定的象征意义之外，还在于"刍"的特殊饲养方式上。整个牺牲的选取与饲养过程，主祭者周王参与其中，充分显示了对祖先神的"孝"。《礼记·祭义》载曰：

---

① 据查资料库，金文中目前只发现这一例"用牡"。

古者天子、诸侯，必有养兽之官。及岁时，齐戒，沐浴，而躬朝之。牺、牷祭牲，必于是取之，敬之至也。君召牛，纳而视之，择其毛而卜之，吉，然后养之。君皮弁，素积，朔月、月半，君巡牲，所以致力，孝之至也。

主祭者首先要斋戒沐浴，以颜色纯正（牺之义）与健康完整（牷之义）为标准选取。之后占卜，孙诒让曰："凡祭祀之卜，有四卜，应祀与不也，卜日也，卜牲也，卜尸也。"① 占卜是祭祀前主祭者与祖先沟通的常用方式。卜牲作为祭祀四卜之一，既说明牺牲的重要性，又体现了主祭者对神灵意志的尊重。若获得祖先准许，则"养"，这时牛之名也变为"牲"②。

牺牲一经选定，必须"不与昔聚群"（《墨子·明鬼下》），并"系于牢，刍之三月"（《周礼·地官·充人》）；与之相比，祭祀小神只需"系于国门，使养之"，即交给守城门之官饲养。"牢"又名为"涤"③，何休云"谓之涤者，取其涤荡洁清"，而"刍"，谓之"以刍莝养牛"，即精心选取草料，切碎以喂养。看来，与主祭者斋戒类似，牺牲在被献祭前，也被隔离与"变食"，务必使其肥壮。《雝》"广牡"，广，大也；《左传》谓牺牲"博硕肥腯"④，《周礼》云"硕牲"⑤，都表此意。经"刍"之后，牺牲大为不同，以致后世用"刍豢之色"来形容气色好、身体健康。⑥ 在"刍"的过程中，主祭者天子还要在每个月的初一、十五，身着朝服（皮弁素积）亲自巡视，象征性地表达了牺牲为自己所养。若牺牲在祭祀前，出现毁伤、死亡的情况，则推迟祭祀。

此外，"刍"之草料来源于供赋，也体现了这一饲养方式的象征意

---

① （清）孙诒让：《周礼正义》，中华书局1987年版，第142页。
② 《左传·僖公三十一年》曰："牛卜日曰牲。"
③ 《礼记·郊特牲》："帝牛必在涤三月。"孙诒让曰："涤亦是牢也。"［（清）孙诒让：《周礼正义》，中华书局1987年版，第932页］
④ 《左传·桓公六年》曰："是以圣王先成民，而后致力于神。故奉牲以告曰：'博硕肥腯'。谓民力之普存也，谓其畜之硕大蕃滋也，谓其不疾瘯蠡也，谓其备腯咸有也。"
⑤ 《周礼·地官·充人》："硕牲则赞。"
⑥ 《韩诗外传》卷二载，闵子骞曾经利欲熏心，以致心神不定，身体虚弱，有"菜色"，后来跟随孔子学习，逐渐弃利逐义，始有"刍豢之色"。

义。《礼记·月令》记载在"季夏之月",主祭者天子"命四监大合百县之秩刍,以养牺牲。令民无不咸出其力,以共皇天上帝,名山大川,四方之神,以祠宗庙社稷之灵,以为民祈福"。周王室祭祖之"家事"即是"国事"。不论是百姓还是贵族,对天子祭祖的供养与助祭,代表了对王权的臣服,王室则以神权"祈福"的名义巩固统治。如《左传·僖公四年》记载,齐桓公伐楚,管仲以"尔供苞茅不入,王祭不共,无以缩酒"为理由斥责楚国的不臣之心。"苞茅"的确为王室祭祖之物品,但并非不能从其他渠道获得,楚国的"不供"却挑衅了神权背后的王权。

二 主题二:肆祀——献祭

《雝》"相予肆祀"一句,既表明了祭祖"肆祀"之献祭方式,又可知献祭的参与者。以主祭者的口吻说"相予";相,助也;助"我"者为谁?《雝》开篇"有来雝雝,至止肃肃,相维辟公"四句交代了这点。其为"辟公",也就是说仪式现场的"辟公"帮助主祭者周王"肆祀"。而前引《剌鼎铭》说"王禘,用牡于大室,禘邵王,剌御";御,侍也;名为"剌"的臣子助王用牲,《雝》所体现的助祭之制与之相合,此又为《雝》乃禘祭礼乐的一证。

助祭是主祭者天子借助神权强化政权的惯用方式。《国语·周语》载曰:

> 夫先王之制:邦内甸服,邦外侯服,侯、卫宾服,蛮、夷要服,戎、狄荒服。甸服者祭,侯服者祀,宾服者享,要服者贡,荒服者王。日祭、月祀、时享、岁贡、终王,先王之训也。

周的臣子,不论远近,都要供奉与助祭王室祭祖仪式。这类仪式性活动也是当时王权赖以控制下属贵族的主要方式。《周颂》中《清庙》《载见》《烈文》《臣工》《振鹭》都直接与助祭有关。可以想象,这些在仪式现场所演唱表演的诗,对助祭者是一种赞美与褒奖。仪式之后通常还有册命赏赐,助祭者以此为荣。禘祭作为大祭,更是如此,《礼记·

祭统》曰："莫重于禘尝，古者于禘也，发爵赐服，顺阳义也。"可见禘祭有"发爵赐服"之赏赐。前引五条禘祭金文，其中《鲜簋铭》《繁卣铭》两条提到了祭后"蔑历"。所谓"蔑历"指论功行赏，主祭者用这种方式表彰助祭者对盛大仪式顺利举行的贡献。①

在探究"肆祀"之前，有必要先对天子祭祖礼上特殊的献祭方式作简要了解。据文献记载，祭祖礼随主祭者地位身份的不同，有等级之分。诸侯以下之祭祖礼，直接从"馈食"开始。所谓"馈食"，郑玄曰："祭祀自孰始，曰馈食。馈食者，食道也。"② 也就是以宾客饮食礼之道对待"神尸"。而天子、诸侯岁时祭在馈食前，多出了展示杀牲及血食的环节，此环节被礼学家称为朝践。为什么多出此看似血腥原始的一环呢？这基于当时人们对神灵兴趣的"想象"。

《礼记·郊特牲》曰："至敬不飨味而贵气臭也。""味"指熟食的味道，与味觉有关；"气臭"则指血与生肉的气味，更多与嗅觉有联系。神灵等级越高，越应远离"人道"。孙希旦总结道："礼以近人为亵，远人为尊。"③ 于此，主祭者应根据神灵等级，进行相应的献祭，《礼记·礼器》云："君子曰：礼之近人情者，非其至者也。郊血，大飨腥，三献爓，一献孰。"郑注曰：

> 近人情者亵，而远之者敬。郊，祭天也。大飨，祫祭先王也。三献，祭社稷五祀。一献，祭群小祀也。爓，沉肉于汤也。血腥爓孰远近备古今也。尊者先远，差降而下，至小祀，孰而已。

从至尊之"天"到"山、林、川、泽"之"小祀"，献祭由生到熟等级依次递减。在祭祖礼，"大飨腥"之"大飨"，郑玄说其为"祫祭先王"，那么禘祭之献祭是怎样的呢？《国语·周语》云："禘郊之事，则有全烝"。"烝"，汪远孙曰："《周礼·内饔》注：'实鼎曰脀，实俎曰载。'析言之，脀、载各别。统言之，实俎亦谓之脀。脀、烝，古今

---

① 详见丁进《商周青铜器铭文文学研究》，西北大学出版社2013年版，第171页。
② 《仪礼·特牲馈食礼》"特牲馈食之礼，不诹日"之郑注。
③ （清）孙希旦：《礼记集解》，中华书局1989年版，第655页。

字。"① 可知，"烝"为进献于俎上的献祭仪节。而"全烝"，韦昭则说："全烝，全其牲体而升之。凡禘、郊皆血腥。"② 据此，禘祭有"全烝升俎"的血食献祭，属于郑玄所谓祭祖"大飨"之属无疑，汪远孙也主张"大飨即禘也"③。

在禘祭金文中，《小盂鼎铭》说"用牲啻"，《剌鼎铭》云"王啻，用牡于大室"。两例金文都标明"用"这一处理牺牲的方式。类似的语例在文献中也能见到，如《左传》记载"用鄫子于次睢之社"（《僖公十九年》），"献俘始用人于亳社"（《昭公十年》）；其中"用鄫子""用人亳社"，杜预分别注曰"盖杀人而用祭""以人祭殷社"。两者系东夷之礼与殷礼都有的人牲血祭之沿用。《周礼·天官·庖人》"凡用禽献"，贾公彦疏云："杀牲谓之用。"看来，祭祀动词"用"，"乃杀牲之通称"④；那么"用牡于大室"表明在"大室"即周王宗庙现场宰杀并献祭；由此，金文也反映了西周禘祀有荐血腥的事实。这在《雝》中成立吗？

"相予肆祀"之"肆祀"，正是理解《雝》所指涉献祭方式的关键。首先看祭祀中的"肆"字。《小雅·楚茨》"或剥或亨，或肆或将"，《毛传》曰"肆，陈。或陈于互"，互是放生肉的架子；郑玄则按时间先后顺序解释了这一仪式过程，他说："有解剥其皮者，有煮熟之者，有肆其骨体于俎者。"毛、郑都把"肆"理解为陈列之义，但《毛传》陈之对象为生肉，郑玄所释则为熟肉。同时，《雝》"相予肆祀"，郑笺曰："百辟与诸侯又助我陈祭祀之馔。"此处，郑玄认为"肆"之对象为"馔"，"馔"指人吃的熟食。看来，于《诗经》中，郑玄一致认为所"肆"即陈列为熟食。

追本溯源，郑玄的肆为"陈列熟食"之认识大概源于其对《周礼》的理解。《周礼·春官·大宗伯》言："以肆献裸享先王。以馈食享先

---

① 徐元诰：《国语集解》，中华书局2002年版，第58页。
② 徐元诰：《国语集解》，中华书局2002年版，第57页。
③ 徐元诰：《国语集解》，中华书局2002年版，第58页。
④ 李棪：《殷墟斫头坑骷髅与人头骨刻辞》，见《古文字诂林》（三），上海教育出版社2000年版，第747页。

王。"郑注曰："肆者，进所解牲体，谓荐熟时也。"① 然而，在祭祀中，"肆"应有固定行为和稳定的对象②，生肉与熟食所指涉的仪式环节是不相同的。若按郑玄的理解，"相予肆祀"应对指涉于"馈食"，整首《雝》诗则不指涉朝践血食。不过，"肆献祼享先王"之"献""祼"，郑注云："献醴，谓荐血腥也。祼之言灌也，灌以郁鬯，谓始献尸求神也。"③ 两者都是朝践之事，"肆"反而归于"馈食"了，诸多学者表示质疑。如孙诒让总结任启运、黄以周两人的看法，说："任启运谓肆为荐血腥，与荐孰对文；黄以周亦据《郊特牲》记用牲有六节，毛血腥肆爓腍，谓腥肆为一类，经凡云肆者，皆专属荐腥。"④ 任、黄二者之意为长，"肆"应指"荐血腥"。不过，只知道"荐血腥"还不够，还应清楚牲体处理这一问题，看其是否能与《国语》禘祭"全烝"之记载相合。

《周礼·春官·典瑞》"以肆先王"，郑注又曰："解牲体以祭，因以为名。""肆"又多出"解牲体"之意。后代学者多承此意，而舍弃了他"肆"是荐熟的释义。如贾公彦曰"肆，解牲体也"⑤，孙诒让也说"肆者为凡解牲体之通名"⑥。然而，这种解释使"肆"的语义由"陈"偏移到"解"，由献祭方式偏转到牲体处理，与其初义恐怕并不相合。

对"肆祀"，马瑞辰有重要考释。本来在《尚书·牧誓》中有"肆祀"一词，其也被认为是"祭名"，即一种祭祀方式，但孔颖达为了维护郑玄《雝》"肆"为"陈祭祀之馔"的说法，否定了两个"肆祀"的联系。⑦ 不过，马瑞辰认为孔疏有误，"肆祀"应是祭名，它与《商书·牧誓》之"肆祀"、《周礼》中"肆享"同义。他说：

---

① （清）孙诒让：《周礼正义》，中华书局1987年版，第1330页。
② 郑玄解经有"随文求义"的特点，这样无疑会使经文解释语义顺畅，但却难免使祭祀特用语词趋于多义，以致一些关键性的祭祀现象难以辨清（详见［日］乔秀岩《论郑王礼说异同》，《北大史学》（13），北京大学出版社2008年版，第1—17页）。
③ （清）孙诒让：《周礼正义》，中华书局1987年版，第1330页。
④ （清）孙诒让：《周礼正义》，中华书局1987年版，第1335页。
⑤ 《周礼·春官·大祝》"凡大禋祀，祀享"，贾公彦疏。
⑥ （清）孙诒让：《周礼正义》，中华书局1987年版，第765页。
⑦ 孔疏云："此言'肆祀'，笺以为'陈祭祀之馔'。《牧誓》云：'商王受昏弃厥肆祀'。注云：'肆祀，祭名'者，以祭必肆之，故言'肆祀'。《尚书》指言纣之所弃，故知祭名。此言所助，是其为肆，故不以为祭名，理亦相通也。"（《毛诗注疏》，上海古籍出版社2013年版，第1965页）

《大司徒》"祀五帝,奉牛牲,羞其肆",郑司农注:"肆,陈骨体也。"《小子》"羞羊肆",郑司农注:"羊肆,骨荐,全烝也。"盖牛之体荐曰牛肆,羊之体荐曰羊肆,举全体而荐之,与骨解为折俎异,故郑司农谓体荐为全烝。其所云:"肆,陈骨体"者,即体荐也。贾疏以为体解节折,误矣。《周语》:"禘郊之事,则有全烝。"郑司农以肆为全烝,正与序言"禘大祖"合。韦昭曰:"全烝,全其牲体而升之也。"其释体荐云:"全体委与之也。"亦以体荐与全烝为一。①

马瑞辰依据了郑众对"肆"的解释,由"肆"的三义"陈骨体""骨荐""全烝"推知"体荐"为"全烝",这正与韦昭对"体荐"之解读相合,从而否定贾公彦"体荐"为"折俎"的观点。如此,《雝》之"肆祀"的牲体为完整全体。此外,他还结合字形加以论证。"肆"为晚起之字;《虞书》"肆类于上帝",《古文尚书》为"豨"字;"豨"古字又作"��",他说:"刘玉麐曰:'��为两牲同陈之象,其义当得为全。肆与��同音,故肆为全体。'是亦可为肆为全烝之证。"② 总之,在马瑞辰看来,"肆祀"与"荐广牡"对文义同,其是以"全烝"荐血腥以飨神的献祭方式。

马氏的考释已相当有力,然犹有未逮。其实不必曲折纠缠于汉儒注疏,若从字源上考察,"肆"字的源头,更直接来说应是甲骨卜辞中的"𢒡",此字经由金文"𢒡",最后隶变为"肆"。"𢒡"本身为祭祀动词,王蕴智认为:"整个字形表现出持手遏制豸兽,以解牲布陈的含义。"③ 其实,这个词的本义并不是那么复杂,"𢒡"就是"杀牲而陈"的含义,牲体两边的液体为流血;但看不出"解"的意义来,"解"的这层意义还是受到了郑玄"解牲体"之观点的影响;从字形来看,所陈之牲体应为完整的。由此也证实,马瑞辰对"肆祀"的考

---

① (清)马瑞辰:《毛诗传笺通释》,中华书局1989年版,第1082页。
② (清)马瑞辰:《毛诗传笺通释》,中华书局1989年版,第1082页。
③ 王蕴智:《释"豸"、"希"及与其相关的几个字》,载《于省吾教授百年诞辰纪念文集》,吉林大学出版社1996年版,第252—255页。

证是准确的。在先秦文献中,"肆"的古义仍可见。如《论语·宪问》"吾力犹能肆诸市朝",皇侃疏云:"肆者,杀而陈尸也。"① 此义与"杀牲而陈"近乎相同。

当然,"肆祀"也包括杀牲的过程。《国语·楚语》曰:"天子禘郊之事,必自射其牲。"可知,禘祭天子应亲自射牲。"射牲"需要训练,《礼记·射义》云"天子将祭,必先习射于泽",这项工作在祭祀前已经开始准备。"射牲"早在殷代就已出现,有卜辞记载"其射二牢,叀伊",杨树达认为:"余谓此因祭伊尹而射牲也。"② 在西周金文中,《伯唐父鼎铭》记录了周天子为举行袚祭在辟雍射杀牛牲、白鹿、白狼等牺牲的大型活动③,此类例子还有很多。可以说,"射牲"是典型的周人因于殷礼之例证。

主祭者天子"射牲"需"肉袒",即裸露左肩。《礼记·明堂位》云"君肉袒迎牲于门",孙希旦曰:"肉袒迎牲者,为入牲当亲杀也。"④ "射牲"是主祭者为祖先神效劳,所以"肉袒"以示"敬"。⑤

《周礼·夏官·射人》载"祭祀,则赞射牲",《周礼·地官·大司徒》云"奉牛牲,羞其肆"。在一般祭祀中,由射人来帮助天子完成射牲,由大司徒进已杀之牺牲于俎上。而《雝》说"相维辟公""相予肆祀",禘祭"辟公"助祭,助祭者临时分担了射人与大司徒的职务⑥,以助王完成"肆祀"。

综上,《雝》"肆祀"为全牲体荐血腥的献祭方式,这与《国语》禘祭"全烝"的记载相符。如此更加说明《雝》为禘祭礼乐的本来面目。

---

① (南朝梁)皇侃:《论语义疏》,中华书局2013年版,第380页。
② 杨树达:《积微居甲文说·卜辞琐记》,中国科学院出版社1954年版,第63页。
③ 刘雨:《伯唐父鼎的铭文与时代》,《考古》1990年第8期。
④ (清)孙希旦:《礼记集解》,中华书局1989年版,第846页。按:射箭有"袒"的习惯,因为宽大的衣袖若碰到弓弦会降低射击精准度。在当今的射箭运动中,可以看到射手佩戴护胸收束衣服,这与古人"袒"射异曲同工。
⑤ 《仪礼·乡射礼》曰:"君在,大夫射则肉袒。"此处,大夫肉袒向君致敬,与主祭者肉袒向祖先神致敬道理是一致的。
⑥ 所谓"助祭",沈文倬说:"同姓兄弟与异姓群臣来助祭,无非分担有司的职务。"(沈文倬:《宗周岁时祭考实》,载氏著《宗周礼乐文明考论》,杭州大学出版社1999年版,第106页)"有司"是指祭祀仪式中的事务官。也就是说,助祭者会在祭祀仪式上临时分担一些职责。

由诗意可知，在禘祭中，主祭者天子在助祭者"辟公"的协助下，射杀肥硕公牛；助祭者又将其全体进献于大俎之上。主祭者用这一最高级别的献祭方式向祖先致"敬"。

三 主题三：右——劝食

《雝》最后两句为："既右烈考，亦右文母。"

首先，看其反映的祭祀对象。"烈考""文母"再加上"假哉皇考"之"皇考"，三者到底指谁？有一种观点把《雝》中"皇考""烈考"解释成不同的祖先；其认为"皇""烈"之称必有专指："烈考"，《毛传》认为是"武王"，"皇考"，郑玄说是"文王"，于是男性祭祀对象有多个；女性祭祀对象"文母"，又特指"太姒"。马瑞辰、王先谦、今人周振甫即持此说。① 然而，根据金文，"烈考""皇考""文母"的称谓，不为特称，而是祭祖时的泛称。对此，林义光早有论断："烈考即皇考也。诸彝器称皇考、剌考（即烈考），文考、皇母、文母者甚多，且有称皇文考、皇祖考、皇神祖考者。必无某人宜称烈考，宜称文母之区别也。"② 此论甚确。要之，"烈考"与"皇考"应为同一位祖先神，且为主祭者之先父；"文母"则为主祭者之先母。

其次，看由祭祀对象反映出的祭祀形式。由上可知，《雝》考妣同时出现，说明此诗反映的是一次祭祀先考，并以先妣配食的祭祖仪式。《左传·僖公八年》经云"秋，七月，禘于大庙，用致夫人"，夫人指鲁庄公夫人哀姜，其与庆父通奸，两人密谋杀死了鲁闵公，大乱鲁国。哀姜死后，鲁僖公在禘祭其父庄公时，让她以夫人的身份合祭配食。尽管这次禘祭配食受到了批评，被认为是非礼，但批评的原因是禘祭的内

---

① （清）马瑞辰：《毛诗传笺通释》，中华书局1989年版，第1083页；（清）王先谦：《诗三家义集疏》，中华书局1987年版，第1031页；周振甫：《诗经译注》，中华书局2002年版，第512页。这其中，王先谦云："《洛诰》曰：烈考武王。此禘祭当在成王之世。《列女传》'太姒'号曰'文母'，《汉书·杜邺传》：'礼明三从之义，虽有文母之德，必系于子'。盖武王即位时太姒尚存也。故诗言文王在天之灵，所以右助烈考与文母者为尤至焉。"此说殊为不妥，若烈考为武王，文母为太姒，那么"既右烈考，亦右文母"便成了儿子与母亲并置了，这对于讲究尊卑的周人来说，何其谬也？

② 林义光：《诗经通解》，中西书局2012年版，第406页。

容,即罪人哀姜之神主是否有资格进入太庙,并不是因为禘祭配食的祭祀形式。这说明禘祭确有男女祖先神合祭,《雝》与此相合,再次证实其为禘祭之诗的合理性。

再次,看祭祀仪式中"劝食"之仪式行为。对此两句,郑笺曰:"子孙所以得考寿与多福者,乃以见右助于光明之考与文德之母,归美焉。"其中,"右",郑玄认为是"右助"之义,换言之,"右",通"佑""祐"。"既右"的句式也出现在《周颂·我将》"伊嘏文王,既右飨之"之中,"右"仍被郑玄解释为"右助",然而"右""飨"同时出现,说明"右"应与"飨"有更直接的联系,而且《周礼》中有"享右"一词,"右飨""享右"二者应同义①。

此外,《小雅·彤弓》"一朝飨之""一朝右之""一朝酬之"三句在诗中对文出现,也可知"飨""右""酬"三字应有相近的意义,《毛传》解释此"右"为"劝也","酬"为"报也"。《小雅·楚茨》"以妥以侑",《毛传》曰:"侑,劝也。""右"与"侑"皆是劝之义,则"右"与"侑"相通。马瑞辰曰:"《周礼·大祝》'以享右祭祀',郑注:'右读为侑,侑劝尸食而拜。'此诗右亦当读为侑劝之侑。"②其说可从。"侑"是"劝食"或说劝神灵享受祭品,乃一种仪式行为,与献祭"享"或"飨"相关,故而"右飨"联言。

要注意的是,此处主祭者"劝食"的对象直接为神,并不是尸。为何?因为在天子祭祖仪式中,虽然尸为"神象",但尸与神主又是并用的,且尸随神主而行,根据具体仪节,或在室或在堂;神主在尸之右,尊于尸③;这样设置的一个重要目的是便于血祭。前面说过,"肆祀"类似于天子岁时祭之朝践。在朝践荐血腥时,因为是生肉,尸并不能直接食用;"侑"主要为了飨神,即在神主面前劝祖先神享用祭品。《礼记·祭统》载君子曰:"尸亦馂鬼神之余。"孔疏云:"若王侯初荐毛血燔燎是荐于鬼神,至荐熟时,尸乃食之,是鬼神之余。"据此,天子祭

---

① "享""飨"二字在金文中混而通用,如《梁其鼎铭》云"用享孝于皇祖考"(西周晚期,《集成》2768),《仲柟父鬲铭》则曰:"用敢飨孝于皇祖考。"(西周中期,《集成》746)
② (清)马瑞辰:《毛诗传笺通释》,中华书局1989年版,第1083页。
③ 朝践仪节据《礼记·礼运》孔颖达疏与《周礼·春官·司尊彝》,贾公彦疏。

祖的献祭上先神后尸，神与尸有所差别[①]；朝践后的馈食之礼，尸发挥了更大的作用。不过，天子祭祖礼可能并不是每次都"馈熟"，如《左传·定公十四年》载"天王使石尚来归脤"，而《穀梁传》中说"脤者。何也？俎实也，祭肉也，生曰脤"，"脤"为祭祖后最终剩下之祭品，其为生，那么可推测周天子这次祭祖就没有"馈熟"。然而《雝》只反映了禘祭"荐血腥"的内容，至于其禘祭有无其他仪式环节，不在本书讨论范围之内。

第四节　瞽矇代言与乐歌移用：作为表演唱的《雝》

一　仪式现场的瞽矇表演

上述讨论了《雝》反映与指涉的仪式内容，而在真实的仪式语境中，《雝》是被瞽矇表演唱的，其乐歌之仪式功能在这种表演唱中得以体现。

从世界范围来看，不论是非洲原始部落的鼓乐还是西方基督教的弥撒曲，宗教仪式与音乐有密切而深入的关联，而且音乐在营造氛围、传递共同情感上有先天优势，功能十分重要。中国先秦时期，音乐与祭祀也有紧密的联系。《礼记·乐记》载："若夫礼乐之施于金石，越于声音，用于宗庙社稷，事乎山川鬼神，则此所与民同也。"此处是说王室之"礼乐""与民同"说明从王室到平民都用音乐来祭神，音乐之祭祀功能有普遍适用性。而《诗经》中的"祭祀礼乐"正为祭祀音乐的一种。

按照专业分工的要求，王室祭祖乐歌由专人——瞽矇乐官——来负责。这从《诗经》本身即能找到依据，《周颂·有瞽》曰：

　　　　有瞽有瞽，在周之庭。设业设虡，崇牙树羽。应田县鼓，鼗磬

[①] 此外，祭祖仪式中还有专门飨神的"阴厌""阳厌"，其与馈食并行。

枳圉。既备乃奏，箫管备举，喤喤厥声。肃雝和鸣，先祖是听。我客戾止，永观厥成。

其开篇云"有瞽有瞽"，以一种"自报家门"的方式直接表明诗为瞽矇所唱。这个群体一般又被称为"工"，故《左传》有"工歌文王之三"、《仪礼》有"工歌《鹿鸣》《四牡》《皇皇者华》"的记载。他们其中贤者为"师"，负责领导与教育一般瞽矇。在《周礼》之中，设有"大师""小师"的官职，隶属于大司乐的管辖。郑玄总结："凡乐之歌，必使瞽矇为焉。命其贤知者以为大师、小师。"①

瞽矇乐官属于特异人群，因其目盲，对声音特别敏感，往往过耳不忘，能够精确地辨音与记忆，故而每次演奏都可以保证声律的一致性。因此，瞽矇常被训练用于作律校音。②《国语·周语》载伶州鸠说："古之神瞽考中声而量之以制，度律均钟。"韦昭注曰："均者，均钟木，长七尺，有弦系之。以均钟者，度钟大小清浊也。汉大予乐官有之。"可知，"均钟"为一件木制弦乐器，是瞽矇专门为青铜钟调音用的工具；汉代尚存，三国时的韦昭有可能见过。当然，只凭这段文字很难想象"均钟"到底为何样？令人惊喜的是，在曾侯乙墓的考古中，发现了一件窄而狭长的棒状五弦乐器，开始众人皆不知为何物，后经黄翔鹏多重证据的精彩考证，证其确为"均钟"。③这件校音工具的创制与使用都要依靠瞽矇乐人对音准的高超辨识能力。它能以琴律来校钟律，对青铜乐县的定音及最终演奏有重要作用。也由此可见，瞽矇对周代礼乐的影响是基础性且深刻的。

从起源来看，瞽矇乐官应是上古"巫"的一种。由《国语·楚语》所载观射父论"绝地天通"的那段著名言论来看，上古要成为"巫觋"，

---

① 《周礼·春官·宗伯·序官》之郑注。
② 《淮南子·修务训》："今夫盲者，目不能别昼夜，分白黑，然而搏琴抚弦，参弹复徽，攫援摽拂，手若蔑蒙，不失一弦。使未尝鼓瑟者，虽有离朱之明，攫援之捷，犹不能屈伸其指。何则？习贯积之所致。"这也可看作瞽矇训练过程的写照。
③ 详见黄翔鹏《均钟考——曾侯乙墓五弦器研究》（上、下），《黄钟（武汉音乐学院学报）》1989年第1、2期。

需要诸多先天异能。① 然而很难在一个人身上集聚如此多的能力，于是"巫"的功能被后世专业分工化了。这些能力中一个为"其聪能听彻之"，也就是说要求听力极好，甚至达到"彻"，即极致以能通神、感应神灵降临的境界。显然，瞽矇有此潜能，他们被有意识地培养并纳入了神官系统。另外，众所周知，巫以"乐舞"降神，"乐"与"舞"往往是相伴的，但从职官制度来说，两者也分化了；在祭祀仪式上，瞽矇来负责乐，"舞"则由其他角色来演。对这一专业分工化的过程，刘师培说：

> 而古代乐官大抵以巫官兼摄。《虞书》言舜命夔典乐，八音克谐，神人以和。又，夔言击鸣球，搏拊琴瑟以咏，祖考来格。又言，箫韶九成，凤凰来仪。则掌乐之官即降神之官，而箫韶又为乐舞之一。盖《周官》瞽矇司巫二职，古代合为一官。②

不仅"舜命夔典"以礼神；传说圣王舜的父亲为"瞽叟"，也就是瞽矇，他曾制作祭祀上帝之乐"大章"③。《国语》记单子言："吾非瞽、史，焉知天道？""瞽"属于知天道者，则证其有神职人员的特性；《国语》又记古有"神瞽"，制作礼乐，以沟通天人④。由此可知，瞽矇以音乐来通神有久远的历史。与此类似，古希腊行吟诗人如萨慕里斯、荷马等，均为盲人，而他们被认为是"通神的歌手"。⑤ 可见，"盲人、诗、乐"一体通神，是一种世界范围内的现象。此外，《周礼·春官·大师》曰"大丧帅瞽而廞，作匶，谥"，瞽矇又要参与丧礼中迁柩朝祖庙前"谥号"的宣读；换言之，"谥号"借瞽矇之口说出，有了某种神性。

---

① 《国语·楚语》："古者民神不杂，民之精爽不携贰者，而又能齐肃衷正，其智能上下比义，其圣能光远宣朗，其明能光照之，其聪能听彻之，如是则明神降之，在男曰觋，在女曰巫。是使制神之处位次主，而为之牲器时服。"

② 刘师培：《舞法起于祀神考》，见氏著《清儒得失论》，吉林人民出版社2013年版，第246页。

③ 《吕氏春秋·古乐》记载帝尧之时："瞽叟乃拌五弦之瑟，作以为十五弦之瑟。命之曰大章，以祭上帝。"

④ 这中"三曰姑洗，所以修洁百物，考神纳宾也。四曰蕤宾，所以安靖神人，献酬交酢也。"

⑤ 陈中梅：《神圣的荷马：荷马史诗研究》，北京大学出版社2008年版，第17—22页。

殷墟卜辞中已出现了瞽矇乐官参与祭祀、求雨、丧礼的记录。① 周人的瞽矇乐官之制直接承袭于殷礼，甚至周初的不少乐官为商之遗民。如《史记·殷本纪》载帝纣之时，"殷之太师、少师乃持其祭乐器奔周"。《韩诗外传》认为《周颂·有瞽》之"瞽"正是"纣之遗民也"②。在周代，虽然瞽矇之中除大师、小师之外，都没有官职，但仍有较高的文化地位，故而孔子见瞽矇，"见之，虽少必作；过之，必趋"（《论语·子罕》），"虽亵，必以貌"（《论语·乡党》）。看来，西周祭祖乐歌由瞽矇乐官来表演唱，既有神职上的依据，又有礼制上的传承。

瞽矇之表演唱，按仪式的需要，可分为叙事与代言两种表现方式。叙事是瞽矇乐官站在旁观或者说是第三人称的视角对仪式现场内容的交代、指涉与演唱；代言则为瞽矇乐官以"非我"的被代言人视角去表演唱，类似于传统曲艺中的"起角色"。通过叙事与代言，主祭者借助瞽矇乐官的神圣功能，实现与祖先的交流。虽然瞽矇目盲，不能看见仪式现场正在发生之事；但实际上，仪式上的内容都是事先排演好的③。从乐歌内容层面上说，瞽矇所唱既指涉了仪式，反过来又能提醒现场之人应该施行的仪式行为；而从乐歌音乐层面上说，瞽矇表演唱的节拍，可为行礼"乐仪"、祭祀舞蹈提供必要的节奏。

具体到《雝》，从人称转化可知，"有来雝雝"到"天子穆穆"，是以第三人称旁观者的视角对仪式现场的行为作交代，乃瞽矇乐官的"叙事"。"於荐广牡，相予肆祀"是以第一人称"予"即主祭者的口吻对现场助祭人员的命令；"既右烈考，亦右文母"，系以主祭者的口吻对祖先作出的劝食，是瞽矇乐官为主祭者的代言。这样，《雝》还有"假哉皇考，绥予孝子。宣哲维人，文武维后。燕及皇天，克昌厥后。绥我眉寿，介以繁祉"八句未被分析，其指涉的仪式行为及瞽矇代言机制是怎样的呢？

"宣哲维人，文武维后"两句，大体有两种意见。其一认为两句为

---

① 裘锡圭：《关于殷墟卜辞中的"瞽"》，见《裘锡圭学术文集·甲骨文卷》，复旦大学出版社2012年版，第510—515页。

② 屈守元：《韩诗外传笺疏》，巴蜀书社1996年版，第256页。

③ 《商书·顾命》载，在周成王去世后，太保"命作册度"。"作册"也就是说令"作册"这一史官策划成王的丧礼（见顾颉刚、刘起釪《尚书校释译论》，中华书局2005年版，第1737—1744页）。由此可以推想，凡王室大型仪式，一般是事先策划好的。这也符合情理。

"祈"，祈求祖先保佑人之"宣哲"、后之"文武"，郑笺曰："遍使天下之有才知，以文德武功为之君故。"宋代苏辙、清代王先谦、近人高亨等延续此说。① 其二认为两句是"美"，即称赞祖先之"宣哲""文武"。朱熹曰："此美文王之德。宣哲则尽人之道，文武则备君之德。故能安人以及于天，而克昌其后嗣也。"② 元代刘瑾、清代马瑞辰、近人程俊英等支持此说。③ 看来，两种看法势均力敌，至今仍有争议，而何者更合理呢？

"绥予孝子"之"绥"，前人多理解为"安"。而从字源上说，结合金文祝嘏辞，徐中舒指出"绥"与"妥"通，应"以降释之"④，表示祖先赐福；高亨也认为："绥之初文当作'妥'，《说文》无'妥'，'妥'当为保抚子女之形，《桓》曰'绥万邦'其义同。此言皇考保佑其子。"⑤ 马瑞辰则从字音上解释，他说："绥与遗叠韵，绥之言遗，遗即诒也。"⑥ 经过诸位名家考证，"绥"表示祈福，能成定论。那么，顺着"绥予孝子"的诗意，下面的"宣哲维人，文武维后"应是所祈的内容。

另外，"宣哲维人，文武维后"中的"人"，诸家均释为"臣"，但理解两句为"美"的，解释此"臣"系文王生时为殷商之臣。马瑞辰曰："文王以一身兼尽君臣之道，故言'维人''维后'。"⑦ 这种解释不合理，在夺取天下之后，周人极力渲染"文王受命"，若再回忆文王为殷商之臣时"尽臣之道"，显然相悖。若看宋国祭祖之《商颂》，通篇都是极力宣扬祖先之丰功伟绩，其中没有任何关于为臣的记载。因而"宣哲维人，文武维后"理解为"美"不合理，理解为"祈"则语义通顺。对此，俞樾有精彩总结，其曰：

---

① 参见（宋）苏辙《诗集传》，载《景印文渊阁四库全书》第70册，台北：台湾商务印书馆1986年版，第516页；（清）王先谦《诗三家义集疏》，中华书局1987年版，第1031页；高亨《周颂考释》（中），《中华文史论丛》1964年第5辑，第1031页。
② （宋）朱熹：《诗集传》，中华书局2015年版，第306页。
③ 参见（元）刘瑾《诗传通释》，《景印文渊阁四库全书》第76册，台北：台湾商务印书馆1986年版，第748页；（清）马瑞辰《毛诗传笺通释》，中华书局1989年版，第1083页；程俊英、蒋见元《诗经注析》，中华书局1991年版，第966页。
④ 徐中舒：《金文嘏辞释例》，见氏著《古文字学讲义》，巴蜀书社2012年版，第193页。
⑤ 高亨：《周颂考释》（中），《中华文史论丛》1964年第5辑，第85页。
⑥ （清）马瑞辰：《毛诗传笺通释》，中华书局1989年版，第1160页。
⑦ （清）马瑞辰：《毛诗传笺通释》，中华书局1989年版，第1083页。

宣与烜通，宣哲犹明哲也。"宣哲维人，文武维后"两句相对成义。人者，臣也；后者，君也。《假乐》篇"宜民宜人"，《传》曰："宜安民，宜官人也。"彼"人"与"民"对，此"人"与"后"对，盖皆指臣而言。文王既受命定其基业，乃使明哲者为之臣，使有文德武功者为之君。故能"燕及皇天，克昌厥后"也。①

俞氏也把被祭者说成"文王"，正如本书之前所述，被祭者仅从诗中是难以看出的。若把"文王"换成更广泛意义的被祭者，俞氏的其他解释皆可通。

至此可知，上述八句全为祈祝。谈及祈祝，不免会使人认为其是祝官所为。但在祭祖仪式现场，主祭者意欲向祖先神表达之义，可由祝官祈祝、铭文青铜祭器之使用、瞽矇演奏乐歌三种途径来实现，三者相互配合，组成立体祈祝氛围，以尽最大可能实现祭祀目的。②祝，《说文》曰："祝，祭主赞词者。""祭主"正是"主祭者"，祝"赞词"，也就是帮助"主祭者"以一套宗教专业词语与神交流，根据需要既可向神报告又能对神提出请求。《周礼·春官·大祝》云："凡大禋祀，肆享，祭示，则执明水、火而号祝。""肆享"即"肆祀"，那么祝在全烝献祭这类仪式环节，须称神之号劝其享用祭品。③青铜祭器铭文有大量的"祈匃之辞"④，它们直接以主祭者的口吻来表达对祖先的请求。通过祭器的使用，祈求的内容以一种献祭接触的方式传递给祖先神。⑤

与祖先交流的三种途径中，祭祀乐歌较为特殊。因其等级规格较

---

① （清）俞樾：《群经平议》，《续修四库全书》，上海古籍出版社2002年版，第186页。
② 贾海生对祝嘏、铭文与颂歌三者在文辞与功能上的相似，作了详尽考察（参见贾海生《祝嘏、铭文与颂歌——以文辞饰礼的综合考察》，载氏著《周代礼乐文明实证》，中华书局2010年版，第229—258页），但未论及瞽矇的作用。
③ 孙诒让曰："号祝，谓以六号诏祝于神之辞。若《特牲馈食礼》阴厌及迎尸入室执奠时，祝皆称号劝飨，即肆享号祝之事。"［（清）孙诒让：《周礼正义》，中华书局1987年版，第2020页］
④ 徐中舒：《金文嘏辞释例》，见氏著《古文字学讲义》，巴蜀书社2012年版，第179页。
⑤ 罗泰认为，铭文的性质是宗教文书，铭文上的叙述内容再加上最后之嘏辞，"目的是让天上的神灵读起来更加清楚，即通过这样的手段，把致祭者所期待的祝福之辞塞进神灵的嘴里"（［美］罗泰：《西周铜器铭文的性质》，来国龙译《考古学研究（六）》，科学出版社2006年版，第343—374页）。

高,按周礼规定,天子诸侯这样的有地之君才能有这项权利,低等级者不能享用①,也没有能力享用。能够想象,创制一首单独的祭祖乐歌到其表演,所要动用的人力物力,必然是相当可观的。通俗地讲,"戏台班子"不是谁都能够供养得起。应该说,祭祀乐歌是权力与实力的体现。在周天子祭祖礼乐《周颂》中,有不少向祖先神的祈祷之辞,所谓"声音之号,所以诏告于天地之间也"②,借瞽矇之神圣功能,通过其洪亮的表演唱,使祖先神听到,也能达成主祭者之祭祀目的。因而《雝》出现祈词也不难理解。

至此,本书已对《雝》作了完整的分析,现据以上分析制表如下。

表1　　　　　　　　对《周颂·雝》的分析

《周颂·雝》	所指涉仪式现场	瞽矇表演唱方式	礼乐仪式功能
有来雝雝,至止肃肃。相维辟公,天子穆穆	主祭者与助祭者就绪	叙事	向祖先神报告仪式之内容
於荐广牡,相予肆祀	助祭者协助主祭者杀赤色公牛并完整地升于俎上	代言	为主祭者代言,命令助祭者之协助
假哉皇考,绥予孝子。宣哲维人,文武维后。燕及皇天,克昌厥后。绥我眉寿,介以繁祉	祝官"肆享而号祝",即祈祝于先考	代言	为主祭者代言,使所祈内容与劝食"孝行"告之于祖先神,同时营造仪式氛围
既右烈考,亦右文母	祝官"享右祭祀",即劝考妣神享用祭品		

总之,在禘祭"全烝"之时,由瞽矇乐官表演唱《雝》,既传达了

---

① 《仪礼》之《少牢馈食礼》《特牲馈食礼》所记卿大夫、士的祭祖仪式,均未出现乐歌。在可考的文献中,凡遵守周礼的情况下,祭祖乐歌只出现于天子、诸侯一级。可参见王国维《释乐次》(载氏著《观堂集林(外二种)》,河北教育出版社2001年版,第46—58页)。
② 《礼记·郊特牲》云:"殷人尚声。臭味未成,涤荡其声。乐三阕,然后出迎牲。声音之号,所以诏告于天地之间也。"此处虽说是殷礼,但"周因于殷礼",殷周两代的乐歌功能机制应是相近的。详见本书第二章。

主祭者周王之意图，又把仪式的庄严气氛推向高潮，给仪式现场的人们带来全身心的震撼。

二 禘祭乐歌《雝》的移用

《雝》乃典型四言诗体，在用韵上极为整齐规律；若以用韵为标准，则能分为四章①，如下所示：

有来雝雝（东），至止肃肃（觉）。相维辟公（东），
天子穆穆（觉）。
於荐广牡（幽），相予肆祀（之）。假哉皇考（幽），
绥予孝子（之）。
宣哲维人（真），文武维后（侯）。燕及皇天（真），
克昌厥后（侯）。
绥我眉寿（幽），介以繁祉（之），既右烈考（幽），
亦右文母（之）。

全诗韵脚都在句尾，且全部入韵，句句变韵，共押六韵②。按王力《诗经》用韵分类，《雝》属于"复交韵"③。不仅如此，细查可发现，"於荐广牡"四句与"绥我眉寿"四句又隔章押韵，这种现象被王力称为"遥韵"④。《雝》既"复交韵"又"遥韵"，在《周颂》中是独一无二的，从整部《诗经》来说也是罕见的。姚际恒评价道："此诗每句有

---

① 王力：《诗经韵读》，上海古籍出版社1980年版，第72页。按：本书《诗经》用韵均采用王力《诗经韵读》一书。
② 若依据这种成熟的用韵情况，可大致推测《雝》诗不可能是西周前期的作品，此诗应创制于西周中晚期。对此，美国学者夏含夷《从西周礼制改革看〈诗经·周颂〉的演变》[《河北师院学报》（社会科学版）1996年第3期]已有论及，可参看。
③ 王力说："所谓交韵，就是两韵交叉进行，单句与单句押韵，双句与双句押韵。交韵又可分为三种：第一种是纯交韵，一般是四句，也有六句、八句的；第二种是复交韵，一般是两个以上交韵的重叠；第三种是不完全交韵，那是多于四句的诗章，而只有一部分是交韵。"（王力：《诗经韵读》，上海古籍出版社1980年版，第70页）
④ 王力：《诗经韵读》，上海古籍出版社1980年版，第90页。

韵甚奇……前后相关，音调缠绵缭绕，尤为奇变。"① 这种用韵规律而多的现象会有什么结果呢？要想弄清楚这个问题，就应先弄明白韵与"乐仪"之关系。

王国维《说〈周颂〉》论道：

> 今就其著者言之，则《颂》之声较《风》、《雅》为缓也。何以证之？曰：《风》、《雅》有韵而《颂》多无韵也。凡乐诗之所以用韵者，以同部之音间时而作，足以娱人耳也。故其声促者，韵之感人也深；其声缓者，韵之感人也浅。②

王国维认为《颂》诗声缓，因其多无韵。此观点可再商榷。其实，《颂》中押韵的不在少数，不能一概而论。但他说用韵多则音乐富有变化，致使唱时声促，从而给人更多感官刺激，这一点确为卓识。《说〈周颂〉》还谈到音乐与礼的配合问题，认为声缓则能容纳越多的礼文。实际上，这就涉及"乐仪"的问题，我们可以接着王先生的话再进一步论。

在周代贵族的各类仪式上，往往以"乐"来协调仪节，行礼也必与"乐"的节奏相合，此之谓"乐仪"。而所谓"大夫济济，士跄跄"（《礼记·曲礼下》），地位越高之人，行礼时仪容动作越舒缓；反之，则越促。那么，这与所节之乐有怎样的联系呢？

《周礼·春官·乐师》云：

> 教乐仪。行以《肆夏》，趋以《采荠》，车亦如之。环拜，以钟鼓为节。凡射，王以《驺虞》为节，诸侯以《狸首》为节，大夫以《采蘋》为节，士以《采蘩》为节。

其中"乐仪"之"乐"包含了《驺虞》等"诗乐"。"射礼"所节之乐歌③，分析可发现，《驺虞》押鱼、东两个韵；《狸首》押耕、鱼、

---

① （清）姚际恒：《诗经通论》，中华书局1958年版，第340页。
② 王国维：《观堂集林（外二种）》，河北教育出版社2001年版，第52页。
③ 孙希旦认为："节者，歌之以射之节也。"［（清）孙希旦：《礼记集解》，中华书局1989年版，1439页］

之、铎四韵，但鱼之合韵、鱼铎通韵，则可并为两韵①；《采蘋》押真、宵、鱼三韵；《采蘩》押之、冬、东、脂、微五韵，不过脂微合韵，则能并为四韵。这是一个值得注意的现象：从天子之乐到士之乐，韵依次增多，较为规律。由此，再结合王国维的推测，似可证明，仪式乐歌韵越多，表演唱时则越促，"乐仪"也相应变快，所对应等级则越低；反之，韵少，声缓，"乐仪"慢，所对应身份等级越高。

当然，这只是从乐歌韵的形式因素来分析的，仪式乐歌最初是为某类或某个仪式而作，其应用必然紧密结合诗本义，也就是说诗本义与乐义合一。然在之后的发展中，仪式场合越来越多，不少"诗乐"的运用便脱离了这种"合一"的状态，有些偏重应用其乐义，换言之，侧重乐歌音乐节奏等因素对"乐仪"的限制作用，这样就导致诗本义逐渐模糊。《雝》便是典型一例。

前面已证《雝》本是禘祭仪式乐歌，但它的五种仪式之用中，有三种可以通称为"彻歌"，在数量上占多数。这样难免会使人认为它最初为天子祭祖"彻歌"之用，另外的天子饮食之"彻歌"、诸侯相飨之"彻歌"都是由之演化而来。但从《雝》的诗义与"彻"之仪式环节来看，找不到必然联系。对《雝》乃"彻歌"的说法，王夫之《四书稗疏》已有辩难：

> 今按祭之有乐，殷以之求神，周以之侑神，故必当祭而作，有升歌，有下舞，皆在尸即席献酢之际；及尸谡奏肆夏，则乐备而不复作。若彻，则尸谡，主人降，祝先尸从，遂出于庙门，主人馂毕而后有司彻。彻者，有司之事，主人且不与矣。尸与主人皆不在，神亦返合于漠，而尚何乐之作载！抑绎《雝》诗之文义，皆非祭毕之辞，盖大禘之升歌，则虽天子不于彻时奏之。②

---

① 《狸首》不在《诗经》之中，郑玄认为它是《礼记·射义》"曾孙侯氏"一诗（参见《周礼注疏》，北京大学出版社1999年版，第599页）。全诗及韵为："曾孙侯氏（耕），四正具举（鱼）。大夫君子（之），凡以庶士（之）。小大莫处（鱼），御于君所（鱼）。以燕以射（铎），则燕则誉（鱼）。"此诗之韵，正好符合"射礼"乐歌韵所呈现的规律，从而也可证明郑玄的推论应当不错。

② （明）王夫之：《船山全书》（六），岳麓书社2011年版，第27页。

王氏为另立新说，把"彻歌"的仪式环节也否定了，失之过激。但他认为《雠》本来为侑神之升歌，笔者基本认同。总之，在"彻"之时，祖先神已返回神界，正所谓"神保聿归"（《小雅·楚茨》），不可能再劝其享用祭品了。而且《周礼·春官·乐师》曰"及彻，帅学士而歌彻"，《周礼·小师》也说"彻，歌"。孙诒让解释："歌诗虽是瞽矇专职，当彻之时，盖小师帅瞽矇，乐师帅学士咸相和而歌，二官为联事也。"① 可见，彻祭之时，歌者并不只是瞽矇了，演唱的神性已经被消解，此时之乐歌并不是为神而唱。那么《雠》之所以被移用作"彻歌"，原因在何？

《小雅·楚茨》曰："诸宰君妇，废彻不迟。"郑笺云："不迟，以疾为敬也。"可知彻祭需要迅速完成。祖先神食用过的祭品，拥有了某种神性，故而被称为"神惠"。彻祭之后有"馂"这一重要仪节，目的是分享"神惠"。迅速彻祭的目的大概是在"神惠"之神性最强的时间内尽快食用。可以推测，之所以在彻时要歌，为的是提供音乐节奏以节礼，也就是营造彻祭的"乐仪"，这就需要韵多且节奏快的乐歌。而出于这种原因，《雠》被选中。易言之，《雠》用于"彻祭"是因其多韵、句句变韵的音乐形式，而这正是彻祭"乐仪"之所需。然而，《雠》从禘祭乐歌被移用到祭祖"彻祭"之后，有"借而不还"②的倾向，以致其被沿用到其他"彻"之仪节，至此其本义也模糊了。幸而《鲁诗》《毛诗》《韩诗》都保存了《雠》禘祭古义，以使后人能见其"本来面目"。

综上，《雠》经由瞽矇表演唱，以"叙事"与"代言"的方式，承担了禘祭中主祭者与祖先神交流的部分功能，而这基于瞽矇之神圣职能。叙事以第三人称旁观视角，交代了祭祖现场正在发生的仪式行为；而代言则直接以第一人称的主祭者口吻，代主祭者发声祈祝与劝食。由《雠》韵多、换韵频繁的音乐形式因素，可推测它在表演唱时声促且节奏快，这正好满足了彻祭时快速"乐仪"之需要，故被移用至这一

---

① （清）孙诒让：《周礼正义》，中华书局1987年版，第1809页。
② 借而不还，是文字学假借中经常发生的现象：本字在被借为他用之后，反而原义被逐渐遗忘了。对比《诗经》祭祀礼乐，也可发现这种现象。

仪节。

总结本章，举行祭祖仪式的目的是"享孝"祖先，并实现与祖先神的交流。在此背景下创制的"《诗经》祭祖礼乐"实质上正是一种主祭者与祖先交流的方式。主祭者在仪式现场称"孝子""孝孙"，而这必须以实际的"孝行"展示与献祭为前提，为此须通告祖先神仪式内容；另外，祭祖时，主祭者难免有所求福，则必有祈祝之词。这些构成了"《诗经》祭祖礼乐"的核心内容。如此，解释了诗篇内容的来源问题。

在表演上，"《诗经》祭祖礼乐"由神官瞽矇负责歌唱。具体说来，瞽矇以"叙事"与"代言"两种方式歌唱诗内容，前者可指涉仪式现场的祭祀行为，后者直接以主祭者的口吻向祖先表情达意。通过瞽矇之表演唱，主祭者向祖先神展示了自己的"敬"之仪式态度与具体的"孝行"，又使祖先神知其所祈；乐歌所营造的庄严仪式氛围，也给仪式现场的人们以强烈的身心震撼。如此，解释了"诗乐"的搬演方式。

具体到《周颂·雝》，它的内容与西周禘祭金文在助祭制度、"用牡"之牺牲、"荐血腥"之献祭方式相符，其考妣合祭的祭祀形式也与可信史料《左传》相合。它应是西周王室禘祭先考并以先妣配食的乐歌。其由被表演唱的时间节点，大致于主祭者在助祭者协助下，射杀肥硕公牛并"全烝"升于俎上之时。后来，《雝》因其多韵、节奏快的音乐特点，被用于祭祖"彻祭"之"乐仪"，又最终在祭祀乐歌世俗化的过程中，被广泛移用于"彻"的仪节。由此，《雝》发生及应用的轨迹，也已探明。这一"《诗经》祭祀礼乐"依托礼制产生与移用的案例，有重要且典型的意义。

第二章

先祖是听：降神之乐《商颂·那》与《周颂·有瞽》的探讨

若要宴飨宾客，必定有一个请客到来的过程，这是宴飨的先决条件。实际上，祭祀也是宴飨，只不过对象为鬼神，请神（降神）自然是祭祀的前提。周人在祭祖中有哪些降神的过程？文献记载：

> 殷人尚声，臭味未成，涤荡其声，乐三阕，然后出迎牲。声音之号，所以诏告于天地之间也。周人尚臭，灌用鬯臭，郁合鬯，臭阴达于渊泉。灌以圭璋，用玉气也。既灌，然后迎牲，致阴气也。萧合黍稷，臭阳达于墙屋。故既奠，然后焫萧合膻芗。凡祭慎诸此。魂气归于天，形魄归于地。故祭，求诸阴阳之义也。殷人先求诸阳，周人先求诸阴。（《礼记·郊特牲》）

由上可知，殷人以"乐"的形式降神，孔疏："殷尚声，故未杀牲而先摇动乐声以求神也。"而通常认为周人以"祼"的形式完成这一过程，孔疏："未杀牲，先酌鬯酒灌地以求神，是尚臭也。"然而，值得注意的是，《周礼·春官·大司乐》记载周人也用"乐"降神：

> 以六律、六同、五声、八音、六舞大合乐，以致鬼神示。

"致"，招致也。"以致鬼神示"就是说用"乐"（大合乐）来招致神灵，即降神。

不过，周以"乐"降神说近年来受到质疑，如刘源认为，《大司乐》

第二章　先祖是听：降神之乐《商颂·那》与《周颂·有瞽》的探讨　61

的记载是对祭祀全过程用乐的描述，并未专指降神这一环节，"经义是周人降神以祼这种方式为主，在降神过程的同时作乐以烘托气氛"①。如此解释，取消了"乐"可单独降神的合理性。之后刘源又否认了"祼"为降神，又说"据目前材料来看，周人祭祖仪式中没有专门的降神活动，祖先会在祭日如期降临"②。至于"祼礼"是否为降神，不在本书的研究范围内。那么，回到"乐"上，要追问的是周人到底是否以"乐"降神？既然传世文献理解有异，在此之外，还能拿出其他证据来吗？

还要辨明的是，宗庙祭祀音乐存在若干奏乐阶段，整个过程是怎样的，哪个阶段为降神，古人多有争论，不少认识似乎也存在问题。主要因为，先秦文献对这方面的记载太少，这为争论留下很大空间。不过，古代大多数学者，认为世俗飨燕乐宾之乐与宗庙祭祀音乐的程序大体一致，如礼学家孙诒让就说："祭乐与飨燕乐宾之乐，大致相同。"③ 于是他们缀合文献，依据《仪礼》《礼记》所载的世俗飨燕乐宾之乐的程序来建构了贵族祭祖音乐。孙诒让总结：

　　以次推之，盖金奏为迎尸之乐，升歌为降神之乐，合乐为馈孰时之乐，而舞亦并作焉。惟下管间歌，当荐献何节，经注并无说。意者，下管为二祼之乐，间歌为朝践之乐与？④

---

①　刘源：《商周祭祖礼研究》，商务印书馆2004年版，第187页。
②　刘源：《商周祭祖礼研究》，商务印书馆2004年版，第306页。按：刘氏认为，"祼"于地可降神的认识，基于东周魂魄二分的观念，与西周贵族祖先神在上的观念相矛盾。其实，王夫之、王国维等早已怀疑"祼为降神"的说法。王夫之认为"祼"没有灌酒于地的行为，其实质为"奠"而已，"祼为始献尸"，并无降神之义（详见《诗经稗疏》，载《船山全书》第3册，岳麓书社1988年版，第155—158页）。王国维则指出："祼字形、声、义三者皆不必与灌同，则不必释为灌地降神之祭……窃谓《郊特牲》一篇，乃后人言祼意之书，其求阴、求阳之说，虽广大精微，固不可执是以定上古之事实。"（王国维：《再与林博士论〈洛诰〉书》，载《观堂集林（外二种）》，河北教育出版社2001年版，第20页）。但周聪俊在《祼礼考辨》（台北：文史哲出版社1994年版）中详论"祼礼"诸问题，仍支持了"祼礼"降神的说法。看来，"祼礼"是否降神的问题，仍有待解决，尚不能定论。
③　（清）孙诒让：《周礼正义》，中华书局1987年版，第1767页。
④　（清）孙诒让：《周礼正义》，中华书局1987年版，第1767页。按：清代礼学家秦蕙田也将"升歌"（登歌）看作降神之乐，见氏著《五礼通考》，《景印文渊阁四库全书》第137册，台北：台湾商务印书馆1986年版，第59页。

可见，古人认可周礼降神之乐的存在，而且按孙氏的观点，"升歌"（又称登歌）为降神之乐，此观点较有代表性。然而，"升歌"已在代表祖先的"尸"入庙并进行了诸多仪节之后了①，难道之前没有降神之乐？再者，《周礼·春官·大司乐》载：

> 凡乐事，大祭祀，宿县，遂以声展之。王出入，则令奏《王夏》。尸出入，则令奏《肆夏》。牲出入，则令奏《昭夏》。帅国子而舞。大飨不入牲，其他皆如祭祀。

这里"其他皆如祭祀"的是"大飨"，"大飨"并不等同于一般的饮酒礼，而且"大飨"如祭祀的"乐事"，系"王出入，宾客出入，亦奏《王夏》《肆夏》"（郑注），只是与祭祀相同的部分。故而，还不能将祭乐与飨燕乐宾之乐简单等同。若之前所引《大司乐》表明"大合乐"可以降神的话，那么如孙诒让所云"合乐"为馈熟之乐的观点，并不全面。

总之，今人认为周人祭祖中没有以"乐"降神，古人以为周人用"升歌"的作乐程式降神。这两种观点还可商榷，有进一步探讨的必要。

第一节　周礼"金奏"功能探索

事实上，"乐"不为降神的观点，恐不能成立。周人有降神音乐，这可从金文及《诗经》中找到答案。可以说，《周礼·大司乐》所载用乐"以致鬼神示"的记载是有根据的。笔者认为，周代"金奏"音乐形式有降神功能。若这一判断成立，不但能消除当代学者对降神之乐的怀疑，也能补充古人于降神之乐只有"升歌"一种的认识。

何为"金奏"？周代乐器有八音的分类方式，《周礼·春官·大师》曰：

---

① 这其中包含了通常认为降神的"祼礼"，若"祼礼"真为降神，那么之后再兴"乐"降神，于情理似也不通。

第二章 先祖是听:降神之乐《商颂·那》与《周颂·有瞽》的探讨

皆播之以八音:金、石、土、革、丝、木、匏、竹。

郑注云:"金,钟镈也。""金奏",即演奏钟镈金类(青铜)乐器的表演方式。当然,奏乐都是复合式的,"金奏"的乐器以金类为主,实际还有其他。清代礼学家金鹗总结:

一曰金奏。堂下用钟镈,兼有鼓磬,以奏《九夏》,舂牍应雅以节之,此乐之始也。①

看来,"金奏"没有伴唱,纯粹为器乐。它演奏的为钟、镈、鼓、磬,与舂、牍等打击乐器。这些乐器中,又以钟镈金类为主。金鹗的概括已经很全面,不过尚有不妥之处。实际上,"金奏"是演奏形式,其内容有多种,《九夏》是常见的一种,但并不是全部。《周礼》云:

钟师掌金奏,凡乐事,以钟鼓奏九夏:《王夏》《肆夏》《昭夏》《纳夏》《章夏》《齐夏》《族夏》《祴夏》《骜夏》。凡祭祀飨食,奏燕乐。凡射,王奏《驺虞》,诸侯奏《狸首》,卿大夫奏《采蘋》,士奏《采蘩》。掌鼙,鼓缦乐。(《春官·钟师》)

大祭祀,宿县,遂以声展之. 王出入,则令奏《王夏》。尸出入,则令奏《肆夏》。牲出入,则令奏《昭夏》。(《春官·大司乐》)

除《九夏》外,钟师"金奏"还有燕乐、射节《驺虞》等。要强调的是,本书的"金奏"是指音乐表演方式,并不是古人如金鹗所理解的乐节之"金奏"。古人把祭祀作乐的第一个环节称为"金奏",主要原因是这个环节以钟乐为主,但这样理解限制了对"金奏"更多功能的探索。实际上,前面说过,祭乐常是复合式的,即各种奏乐方式往往重叠并行。"金奏"出现于祭乐许多环节。如《小雅·楚茨》云:"鼓钟送

---

① (清)金鹗:《求古录礼说》,《续修四库全书》第110册,上海古籍出版社2002年版,第369页。

尸。"可知，在祭祀的最后阶段，"金奏"也可用来送神。若把"金奏"囿于乐节第一阶段，则易忽略此类记载。

一 钟铭"卲各"与降神

为什么说"金奏"为降神呢？

先看金文。全面考察存世金文发现，"卲各"一词在青铜乐器（金类）上规律性出现。此词的意义，可通过《诗经》的"昭假"一词来理解。陈英杰已指出"金文之'卲各'，用法同于《诗经》中的'昭假'"①，两词声近可通。而"昭假"，姜昆武的解释精当：

> 按"昭假"一词，依诸篇文义定之，皆言人神通感交往及神灵降临，本为古宗教意识中之专用成词。明昭二字大体同义，"格"者周以前用为心灵有趋向往来之义。心灵能有趋向往来者，在古代惟司祭祝之巫，即所谓"格人"。"格"字实为天人相与之际意识情感相通之术语，则明格者祭祀长下传天之心志于民，上达民意于天或祖先之灵，所谓"天视自我民视，天听自我民听"者也。②

简言之，"卲各"（昭假）表示祖先显灵并降临之意。此词于西周出现13次，跨中晚期；分别为中期的癲钟铭文5次、晚期的梁其钟铭文2次、𫘤钟（宗周钟）铭文1次、晋侯苏钟铭文1次、逨钟铭文3次、大师虘豆铭文1次。可知，除1次出现于豆类上，其余12次均出现在钟类铭文中。

刘源认为此词"不足以证明周人专以奏乐之法招致祖神"③，但"卲各"如此集中地出现于乐器钟上，这不是巧合。因为事实是，癲钟属于微氏癲器组四十三件的一部分，其余还有鬲、簋、盨、豆、釜、壶等，

---

① 陈英杰：《谈金文中𤕫、召、卲、邵等字的意义》，《中国文字研究》2007年第2期。
② 姜昆武：《诗书成词考释》，齐鲁书社1989年版，第130页。按：陈英杰《谈金文中𤕫、召、卲、邵等字的意义》（《中国文字研究》2007年第2期）也有较完善的总结。通过排比大量语例，他得出"'卲各'就是昭明善德，使神降格"的结论。
③ 刘源：《商周祭祖礼研究》，商务印书馆2004年版，第307页。

其铭文都没有"卲各"一词①；同样，此词在梁其器组②、单氏逨器组③、晋侯苏器组的分布也是一致的。也就是说，在礼器组中，只有乐器钟有"卲各"一词。现列举"卲各"铭文五例：

1. 唯皇上帝百神，保余小子。朕猷有成无竞，我唯嗣配皇天。王对作宗周宝钟，鎗鎗鏓鏓，欶欶雍雍，用卲各丕显祖考先王。先王其严在上，**彙數數**（逢渊渊），降余多福，福余顺孙。（《㝱钟铭》，《集成》260，西周晚期）

2. 敢作文人大宝协龢钟，用追享祀，卲各乐大神。大神其陟降，严祜爕绥厚多福。（《瘨钟铭》，《集成》247，西周中期）

3. 用作元苏扬钟，用卲各前文人，文人其严在上，翼在下，**數數彙彙**，降余多福。苏其万年无疆，子子孙孙永宝兹钟。（《晋侯苏钟铭》，西周晚期）

4. 用作朕皇祖考龢钟，鎗鎗鏓鏓，欶欶雍雍，用卲各喜侃前文人，用祈匄康纯佑，绰绾通禄。皇祖考其严在上，**數數彙彙**，降余大福。（《梁其钟铭》，《集成》188，西周晚期）

5. 用作朕皇考龚叔龢钟，鎗鎗鏓鏓，欶欶雍雍，用追孝卲各喜侃前文人。前文人严在上，**數數彙彙**，降余多福、康娱、纯佑，永命。（《逨钟铭》，西周晚期）

第一例㝱钟，经唐兰考证，为周厉王胡所作，是王器。④ 第二例的器主瘨，是殷遗民微氏家族的一员⑤，他在周王室任"左尹氏"，杨宽认为他为史官之长，⑥ 因而为公爵。第三例晋侯苏，很明显为侯爵。第四

---

① 陕西周原考古队：《陕西扶风庄白一号西周青铜器窖藏发掘简报》，《文物》1978年第3期。

② 陈佩芬：《繁卣、趞鼎及梁其钟铭文诠释》，《上海博物馆集刊》1982年第2期。

③ 刘怀君：《眉县出土一批西周窖藏青铜乐器》，《文博》1987年第2期；刘怀君、刘军社：《陕西眉县杨家村西周青铜器窖藏》，《考古与文物》2003年第3期。

④ 唐兰：《西周青铜器铭文分代史征》，中华书局1986年版，第507页。

⑤ 微氏家族的相关情况可参见高明《论墙盘铭文中的微氏家族》，《考古》2013年第3期。

⑥ 杨宽：《西周史》，上海人民出版社2003年版，第371页。

例，梁其官职为膳夫，乃王室重臣。四例呈王、公、侯、重臣的等级序列，这些铭文，都采取了一致的套语，它们的主题可分为以下几种。

（1）为某祖先作某钟。

（2）描摹钟声：第一、四例之"鎗鎗鏓鏓，鍨鍨雍雍"，第一、三、四例之斁斁斖斖（逢逢渊渊）[①]。

（3）作器目的：卲各（喜侃）祖先神。

（4）祖先神状态：第一、三、四例之"其严在上"，第二例"大神其陟降"。

（5）祈福：降多福、降大福等。

这5项主题顺序可不同，但不出这一范围。而在祭祖音乐演奏中，青铜钟所代表的，正为"金奏"，"卲各"一词昭示了"金奏"在仪式中的功能，当表明其用以降神。[②] 这不免使我们"心驰神往"来想象这一"金奏"情境：循着"鎗鎗鏓鏓，鍨鍨雍雍"有节奏的钟声，祖先神降临，赐予子孙后代福寿，以达成祭祀参与者所预设的宗教目的。

总之，钟铭"卲各"这一降神专用词，表明周人以"金奏"的形式降神。故而，周人不用乐降神的观点，并不妥。

二 逆尸"金奏"以降神

当然，祭祀中有很多"金奏"，哪一个是降神呢？按情理来说，降神必然在仪式的最前面，那么可以推想，降神"金奏"离祭祀开始不远。

若结合"尸"、祝在宗庙的行动轨迹，这一降神的环节，应出现在身份转化的关节点上。而在祭祀时，宗庙已成为神圣的空间，"庙门"成为身份转化的关键，《礼记·祭统》云：

[①] 此词经何琳仪考证，当读为"逢逢渊渊"，乃"为状钟鼓之声的象声词"，"在钟铭中皆形容钟鼓之音的宏大"。见氏著《逢逢渊渊释训》，《安徽大学学报》（哲学社会科学版）2006年第4期。

[②] 各类礼器在仪式中的作用是不同的，铭文内容与器类功能有一定联系。因而应该结合器类研究金文，不能停留只关注内容的层面上。就笔者所见，以往的"卲各"研究未重视乐器钟这一器类。

第二章 先祖是听:降神之乐《商颂·那》与《周颂·有瞽》的探讨

> 尸在庙门外则疑于臣,在庙中则全于君。君在庙门外则疑于君,入庙门则全于臣、全于子。是故不出者,明君臣之义也。

神的扮演者"尸"一旦跨过庙门,进入庙后"全于君",即开始向祖先神转化,而主祭者此刻则"全于子",以子之道事"尸"。故如此,"尸"来就是"神"到。"尸"由专人接送。《周礼·春官·大祝》云"逆牲逆尸,令钟鼓,右亦如之",《周礼·春官·小祝》也说"送逆尸"。"逆",接也。可见,大祝、小祝两位祝官负责去接"尸",即到庙门"接神",在接的过程中"令钟鼓",即命令"金奏"。在通常的宗庙祭祀中,此次祝迎尸"金奏"是宗庙祭乐的首次演奏,故而笔者推测,钟铭"卲各"所反映的"金奏"降神当系这一环节。[①]

另外,来看汉初所恢复的宗庙礼乐制度。《汉书·礼乐志》载:

> 汉兴,乐家有制氏,以雅乐声律世世在大乐官,但能纪其铿锵鼓舞,而不能言其义。高祖时,叔孙通因秦乐人制宗庙乐。大祝迎神于庙门,奏《嘉至》,犹古降神之乐也。皇帝入庙门,奏《永至》,以为行步之节,犹古《采荠》、《肆夏》也。乾豆上,奏《登歌》,独上歌,不以管弦乱人声,欲在位者遍闻之,犹古《清庙》之歌也。《登歌》再终,下奏《休成》之乐,美神明既飨也。皇帝就酒东厢,坐定,奏《永安》之乐,美礼已成也。

汉初去古未远,又有制氏、秦乐人这般专业的音乐人才,他们所复原古制恐怕比单纯从文献角度考证出的更可靠。[②] 这里的祭乐,以祝迎

[①] 逆尸金奏之后,具体说来,尸进入庙门被引进庭堂的过程中,也有金奏。《周礼·大司乐》:"尸出入则令奏《肆夏》。"贾公彦疏:"尸出入,谓尸初入庙门及祭祀讫出庙门,皆令奏《肆夏》。"此处的金奏主要起了控制尸的步伐节奏的乐仪之作用,故而功能不为"降神"。

[②] 王国维指出:"此《诗》、乐二家,春秋之季,已自分途。《诗》家习其义,出于古师儒,孔子所云'言诗'、'诵诗'、'学诗'者,皆就其义言之,其流为齐、鲁、韩、毛四家。乐家传其声,出于古太师氏,子贡所问于师乙者,专以其声言之,其流为制氏诸家。"(王国维:《观堂集林(外二种)》,河北教育出版社 2001 年版,第 57 页)比较这个过程,也可以说礼乐的相关仪节问题,乐家似乎更加牢靠。

尸的《嘉至》为降神之乐，李奇曰"嘉，善也，善神之至也"①；前引钟铭曰"卲各乐大神""大神其陟降"；前一个是欢迎神灵，后一个是招引神灵，两者异曲同工。

再者，从奏乐形式看。出土的西汉末期磬铭文曰："四时嘉至磬南吕午堵左桎。"②经王国维考释，"钟磬独以'嘉至'名者，以其为庙乐之首也"③，实际此磬是用来奏祭乐《嘉至》者。而古代以金石并奏，并且清宫廷《西清古鉴》曾记录有汉"四时嘉至钟"④，它们与"四时嘉至磬"均当为迎神《嘉至》乐的乐器，如此，《嘉至》确有钟，而《汉书·礼乐志》又载"《嘉至》鼓员十人"，可见，《嘉至》又有鼓。则其磬、钟、鼓的奏乐形式基本合于周代"金奏"。那么，《嘉至》也能证明，本书所述周人以祝逆尸"金奏"为降神乐的看法，所言不诬。⑤

综上，种种证据表明，周代祭祀礼乐中的逆尸"金奏"有降神之功能。

第二节 殷礼"合乐"降神：《那》

周代降神之乐还有哪些形式？笔者认为，一定条件下的"合乐"也可用以招引神灵。事实上，早在商代就存在这类礼制形态，《商颂·那》即此种音乐，让我们从它开始论述：

> 猗与那与，置我鞉鼓。奏鼓简简，衎我烈祖。汤孙奏假，绥我思成。鞉鼓渊渊，嘒嘒管声。既和且平，依我磬声。於赫汤孙，穆穆厥声。庸鼓有斁，万舞有奕。我有嘉客，亦不夷怿。自古在昔，

---

① 参见（清）王先谦《汉书补注》，上海古籍出版社2008年版，第1468页。
② 李纯一：《中国上古出土乐器综论》，文物出版社1996年版，第60页。
③ 王国维：《汉南吕编磬跋》，载氏著《观堂集林（外二种）》，河北教育出版社2001年版，第655页。
④ （清）梁诗正等：《西清古鉴》卷36，清文渊阁四库全书本。
⑤ 还要注意，汉人的《登歌》在献祭之时，很明显，他们不把"升歌"（登歌）当作降神乐，且升歌在降神乐之后。据此也可质疑古人把"升歌"作为降神乐的观点，但此问题比较复杂，本书不能详说，只能待以后再论。

第二章　先祖是听:降神之乐《商颂·那》与《周颂·有瞽》的探讨

先民有作。温恭朝夕,执事有恪。顾予烝尝,汤孙之将。

从诗文可知,《那》描述了"合乐"配舞的盛大场面,《毛诗序》说:"《那》,祀成汤也。"解释得很笼统。此诗乃祭祀成汤之乐,这本不错。但祭祀之乐还可细分为多种用途,那么此诗到底是何种类型的祭祀之乐,为什么要说它为降神之乐呢?

一　《那》乃商诗

在探析《那》祭乐类型前,先要辨明其年代,这又关系到整个《商颂》作年。针对此问题,历来有宋诗说与商诗说两种看法。[1] 前者认为《商颂》乃殷商后裔宋国制作的礼乐,故而《商颂》年代晚至西周甚至春秋时期[2];后者则将《商颂》年代定于商代。两种说法,历代均有支持者。到了清末,魏源与皮锡瑞共举二十条证据以证《商颂》为宋诗[3],两人看法影响较大,得到之后不少论者的支持。但是,在新出文献日益丰富的今天,这些证据并不十分有力。[4]

先看魏源的观点,他说:

抑尝读三《颂》之诗,窃怪《周颂》皆止一章,章六、七句,其词噩噩尔。而《商颂》则《长发》七章、《殷武》六章,且皆数十句,其词灏灏尔,何其文家之质,质家之文?[5]

---

[1]　更详细的讨论,可参见冯浩菲《历代诗经论说述评》,中华书局2003年版,第382—391页;刘立志《诗经研究》,中华书局2011年版,第73—82页。

[2]　王国维提出:"《商颂》盖宗周中叶宋人所作以祀其先王,正考父献之于周太师。"(王国维:《说〈商颂〉》,载氏著《观堂集林(外二种)》,第53—55页)这是《商颂》西周说。王氏的理由之一系"自文辞观之,则殷墟卜辞所纪祭礼与制度文物,于《商颂》中无一可寻",此看法,今天看来也不能成立。因为,今人确实已找到了大量证据证明《商颂》与卜辞的相合性。

[3]　魏源观点见其著《诗古微》,岳麓书社2004年版,第325—330页;皮锡瑞观点见于(清)王先谦《诗三家义集疏》,中华书局1987年版,第1094—1096页。

[4]　陈子展《诗三百解题》(复旦大学出版社2001年版,第1240—1248页)也对魏源、皮锡瑞的观点进行了反驳,可参看。

[5]　(清)魏源:《诗古微》,岳麓书社2004年版,第325页。

的确，现存《周颂》诗篇形制大都短小，不如《商颂》诗篇那般丰赡。但也不尽然，正如本书第四章将要论及的，周初《大武》包含七篇诗乐；近期新公布的清华简《周公之琴舞》当为周初"颂"诗，其"琴舞九絉（卒）"，共十篇诗乐，也是大型的组乐。另外，周代礼乐一般三篇连奏，如"升歌《清庙》"，实际是奏《清庙》《维天之命》《维清》三篇，① 这可看作组乐的现象。三个事例能够证明周之《颂》诗并非均"噩噩尔"，其"灏灏尔"的程度不输《商颂》。②

再看皮锡瑞的说法：

> 愚案：《公羊·宣七年》传曰："万者何？干舞也。"何休《解诂》曰："干，谓楯也，能为人扞难而不使害人，故圣王贵之，以为舞乐。万者，其篇名，武王以万人服天下，民乐之，故名之云尔。"《笺》以"万舞"为"干舞"，用《公羊》说。据何义，则万舞之名始于周，若《商颂》作于商时，不得有万舞。③

皮锡瑞据何休"武王以万人服天下，民乐之，故名之云尔"的看法，认为万舞得名于周时，而《商颂》已有"万舞有奕"（《那》）的记载，那么《商颂》必然不作于商时。不过，何休乃东汉人，年代相距较远，他的观点不知何据。若系统梳理殷墟甲骨文，可发现商代已有鼓、庸④、豐、鞉、竽、熹、磬、石、玉龢等二十余种乐器；又有名为商、美、各、嘉、新等的祭祀乐歌⑤；还有称为"万舞"⑥"羽舞""林舞""舞羊"等的祭祀舞蹈。如此，《那》中的多数乐器与万舞都可在商代找

---

① 清儒胡承珙指出："是古者歌诗必三篇连奏，凡正《风》、正《雅》列在乐章者皆然，然则《礼记》每言升歌必言下管象，自是《周颂》开章三篇连奏之义。"[参见（清）胡承珙《毛诗后笺》，黄山书社1999年版，第1505页]

② 前二事例，赵敏俐《殷商文学史的书写及其意义》（《中国社会科学》2015年第10期）已有论及，但笔者对《大武》与《周公之琴舞》的认识与赵文不同。赵文认为两个组乐分别有六章、九章，但笔者以为有七章、十章，见本书第四章。

③ 转引自（清）王先谦《诗三家义集疏》，中华书局1987年版，第1095页。

④ 卜辞云："其置庸、壴，于既卯。"（《合集》30693）

⑤ 卜辞云："叀商奏，又正，有大雨。叀嘉奏，有大雨。"（《合集》30032）

⑥ 卜辞云："叀万舞。叀林舞，又雨。叀辛奏，又正。"（《合集》31033）

到源头。①看来，如今皮锡瑞的观点也难以成立了。

事实上，先秦文献本已有《商颂》属"商诗"说的较为坚实之证据，《左传·昭公二十年》（公元前522年）载齐国大夫晏婴对齐景公进言：

> 是以政平而不干，民无争心。故《诗》曰："亦有和羹，既戒既平，鬷嘏无言，时靡有争。"先王之济五味、和五声也，以平其心，成其政也。

以上所引诗句出自《商颂·烈祖》，"先王之济五味"实乃祭品的烹调，从这句可得知一关键信息：《烈祖》表达"先王"主持祭祀之事。而此"先王"当然不是宋国国君，因为宋国只是诸侯，其君不能称"先王"；能当此称者，无疑系宋人祖先殷商之王。如此，《烈祖》是"商诗"，《商颂》无疑也乃"商诗"。

与上面的情况类似，《国语·鲁语》（公元前487年）载鲁国大夫闵马父对另一位大夫子服景伯说：

> 昔正考父校商之名颂十二篇于周太师，以《那》为首，其辑之乱曰："自古在昔，先民有作。温恭朝夕，执事有恪。"先圣王之传恭，犹不敢专，称曰"自古"，古曰"在昔"，昔曰"先民"。

从"先圣王之传恭"也可知，《那》所述"先圣王"之事。此"先圣王"是《那》反映祭祀的主祭者；同样的道理，他不可能是宋侯，当系宋人祖先殷商的贤王。那么，《那》乃"商诗"，《商颂》自然归于"商诗"。

另外，不论从语言、礼制等诸多方面考察，《商颂》多与商代史实相符，杨公骥、张松如、刘毓庆、陈炜湛、廖群、江林昌等学者已作了

---

① 详可见宋镇豪《殷墟甲骨文中的乐器与音乐歌舞》，载台湾"中央研究院"历史语言研究所《古文字与古代史》2009年第2辑，第8—16页。

探究，此不赘。① 在这些证据及论著之前，学界已大都认可《商颂》属"商诗"的说法。②

二 诗乐舞降神

（一）以鼓乐为先导迎神

虽说《那》表现的是合乐降神，但作乐也有其主次之分。诗开篇云："猗与那与，置我鞉鼓。奏鼓简简，衎我烈祖。汤孙奏假，绥我思成。"姚舜牧曰："'鞉鼓'是大小二鼓，'置我鞉鼓'言其多乐之陈设也，故首云'猗与那与'。"③ 鞉是如拨浪鼓一样的小鼓，鼓乃大鼓。在"简简"的隆隆鼓声中，开始了祭祀。《那》开篇强调了鼓乐。

若追溯历史可发现，鼓是上古时代最为通行的祭祀乐器。《礼记·礼运》："夫礼之初，始诸饮食，其燔黍捭豚，污尊而抔饮，蒉桴而土鼓，犹若可以致其敬于鬼神。"在最原始的祭祀中，敲击土鼓成为唯一的配乐。而《那》是商诗，其实，青铜乐器在殷商时期，还未发展充分，鼓仍是最重要的乐器。调查商代出土文物，可发现：

> 到了商代，史前时期的特磬、鼍鼓④仍然沿用，又增加了编磬、大铙、编铙和镈4种礼乐器。配置由原来的三种增加到七种，即单用特磬、编铙、鼍鼓，以及四种组合使用：鼍鼓与特磬、编铙与特

---

① 杨公骥、张松如：《论商颂》，《文学遗产增刊》（第2辑），作家出版社1956年版，第9—32页；杨公骥：《商颂考》，载氏著《中国文学》第1分册，吉林人民出版社1957年版，第443—466页；刘毓庆：《〈商颂〉非宋人作考》，《山西大学学报》（哲学社会科学版）1980年第1期；张松如：《商颂研究》，南开大学出版社1995年版；陈炜湛：《商代甲骨文金文词汇与〈诗·商颂〉的比较》，《中山大学学报》（社会科学版）2002年第1期；廖群：《先秦两汉文学考古研究》，学习出版社2007年版，第68—85页；江林昌：《甲骨文与〈商颂〉》，《福州大学学报》（哲学社会科学版）2010年第1期。

② 还有论者认为《商颂》不全是商诗，也有部分周代之诗。但不管怎样，由于《国语·鲁语》的记载，至少可确定《那》是商诗。

③ （明）姚舜牧：《重订诗经疑问》，《景印文渊阁四库全书》第80册，台北：台湾商务印书馆1986年版，第915页。

④ 商周的鼍鼓实物不易保存。不过，可喜的是，日本泉屋博古馆收藏有一件商代后期名为"双鸟鼍鼓"的青铜仿鼍鼓，通过它，可一览鼍鼓风采。

磬、编铙与编磬、大铙与镈。①

这其中"鼍鼓是'殷礼'中的礼乐重器",已发现的均出土于国君一级的墓中。② 所谓"鼍鼓"是指用鳄鱼皮作面的鼓,若以大小论,其也属大鼓③(见图1)。当然,"夫祀,国之大节也"(《国语·周语上》),鼍鼓这一类鼓必然首先在祭祀中有重要的位置。

图1　商代后期双鸟青铜鼍鼓

(图片来自《中国美术全集·39·工艺美术编·青铜器》(上),上海人民美术出版社1988年版,第120页)

那么,鼓乐到底有何作用呢?商人为何要将其放在众乐的最前面?有卜辞可解此疑问:

---

① 王清雷:《西周乐悬制度的音乐考古学研究》,文物出版社2007年版,第55页。
② 王清雷:《西周乐悬制度的音乐考古学研究》,文物出版社2007年版,第56页。
③ 李纯一:《中国上古出土乐器综论》,文物出版社1996年版,第4页。

贞，其乍（作）豐，乎（呼）伊禦。（《合集》26914）

先说"豐"。在甲骨卜辞中，豐字形多作𧯛𧯛𧯛，此字经裘锡圭考证，实为大鼓之意。① 另外，《礼记·明堂位》："殷楹鼓。"郑注："楹，贯之以柱也。"殷代的鼓是插在柱子上或放在架子上敲击的，这也能从"豐"的字形上见到此情形。实际上，这种楹鼓与汉代的建鼓十分相似（见图2）。再看"伊"，"伊"乃是殷人祭祀的重要对象伊尹。② 而"禦"，字形作𢆶，像人跪着祈祷，其义，《说文》："禦，祀也。"③ 综上，卜辞大意是：贞问作鼓乐，是否能召唤到伊尹来临祭场？这清晰地表明鼓乐有降神的功能。

图2　山东沂南北寨山东汉建鼓汉画像

（图片来自李纯一《中国上古出土乐器综论》，文物出版社1996年版，第15页）

---

① 裘锡圭：《甲骨文中的几种乐器名称》，《中华文史论丛》1980年第14辑。
② 常玉芝："伊尹，卜辞中又单称'伊'。"有关祭祀伊尹的更多情况，可参见氏著《商代宗教祭祀》，中国社会科学出版社2010年版，第399—408页。
③ 此字释读见朱歧祥《殷墟甲骨文字通释稿》，台北：文史哲出版社1989年版，第39页。

事实上，鼓乐用以降神是种非常普遍的现象。举例来说，近年来分子人类学已经证明"汉藏同源"的关系，那么汉族与藏族的原始文化存在一定关联，而在藏族的原始宗教祭祀中，巫师常用鼓乐来降神，"鼓声一响，所祈求的神灵，都可循'桑'烟和咚咚的鼓声降临祭坛"[①]。另外，"萨满"是北方民族的原始信仰，为一种世界范围内的现象。根据已有的考古资料可知，先商文化起源于河北漳河流域[②]；虽然商最后进入了国家阶段，但其族群的原生宗教活动，可能留存不少"萨满"信仰的痕迹。张光直甚至认为："中国古代文明是所谓萨满式（shamanistic）的文明。这是中国古代文明最主要的一个特征。"[③] 而在当今的一首满族"萨满"神歌中唱道："趁抓鼓敲响，抬鼓雷鸣之际，石姓子孙急忙宴请，请速速降临，赋萨满之神。"[④] 这也是鼓乐降神。

如此，《那》的"合乐"以鼓乐为先导，又加入"管""磬""庸"与"万舞"，以这"穆穆厥声"的合乐"诏告于天地之间"，接引祖先神，满足祭祀的前提条件。

（二）降神词汇

《那》的降神性质，也体现在用词上。这是因为，有些词正如前面论及的"卲各"一样，在祭祀语境中，有较为稳定的意义，以此也可判断祭祀类型。

1. 主祭者：汤孙

"汤孙"一词，贯穿《那》始终，其云"汤孙奏假""於赫汤孙""汤孙之将"。"汤孙"之"汤"乃殷商建立者成汤，这没有疑问，而"汤孙"却有争议。此词也在《商颂》其他篇目中反复出现，故而必须将之解释清楚。

先来看《毛传》的解释。"於赫汤孙"，《毛传》："汤为人子孙。"

---

① 周锡银、望潮：《藏族原始宗教》，四川人民出版社1999年版，第170页。按：其实，西藏的"煨桑"即焚烧升烟之祀，与周代的"禋祀"也十分相像。
② 中国社会科学院考古研究所编：《中国考古学·夏商卷》，中国社会科学出版社2003年版，第144页。
③ 张光直：《考古学专题六讲》，文物出版社1986年版，第4页。
④ 宋和平：《满族萨满神歌译注》，社会科学文献出版社1993年版，第53—54页。

《毛传》将"汤孙"理解为作子孙晚辈的"成汤",显然不合理。按此理解,正如孔疏所云:"毛以终篇皆论汤之生存所行之事。"如此,诗中的祭祀,全成为成汤在世之时祭祀祖先的事。此类理解,直接与《诗序》"祀成汤"相矛盾。

再来看郑玄的阐释。"汤孙奏假",郑笺:"汤孙,太甲也。"郑玄把"汤孙"具体化为成汤的孙子——商王太甲。相比《毛传》,这样解释更合理一些,所以孔疏也倾向于赞成此说,其云:"经之所陈,是祀汤之事,不宜为汤之祀祖,故易《传》以烈祖为汤。"不过,这样解读也不通达。此词又在《烈祖》《殷武》中出现,《诗序》云"《烈祖》,祀中宗也""《殷武》,祀高宗也"。将郑笺"汤孙"为"太甲"之义代入这些诗中,显然解释不通。因为,以商的世系,中宗乃"太戊",其是"太甲"的晚辈,那么《烈祖》"顾予烝尝,汤孙之将"说是"太甲"祭祀"太戊",乃大谬。《殷武》也是一样的道理,"高宗"乃"武丁",他也是"太甲"的晚辈。

实际上,金文中有"汤孙"线索。金文的"汤孙"作"唐孙"①,有两例:

   有殷天乙唐孙宋公瑕作费叔子鼎,其眉寿万年,子子孙孙永保用之。②(《宋公鼎铭》,春秋时期)
   有殷天乙唐孙宋公栾,作其妹句敔夫人季子媵簠。(《宋公栾簠铭》,春秋时期,《集成》4589,4590)

上引前一例的意思是:宋共公瑕为出嫁到费国的宋女(最可能是他的女儿)"叔子"作了陪嫁鼎。后一例的意思是:宋景公栾(在共公之后)为出嫁到吴国的妹妹"季子"作陪嫁簠。两位宋国国君不约而同地

---

① 甲骨文中成汤之"汤"常作"唐"。如有卜辞说:"丁酉卜,大贞:告其鼓于唐衣,亡尤?九月?"(《合集》22746)此外,在文献中,成汤又有汤、商汤、殷汤、武汤、成商、武王、履、天乙、大乙、帝乙、成、唐、成唐、武唐、殷天乙唐等多种名号。详见朱彦民《商汤诸名讳考略》,载《甲骨学暨高青陈庄西周城址重大发现国际学术研讨会论文集》,齐鲁书社2014年版,第423—431页。
② 李学勤:《枣庄徐楼村宋公鼎与费国》,《史学月刊》2012年第1期。

使用了"唐孙"的名号。如此,所谓"汤孙"乃成汤之孙"太甲"的说法,就不攻自破了。此词实乃成汤的后代商宋时君通用的称号。如此称,大概是为了推崇成汤,反过来说,也系一种血统或说世系的光荣,就如同今天名人后代,必提及自己是某某后人的心态相似。

其实,古人早已正确指出了"汤孙"的意义。如欧阳修说:"《颂》言'汤孙'者斥主祀之时王尔。"① 皮锡瑞云:"'汤孙'乃主祭君之号。"② 陈奂曰:"汤孙,为汤后世之孙。汤孙,犹孝孙也。"③ 另外,正如本书第一章引刘瑾所云:"自先祖之身而指主祭者,则曰汤孙。"④ 这一称号特别适用于祭祀之中,是与祖先交流的一种称谓。

2. "衎我烈祖,汤孙奏假"与"顾予烝尝,汤孙之将"

在前面,笔者罗列了五例周代钟铭,说明钟铭"卲各"表达了降神之义。实际上,"周因于殷礼",周代钟铭"卲各喜侃前文人"云云,已在商代有了原型。《那》曰"衎我烈祖,汤孙奏假","衎"实际正为《梁其钟铭》《逨钟铭》"卲各喜侃"之"侃",两者都是"乐"之义,朱骏声即认为,侃"叚借为衎"⑤。

而"奏假"一词,《毛传》:"假,大也。"郑笺:"假,升。……以金奏汤孙太甲又奏升堂之乐,弦歌之,乃安我心所思而成之。谓神明来格也。"郑笺并未遵循《毛传》解释,而说"谓神明来格也",这很准确。当然神灵的来临是音乐招引的结果,郑玄又将"假"释为"升",将"奏假"释为"升歌",他的意思是说神灵的降临循"升歌"而来,如此又回到了"升歌降神"的框架中。但《那》并未提到所谓"升堂的弦歌"(升歌)⑥,郑玄为《那》补足的作乐程式,实乃经学的结果,我们还是应以文本为准。

其实,"奏假"一词,对应于钟铭的"卲各",马瑞辰已有恰当的

---

① (宋)欧阳修:《诗本义》,《景印文渊阁四库全书》第70册,台北:台湾商务印书馆1986年版,第276页。
② 转引自(清)王先谦《诗三家义集疏》,中华书局1987年版,第1095页。
③ (清)陈奂:《诗毛氏传疏》,上海商务印书馆1933年版,第70页。
④ (元)刘瑾:《诗传通释》,《景印文渊阁四库全书》第76册,台北:台湾商务印书馆1986年版,第778页。
⑤ (清)朱骏声:《说文通训定声》,武汉古籍出版社1963年版,第729页。
⑥ 后面会说到,升歌是以弦类乐器为伴奏,但《那》中并未出现这类乐器。

解释：

> 假与格一声之转，故通用。……凡神人来至曰假，祭者上致乎神亦曰假。《尚书》"祖考来格"，《商颂》"来假来飨"，此神人之来至也。《易·萃·象传》"王假有庙，致孝享也"，《尚书》"舜格于文祖"，《史记·五帝纪》作"舜乃至于文祖"，《祭统》"王假于大庙"，《商颂》"以假以享"、"鬷假无言"及此诗"汤孙奏假"，皆祭者致神之谓也。《春秋繁露·祭义篇》："祭者，察也；以善逮鬼神之谓也。"察，至也；逮，及也；及亦至也；盖言祭以善致鬼神为主。《小尔雅》《说文》并曰："奏，进也。"上致乎神曰奏假，亦曰登假，扬雄《剧秦美新》曰："登假皇穹"是也。诗"汤孙奏假"谓汤之子孙进假其祖，则不得如《毛传》以汤孙为汤矣。①

此论已很精妙，但稍有不足。某种程度上说，"凡神人来至"与"祭者上致乎神"两者不是分立的。因为，在祭祀中，需要人的献祭招引，神灵才会降临。故而，"祭者上致乎神"与"凡神人来至"乃统摄的过程。圆通地讲，"奏"者，进也；而"奏假"乃是进献某物（音乐、祭品等）招引某神而来的意思。同样的道理，在解释"卲各"时，陈英杰已指出，"'各'谓神灵来至享也，是神的行为，'卲'是祭祀者——人的行为，'卲'是'各'的一个前提条件"。②

综上而论，《那》曰"衎我烈祖，汤孙奏假"，此句换用钟铭的套语，近似乎"汤孙卲各喜侃烈祖"，表示以乐降神。另外，《那》结语云："顾予烝尝，汤孙之将。"意思是说：降临我们的祭坛吧，汤孙奉上祭品。两句话呼唤祖先神降临仪式现场，乃《那》降神属性最明显的词语证据。

3. 前人阐释

《那》的降神性质，前人已论及。《礼记·郊特牲》："殷人尚声，臭味未成，涤荡其声；乐三阕，然后出迎牲。声音之号，所以诏告于天地

---

① （清）马瑞辰：《毛诗传笺通释》，中华书局1989年版，第1158—1159页。
② 陈英杰：《谈金文中𤔲、召、卲、邵等字的意义》，《中国文字研究》2007年第2期。

之间也。"孔疏："殷尚声，故未杀牲而先摇动乐声以求神也。"表明商人以乐降神。有论者比照《那》与此段文字，发现其中的联系。

如清人方玉润说：

> 凡声属阳，故曰乐由阳来。首章是将祭之时，先作乐以求神，亦如周人取萧祭脂之意。《记》曰："臭味未成，涤荡其声，乐三阕，然后出迎牲"是也。全诗辞意与周之《有瞽》备举诸乐以成文者，亦复相类。第彼以作乐合祖，"永观厥成"是乐之终；此以声音诏神，冀其来享，是乐之始。①

方氏发现了《那》的降神性质，此属卓识。此外，他还敏锐地将《那》与《周颂·有瞽》进行了比较。他认为《有瞽》与《那》不同，它是"乐之终"，即祭祀作乐的最后阶段。《有瞽》是笔者下一节的论题，方氏观点恰当与否待后文再述。

再如现代《商颂》研究专家张松如认为：

> 细详诗义，似是一组祭歌的序曲，所谓《商颂》十二，以《那》为首。诗中没有专祀成汤的内容，却描述了商时祭祀的情形和场面，大约是祭礼包括成汤在内的烈祖时的迎神曲。②

此论可谓卓见。《国语·鲁语》："昔正考父校商之名颂十二篇于周太师，以《那》为首。"为何以《那》为首？从仪式之用的角度讲，张松如的解答不失为一种可行的思路，即《那》是降神之乐（迎神曲），如此它必然要排在祭祀组乐的前面。

基于以上证据，《那》为降神之乐，几乎能成定谳。

（三）"合乐"形式

前面已说过，《周礼·春官·大师》："皆播之以八音：金、石、

---

① （清）方玉润：《诗经原始》，中华书局2015年版，第644页。
② 张松如：《商颂研究》，南开大学出版社1995年版，第11页。

土、革、丝、木、匏、竹。"郑注云："金，钟镈也；石，磬也；土，埙也；革，鼓鼗也；丝，琴瑟也；木，柷敔也；匏，笙也；竹，管箫也。"按这一乐器分类标准，降神之乐《那》已出现金（庸）、石（磬）、革（鼗、鼓）、竹（管）四类五种；另外，《那》出现"万舞"，故而其"合乐"形式是名副其实的"诗乐舞"合一。在祭祀的开始，商人就用如此隆重的音乐形式迎接祖先神，正是"殷人尚声"的最好例证。

总结上文，商代《那》诗乃殷礼以"合乐"形式的降神之乐。这一性质，前人已指出过，我们也可从原始的鼓乐迎神方式、"奏假""顾予烝尝"等降神词语予以证明。这意味着，"合乐"是商人的一种降神程式。一般而言，"周因于殷礼"，是否周人也继承了此礼制呢？这是后文即将论述的内容。

第三节　周承殷礼：《有瞽》之"合乐"降神

《周颂》中有没有与《那》同类的降神之诗？答案是肯定的，《有瞽》即是，其诗曰：

有瞽有瞽，在周之庭。设业设虡，崇牙树羽。应田县鼓，鼗磬柷圉。既备乃奏，箫管备举。喤喤厥声，肃雝和鸣，先祖是听。我客戾止，永观厥成。①

《毛诗序》："始作乐而合乎祖。"《鲁诗》："始作乐，合诸乐而奏之所歌也。"② 根据诗文，并参考毛、鲁二家的说法，可得知诗中描写了众乐齐奏即"合乐"形式以祭祖的场景，《有瞽》是与此"合乐"相配的祭祖乐歌。但正如前面所说，祭祖乐歌分为多种类型，具体说来，笔

---

① 实线押鱼部韵，虚线押耕部韵。
② 参见（清）王先谦《诗三家义集疏》，中华书局1987年版，第1026页。

者认为《有瞽》也是"合乐"降神之歌。① 之前的研究，往往忽略这一属性，故而有探讨的必要。②

一　诗中之乐与诗

（一）诗中的"合乐"

《有瞽》描写了"合乐"的场景，诗开篇云："有瞽有瞽，在周之庭。"表明了仪式的地点与人物。地点是庭；庭，宗庙前庭也。③ 人物是瞽矇。

瞽矇职能，本书前面已有论述。《周礼·春官》载"瞽矇掌播鼗、柷、敔、埙、箫、管、弦、歌"。此记载与《有瞽》相契合。让我们了解一下这些乐器。诗云："应田县鼓，鞉磬柷圉。既备乃奏，箫管备举。"应、田、县三者皆是鼓，应与田是小鼓，县鼓是吊起来敲的大鼓（见图3、图4）。鞉，即鼗，像拨浪鼓一样的小鼓（见图5）。柷与圉，还未有先秦实物可征，一般认为柷是起乐之器，圉系止乐之器。前者像

---

① 王国维《释乐次》说："天子诸侯礼之重者，皆但有升歌下管舞，而无间歌合乐。"（见《观堂集林（外二种）》，河北教育出版社2001年版，第42页）王氏认为天子礼无"合乐"，此论可再商。若本书推论可以成立的话，《有瞽》正为"合乐"祭祖乐歌，王氏观点即与之矛盾。应该特别注意的是，《诗经》中可能蕴藏了一些为"三礼"所不载的礼制，有待我们的研究。

② 《有瞽》的专题研究并不多，主要有两篇论文：姚小鸥、李文慧《〈周颂·有瞽〉与周代观乐制度》（《文艺研究》2012年第3期）与付林鹏《〈周颂·有瞽〉与周初乐制改革》（《古代文明》2013年第1期）。姚文认为《有瞽》"反映了周代中期以后的礼乐思想"，这是值得肯定的；而付文持《有瞽》周初说，并不妥。后文将论及，《有瞽》实际是西周中晚期的作品。另外，两文也均未关注《有瞽》的礼乐祭祀功能。关于诗中"合乐"，高亨认为其与《礼记·月令》载季春月末"择吉日大合乐，天子乃率三公，九卿，诸侯。大夫，亲往视之"是一类事（见氏著《周颂考释（中）》，《中华文史论丛》1964年第5辑）。不过，《月令》未提及"择吉日大合乐"的地点及缘由，郑笺说此"大合乐者，所以助阳、达物、风化天下也"。从整个《月令》来看，郑玄的意见有一定道理，但他并不认为此"合乐"为祭祖。从"亲往视之"这句话来看，应是以观赏为主的活动；若是祭祖，此话就显突兀；试问祭祖时，主祭者本须亲临，且恭敬从事，又何须说"亲往视之"。对高亨的观点，李祚唐也作了批驳，参见《先秦诗鉴赏辞典》，上海辞书出版社1998年版，第671页。

③ 后面会论及《简兮》一诗，其云"公庭万舞""公庭"，王先谦："《传》云：'亲在宗庙公庭，是'公庭'即'宗庙'，而硕人亲舞也。"《有瞽》之"庭"应与其同义（见氏著《诗三家义集疏》，中华书局1987年版，第186—187页）。

木桶一样，中有椎子可敲击左右；后者如同伏虎，背上有若干刻文，可用工具摩擦发声（见图6、图7）。磬是一种石制的打击乐器，取片状石材，制成曲尺状，上铅一孔，悬挂敲击（图8）。箫不用解释，古今形制差异不大（见图9）所谓管，据郑玄的解释①，类似两笛，并而吹之，但实物似未出土过。② 如果郑玄的解释没错，此管与古老的羌笛相似（见图10）。③

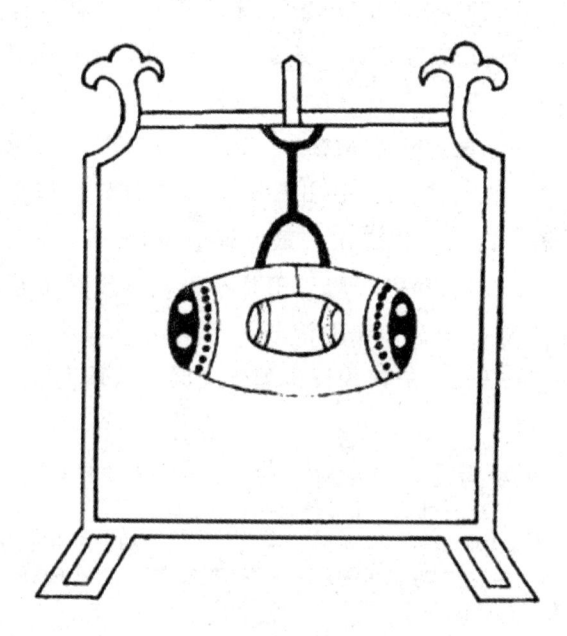

图 3　县鼓复原图

（图片来自薛宗明《中国音乐史：乐器篇》（上），台北：台湾商务印书馆 1983 年版，第 118 页）

---

① 《周礼·春官·瞽矇》："箫、管、弦、歌。"郑注曰："管，如篪而小，併两而吹之，今大予乐官有焉。"

② 对众乐器的解释，朱熹《诗集传》较为公允，可参考。其云："树羽，置五采之羽于崇牙之上也。应，小鞞。田，大鼓也。郑氏曰：'田当作朄，小鼓也。'县鼓周制也，夏后氏足鼓，殷楹鼓，周县鼓。鼗如鼓而小，有柄，两耳，持其柄摇之，则傍耳还自击。磬，石磬也。柷，状如漆桶，以木为之，中有椎连底，挏之令左右击，以起乐者也。圉，亦作敔，状如伏虎，背上有二十七鉏锯刻，以木长尺栎之，以止乐者也。箫，编小竹管为之。管，如篪，并两而吹之者也。"（朱熹：《诗集传》，中华书局 2015 年版，第 305 页）

③ 羌笛为羌族的古老乐器，近年来的分子人类学已证明羌族与古中原汉族存在同源关系，如此两者的原始文化也可能存在一定相关性。

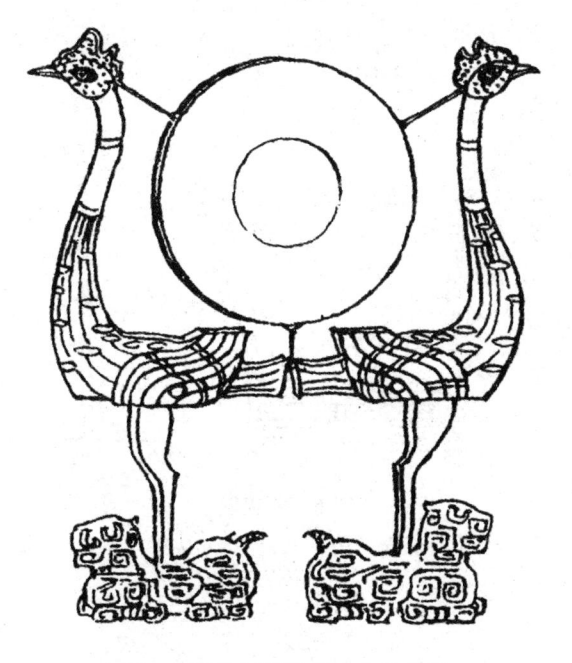

图 4　湖北江陵楚墓出土的县鼓

（图片来自金家翔《中国古代乐器百图》，安徽美术出版社1994年版，第18页）

图 5　河南南阳汉画像中的鞉

（图片来自李纯一《中国上古出土乐器综论》，文物出版社1996年版，第21页）

84　《诗经》祭祀礼乐探索

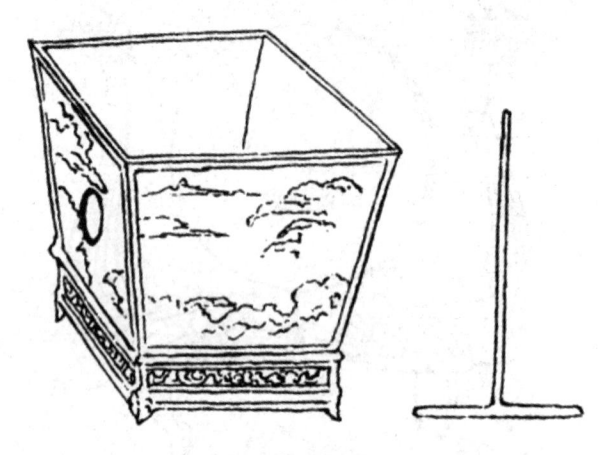

图 6　清代柷

（图片来自金家翔《中国古代乐器百图》，安徽美术出版社 1994 年版，第 67 页）

故宫藏清代历史画
《万树园赐宴图》中
敔的形象

图 7　清代圉（揭或敔）

（图片来自金家翔《中国古代乐器百图》，安徽美术出版社 1994 年版，第 68 页）

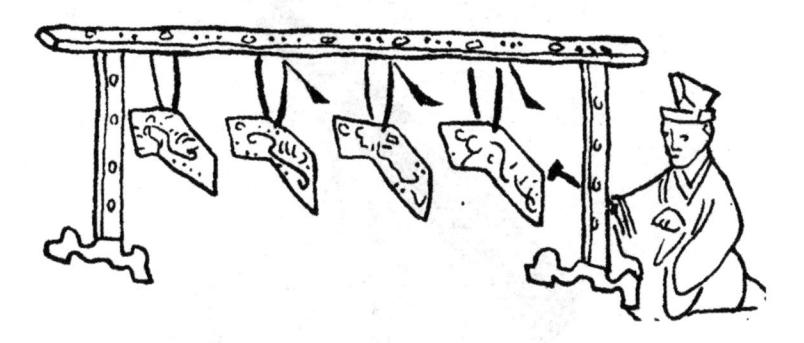

图 8　山东沂南北寨汉画像中的编磬

（图片来自李纯一《中国上古出土乐器综论》，文物出版社1996年版，第61页）

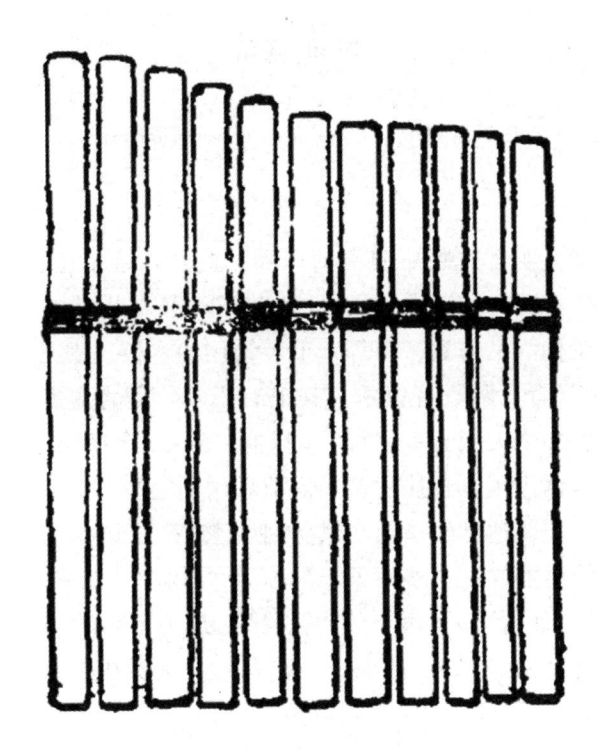

图 9　春秋箫

（图片来自李纯一《中国上古出土乐器综论》，文物出版社1996年版，第375页）

图 10　羌笛

（图片来自宁夏新闻网 http://yinchuan.baogaosu.com/xinwen/石头上羌笛声声/40834664/，2021年8月24日）

以上是诗文明言瞽矇所演奏的乐器。此外，诗中还有暗含的乐器。《有瞽》："设业设虡，崇牙树羽。"业与虡为悬挂乐器的架子之组成部分。业是横梁枸（又作簨、簴等）上装饰用的木板，虡乃立柱。孔颖达解释："悬钟磬者，两段有植木，其上有横木，谓直立者为虡，谓横牵者为枸。枸上加之大版，为之饰。《释器》云：'大版谓之业。'"①而崇牙是横梁上的锯齿用以悬挂乐器，树羽系用羽毛装饰锯齿。这个架子上放哪些乐器？孔颖达已经指出，其为钟与磬。②也因为两种乐器是悬挂演奏，所以钟磬加这一乐器架子，被称为"乐县"。郑玄说："乐县，谓钟磬之属县于簨虡者。"③出土的"乐县"，最为有名的当属战国曾侯乙墓编钟、编磬（见图11）。故而，《有瞽》"设业设虡"这一设置乐县的

① 《灵台》"虡业维枞。"之孔疏。
② 更宽泛地讲，孙诒让指出："凡乐器，编钟、编磬、特磬及县鼓，皆县于簨虡。"[（清）孙诒让：《周礼正义》，中华书局1987年版，第1779页]
③ 《周礼·春官·小胥》"正乐县之位，王宫县，诸侯轩县，卿大夫判县，士特县，辨其声。"之郑注。

仪式行为，已暗含"钟"类乐器。还有一旁证，《大雅·灵台》："虡业维枞，贲鼓维镛，於论鼓钟，於乐辟廱。"这也是设置"乐县"，诗中已提到"镛""钟"，二者无疑正是"乐县"的组成部分。

图 11　曾侯乙墓乐县

（图片来自湖北省博物馆官网，http：//www.hbww.org/Views/ArtGoodsDetail.aspx? PNo=Collection&No=GZZQ&Guid=4da8fb86－07e5－4f5f－9c50－7bc2d17182c8&Type=Detail，2020 年 10 月 5 日）

在祭祀前，"设业设虡"之"乐县"由专人来负责安装，《周礼·春官》：

> 凡乐事，大祭祀，宿县，遂以声展之。（《大司乐》）
> 掌大师之县，凡乐事相瞽。（《视瞭》）
> 典庸器掌藏乐器庸器，及祭祀，帅其属而设笋虡，陈庸器。（《典庸器》）

可见，大司乐、视瞭、典庸器三者为"官联"，他们协作"宿县"：典庸器设置乐器架子，大司乐与大师（瞽矇之长）悬挂乐器，大司乐还要试音检查。"宿"，孙诒让："谓祭前之夕。"[①] 那么，所谓"宿县"指祭祀前一天晚上把乐县安装完备。"宿县"的位置，《仪礼·大射》有载：

---

① （清）孙诒让：《周礼正义》，中华书局 1987 年版，第 1779 页。

乐人宿县于阼阶东：笙磬西面，其南笙钟，其南镈，皆南陈。建鼓在阼阶西，南鼓。应鼙在其东，南鼓。西阶之西颂磬，东面。其南钟，其南镈，皆南陈。一建鼓在其南，东鼓；朔鼙在其北。一建鼓在西阶之东，南面。簜在建鼓之间。鼗倚于颂磬，西纮。

"大射礼"乃君王亲自参与的仪式，以上"宿县"的位置多在射宫堂下两侧。不过，宗庙祭祀的"宿县"与"大射礼"可能有所不同，仅可参考。

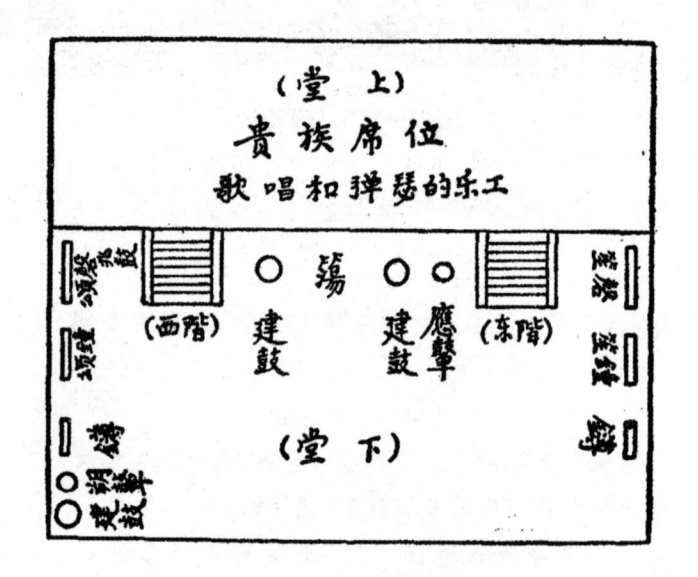

图 12 大射礼乐队排列示意

（图片来自杨荫浏《中国古代音乐史稿》，人民音乐出版社 1981 年版，第 39 页）

前面说，按八音的标准，商人之《那》已出现金（庸）、石（磬）、革（鞉、鼓）、竹（管）四类五种。周人之《有瞽》则更进一步，有金（钟）、石（磬）、革（应、田、县鼓、鞉）、木（柷、圉）、竹（箫、管）五类十种，多出节奏打击乐器木一类。看来，经过发展，周人的乐器更丰富。

《有瞽》："既备乃奏，箫管备举。喤喤厥声，肃雝和鸣，先祖是听。"祭祀时，瞽矇演奏以上十种乐器（合乐可参考图 13），以此"和鸣"的"大合乐"迎接神灵。"喤喤厥声",形容乐声之大,《礼记·郊特牲》描述商人的以乐降神:"声音之号,所以诏告于天地之间也。"这句话用来形容《有瞽》中的"合乐"也不为过。"肃雝和鸣,先祖是听",《礼记·乐记》引此句诗云:"夫肃肃,敬也。雝雝,和也。夫敬以和。"虽然是众声齐奏,但又不失和谐,于庄严中体现祭祀之美。

图 13　战国铸纹铜豆"合乐"

(图片来自李纯一《中国上古出土乐器综论》,文物出版社 1996 年版,第 8 页)

(二) 孔颖达《颂》为"祭后述祭时之事"说商兑

《有瞽》描写了"合乐"祭祖的场景,但它本身是首诗,那么这涉及一个问题:诗中之乐与诗有怎样的关系?按照上引《鲁诗》的说法,显然"诗乐舞"合一,即诗自身属诗中"合乐"的相配乐歌。但也有不同的声音,郑玄《周颂谱》云:"功大如此,可不美报乎?故人君必絜其牛羊,馨其黍稷,齐明而荐之,歌之舞之,所以显神明,昭至德也。"对此,孔颖达的疏解值得注意:

> 歌之舞之,谓祭神之后,诗人歌之,非谓当祭之时即歌舞也,故《清庙》经曰"肃雝显相""济济多士""骏奔在庙",皆是既祭之后,述祭时之事,明非祭时即歌也。但既作之后常用之,故《书传》说《清庙》云:"周公升歌文王之功烈德泽,尊在庙中,尝见文王者,愀然如复见文王。"是作后每祭尝歌之也。[①]

---

① 《毛诗正义》卷十九。

按照上面孔氏的理解，《周颂》成为"祭后述祭时之事"的诗篇。① 如此，孔氏将乐歌与仪式分割成两个时间：描写某个祭祀现场的乐歌并非这个现场所唱，而是仪式之后被诗人记录下来，以为下次类似的祭祀所用。但如此理解实在过于迂曲，难道说《清庙》所写祭文王的仪式现场没有乐歌吗？

　　实际上，孔颖达的上述观点非但与《鲁诗》某某仪式"所歌"，即《颂》为祭祀仪式现场乐歌的观点相左，也与郑玄的看法不一致。还是《清庙》一诗，《毛诗序》："祀文王也。周公既成洛邑，朝诸侯，率以祀文王焉。"郑笺："清庙者，祭有清明之德者之宫也，谓祭文王也。天德清明，文王象焉，故祭之而歌此诗也。"十分明显，郑玄将《清庙》定为"祭之而歌此诗"，这与《鲁诗》的解说相合，实质上正是孔颖达所反对的"祭时即歌"。可见，孔颖达并未"疏不破注"。

　　为什么孔颖达会形成如此令人费解的观点？笔者认为，这恐怕与他对郑玄《周颂》作年的看法有一定关系。郑玄《周颂谱》："《周颂》者，周室成功致太平德洽之诗。其作在周公摄政、成王即位之初。"孔颖达基本遵循了这一观点，其孔疏云：

　　　　文、武虽有盛德，时未太平，不可为颂。成王致太平，乃有颂，虽祀文王、武王，皆歌当时成功，告其父祖之神明，故《周颂》祀文王、武王者，皆非文、武之颂也。

　　但郑玄所谓《周颂》作于"周公摄政、成王即位之初"的观点并不妥当，现今学界已大都不再认可。更合理的解释是，《周颂》作年从西周早期延伸至西周中晚期。② 而在操作时，孔颖达将作于武王时代的乐歌后推至成王时，可能就形成了《颂》为"祭后述祭时之事"的观点，

---

　　① 他已将此观点推及整个《颂》诗。如对《商颂·烈祖》篇，孔颖达说："《烈祖》诗者，祀中宗之乐歌也。谓中宗既崩之后，子孙祀之。诗人述中宗之德，陈其祭时之事而作此歌焉。"

　　② 这样的研究已有许多，如李山《西周穆王时期诗篇创作考》，《中国古典文献学丛刊》第7卷，中国古文献出版社2009年版；马银琴《两周诗史》，社会科学文献出版社2006年版；等等。

之后又将这一观点扩大化。如《时迈》一诗，本书第四章将会论证此诗是武王时所作，其为《大武》之一，《左传·宣公十二年》也载武王克商作《时迈》；但孔颖达为了迎合郑玄的观点，认为此诗为"周公既致太平，追念武王之业，故述其事而为此歌焉"，即将其定为成王时之作品。此类观点值得商榷。

本书之前说过，大型的典礼仪式在举行前，经过了排演，故而仪式过程中的事项都在祭祀者掌控之中；易言之，仪式有程式性与表演性。而祭祀需要乐歌，那么乐歌必然要在祭祀前准备好，这个道理并不难理解。在形式上，祭祀乐歌与仪式相互指涉，祭祀乐歌所唱也正是仪式中所发生之事。①

回到《有瞽》，孔颖达在《毛诗》郑笺基础上，疏解诗意：

> 有此瞽人，有此瞽人，其作乐者，皆在周之庙庭矣。既有瞽人，又使人为之设其横者之业，又设其植者之虡，其上刻为崇牙，因树置五采之羽以为之饰。既有应之小鼓，又有田之大鼓，其鼓悬之虡业，为悬鼓也。又有鼗有磬，有柷有圉，皆视瞭设之于庭矣。既备具，乃使瞽人击而奏之。又有吹者，编竹之箫，并竹之管，已备举作之，喤喤然和集其声。此等诸声，皆恭敬和谐而鸣，不相夺理，先祖之神于是降而听之。于时我客二王之后，适来至止，与闻此乐，其音感之，长令多其成功。谓感于和乐，遂入善道也。此乐能感人神，为美之极，故述而歌之。

"述而歌之"仍是"祭后述祭时之事"观点的延续，我们不能同意。实际上，《有瞽》是仪式现场与众乐器合奏时表演的乐歌，乃"合乐"的一部分。除此之外，孔颖达的总结相当准确，尤其是他认为"先祖之神于是降而听之"，已经关涉《有瞽》乐歌的降神功能，而此点尚未引起太多的关注。

---

① 这一点，美国学者柯马丁在从仪式语言学等角度已经阐释得很详尽。可参看 Martin Kern, "Shi jing Songs as Performance Texts: A Case Study of 'Chu ci' (Thorny Caltrop)", *Early China*, Vol. 25, 2000, pp. 49—111.

二 周礼"合乐"与降神

(一) 与《那》的相似

细查《有瞽》，不难发现它与《那》的相似。对此，前人已有认识，如清人姚际恒说："此诗微类《商颂·那》篇，固知古人为文亦有蓝本也。"① 方玉润也云："全诗辞意与周之《有瞽》备举诸乐以成文者，亦复相类。"② 的确，如《国语·鲁语》所云："昔正考父校商之名颂十二篇于周太师，以《那》为首。"言外之意，周王室乐官收藏了《商颂》；那么这些乐官完全有可能模仿《那》制作了《有瞽》。实际上，更进一步说，两者不是"微类"，而是十分相似。如前贤陈奂在注释《那》时，就屡屡将其与《有瞽》比照，发现很多相同点：

> 此自"鼗鼓渊渊"至"万舞有奕"八句，皆极陈殷乐之盛美，《有瞽》云"既备乃奏，箫管备举，喤喤厥声，肃雍和鸣，先祖是听"，是也。"我有嘉客"已下八句，《有瞽》云"我客戾至，永观厥成"，是也。③

接着陈奂继续讲，宏观地看，两首诗的确有相同的主题：(1) 描写乐器设置；(2) 描述乐声；(3) 召唤祖先；(4) 叙述助祭者"客"。制表如下。

表2　　　　　　　　《有瞽》与《那》的对比

主题	《有瞽》	《那》
	相似诗句	
描写乐器设置	有瞽有瞽，在周之庭。设业设虡，崇牙树羽。应田县鼓，鞉磬柷圉。既备乃奏，箫管备举	猗与那与，置我鞉鼓

---

① (清) 姚际恒：《诗经通论》，中华书局1958年版，第339页。
② (清) 方玉润：《诗经原始》，中华书局2015年版，第644页。
③ (清) 陈奂：《诗毛氏传疏》，上海商务印书馆1933年版，第711页。

第二章　先祖是听:降神之乐《商颂·那》与《周颂·有瞽》的探讨　93

续表

主题	《有瞽》	《那》
	相似诗句	
描写乐声	喤喤厥声，肃雝和鸣	奏鼓简简 嘒嘒管声。既和且平，依我磬声。穆穆厥声 庸鼓有斁
召唤先祖	先祖是听	衎我烈祖。汤孙奏假，绥我思成 顾予烝尝，汤孙之将
叙述助祭者"客"	我客戾止，永观厥成。	我有嘉客，亦不夷怿

可见，《有瞽》几乎所有诗句都能在《那》中找到对应。另外，两诗都只有音乐的描写，未出现祭品。当然，两诗也有不同之处，主要体现在风格上：《那》乐器与乐声混写，更具感染力；《有瞽》乐器与乐声分开描述，于庄重中富严谨。①

基于《有瞽》与《那》以上内容的相似，我们有理由推想两诗功能的相似，易言之，《有瞽》也当系降神之乐。当然，这需要更多证据，请看下文。

（二）奏乐的时间："始作乐"解

《有瞽》主旨，《毛诗序》解释："始作乐而合乎祖。"《鲁诗》则云："始作乐，合诸乐而奏之所歌也。"两者都说到了"始作乐"，何为"始作乐"？始，开始、初始之义，这没有疑问。但"作乐"一词，笔者以为古人的理解，有可商榷的余地。

接着《毛诗序》，郑笺说："王者治定制礼，功成作乐。合者，大合诸乐而奏之。"孔疏则云："谓周公摄政六年，制礼作乐，一代之乐功成，而合诸乐器于太祖之庙，奏之，告神以知和否。"两者都是从王朝

---

① 商人嗜酒，青铜礼器酒器众多，礼器纹样富有想象力。可以推想，从某种程度上说，商人有浪漫的一面。而周人最初禁酒，有《尚书·酒诰》传世，他们更重食器，体现了此族群务实朴素的民族性格。

"制礼作乐"即制度建设的角度来理解"作乐"一词,这也是古代最流行的理解。确实,"作乐"有这层意思,而且这层意思在先秦文献中很常见。不过,如此理解也有难通之处。

让我们来检视蔡邕《独断》所保存《鲁诗》对《周颂》的全部说法,这些说法与《毛诗序》大体没有差别,但《鲁诗》从乐歌的角度来阐释,更符合周代"诗乐合一"的文化特质:

《清庙》一章八句,洛邑既成,诸侯朝见,宗祀文王之所歌也。《维天之命》一章八句,告太平于文王之所歌也。《维清》一章五句,奏象武之歌也。《烈文》一章十三句,成王即政,诸侯助祭之所歌也。《天作》一章七句,祀先王公之所歌也。《昊天有成命》一章七句,郊祀天地之所歌也。《我将》一章十句,祀文王于明堂之所歌也。《时迈》一章十五句,巡守告祭柴望之所歌也。《执竞》一章十四句,祀武王之所歌也。《思文》一章八句,祀后稷配天之所歌。《臣工》一章十句,诸侯助祭遣之于庙之所歌也。《噫嘻》一章八句,春夏祈谷于上帝之所歌也。《振鹭》一章八句,二王之后来助祭之所歌也。《丰年》一章七句,烝尝秋冬之所歌也。《有瞽》一章十三句,始作乐,合诸乐而奏之所歌也。《潜》一章六句,季冬荐鱼,春献鲔之所歌也。《雍》一章十六句,禘太祖之所歌也。《载见》一章十四句,诸侯始见于武王庙之所歌也。《有客》一章十三句,微子来见祖庙之所歌也。《武》一章七句,奏《大武》,周武所定一代之乐所歌也。《闵予小子》一章十一句,成王除武王之丧,将始即政朝于庙之所歌也。《访落》一章十二句,成王谋政于庙之所歌也。《敬之》一章十二句,群臣进戒嗣王之所歌也。《小毖》一章八句,嗣王求忠臣助己之所歌也。《载芟》一章三十一句,春耤田祈社稷之所歌也。《良耜》一章二十三句,秋报社稷之所歌也。《丝衣》一章九句,绎宾尸之所歌也。《酌》一章九句,告成《大武》,言能酌先祖之道,以养天下之所歌也。《桓》一章九句,师祭讲武类祃之所歌也。《赉》一章六句,大封于庙,赐有德之所歌也。《般》一章七句,巡狩祀四岳河海之所歌也。右诗三十一章皆天子

第二章　先祖是听:降神之乐《商颂·那》与《周颂·有瞽》的探讨　95

之礼乐也。①

若先不考虑《有瞽》，由上会发现《鲁诗》解释《周颂》各诗，皆是从具体的某个或某类仪式所歌入手，易言之，其认为《周颂》诗篇是具体的"仪式之用"。如此，若把《有瞽》的所谓"作乐"理解为宏观的国家制度建设，就与其他篇目具体"仪式之用"观的说法不类，似有不妥之处。

而且，若按郑玄这类的理解，《有瞽》一诗，必然要定于儒家所认为的周初"制礼作乐"大背景下，如前面所说，孔颖达认为它是周公摄政六年所作；换言之，其创制年代靠前。因为，按一般的理解，周人最初"制礼作乐"（始作乐）正在周公时，孔颖达甚至认为《有瞽》的"合乐"正乃周初创制的《大武》。②

然而，《有瞽》押韵成熟，几乎句句押韵，而且只押两个韵。此情况与西周早期《颂》诗如《清庙》等不押一韵的现象，形成了鲜明的对比。这意味着《有瞽》可能不是西周早期的作品，也就与周公最初的"制礼作乐"没有什么关系。其实，前人也已大致指出《有瞽》作年。通过比照金文、分析韵律与语言特征，夏含夷认为《有瞽》不会是西周早中期作品。③ 对照金文押韵情况，陈致则将《有瞽》定于西周晚期。④ 另外，结合辟雍制度，李山考证此诗可能作于穆王时代。⑤ 总之，笔者认为此诗虽断代不易，但根据其规律的用韵情况，作年不会太早，大致是于西周中晚期。

另外，还有论者认为此诗反映了"尚声"的特点，这与殷礼相似；

---

① （汉）蔡邕：《独断》，中华书局1985年版，第13—14页。
② 孔疏："毛以为，始作《大武》之乐，合于太庙之时。"但《毛诗》未说"始作乐"即创制《大武》。
③ ［美］夏含夷：《从西周礼制改革看〈诗经·周颂〉的演变》，《河北师院学报》1996年第3期。按：夏含夷重点分析了《执竞》一诗，认为其不早于西周中期，而《有瞽》与"《执竞》属于同一个创作背景"。
④ 陈致：《从〈周颂〉与金文中成语的运用来看古歌诗之用韵及四言诗体的形成》，载氏著《跨学科视野下的诗经研究》，上海古籍出版社2010年版，第54页。
⑤ 李山：《西周穆王时期诗篇创作考》，《中国古典文献学丛刊》第7卷，2009年，第65页。

而周人是"尚臭"的，故其"是周人立国之初在祭祀之礼中'因于殷礼'的一个表现"①，因而要把它定在周初。但观前文所列举的钟铭，充分体现了周人对音乐的重视，说周人不尚声恐不成立。要注意的是，"尚声""尚臭"并不存在"非此即彼"的逻辑，清代礼学家秦蕙田即指出："非殷人有乐而无祼，周人有祼而无乐也。"② 子曰："周监于二代，郁郁乎文哉。"（《论语·八佾》）周人对前代礼采取包容态度，殷人以乐降神的传统，并未在周代礼制中消失，而恰恰是发扬光大了，从《商颂·那》到《周颂·有瞽》正是这一情况的最好反映。另外，《周礼·大司乐》篇不厌其烦地谈论乐的变化及所招致的神灵，如"若乐九变，则人鬼可得而礼矣"云云，也能说明此问题。

那么，将"作乐"解释成"制礼作乐"的制度建设不合适的话，该怎样理解呢？先来看"作"字，"作"有演奏的意思。在甲骨文中，"作"为"乍"，请看：

辛亥乍庸。（《合集》20592）
王乍庸奏。（《合集》3256）
贞，其乍豐，乎（呼）伊禦。（《合集》26914）

以上是演奏乐器。③ 这个意思，在周代也有例子，如《论语·八佾》："子语鲁大师乐，曰：'乐其可知也：始作，翕如也。'"又如《礼记·仲尼燕居》："尔以为必行缀兆，兴羽籥，作钟鼓，然后谓之乐乎。"等等。此外，还有大量的"乐作"的语例：

乐作，大夫不入。（《仪礼·乡饮酒礼》《仪礼·乡射礼》）
乐作而后就物。（《仪礼·乡射礼》《仪礼·燕礼》）
伏之而觞曲沃人，乐作。（《左传·襄公二十三年》）

---

① 马银琴：《两周诗史》，社会科学文献出版社2006年版，第120页。
② （清）秦蕙田：《五礼通考》，《景印文渊阁四库全书》第137册，台北：台湾商务印书馆1986年版，第59页。
③ 更多例子可见裘锡圭《甲骨文中的几种乐器名称》，《中华文史论丛》1980年第2辑。

以上的"乐作"乃"演奏音乐"之义,"作乐"出现"乐作"的含义只是时间问题。

果然,"作乐"一词到了汉代,就完全有了"演奏音乐"之义。例子如《白虎通义·丧服》"《传》曰:作乐于庙,不闻于墓"①《九歌·礼魂》"成礼兮会鼓",汉人王逸注曰"言祠祀九神……乃传歌作乐,急疾击鼓,以称神意也"②;汉人刘熙《释名·释乐器》说"柷敔,柷状如漆桶……故训柷为始,以作乐也"③;等等。

实际上,《毛诗》《鲁诗》最终于汉代形成。如此,笔者想说的是,不论《毛诗序》、《鲁诗》对《有瞽》"作乐"的记载,很可能乃"演奏音乐"之义。④ 而《鲁诗》"始作乐,合诸乐而奏之所歌也"云云,也就是说在祭祀中开始奏乐,奏的乐是"合乐",这与其剩余《颂》诗的"仪式之用"阐释方法一致。

若从祭祀音乐的表演程式上看,"始作乐"理解为"开始奏乐"也较为合理。很明显,由诗文可知,所谓"既备乃奏"云云,表明这是一次诸多乐器与歌唱的"合乐"。⑤ 那么这一"合乐"出现在祭礼的哪个时间段呢?

前面已指出,一般认为祭礼奏乐有五个程序,"先金奏,次升歌,次下管笙入,次间歌,而终以合乐,合乐则兴舞"⑥。按此理解,"合乐"是奏乐的最后一个环节,如此,它在祭礼的后段。在比较《那》与《有瞽》时,方玉润也说:"第彼以作乐合祖,'永观厥成'是乐之终;

---

① (清)陈立:《白虎通疏证》,中华书局1994年版,第558页。
② (汉)王逸:《楚辞章句补注·楚辞集注》,岳麓书社2013年版,第82页。
③ (汉)刘熙:《释名》,中华书局1985年版,第108页。
④ 晁福林也认为《诗序》对《有瞽》"始作乐"的解说,乃"演奏音乐"的意思。他说,"上古'作乐',有二义,一是创作乐曲,二是演奏音乐","关于演奏音乐称之为'作乐'之例见于《诗·周颂·有瞽·序》'始作乐而合乎祖',毛传'大合诸乐而奏之'。又,《诗·大雅·行苇》描写周代贵族饮宴,其中有'或歌或咢'之句,孔疏谓'作乐助欢,于是时,或比于琴瑟而歌,或徒击鼓而咢',是皆可证'作乐'亦有演唱或演奏音乐之意"(晁福林:《上博简〈诗论〉研究》,商务印书馆2013年版,第369—370页)。但此论仍不够充分,所举语例时代也太靠后,若本书结论不错,可补充此认识。
⑤ 周人的"合乐"不是西方音乐的"合奏",它实际是诸声齐奏同一曲调,这也是中国古代音乐的一个特点。如《仪礼·乡饮酒礼》:"乃合乐"郑玄即注曰:"谓歌乐与众声俱作。"
⑥ (清)孙诒让:《周礼正义》,中华书局1987年版,第1732页。

此以声音诏神,冀其来享,是乐之始。"① 他认为《那》的"合乐"是奏乐之初的降神乐,而《有瞽》则系奏乐的最后阶段,这意味着其不是降神乐。

不过,需要注意的是,不论《有瞽》还是《那》,其"合乐"之中均未出现丝类,即琴瑟一类乐器。② 而"合乐则兴舞"这一"合乐"前的"升歌"阶段,其必备的乐器是瑟。请看文献有关"升歌"的记载,这些记载中,以《清庙》为数最多:

> 《清庙》之歌,一唱而三叹也,县一钟,尚拊之膈,朱弦而通越也,一也。(《荀子·礼论》)
> 《清庙》之瑟,朱弦而疏越,一唱而三叹,有进乎音者矣。(《吕氏春秋·适音》)
> 《清庙》之瑟,朱弦而疏越,壹倡而三叹。(《礼记·乐记》)
> 朱弦漏越,一唱而三叹,可听而不可快也。(《淮南子·泰族训》)
> 《清庙》之歌,一倡而三叹也,县一磬而尚拊搏、朱弦而通越也,一也。(《大戴礼记·礼三本》)
> 古者帝王升歌《清庙》之乐,大琴练弦达越,大瑟朱弦达越,以韦为鼓,谓之搏拊,何以也?凡练弦达越搏拊者,象其德宽和。君子有大人声,不以钟鼓竽瑟之声乱人声。《清庙》升歌者,歌先人之功烈德泽也,故欲其清也。(《尚书大传》)

由上可知,以《清庙》为代表的"升歌",相配的最为主要乐器乃瑟,年代靠后的文献又给它配上了琴。通过梳理文献与出土文物,李守奎指出,"瑟早于琴","时代较早的文献中,瑟是弦乐的代表,语言中

---

① (清)方玉润:《诗经原始》,中华书局2015年版,第644页。
② 前面已说,《那》出现金(庸)、石(磬)、革(鞉、鼓)、竹(管)四类五种,《有瞽》有金(钟)、石(磬)、革(应、田、县鼓、鞉)、木(柷、圉)、竹(箫、管)五类十种,都未有瑟琴这一弦类乐器。

以琴代表弦乐是战国及战国以后文献的特点"①。举例来说,《仪礼·乡饮酒礼》载乐工"升歌""遂授瑟",歌时只以瑟为伴奏乐器。

那么,"升歌"之后的"合乐",如《仪礼·乡射礼》:"乃合乐《周南》。"郑注:"合乐,谓歌乐与众声俱作。"贾公彦疏:"谓堂上有歌瑟,堂下有笙磬,合奏此诗,故云众声俱作。"也就是集合之前奏乐程式的所有乐器来演奏,必然会有瑟一类乐器。而《有瞽》与《那》的"合乐"没有瑟,这说明它们的表演不在"升歌"之后,而是在其之前,同处于祭乐的最前面。

实际上,《有瞽》中也有奏乐时间的线索,诗云:"既备乃奏。"众乐器在祭祀前已准备好,祭祀一开始,即"备乃奏",这句诗表明《有瞽》乃祭祀初始被表演的。如此,从音乐演奏程式看,《那》作为降神之乐,其必然在祭祖仪式之始,乃整个祭祖音乐的开始。而《有瞽》与《那》相似,"始作乐"即"开始奏乐",也是祭祖音乐的开始,而这个阶段的音乐当是降神之乐。

可能会有人问,若唱《有瞽》之歌难道不登堂,即升堂而歌吗?这不正是"升歌"吗?并非如此,仪式现场的歌唱并不一定都在堂上,举例来说,在"大射礼"中,有"歌射节"的歌唱环节,《周礼·春官·大师》:"大射,帅瞽而歌射节。"《大司乐》:"大射,王出入令奏《王夏》;及射,令奏《驺虞》。"清儒金鹗指出:"诗何以言奏?此盖不歌于堂上而奏于堂下者也……是工(笔者按:乐工)在堂下也。"②此论正是,歌唱也可在堂下庭中。

(三) 被突出的"乐县"

《有瞽》的降神与《那》也有不同之处,《那》开篇云:"置我鞉鼓,奏鼓简简。"所突出的是鼓乐,这仍有一定的原始性,因为鼓乐降神在原始部落时代就已存在。而《有瞽》开篇所强调的是"设业设虡,崇牙树羽"的"乐县","应田县鼓"已居次席。

---

① 李守奎:《先秦文献中的琴瑟与〈周公之琴舞〉的成文时代》,《吉林大学社会科学学报》2014年第1期。

② 转引自(清)孙诒让《周礼正义》,中华书局1987年版,第1783页。

在扬弃前代文化基础上,通过"制礼作乐",周人已褪去原始文化的粗糙,将降神的乐器定为昂贵华丽的青铜钟,及不同数量青铜钟组成的乐县。钟铭反复出现的"卲各"已很好地证明了这点。"乐县"制度无疑既能显示身份等级,也满足了仪式的需求。《有瞽》突出"乐县",更显示了降神"本色"。①

(四) 祫祭与"合乐"降神

事实上,《有瞽》"合乐"以降神的祭祀形式,有明确的周代文献支持,《周礼·春官·大司乐》载:

> 以六律、六同、五声、八音、六舞大合乐,以致鬼神示……凡乐,黄钟为宫,大吕为角,大蔟为徵,应钟为羽,路鼓路鼗,阴竹之管,龙门之琴瑟,《九德》之歌,九韶之舞,于宗庙之中奏之,若乐九变,则人鬼可得而礼矣。

前面已说,"致"即"招致"。"以致鬼神示"即用"大合乐"来招致神灵。值得注意的是,具体到祭祀类型,郑玄认为这段文字专指"禘大祭",而他所谓的"禘大祭",孙诒让云:"人鬼之祭为大祫。"② 也就是说,"禘大祭"实际上是祫祭先祖。③ 如此,以上的文字意味着在祫祭先祖时,须"合乐"以降神。

尽管《有瞽》并未有舞与琴瑟之歌,但大体上与此记载相符。毕

---

① 实际上,《有瞽》一诗的降神性质,前人也有论及,日本学者家井真说:"从篇中我们不难看出,在宗庙里演奏音乐的目的在于招降神灵,使其心情欢畅。所以,此篇可以理解为歌咏在周宗庙举行祖灵祭祀活动时的音乐演唱场景的作品。"([日]家井真:《〈诗经〉原意研究》,陆越译,江苏人民出版社 2011 年版,第 73 页)他认为"演奏音乐的目的在于招降神灵",这是笔者所同意的;但他以为《有瞽》是歌咏某某"场景"的作品,这就与孔颖达的《颂》为"祭后述祭时之事"之论存在同样问题。

② (清)孙诒让:《周礼正义》,中华书局 1987 年版,第 1762 页。

③ 所谓祫祭即合祭,《公羊传·文公二年》载:"八月,丁卯。大事于大庙,跻僖公。大事者何?大祫也。大祫者何?合祭也。其合祭奈何?毁庙之主,陈于大祖;未毁庙之主,皆升,合食于大祖,五年而再殷祭。"何休注曰:"殷,盛合。谓三年祫,五年禘。"这是对祫祭最简明的解释。

竟，礼制有个发展的过程，《周礼》所记载的祫祭降神方式比《有瞽》更复杂，大概是后世发展的产物。近人研究表明，《周礼》大量反映了西周中后期的周王室制度①，那么它有可能比《有瞽》的年代还要晚些。

由《周礼》与《有瞽》的比照，还可解决另一问题。《毛诗序》云："始作乐而合乎祖也。""始作乐"上文已解释，但"合乎祖"又是什么意思？对此，郑笺解释说："合者，大合诸乐而奏之。"这显然受到《鲁诗》"始作乐，合诸乐而奏之所歌也"的影响。② 但这些解释并不通达，《鲁诗》"合诸乐而奏之所歌也"毋宁说是对"始作乐"的解释，而《毛诗序》"合乎祖"是比《鲁诗》多出来的信息，郑玄用"大合诸乐而奏之"没能提供有效的阐释。

前人对"合乎祖"的解读中，宋儒范处义的说法值得关注：

> 成王至是治定功成，制礼作乐以为皆祖之德也。故于乐之始作歌是诗，合乎祖而告之，合者祫也。③

范氏将"合乎祖"之"合"解释成"祫"，如此"合乎祖"即"祫祭"。此种观点，在宋代较为流行。另一位宋儒戴溪也认为：

> 《有瞽》序诗者曰"始作乐而合乎祖"，似为祫祭言也。诗有"先祖是听"之辞，总言先祖，故序诗者言之。④

---

① 在比较西周金文官制与《周礼》官制后，张亚初、刘雨说："《周礼》六官的体系与西周中晚期金文中的官制体系大体是相近的。"见氏著《西周金文官制研究》，中华书局1986年版，第141页。

② 如陈乔枞说："乔枞谨案：《毛诗序》：'有瞽始作乐而合乎祖也。'《笺》云：'合者大合诸乐而奏之。'即用鲁说申毛。"见（清）陈寿祺、陈乔枞《鲁诗遗说考》卷6，清刻左海续集本。

③ （宋）范处义：《诗补传》，《景印文渊阁四库全书》第72册，台北：台湾商务印书馆1986年版，第387页。

④ （宋）戴溪：《续吕氏家塾读诗记》，《景印文渊阁四库全书》第73册，台北：台湾商务印书馆1986年版，第873页。

此外，黄櫄、何楷均持相似的看法。①

那么，"合乎祖"为"祫祭"的观点，是否正确呢？后世有反对者，如清代学者顾栋高以为："合乎祖为祫，此特因《序》中一合字，传会于经文，无当也。"② 也有持肯定意见者，如礼学家沈文倬说："《有瞽》是太庙合祭的乐曲。"③ 但不管否定或肯定，包含宋儒观点在内，均未有充分的论证，此问题遂成一桩悬案。

若从仪式乐歌的属性出发，能对《有瞽》与祫祭关系作出尝试性的解答。同样是"合乐"降神，《有瞽》与《周礼·春官·大司乐》所载祫祭前的奏乐形式基本相符，这意味着《有瞽》很可能就是"祫祭"降神之乐。

综上所述，《周颂·有瞽》乃周礼"合乐"降神之乐，这一"合乐"降神的礼制形式是继承《那》所代表的殷礼而来。《毛诗序》说："《有瞽》，始作乐合乎祖。"我们推测，这其中的"始作乐"乃"开始奏乐"的意思，实际上"始作乐"已经暗含了《有瞽》的具体礼乐功能：其为祭祀音乐的初始，也就是降神之用。若要再具体到诗篇祭祀仪式类型，基于《有瞽》奏乐形式与《周礼·大司乐》所载"祫祭"前"大合乐"降神形式的相似性，此诗可能系"祫祭"降神礼乐。如此，前人对《毛诗序》"合乎祖"之"合"为"祫祭"的认识，也可能成立。

---

① 宋人黄櫄说："'始作乐而合乎祖'，说者以为始作乐者，始成《大武》之乐也。合乎祖者，合乐而奏于文王之庙也。然此诗特言合乎祖而已，安知其合乐于文王之庙乎？予以为祭有禘有祫，禘者谛也，谛其祖之所自出也。祫者，合也，合其先祖而祭之也。成王始作备乐以合祭于先祖之庭，而歌《有瞽》之诗。"（李樗、黄櫄：《毛诗李黄集解》，《景印文渊阁四库全书》第71册，台北：台湾商务印书馆1986年版，第742页）明人何楷说："愚按，《序》意谓成王至是始行合祖之礼，大奏诸乐云尔，非谓以新乐始之故合乎祖也。合祖者，祫祭之谓。"（何楷：《诗经世本古义》，《景印文渊阁四库全书》第81册，台北：台湾商务印书馆1986年版，第328页）

② （清）顾栋高：《毛诗订诂》卷8，清光绪江苏书局刻本。

③ 沈文倬：《宗周岁时祭考实》，载氏著《菿闇文存》，商务印书馆2006年版，第386页。

第三章

怀允不忘：祭祖乐歌《邶风·简兮》与《小雅·鼓钟》的"感伤"美学

《诗经》祭祀礼乐并不限于《颂》诗的范围。将视野转至《风》与《雅》，笔者发现《邶风·简兮》与《小雅·鼓钟》也当为祭祀礼乐。具体说来，它们属祭祖乐歌。两诗中向来难解之"云谁之思"与"怀允不忘"的思念之情，实质上是对祖先的怀念。但已有的研究对它们的祭祖性质还关注不够，这主要因为两者本事尚有太多不清晰的认识，故而需要作出必要的辨析与探索。

于方法上，古人云"六经皆史"，《诗经》作为六经中的文学，也当有史可据。实际上，"文史互证"这一研究中国文学的经典方法，最早就为古人求索《诗经》本事时而采用。① 不过，对《诗经》本事之恰当解读，还要再加一条礼制，即文、史、礼制互证。因为《诗经》产生于周代礼乐文化的母体之中，不少《诗经》篇或为仪式礼乐，或记录了仪式过程，其本身正是当时礼制生活的一部分。王安石即指出："则惟诗礼足以相解，以其理同故也。"② 若说"史"侧重于文学之事实层面，那么"礼制"则侧重于文学的制度层面；而前者是在后者的规范下产生，后者往往赋予前者动机与意义。如此，文、史、礼制三者结合促使对《诗经》本事有清晰的认识。在此基础上的"了解之同情"，也方能获得更加深入的审美感受。

笔者认为，通过文、史、礼制互证，可较为清晰地探知《简兮》

---

① 可参见曹建国《论先秦两汉时期〈诗〉本事》，《文学遗产》2012年第2期。
② （宋）王安石：《诗义钩沉》，中华书局1982年版，第317页。

与《鼓钟》的本事，也能发现它们均有"感伤"情蕴。可以说，"感伤"是两首祭祖乐歌突出的美学风格。那么，在祭祖中，何来"感伤"？易言之，两诗在什么礼制背景产生的"感伤"呢？本章将会一探究竟。

第一节 《简兮》：思"西方美人"之宗庙祭祖乐歌

一 《邶风》与卫诗

首先来了解《简兮》所属的《邶风》，这关涉此诗的大文化背景。从地域上讲，《邶风》乃卫国之诗，《左传·襄公二十九年》所载"季札观乐"：

> 为之歌《邶》《鄘》《卫》，曰："美哉，渊乎！忧而不困者也。吾闻卫康叔、武公之德如是，是其《卫风》乎？"

《邶》《鄘》之所以也属卫诗，是因为"邶""鄘"两地在卫国疆域内。《汉书·地理志》对此有详细记载：

> 河内本殷之旧都，周既灭殷，分其畿内为三国，《诗·风》邶、庸、卫国是也。邶，以封纣子武庚；庸，管叔尹之；卫，蔡叔尹之；以监殷民，谓之三监。故《书序》曰"武王崩，三监畔"，周公诛之，尽以其地封弟康叔，号曰孟侯，以夹辅周室；迁邶、庸之民于雒邑，故邶、庸、卫三国之诗相与同风。

"邶""鄘""卫"三地原是"三监"所在，后来"三监"叛乱，周公平之,以康叔封三地。康叔即成为卫国始封之君。①

由上也可知,"邶、鄘、卫"本是商人的大本营,乃殷"畿内"之地,郑玄《诗谱·邶鄘卫谱》云:"邶、鄘、卫者,商纣畿内方千里之地。"这说得没错。地域是商地,俗话说:"一方水土,养一方人。"那么,入周以后,此地文化风俗是怎样的呢?《左传·定公四年》记录成王分封:

> 分康叔以大路、少帛、綪茷、旃旌、大吕,殷民七族,陶氏、施氏、繁氏、锜氏、樊氏、饥氏、终葵氏;封畛土略,自武父以南及圃田之北竟,取于有阎之土以共王职;取于相土之东都,以会王之东蒐。聃季授土,陶叔授民,命以《康诰》而封于殷虚。皆启以商政,疆以周索。

康叔不仅获得商故地,还统治其遗民"殷民七族",并且直接"启以商政"即"因其风俗,开用其政"(孔疏),主动拥抱商文化。这表明,卫国是一深受商文化熏陶之侯国。

《邶》《鄘》《卫》这"三卫",在整部《诗经》的集结过程中,也可能是较早被收录的。通过分析《左传》中全部六十余例"赋诗",日本学者龟井昭阳②发现:

> 召南六,正小雅十二,变小雅十八,正大雅六,变大雅二,周颂一;而变风二十。所赋凡六十五。而变风二十。其六者为郑之六

---

① 实际上,康叔在周初处于十分显赫的位置,备受信任。因为他是文王之子,"武王同母少弟"(《史记·卫康叔世家》),据说"大姒之子,唯周公康叔为相睦也"(《左传·定公六年》)。《易·晋卦》:"康侯用锡马蕃庶,昼日三接。"顾颉刚提出,此处的康侯即封卫的康叔,他用天子赏赐的骏马繁殖[见氏著《周易卦爻辞中的故事》,《古史辨》(三),上海古籍出版社1982年版,第18—19页]。所谓"昼日三接",孔疏云:"言非惟蒙赐蕃多,又被亲宠频数,一昼之间,三度接见也。"就是说一天内被天子接见三次。这些都是卫康叔尊贵地位的证明。故而周公与成王器重康叔,封其于卫,以镇守殷商旧地,《尚书》中的《康诰》《酒诰》《梓材》三篇均与此事有关。

② 龟井昭阳(1773—1836年),日本近代著名汉学家,著有《毛诗考》《楚辞玦》《左传纘考》《尚书考》等作品。

卿所有，各赋郑诗，是例外也。余者：卫诗居其九；而郑诗三，皆郑人所赋；秦诗一，亦秦伯所赋；唐诗（等于晋诗）一，是亦郑人为晋人所赋。①

这也就是说，活跃在春秋国际外交舞台的"赋诗"现象，几乎不出二《南》、大小《雅》、《周颂》与"三卫"的范围，由此，冈村繁进一步提出，《国风》之二《南》、"三卫"极有可能与大小《雅》《周颂》一道产自周室宫廷，然后又流传到各地，这些诗篇"在春秋时代都是流行于大小各列国、为知识阶层中人士所周知熟悉的、重要而共有的文化资产"。至于出现以上现象的原因，于"三卫"，冈村氏认为它们产生于殷商王畿发达的都市文艺传统中，有"特别洗练的艺术性"，这对于周王室很有吸引力。②

上述两位日本学者的论述，十分精彩，亦富有启发。不过，是否"卫诗"产生于周室宫廷可再商。因为《风》诗一般被认为产生于地方，所谓"采诗观风"也，而且季札听《卫风》说："吾闻卫康叔、武公之德如是。"（《左传·襄公二十九年》）若"卫诗"产生于周宫廷，能从中嗅出卫国两位贤君之德，那恐怕说不通。当然，冈村繁已经注意到"卫诗"在春秋时期的广泛流行，并指出这与其深受商文化有关，这是值得思考的论题。其实，《简兮》有较为明显的商文化印记，待后文详论。

二　主旨回顾：刺诗、贤者失意与慕舞师

《简兮》全诗为③：

---

① 转引自〔日〕冈村繁《周汉文学史考》，陆晓光译，上海古籍出版社 2002 年版，第 33 页。
② 〔日〕冈村繁：《周汉文学史考》，陆晓光译，上海古籍出版社 2002 年版，第 1—43 页。
③ 分章以《毛诗》为准。朱熹《诗集传》将此诗分为四章："简兮简兮"至"在前上处"为一章，"硕人俣俣"至"执辔如组"为二章，"左手执籥"至"公言锡爵"为三章，其余为四章（见氏著《诗集传》，中华书局 2015 年版，第 31—32 页）。朱熹的划分倒是合于《简兮》的用韵，有不少研究者以朱熹的划分为准，应注意此区别。

第三章 怀允不忘:祭祖乐歌《邶风·简兮》与《小雅·鼓钟》的"感伤"美学

简兮简兮,方将万舞。日之方中,在前上处。硕人俣俣,公庭万舞。(一章)

有力如虎,执辔如组。左手执龠,右手秉翟。赫如渥赭,公言锡爵。(二章)

山有榛,隰有苓。云谁之思?西方美人。彼美人兮,西方之人兮。(三章)

《毛诗序》:"刺不用贤也。卫之贤者仕于伶官,皆可以承事王者也。"孔疏解释:"卫之贤者,侍于伶官之贱职,其德皆可以承事王者,堪为王臣,故刺之。""公庭万舞",《毛传》:"《万》舞,非但在四方,亲在宗庙、公庭。"总之,《毛诗》说的是贤者"硕人"跳祭祀万舞时被当作贱职来对待,由此受到了卫君不公正的待遇,故而诗人作诗讽刺在位者。这一观点影响深远。除此之外,对诗旨的认识,主要还有①以下几种。

贤者失意。此类观点以宋儒为代表。苏辙说:"此诗言贤者不见用,而思懿之天子。"②朱熹则认为:"贤者不得志而仕于伶官,有轻世肆志之心焉,故其言如此,若自誉而实自嘲也。"③仔细看来,宋儒之论实质上也是受《诗序》表达"贤者受了不公正的待遇"观点影响,只是换了角度,《诗序》是从"美刺"的外在政治功用入手,宋儒向"内"转"以意逆志",体验出贤者舞师的复杂心态。

爱慕舞师说。闻一多较早提出此观点,他认为《简兮》反映了女性作者对舞师的赞美与爱恋。④此论一出,后人从之者众多。如高亨略带"摩登"地说:"卫君的公庭大开舞会,一个贵族妇女爱上领队的舞师,作这首诗来赞美他。"⑤此外,现代"诗经译注"领域的各位大家如余

---

① 参见郝志达主编《国风诗旨纂解》,南开大学出版社1990年版,第145—149页;张树波编著《国风集说》,河北人民出版社1993年版,第350—352页。
② (宋)苏辙:《苏氏诗集传》,《景印文渊阁四库全书》第70册,台北:台湾商务印书馆1986年版,第334—335页。
③ (宋)朱熹:《诗集传》,中华书局2015年版,第31页。
④ 闻一多:《风诗类钞甲》,《闻一多全集》(4),湖南人民出版社1994年版,第470页。
⑤ 高亨:《诗经今注》,上海古籍出版社1980年版,第54页。

冠英、程俊英、袁梅等都有相近的看法。① 总之，这一观点另辟蹊径，聚焦于《简兮》第三章的"思"，将其当作了现代意义上"爱情诗"来解读。

近人其他新论。如苏东天说："此诗当是周天子武王为争取殷民封纣子武庚为殷侯，在邶都城举行隆重赐爵典礼之记事诗。"② 王伟提出《邶风·简兮》乃祭祀殷商先祖以祈雨的诗。③ 还有论者认为，万舞本是殷代乐舞，后被周人改编为祭祀先妣之乐舞，舞师仍是殷人后裔；《简兮》乃作为殷商后裔的诗人或舞师对为周人不得已而舞的感伤。④

以上这些看法，均有可取处，也有不合理的地方。《毛诗》强调了诗的祭祖语境，这是正确的，但又认为舞师"硕人"受到了不公正的待遇，此类观点颇为流行。不过，笔者认为这恐怕不能成立，待后文再述。而"慕舞师说"抓住了诗中"思"的情绪，但它并未考虑到古今语境的不同。全诗是"公庭万舞"的宗庙祭祖语境，在这一人神交流的神圣语境之中，当容不得生出俗世男女间的情愫。其实，前人的阐释最可商榷之处，正在于《简兮》第三章的理解上，第三章说"云谁之思，西方美人"，"西方美人"是谁？"思"是何种性质的"思"？对这些问题的解答，以往的研究大都脱离了祭祀语境。在笔者看来，应顺着这一语境对其作出合理阐释；如果正确回答了这些问题，诗义才能清晰起来。现分析如下。

三 语境、时空与角色

让我们分析前二章。这二章包含了诗的时空、语境与关键角色"硕人"。

（一）语境与时空

第一章及《毛传》解释：

---

① 余冠英：《诗经选》，人民文学出版社1979年版，第41页；程俊英：《诗经译注》，上海古籍出版社1985年版，第68页；袁梅：《诗经译注》，齐鲁书社1985年版，第156页。
② 苏东天：《诗经辨义》，浙江古籍出版社1992年版，第68页。
③ 王伟：《论〈邶风·简兮〉为祭祖祈雨诗》，《焦作师范高等专科学校学报》2008年第3期。
④ 逯宏、商秀春：《〈邶风·简兮〉新解》，《河南科技大学学报》（社会科学版）2009年第6期。

第三章　怀允不忘:祭祖乐歌《邶风·简兮》与《小雅·鼓钟》的"感伤"美学　109

> 简兮简兮,方将万舞。(《毛传》:简,大也。方,四方也。将,行也。以干羽为《万》舞,用之宗庙山川,故言于四方。)日之方中,在前上处。(《毛传》:教国子弟,以日中为期。)硕人俣俣,公庭万舞。(《毛传》:硕人,大德也。俣俣,容貌大也。《万》舞,非但在四方,亲在宗庙、公庭。)

由上可见,《毛传》将第一章解释成不同时空情境中的硕人才能。"方将万舞"是万舞用于祭祀四方;"日之方中,在前上处"又为学宫的教学;"公庭万舞","公庭",王先谦:"《传》云:'亲在宗庙公庭',是'公庭'即'宗庙',而硕人亲舞也。"① 就是说硕人在宗庙表演祭祖万舞。不过,这样解释有"随文生义"之嫌。全诗这三句文意连贯,皆应是同一情境下的叙述,不该割裂诗义。让我们通过疏通文意来了解这点。

"简兮简兮",《毛传》:"简,大也。"如此理解,此句成了"大呀大呀",并不通达。清人陆奎勋指出:"《商颂》云'奏鼓简简',则'简'乃鼓声,亦舞节也。"② 此说契合诗中舞蹈情境。"方将万舞",马瑞辰解释:"'方将'二字连文,方犹云将也;将,且也。《传》训为四方,失之。"③ 此为的解,《毛传》确实错了。"日之方中"即太阳马上到达正中,也就是说靠近中午,这没有理解上的问题。④ "在前上处"有各种阐释,郑笺在《毛传》基础上云:"在前上处者,在前列上头也。"就是说这一位"硕人"在众舞者的前列最上头教学。结合上下文,真看不

---

① (清)王先谦:《诗三家义集疏》,中华书局1987年版,第186—187页。按:《周颂·有瞽》:"有瞽有瞽,在周之庭。"此"庭"无疑也是宗庙,两诗之"庭"可互证。
② (清)陆奎勋:《陆堂诗学》卷2,清康熙五十三年陆氏小瀛山阁刻本。闻一多也曾提出:"简简,鼓声。"参见闻一多《风诗类钞甲》,《闻一多全集》(4),湖南人民出版社1994年版,第469页。
③ (清)马瑞辰:《毛诗传笺通释》,中华书局1989年版,第145页。
④ "日之方中"一句,郑笺在《毛传》"教国子弟,以日中为期"的基础上,援引《周礼·春官·大胥》"大胥掌学士之版,以待致诸子。春,入学,舍采合舞"之"礼"来解诗,按此理解,"日之方中"即成为春天,具体说是二月仲春,因为"二月日夜中也"(孔疏),也就是说因为二月春季昼夜平分。如此,"日之方中"系一节令用语。但这样解释,绕了大弯,实在过于迂曲。也可见,以"礼"解诗必须考虑诗篇整体的连贯性,不能"随文生义";易言之,不能不顾及整体,而为局部"过度诠释"。

出某一位"硕人"站在了前列。其实"在前上处"无非标明了万舞在"公庭"即宗庙的位置,对此,清人凤应韶有很好的解读:

> 凡乐舞,庙则在庙堂之前庭,寝则在寝堂之前庭。庭中礼事立处,以北为上,舞位始于北,而复缀亦于北,故曰:"在前上处。"下章曰:"公庭万舞。"①

天子诸侯宗庙通常是一座封闭的坐北朝南的院落,里面的主体建筑(前庭后堂的结构)在院落的北部,也就是前部;院落的南部即后部是较开阔的广场,用以杀牲、乐舞表演(参见图14、图15)。"在前上处"正如凤应韶所言,是指院落的前面靠近主体建筑的地方,在此表演舞蹈可方便堂上的宾客(包括神灵在内)观看。

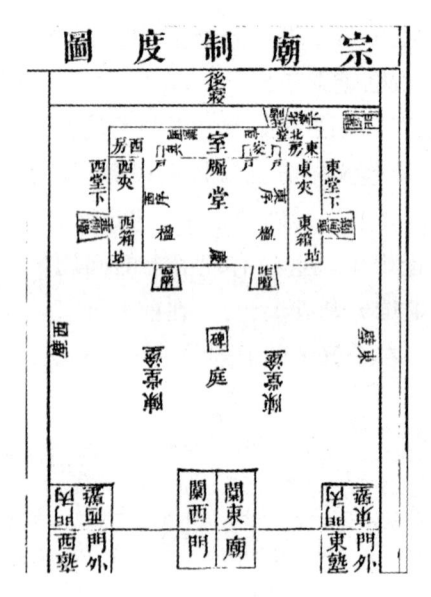

图 14 宗庙制度

[图片来自(清)江永《乡党图考》卷1,学海堂皇清经解本]

---

① (清)凤应韶《凤氏经说》卷三"在前上处"条,转引自刘毓庆等《诗经百家别解考·国风》,山西古籍出版社2002年版,第462页。

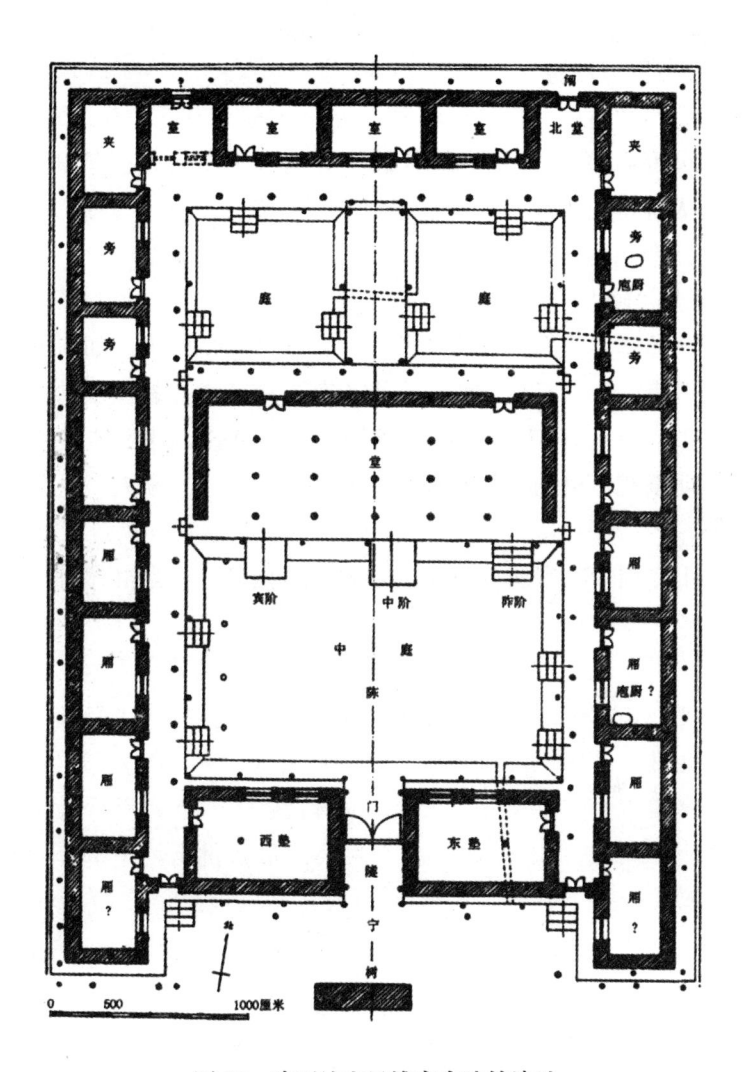

图 15　陕西岐山凤雏宗庙建筑遗址

（图片来自杨鸿勋《宫殿考古通论》，紫禁城出版社2001年版，第91页）

通过以上的分析，诗中的语境：宗庙祭祖；空间：宗庙（公庭）；时间：靠近中午（日之方中）。《毛传》将语境与时空"随文生义"地解释成多个，并不准确。

(二) 角色与行为

诗中有哪些角色？第一章出现"硕人"，这是其一。第二章云："赫如渥赭，公言锡爵。""公，谓卫君"[①]，他是主祭者，这是其二。"硕人"是古人解诗的焦点所在，也是种种"误解"所发生的地方。由此，笔者追问几个问题。

1. 舞者"硕人"是一个人吗？

在传统的阐释中大都认为"硕人"专指某一位贤者。如《毛传》为突出这位贤者，将"日之方中，在前上处"解释成"教国子弟，以日中为期"，即指一位"硕人"在前面领舞。上文已说，这不能成立。这句诗无非表明祭祀万舞的时间与地点，其中没有包含"硕人"是某个人的信息。

事实上，周代的宗庙祭祖舞蹈，并不是独舞，而是群体舞。这样的文献有：

> 九月，考仲子之宫，初献六羽。（《春秋经·隐公五年》）
>
> 九月，考仲子之宫将万焉。公问羽数于众仲，对曰："天子用八，诸侯用六，大夫四，士二。夫舞所以节八音，而行八风，故自八以下。"公从之。于是初献六羽，始用六佾也。（《左传·隐公五年》）
>
> 孔子谓季氏："八佾舞于庭，是可忍也，孰不可忍也？"（《论语·八佾》）
>
> 朱干玉戚以舞大武，八佾以舞大夏，此天子之乐也。（《礼记·祭统》）

从上可知，舞蹈的用人数量，是有礼制规定的。所谓"佾"，指乐舞的一个行列单位。多少人为一行列呢？《左传·襄公十一年》载郑国贿赂晋侯"女乐二八，晋侯以乐之半赐魏绛"。《吕氏春秋》记录"秦缪公遗之女乐二八与良宰焉"。屈原《招魂》写道"二八侍宿，射递代

[①] （清）王先谦：《诗三家义集疏》，中华书局1987年版，第189页。

些"。可见，周代舞者以"八人"为一组。天子"八佾"指八个八人的行列单位，系六十四人的群舞。① 以此类推，诸侯"六佾"指四十八人。由此，卫国是诸侯，依照礼制，其宗庙祭祖舞者"硕人"也应为四十八人的群体，并不是单单一个人。那么，"有力如虎，执辔如组。左手执籥，右手秉翟"的舞容，也并非一个人的动作。

2."硕人"是"大德"之人吗？

"硕人"，《毛传》："大德也。"诗云："有力如虎，执辔如组。"《毛传》："组，织组也。武力比于虎，可以御乱。御众有文章，言能治众，动于近，成于远也。"《毛传》如此解释，有鲜明的"道德化"倾向，其与儒家一脉相承。在儒家的解诗文献中：

> 诗曰："执辔如组。"孔子曰："审此言也可以为天下。"子贡曰："何其躁也？"孔子曰："非谓其躁也，谓其为之于此，而成文于彼也，圣人组修其身，而成文于天下矣。"（《吕氏春秋·先己》）

《毛传》"御众有文章"与孔子所说"成文于天下"相呼应，均强调了儒家"德治"的思想。这正如胡承珙所言："足知毛公传义多本七十子之遗言，其来古矣。"② 也就是说《毛传》接受了儒家的说法。不过，站在本义的立场上，如此解释有些"过度诠释"，"有力如虎，执辔如组"实质上是对舞容形象化的描述，还未关涉道德的深意。"硕人"的"大德"之义，也是如此。

"硕"，王先谦说："古人硕、美二字为赞美男女之统词。故男亦称'美'，女亦称'硕'。若泥'长大'、'大德'为言，则失之矣。"③ 此论可从。实际上，"硕人"是对万舞者的美称，虽说是美称，也合于事实，因为跳万舞必须有"美"的条件：

> 昔者齐康公兴乐万，万人不可衣短褐，不可食糠糟，曰食饮不

---

① 郑浩《论语集注述要》云："故造字者佾从八人，无八人即非佾，事理如此。"（程树德：《论语集释》，中华书局2013年版，第160页）这也很有道理。

② （清）胡承珙：《毛诗后笺》，黄山书社1999年版，第196页。

③ （清）王先谦：《诗三家义集疏》，中华书局1987年版，第277页。

美，面目颜色不足视也；衣服不美，身体从容丑羸，不足观也。是以食必粱肉，衣必文绣。(《墨子·非乐》)

看来，为保持万舞的观赏性，舞者享受了良好的待遇。可以说，这些人皆系"颜色"姣好、"衣服华美"者。如此，描述他们为"硕人"，也不为过。

3. "硕人"受到了卫君不公正的待遇了吗？

正如前面说的，在古人的阐释中，经常认为"硕人"受到了卫君的不公正待遇，以致屈才、被埋没。《毛诗序》是最典型的代表，其曰："刺不用贤也。卫之贤者仕于伶官，皆可以承事王者也。"所谓"伶官"，孔疏云："乐官之总名。"首先要说明的是，能在宗庙神圣空间跳祭祀舞蹈者，都是有身份、有地位的人。文献记载：

> 帅国子而舞。(《周礼·春官·大司乐》)
> 及入舞，君执干戚就舞位。君为东上，冕而总干，率其群臣，以乐皇尸。是故天子之祭也，与天下乐之。诸侯之祭也，与竟内乐之。冕而总干，率其群臣，以乐皇尸，此与竟内乐之之义也。(《礼记·祭统》)

这些记载都是天子一级的宗庙舞蹈，前一例表明大祭祀是由"大司乐"率领"国子"跳"娱神"之舞。据《周礼》记载，"大司乐"贵为大夫一级[①]；而"国子"，郑玄解释："公卿大夫之子弟。"[②] 也就是高级贵族的后代。[③] 后一例表明，有一些情况下，为表示对祖先神的尊重，天子甚至要亲自上阵。天子如此，诸侯的情况也可推知。最起码，"硕人"不是平民，他们的地位尊贵。另外，让"硕人"去跳宗庙祭祖舞蹈，也丝毫没有屈才。因为，天子尚且能舞，何况"硕人"呢？这两

[①] 《周礼·春官·序官》："大司乐中大夫二人。"
[②] 《周礼·地官·师氏》"以三德教国子"之郑注。
[③] 这一礼制在汉代仍在施行，《汉官》曰："汉大乐律，卑者之子不得舞宗庙之酎。除吏二千石到六百石，及关内侯到五大夫子，取适子高五尺已上，年十二到三十，颜色和，身体修治者，以为舞人。"(《后汉书·百官志》引卢植《礼》注)

点，古人是认可的，没有什么疑问。

那么，既然如上所论，为什么说《毛诗》表达了"硕人"屈才呢？关键是在第二章"公言锡爵"一句的解读上。此句，《毛传》曰："祭有畀、辉、胞、翟、阍、寺者，惠下之道。见惠不过一散。"前一句解释实际上引自《礼记·祭统》，《毛传》的作者试图用此"礼"来解诗。《祭统》原文为：

> 夫祭有畀、辉、胞、翟、阍者，惠下之道也，唯有德之君为能行此。明足以见之，仁足以与之，畀之为言与也，能以其余畀其下者也。辉者甲吏之贱者也，胞者肉吏之贱者也，翟者乐吏之贱者也，阍者守门之贱者也。古者不使刑人守门。此四守者，吏之至贱者也，尸又至尊，以至尊既祭之末而不忘至贱，而以其余畀之。是故明君在上，则竟内之民无冻馁者矣！此之谓上下之际。

从上面我们得到的信息是，所谓"以至尊既祭之末而不忘至贱，而以其余畀之"，表明"祭有畀"是祭祀末尾的一个仪节①，其目的是将祭祀中所剩余的带有神性之食物（通常称为"神惠"），分享给这些参与仪式的贱吏，以示主祭者的仁德之心。被赐予食物的贱吏包含了翟这一"乐吏之贱者"。

《毛传》在解释"公言锡爵"时引此文献，就是要说地位尊贵的贤者"硕人"被用这种对应于"乐吏之贱者"的礼数来对待，这是卫君不尊重人才的表现，如此就回到了《诗序》"刺不用贤"的主旨上来。但笔者认为，《毛传》的以"礼"解诗并不恰当，"公言锡爵"并无丝毫轻视"硕人"的体现。理由如下。

第一，"祭有畀"与"公言锡爵"的仪式时间不对应。前面说，"祭有畀"在祭祀末尾。"公言锡爵"是这样吗？诗文中"公言锡爵"紧接着万舞结束，此时舞者的脸尚因剧烈的运动而"赫如渥赭"。那么，万舞是什么时候结束的呢？要说明的是，周人祭祖一般是从天亮到太阳落

---

① 此仪式实际可归入"馂"的仪节里，礼学家秦蕙田便如此划分。见氏著《五礼通考》，《景印文渊阁四库全书》第137册，台北：台湾商务印书馆1986年版，第125—126页。

山的一个白昼。《礼记·礼器》载：

> 子路为季氏宰。季氏祭，逮暗而祭，日不足，继之以烛。虽有强力之容，肃敬之心，皆倦怠矣。有司跛倚以临祭，其为不敬大矣。他日祭，子路与，室事交乎户，堂事交乎阶，质明而始行事，晏朝而退。孔子闻之，曰："谁谓由也而不知礼乎！"①

从"质明"到"晏朝"即一个白昼。若祭祀在白天未能完成，延续到了晚上，就失"礼"了。事实上，诗中已暗含了舞蹈结束的时间。诗云："简兮简兮，方将万舞，日之方中，在前上处。""日之方中"即靠近中午，这是万舞开始的时间，舞蹈结束当距中午不会太远，时间略过中午是没有问题的。秦蕙田曾给天子祭祖礼划分了五十余个仪节，而乐舞正好处于中段，乐舞结束后还有各种仪式活动，而这与《简兮》万舞"日之方中"的时间相符。② 如此，"公言锡爵"紧接着舞蹈，也于祭祀中段，应在略过中午的时间，而《毛传》所引的"祭有畀"在祭尾，也就在傍晚。比较可发现，"公言锡爵"与"祭有畀"的时间根本不对应。故而《毛传》的以"礼"解诗，并不恰当。

第二，"公言锡爵"，赐的是"爵"，《毛传》说"见惠不过一散"，就把此"爵"释成"散"了。事实上，"散"与"爵"均是饮酒器，但容量不一样。《礼记·礼器》："礼有以小为贵者，贵者献以爵，贱者献以散。"郑注："凡觞，一升曰爵，二升曰觚，三升曰觯，四升曰角，五升曰散。"可见，"散"五升，"爵"一升，献散贱于献爵。回到《简兮》，郑笺对《毛传》"见惠不过一散"的态度甚含混，他说"君徒赐其一爵而已。不知其贤而进用之。散受五升"，既略笺释"赐爵"，又笺释了"散"，但如此把"散"单独拿出来解释，到底与诗义有何关系，郑

---

① 《祭义》也可印证周人的祭祀时间。《礼记·祭义》："郊之祭，大报天，而主日，配以月。夏后氏祭其暗，殷人祭其阳，周人祭日，以朝及暗。"郑注曰："主日者，以其光明，天之神可见者莫著焉。暗，昏时也。阳，读为'曰雨曰旸'之旸，谓日中时也。朝，日出时也。夏后氏大事以昏，殷人大事以日中，周人大事以日出。"虽说的是郊祭的情况，也可看作一旁证。

② （清）秦蕙田：《五礼通考》，《景印文渊阁四库全书》第137册，台北：台湾商务印书馆1986年版，第25—138页。

玄没说。孔疏倒是"回护"了《毛传》之意：

> 知此亦是乐吏者，以经云"锡爵"，若士，则尸饮九而献之，不得既祭乃赐之，故知在"惠下"之中。经云"爵"，传言"散"者，《礼器》云："礼有以小为贵者，贵者献以爵，贱者献以散。"《祭统》云："尸饮九，以散爵献士。"士犹以散献爵，贱无过散，故知不过一散。散谓之爵，爵总名也。

由上看出，孔疏是在《毛传》的框架下阐释的，前提是相信赐爵是在祭末，献的是"散"，并不是"爵"。按此类理解，公"赐爵"即"赐散"，已成了不尊重人才的一大罪过，孔疏："至于祭祀之末，公唯言赐一爵而已，是不用贤人也。"不过，这样解释实在过于曲折，"爵"就是"爵"，不应看作"散"。按照上引《礼器》的阐释，赐爵正是"以小为贵者"，其系尊重舞者"硕人"之意，并无"轻贱"。这点，陈成国已指出："传笺都有嫌赐爵不够的意思。其实，'公言锡爵'无非表示国君高兴，表扬硕人舞技而褒奖之。"① 此论甚确。②

综上，《毛传》对《简兮》的解释有可商之处。"公言锡爵"不能用"祭有畀"之礼来解释，"赐爵"于"硕人"并无轻贱之义。由此，"硕人"受了卫君不公正待遇的说法就站不住脚了。其实，于天子诸侯这一级别的祭祖礼，正如孙希旦所说"天子诸侯祭礼既亡"③，虽然后人根据文献综合考证出大部分，但有些程序与细节仍不甚清楚，故而像乐舞后"公言锡爵"这样的仪节也不必强引文献去硬塞到已知的祭祀程序中去。

事实上，本节的诸多观点也不是笔者一个人的看法。晁福林曾将《简兮》第一、第二章译为：

---

① 陈成国：《四书五经校注本·诗经》，岳麓书社2006年版，第1261—1262页。
② 朱熹："古之伶官，亦非甚贱；其所执者，犹是先王之正乐。故献工之礼，亦与之交酢。但贤者而为此，则自不得志耳。"［（宋）黎靖德：《朱子语类》卷3，岳麓书社1997年版，第1890页］此论说对了大半，但认为"贤者失意"，未免又受《诗序》干扰了。
③ （清）孙希旦：《礼记集解》，中华书局1989年版，第596页。

诗义谓在太阳正午时分就要在前面演出万舞，那些演出者高大魁梧。他们在公庭上演出万舞的时候，个个刚健有力壮如猛虎，手里挥动着缰辔就像在织布。有的表演者左手拿着六孔长笛，右手拿着饰有野雉毛羽的旗帜，容光红润得像涂了赭石粉。公侯看了非常喜欢，将美酒赏赐给他们。这首诗所描写的"万舞"是在"公庭"进行者，当即在诸侯宗庙之庭中所表演的祭祀先祖的乐舞。①

　　以上对舞容的解读略有瑕疵，晁氏似乎认为武舞与文舞为并置关系，有的舞者跳武舞，有的跳文舞；但更为合理的解释是，"万舞的结构分前后两部分"②，"执辔"的武舞部分与"执籥"的文舞部分是先后关系，并不是并置关系。除此之外，笔者与此看法一致。可以说，这是对《简兮》前二章最自然合理的解释。这二章实质上系一祭祀中的片段描写，描写了盛大的祭祖乐舞。而"硕人"只是祭祀的参与者，在诗中不是焦点。诗之焦点应与祭祖有更为直接的关系，以往的研究常常误认为焦点，以致围绕"硕人"进行了太多渲染。

　　既然《毛诗》对前二章解释错了，故而其对第三章的理解也就不能成立了。那么，第三章表达了什么意思呢？这是解读《简兮》的一大关键，也是我们接下来的要探索的。

四　云谁之思与云谁何思

　　此处，笔者要解决两个问题：云谁之思与云谁何思，前一个问题，"云谁之思，西方美人"，那么"西方美人"是谁呢？后一个问题，在祭祀语境中，所思为何？《简兮》第三章云：

　　　　山有榛，隰有苓。云谁之思？西方美人。彼美人兮，西方之人兮。

---

　　① 晁福林：《中国民俗史·先秦卷》，人民出版社2008年版，第444页。按：除晁福林外，马持盈的看法也有可取处。他也将时间、地点、人物简捷地分析了出来。参见马持盈《诗经今注今译》，台北：台湾商务印书馆1971年版，第56—57页。

　　② 王维堤：《万舞考》，《中华文史论丛》1985年第4辑，第192页。

此章古人赞之"词微意远，缥缈无端"①。确实"缥缈"，简短的一章，有太多相异的看法。

先看古人观点。"云谁之思？西方美人"，郑笺："我谁思乎？思周室之贤者，以其宜荐硕人，与在王位。""彼美人兮，西方之人兮"，《毛传》："乃宜在王室。"郑笺："彼美人，谓硕人也。"如此，郑玄将两个"西方美人"解释成不同的人，前一个指西周之贤者，是能推荐"硕人"的伯乐；后一个则是本篇之"硕人"，系怀才不遇者。郑玄的解释，在古人的阐释中，较有典型性。

然而，这样解释不恰当。其一，"西方美人"不能释成两类人。显而易见，本着语意连贯的原则，也不该如此。清人苏舆已指出"同一美人，似非两指"②，这是正确的。其二，使"西方美人"与"硕人"产生联系也不准确。前面已说，"硕人"是一群舞者，他们没有被不公正待遇之事。故而，"西方美人"系能推荐怀才不遇"硕人"之伯乐的说法，也就没了依据。其三，解释脱离了宗庙祭祖的语境。前二章强调的宗庙祭祖，最后一章也不该与此无关，突然挂念起"西周之贤者"。

再察近人新论。《简兮》第三章确实不好破解，似与前二章串联不起完整的意义。如此，有论者要直接切断第三章与前二章的意义关联。如在阴法鲁看来，第三章本是一首独立的情歌③，是移植来的"尾声"：

> 《诗经》中有些诗篇的"尾声"或"引子"，可能是选择一个独立小曲或其他乐曲的一段而移植过来的，移植时也可能把原歌词也带过来。《硕人》的尾声（笔者按：此处是作者笔误，实为《简兮》尾声）或许就是连歌词一起移植过来的，并非真有在场的人对舞师表示爱慕之情，因为在"公庭"里是不许人们有这种表示的。④

此外，袁梅认为第三章乃"错简"，直接否定了第三章存在的必要。

---

① 吴闿生：《诗义会通》，中西书局2012年版，第33页。
② 转引自（清）王先谦《诗三家义集疏》，中华书局1987年版，第190页。
③ 阴法鲁：《诗经》，《文史知识》1982年第12期。
④ 阴法鲁：《诗经》，《文史知识》1982年第12期。

他说：

> 此篇前三章（笔者按：以《毛诗》的划分即前二章）著力摹状"公庭万舞"之美盛，乃颂赞舞师之作。脉络条贯，诗意明晰。然本诗末章（笔者按：以《毛诗》的划分即第三章）则与前三章体格文义殊不契合，疑为另篇文字误窜于此，使人难晓本旨。依常例，《诗》中凡言"山有□，隰有□"者，多为怀人篇章之常喻。因此，末章显系衍文。①

二人之说均有值得肯定的地方。阴法鲁指出"公庭"即宗庙里不会有爱情，这是正确的。袁梅认为"山有□，隰有□"的套语通常引起"怀人"的情绪②，这也部分成立，在《简兮》中如此，在其他运用此套语的诗中，如《国风》的《山有扶苏》《车邻》《晨风》《小雅·四月》中均能成立。当然，此套语蕴含更丰富的信息，稍后会论及。不过，二人之说实质受了《简兮》"慕舞师"说法的影响，又感到解释不通，就要取消第三章与前二章文意上的联系，但此乃消极的策略。③那么，到底该怎样解读《简兮》第三章？

（一）《麦秀歌》的启示

事实上，将第三章放到祭祀语境中去，是能够解释顺畅的。《简兮》前二章描写了祭祖乐舞片段，而祭祖必然有其对象。若我们结合祭祀的语境，再理解第三章之"云谁之思，西方美人"，就明确地指向一个方向：怀念正在被祭祀的已经去世之亲人，这是种真挚的宗教情感。而且用《简兮》第三章类似"情诗"怀念去世之人的形式，并

---

① 袁梅：《错简质疑》，见氏著《诗经异文汇考辨证》，齐鲁书社 2013 年版，第 865 页。
② 闻一多认为："'山有榛，隰有苓'是隐语，榛是乔木，在山上，喻男。苓是小草，在隰中，喻女。"[闻一多：《风诗类钞甲》，《闻一多全集》（4），湖北人民出版社 1994 年版，第 470 页]余冠英承袭了此看法（见氏著《诗经选》，人民文学出版社 1979 年版，第 41 页）。但此论不妥。举例来说，《小雅·四月》的这类套语，无关男女爱情。
③ 袁梅最初是支持"慕舞师"说的，他认为《简兮》"是一个女子赞美私爱的舞师的情歌"（见氏著《诗经译注》，齐鲁书社 1985 年版，第 156 页）。可能他后来又觉此说不能成立，故而提出了"错简"的看法。

不是孤例。前面说过，卫国深受殷商文化影响。而在商文化中，确有一种用类似"情诗"怀念死者的表情方式。当然，此"情诗"也是现代人眼中的。

《史记·宋微子世家》记载了这样一首名为《麦秀歌》的诗：

> 麦秀渐渐兮，禾黍油油。彼狡僮兮，不与我好兮。①

"狡僮"，朱熹说："狡狯之小儿也。"② 也就是狡猾机灵的孩童。《孙膑兵法·将德》云："爱之若狡童，敬之若严师。"③ 即见此意。用现代人的眼光看，不免有很多人会将《麦秀歌》定位于"情诗"：它表达了对爱恋者的责备。然而，事实却并不如此，《麦秀歌》的出现语境为：

> 箕子朝周，过故殷虚，感宫室毁坏，生禾黍，箕子伤之，欲哭则不可，欲泣为其近妇人。乃作《麦秀》之诗以歌咏之。其诗曰："麦秀渐渐兮，禾黍油油。彼狡僮兮，不与我好兮！"所谓狡童者，纣也。殷民闻之，皆为流涕。（《史记·宋微子世家》）④

箕子作为曾经商统治阶层的成员之一，"过殷墟而伤纣"⑤，他看到商宫室毁坏，回想自己国破家亡，那个不争气的亲人⑥帝辛（纣王）不听善言，断送了商五百年的基业。他有感于此，遂作《麦秀歌》以"狡

---

① 王辉斌又据后世文献，将此诗凑成三章："麦秀正熟兮，禾黍油油兮，彼狡僮兮，不与我好兮。（一章）麦秀蕲蕲兮，禾黍油油兮，彼狡僮兮，不与我好兮。（二章）麦秀蕲蕲兮，禾黍油油兮，彼狡僮兮，不与我好仇。（三章）"（见氏著《商周逸诗辑考》，黄山书社2012年版，第57—59页）。这也可参考，不过我们还是以最原始的《史记》为准。
② 《郑风·山有扶苏》"山有乔松，隰有游龙，不见子充，乃见狡童"朱熹注，见氏著《诗集传》，中华书局2015年版，第68页。
③ 张震泽：《孙膑兵法校理》，中华书局1984年版，第176页。
④ 据《尚书大传》载，作《麦秀歌》者乃微子，但不论此诗作者是微子还是箕子，均不影响本书的论断。而且太史公撰史必反复考察过，故本书还是以《史记》的"箕子说"为准。
⑤ 《王风·黍离》之孔疏。
⑥ 司马贞《索隐》："马融、王肃以箕子为纣之诸父。服虔、杜预以为纣之庶兄。"

僮"喻帝辛，表达了"痛惜"之情，有"悼念"的意味。① 品味此诗，其以含蓄委婉的手法，表达了对逝去亲人的复杂情感，是极高明的，并非"乡间里巷""你侬我侬"的"情诗"。②

看来，商周时代的某首用后世眼光看作"情诗"之诗歌，其本义到底是什么，还应放回到它的原始语境中去，应结合具体语境来分析，不能"以今律古"，更不能忽视古人的高超表达艺术。

在《麦秀歌》的启示下，再回到《简兮》第三章。结合前二章的祭祀语境，可以说此章不离祭祀，"云谁之思"应系对被祭祀对象的怀念。③《简兮》这一用含蓄委婉方法怀念去世亲人的表情方式，乃是受了商文化的影响。其实，此诗所描写的盛大祭祖舞蹈——万舞，本身也是传自殷商。④ 由此，说卫国充分浸染了商文化，并不夸张。

（二）"西方美人"身份蠡测

接着上文，"西方美人"乃是祭祀对象的喻体，正如《麦秀歌》中称"纣王"为"狡僮"，是一样的道理。当然，"狡僮"略带责备的意味，"西方美人"则是对被祭祀者的美誉。那么，诗云"彼美人兮，西方之人兮"，被怀念被祭祀的"西方美人""西方之人"到底是谁呢？这是个悬而未决的问题。笔者不揣谫陋，试着蠡测一番。

首先来看卫国地理位置。在未东迁之前，周地处关中平原，所以对周人来说，关中平原以东，全都被称为东土。举例来说，《尚书·洛诰》载周公之言："予乃胤保，大相东土。"此东土即指洛邑。而与卫康叔封

---

① 陶渊明评此诗："哀哀箕子，云胡能夷！狡童之歌，凄矣其悲。"（《读史述九章·箕子》，参见袁行霈《陶渊明集笺注》，中华书局2013年版，第353页）

② 这也提醒我们，不能小觑《诗经》里那些看似"情诗"的诗篇。《诗经》虽为最早的诗歌总集，但绝不能忘了《诗经》并不是中国诗歌史的起点，在这之前中国已经有了很长的文明史，当时的诗歌表现艺术已经到了哪一步，《诗经》又到了哪一步，还真未可知。可以说，用非常原始的思维思考《诗经》也许会犯一些错误。

③ 前面说，"山有□，隰有□"是"怀人"的套语，这个套语也在《小雅·四月》中出现，其云"四月维夏，六月徂暑。先祖匪人，胡宁忍予""山有蕨薇，隰有杞桋。君子作歌，维以告哀"，此诗表达了"行役逾时，思归祭祀"（《左传·文公十三年》"文子赋《四月》"杜预注），所"思"为"先祖"，也是去世的亲人。这可作为《简兮》第三章"云谁之思"的旁证。

④ 有关万舞的更多情况，本书第四章会论及。

卫有关的《尚书·康诰》载周公之言："肆汝小子封，在兹东土。""封"是康叔的名字，就是说把你"封"分封到那东土去。显然，康叔被封的卫地，自然是东方。自卫康叔开始，他和他的子嗣世守卫地，在西周时期成为王室镇守东方的"方伯"①，死后也葬于卫②，已成为地道的"东人"。

而相对应，周自称西土。《尚书·酒诰》云："乃穆考文王，肇国在西土。"《国语》载："西方之书有之曰：'怀与安，实疚大事。'"韦昭注：

　　西方谓周。诗云"谁将西归"，又曰"西方之人"，皆谓周也。

韦昭所举诗中"西方之人"即出于《简兮》第三章，所论甚确。可以推测，东方的卫国怀念的"西方之人"当是一位周人。③朱熹《诗集传》则进一步给"西方美人"定了等级：

　　西方美人，托言以指西周之盛王。如《离骚》亦以美人目其君也。又曰西方美人者，叹其远而不得见之辞也。④

朱熹是从"贤人失意"的角度来理解《简兮》第三章，并不妥当，但他对"西方美人"的考证值得肯定。"西方美人"的确是位"西周之盛王"，这在祭祀语境中也能成立。

当然，笔者如此说，不免会有人认为这是"妄言"。因为《礼记·郊特牲》明确记载："诸侯不敢祖天子，大夫不敢祖诸侯。"这表明尽管诸侯国的始封君可能是某位天子的儿子，但诸侯不能以某位天子为始

---

① 王健：《西周政治地理结构研究》，中州古籍出版社2004年版，第220页。
② 卫康叔虽然生于西土，但死后当也葬在卫地。河南浚县发现过规模很大的卫国墓地群，年代从西周早期延伸到晚期，这些墓地盗掘流出过康侯方鼎、康侯斧、康侯刀等青铜器，此"康侯"无疑正是卫康叔（更多详情可参见朱凤瀚《中国青铜器综论》，上海古籍出版社2009年版，第1334—1351页）。于省吾收藏过其中的一些康侯器物，他认为这些器物均出自"康侯墓"（见氏著《双剑誃吉金图录》，中华书局2009年版，第280—281页）。
③ 陈奂说："《匪风》传云：'周道在乎西'，周在卫西，故《传》以'西方'为'王室'也。"见氏著《诗毛氏传疏》，上海商务印书馆1933年版，第79页。
④ （宋）朱熹：《诗集传》，中华书局2015年版，第32页。

祖，也就不允许在自己的国家为这些天子立庙来祭祀。如此，说在卫国祭祀的"西方美人"是周王，也就错了。不过，凡研究礼学的人都知道，《礼记》中掺杂了不少七十子后学想象的成分，那么事实真是如此吗？其实，仅从文献出发，所谓"诸侯不敢祖天子"之说也不牢靠，有记载与之截然相反①：

> 宋祖帝乙，郑祖厉王，犹上祖也。（《左传·文公二年》）
> 天子祀上帝，诸侯会之受命焉。诸侯祀先王、先公。（《国语·鲁语上》）

郑国始封之君郑桓公是"周厉王少子"（《史记·郑世家》），而"郑祖厉王"表明郑国以始封君之父周厉王为始祖。如此，郑国能够为厉王立庙来祭祀。"诸侯祀先王、先公"更直接点明诸侯可以祭天子。最近的出土文物应公鼎，也印证了这点。

《应公鼎铭》曰：

> 雁（应）公作䵼（尊）彝，珷珷帝日丁，子子孙孙永宝。②

"'珷'为周武王的专用字"③，日丁是周武王的日名。④ 祭祀先王，于其日名所标的天干日，这是极有规律的。这件鼎铭的大意是：应公制作这件青铜鼎，用来祭祀周武王日丁，并祈求子子孙孙永远保藏它。这表明应国国君能祭祀周武王。

据《左传·僖公二十四年》载：

> 昔周公吊二叔之不咸，故封建亲戚，以蕃屏周。管、蔡、郕、

---

① 刘家和在讨论"君统并未脱离宗统"时，举了更多的例子证明诸侯可祭天子，可参考。见氏著《古代中国与世界》，武汉出版社1995年版，第238—243页。
② 铭文参见陈絜《应公鼎与周代宗法》，《南开学报》（哲学社会科学版）2008年第6期。
③ 陈絜：《应公鼎与周代宗法》，《南开学报》（哲学社会科学版）2008年第6期。
④ 这种用日名来记录死后王名的方式，本是商人的习俗。如商纣王，又称为帝辛，辛为日名。

霍、鲁、卫、毛、聃、郜、雍、曹、滕、毕、原、酆、郇，文之昭也；邘、晋、应、韩，武之穆也；凡、蒋、邢、茅、胙、祭，周公之胤也。

以上周之"封建"诸侯中，应国与邢、晋、韩同为"武之穆"，即这些国家的始封君都是武王的儿子，按昭穆排行，他们都是"穆"。如此，实物证据表明应国祭祀了天子，这样最终证明了诸侯可以"祖天子"。①

由上也说明，卫国是"文之昭"，即卫国始封君是文王的后代。的确如此，众所周知，卫康叔是文王的儿子。那么，卫国可立文王庙行祭礼。事实上，这也得到了史料的支持。《左传·哀公二年》记录了卫国太子蒯聩（后来的卫庄公）在"铁之战"中的祈祷词：

> 曾孙蒯聩，敢昭告皇祖文王、烈祖康叔、文祖襄公。郑胜乱从，晋午在难，不能治乱，使鞅讨之。蒯聩不敢自佚，备持矛焉。敢告无绝筋、无折骨、无面伤、以集大事。无作三祖羞，大命不敢请，佩玉不敢爱。②

在陈絜看来，这段文字"可以看作卫国祭祀体系的折射"③。笔者认同此看法。蒯聩能直接对"皇祖文王"进行祈祷，这从侧面说明了"卫国亦有文王庙"④。

那么，再回到《简兮》的"西方美人"。基于以上分析，这位"西周之盛王"的身份，至此也清晰了，他当是周文王。在卫国的祭祖体系中，应该只有周文王算是正宗的"西方之人"，生于西方，终老葬于西

---

① 陈絜《应公鼎与周代宗法》[《南开学报》（哲学社会科学版）2008年第6期]与贾海生、池雪丰《由应公鼎及相关诸器铭文论应国曾立武王庙》[《湖南大学学报》（社会科学版）2016年第5期]均有精彩论述，本书多有参考。

② 《国语·晋语》对此也有记载，不同的是，太子所祷的祖先多了位"昭考灵公"（蒯聩之父），其余相同。

③ 陈絜：《应公鼎与周代宗法》，《南开学报》（哲学社会科学版）2008年第6期。

④ 贾海生、池雪丰：《由应公鼎及相关诸器铭文论应国曾立武王庙》，《湖南大学学报》（社会科学版）2016年第5期。

方；其余立庙的祖先（若干卫侯）早已定居于东方，他们无须《简兮》"云谁之思，西方美人"这般朝向西方的思念。

（三）云谁何思：孝子的思慕

《简兮》第三章表达了对祖先的思念，事实上，这正是祭礼的题中之义。因为，祭祀是有形的，也是无形的。有形的包括各种仪节的施行，礼器与酒食的侍奉；无形的正涵盖祭祀中孝子对亲人主观的、精神上的"思慕"，即思念与敬爱之情。故《荀子·礼论》云："祭者，志意思慕之情也。忠信爱敬之至矣，礼节文貌之盛矣。"《大戴礼记·盛德》也说："致爱故能致丧祭，春秋祭祀之不绝，致思慕之心也。"祭祀正乃主祭者表达对亲人"思慕"的一种礼仪形式。而且"夫祭者，非物自外至者也，自中出生于心也，心怵而奉之以礼"（《礼记·祭统》），主祭者的这份"思慕"之心，往往是祭礼成功与否的重要条件。

1. 祭祀中的"思"

在祭祀之前与之中，主祭者有一系列的对祭祀对象的"思"，所谓"事死如生，礼也"（《左传·哀公十五年》），"思"亲人如同再生一般。对此，《礼记·祭义》有载：

> 齐①之日，思其居处，思其笑语，思其志意，思其所乐，思其所嗜。齐三日，乃见其所为齐者。祭之日，入室僾然必有见乎其位，周还出户肃然必有闻乎其容声，出户而听忾然必有闻乎其叹息之声。是故先王之孝也，色不忘乎目，声不绝乎耳，心志嗜欲不忘乎心。致爱则存，致悫则著，著存不忘乎心，夫安得不敬乎！

祭祀前主祭者先行"斋戒"，其必要性，《礼记·祭统》说得真切："齐者，精明之至也。然后，可以交与神明也。"在"斋戒"中有"五思"，"先思其粗，渐思其精"（孔疏），主动"存想"被祭者亲人的音容笑貌、一言一行，以一种"神秘主义"的姿态迫近与先人神灵的距离，最终"乃见其所为齐者"，实现祭礼中的人神交流。

---

① "齐"即古"斋"字。

祭祀之中，虽然有神灵所凭依的尸，但某种程度上，"尸并不能完全取代祖先神灵"①，故而主祭者还是要对被祭祀的亲人"见乎其位""闻乎其容声""闻乎其叹息之声"。简单地说，这正是"祭之日，孝子想念其亲"（孔疏）。可见，"思念"之情，于祭礼中贯彻始终。如此，《简兮》第三章"云谁之思"的"思念"之情，也就不难理解了。而且"色不忘乎目"云云，"不忘"即"思"，因为要想"不忘"，那就要主动去"思"了。这不免使我们想起《鼓钟》所云："淑人君子，怀允不忘"，其与《简兮》"云谁之思"交相辉映，均是祭祀中的"思"。②

2. 略带感伤的"思"

《简兮》第三章对"西方美人"的思念之情，由"山有榛，隰有苓"这句"起兴"引起。实际上，此"起兴"句可概括成"山有□，隰有□"的话语模式，此模式是套语，在《诗经》中反复多次出现。而所谓套语，是指诗歌创作中反复出现的习语或某种话语模式，由于这种反复，倾向于一种固定情感的积淀，若某套语再次出现，如同条件反射一般，会引起相对应的类型化情感的现身。套语的形成是复杂的，与文化、修辞有不同程度的关系。《诗经》中有不少套语，特别是如"山有□，隰有□"这般自然景物的套语尤其多，对此，专门研究过这一问题的王靖献说：

> 在《诗经》中，常常是以先提到某一自然景物的方式来预示主题，而这一自然景物以引人联想的不同形式，为诗歌内容的既定的表现作好了准备。这种以听众能够认可的联想与回忆为根据的托物起兴的运用，强化了诗歌的感情效果。这类托物起兴的意义有时是明显的，有时则是含蓄的，甚至是隐晦的。③

---

① 因为，在祭礼中，还有专门针对神灵的献祭，如天子、诸侯的献血腥的朝践之礼，一般祭祀都有的"阴厌"礼等。见刘源《商周祭祖礼研究》，商务印书馆2007年版，第308页。

② 祭祀中的"思"，《诗经》中还能找出"於乎前王不忘"（《周颂·烈文》）、"於乎皇王，继序思不忘"（《周颂·闵予小子》）等。

③ ［美］王靖献：《钟与鼓——〈诗经〉的套语及其创作方式》，谢濂译，四川人民出版社1990年版，第125页。

确如此论，《诗经》中有些"托物起兴"的套语让人摸不着头脑，但若能了解这些套语的内涵，无疑对进一步认识诗篇寓意有帮助。《简兮》"山有□，隰有□"套语有何寄托？若只从《简兮》一诗出发，很难理解，其实，我们对凡是出现这一套语的诗篇加以统计与研读，可见出端倪。

事实上，韩国学者文铃兰曾对《诗经》中"山有□，隰有□"套语进行了总结与分析。① 据文铃兰统计，《诗经》"山有□，隰有□"套语及变化形态共十五例，有：《邶风·简兮》"山有榛，隰有苓"一例，《郑风·山有扶苏》"山有扶苏，隰有荷华""山有乔松，隰有游龙"两例，《唐风·山有枢》"山有枢，隰有榆""山有栲，隰有杻""山有漆，隰有栗"三例，《秦风·车邻》"阪有漆，隰有栗""阪有桑，隰有杨"两例，《秦风·晨风》"山有苞栎，隰有六驳""山有苞棣，隰有树檖"两例，《桧风·隰有苌楚》"隰有苌楚，猗傩其枝""隰有苌楚，猗傩其华""隰有苌楚，猗傩其实"三例，《小雅·四月》"山有嘉卉，侯栗侯梅""山有蕨薇，隰有杞桋"两例。通过归纳分析，文氏发现此套语一惯与带有悲伤色彩的诗文相连，"恐怕是当时的听众一听就带有挫折、悲伤之类的一种歌调"，由此文氏"认定《简兮》篇是吐露诗人因不得志而挫折、悲伤之心情的作品"，从而肯定了传统的《简兮》"贤人失意"主旨之说。②

以上，文铃兰对"山有□，隰有□"套语引起感伤情绪的判断，无疑很有价值，这也合于事实。当然，感伤程度如何，还要结合全诗来认识。③ 但她又认可《简兮》所谓"贤人失意"的说法，这就值得商榷了。在前一节，笔者已否定了此类观点。那么，《简兮》为何在思念

---

① 其实，王靖献已注意到此类型的套语，但未进一步探求其寓意。可参见氏著《钟与鼓——〈诗经〉的套语及其创作方式》，谢谦译，四川人民出版社1990年版，第109—111页。

② [韩]文铃兰：《〈诗经·简兮〉篇之主题探讨》，载《第三届诗经国际学术研讨会论文集》，香港：天马图书有限公司1998年版，第940—957页。

③ "山有□，隰有□"套语引起的感伤，有深有浅。程度深者，如《小雅·四月》，结合全诗，再来看此诗末章"山有蕨薇，隰有杞桋。君子作歌，维以告哀"，可以认识到，这直接吐露了诗人的强烈悲伤。程度浅者，如《唐风·山有枢》，此诗主旨为"劝人及时行乐"，其"山有枢，隰有榆。子有衣裳，弗曳弗娄。子有车马，弗驰弗驱。宛其死矣，他人是愉"云云，略带些许伤感。

"西方美人"时生出感伤的情绪呢?

要说明的是,《简兮》的这种感伤,并未直接道明,而是用套语的方式"蕴藉含蓄",程度不深,从诗中就能体认到这点。《简兮》前二章描写了热烈的乐舞祭祀,第三章怀念祭祀对象"西方美人",并无过度的情绪,远没有《鼓钟》"忧心且伤""忧心且悲""忧心且妯"云云那样坦露的"哀鸣"。

实际上,祭祖礼属于周礼吉、凶、军、宾、嘉五礼中的吉礼,"吉"字已表明此礼的情感色彩,其是喜庆的、愉快的。举例来说,如《小雅·楚茨》是首反映周贵族祭祖的诗,其"礼仪卒度,笑语卒获""既醉既饱,小大稽首"云云,无疑都说明整个祭祖过程充满了喜悦;再如《周颂》中的那些宗庙祭祖仪式乐歌,也很难看到悲伤的情感。

不过,祭祀中,于喜悦之外,主祭者有更丰富的情感体验。《礼记·祭义》载:

> 文王之祭也,事死者如事生,思死者如不欲生。忌日必哀,称讳如见亲。祀之忠也,如见亲之所爱,如欲色然,其文王与。《诗》云:"明发不寐,有怀二人。"文王之诗也,祭之明日,明发不寐,飨而致之,又从而思之。祭之日,乐与哀半,飨之必乐,已至必哀。

文王对祭祀之态度,必然是周各级贵族要效仿的榜样。祭祀中,"乐与哀半,飨之必乐,已至必哀",孔疏云:"孝子想神之歆飨,故必乐;又想及飨已至之后必分离,故必哀也。"这蕴含了主祭者真诚而微妙的心理活动。毕竟,被祭祀的亲人已经去世,祭祀实现了短暂的人神交流,但最终在愉快的献祭之后,亲人还要离去;想到这里,主祭者难免有感伤的情绪。这也是主祭者于祭祀中"思慕"的一部分。

当然,在实际的仪式过程中,"有形的礼仪要求减杀哀思"[①]。《简兮》前二章盛大热烈的乐舞祭祖,主祭者满意的"公言锡爵"之喜悦,及第三章"山有榛,隰有苓。云谁之思"这略带感伤的祭祀"思慕",

---

① 沈文倬:《菿闇文存》,商务印书馆2006年版,第358页。

乃主祭者卫君发自内心对"西方美人"的"乐"与"哀"。所体现的美学风格，正可谓"乐而不淫，哀而不伤"（《论语·八佾》）①，这是祭祀中的"美"。也可看出，《风》诗中的祭祀礼乐，比《雅》《颂》诗更注重宗教情感的表达，主祭者细微的内心体验也展露出来。

综上，通过文、史、礼制互证，可知《简兮》是祭祖乐歌。诗中"硕人"乃舞人群体，并不是一个人，他们也并没有受到卫君不公正的待遇。《毛传》对"公言锡爵"之"祭有畀"的"以礼解诗"并不正确，"公言锡爵"无非表达主祭者对舞者"硕人"与祭祀乐舞效果的满意之情。总体而言，诗前二章实质系一生动传神的祭祖乐舞片段描写。诗末章的"思念"之情，若释为对能重用"硕人"的西方贤人的向往，两性间的爱恋，则脱离了诗之祭祀语境。事实上，这种"思念"是主祭者对祭祀对象"西方美人"略带感伤的"思慕"之情，乃孝子于祭祀中"乐与哀半"的复杂心理体验。笔者推测，"西方美人"可能系卫康叔之父——周文王。

第二节 《鼓钟》：军礼祭"迁庙主"乐歌

在考察《简兮》之后，让我们再关注祭祖乐歌《小雅·鼓钟》。虽然同样是祭祖乐歌，都有"感伤"的美学品格，但《鼓钟》与《简兮》的礼制背景并不相同，"感伤"的缘由也因而产生差异。

《鼓钟》按《毛诗》的划分：四章，每章五句。全诗为：

> 鼓钟将将，淮水汤汤，忧心且伤，淑人君子，怀允不忘。
> 鼓钟喈喈，淮水湝湝，忧心且悲，淑人君子，其德不回。
> 鼓钟伐鼛，淮有三洲，忧心且妯，淑人君子，其德不犹。
> 鼓钟钦钦，鼓瑟鼓琴，笙磬同音。以雅以南，以籥不僭。

此诗大致叙述奏乐于淮水边，且思念"淑人君子"之事。诗中所写

---

① 虽然这是孔子用来形容《关雎》的，但《简兮》也胜任此溢美之词。

"汤汤""湝湝"之滚滚淮水的雄浑景象与低回感人的思念之情水乳交融，终篇弥漫着悲壮之美感。此诗似乎文意缥缈，但通过考证，其"真相"能够水落石出。

一 主旨回顾：刺诗、怀人之诗与悼祭诗

既往对《鼓钟》本事的阐释，主要有三种。

第一，"刺诗"说。程俊英说："这是讽刺周王荒乱、伤今思古的诗。过去有说是刺幽王的，有说是昭王时的作品。"[①] 此看法受古文今文两派《诗》学影响，较有代表性。古文《诗》学《毛诗序》曰："刺幽王也。"其认为《鼓钟》是幽王时之"刺诗"，讽刺了幽王会诸侯于淮上时未按礼制来奏乐，以致礼乐失所；诗人见此悲伤，转而思念前代能行礼的"善人君子"。另一种看法，孔疏引郑玄为纬书《尚书中候·握河纪》所作注云："昭王时，《鼓钟》之诗所为作者。"此观点只提供了"昭王"这一作诗年代，诗旨并未论及，孔颖达认为其源自今文《诗》学。

古今两派《诗》学的说法影响深远，历代均有支持者，在考察各家之说后，陈子展认为："我们只以为今古文家两说皆有所受，比较可信。两说谁是？或者他说为是？有待于将来学者论定。倘有地下资料发现就更好确定了。"[②] 实际上，近年来确实有不少地下资料可以补充史实，为重新认识两派《诗》学看法提供了契机。当然，对两派观点也有不认同者，朱熹直接写道："此诗之义未详。"[③] 方玉润言："此诗循文案义，自是作乐淮上，然不知其为何时、何代、何王、何事？"[④] 看来，朱、方二人均持审慎的态度。不过，两派《诗》学的说法虽一直受到质疑，但在没有更可信的说法出现前，仍是主流的观点。

第二，"怀人之诗"说。高亨认为："这首诗写作者住在淮水旁边，

[①] 程俊英：《诗经译注》，上海古籍出版社1985年版，第424页。
[②] 陈子展：《诗三百解题》，复旦大学出版社2001年版，第807—808页。
[③] （宋）朱熹：《诗集传》，中华书局2015年版，第202页。
[④] （清）方玉润：《诗经原始》，中华书局2015年版，第429页。

在奏乐的场合中,思念君子而悲伤。"① 此类观点放弃了传统的王室礼乐之"宏大叙事",将其当作现代意义的抒情诗来认识,也有一些认同者。然而,这样的观点能从文本上解释得通,但抽离诗篇的历史意蕴与礼制背景,放弃了追寻诗篇深层次之内涵,还不能令人满意。

第三,"悼祭诗"说。李山云:"我们怀疑是穆王朝作品,其具体作意为悼祭昭王及其他伐楚战争中阵亡的将士。"② 后来他又据今文《诗》学的说法,修正观点:"此诗当是周昭王在淮水为阵亡将士安魂的乐歌。"③ 扬之水也同样参考今文《诗》学,认为"痛悼昭王时某一南征不返之'鬼雄',方是诗旨所在","末章更写出王者之乐的气象,所怀之人,虽然无法确指为某位'不返'之公卿,但他的身份,当在使用'金石之乐'者之列"。④ 李山与扬之水皆能从诗中悲伤之情绪出发⑤,认为《鼓钟》与"悼祭"有关,与诗义颇为贴切,似乎更有说服力。⑥

然而,李山、扬之水均未详细求证,二人观点也仍有不少待发之覆。根据史料记载,昭王南征是在江汉流域而不是淮河流域,故而他们依据的今文《诗》学观点是否可靠?此诗的史实背景是什么?与昭王是否有联系?诗中悲伤情绪因何而生?一般而言,祭祀贵族亡者是在神主(牌位)寄居的宗庙之内,倘若真是在淮水之滨奏乐祭祀,有何礼制依据?⑦ 以上诸问,需要我们一一解答。

----

① 高亨:《诗经今注》,上海古籍出版社1980年版,第320页。
② 李山:《诗经的文化精神》,东方出版社1997年版,第215页。
③ 李山:《诗经析读》,南海出版公司2003年版,第308页。
④ 扬之水:《〈诗·小雅·鼓钟〉名物新证》,《文史》1999年第2辑,第221—230页。
⑤ 目前《鼓钟》的研究论文不多,除上注扬之水之外,还有王小慎《西周军旅诗中的文学独立化契机例析——从〈诗经·小雅·鼓钟〉的成诗年代说起》,《郑州大学学报》(哲学社会科学版)2005年第6期;吕华亮《〈小雅·鼓钟〉题旨新论》,《淮北煤炭师范学院学报》(哲学社会科学版)2010年第4期。两文都试图解释诗中悲伤情绪的来源问题,王文认为其源自下层军人的厌战思乡之情,吕文以为其是君子观淮水泛滥而产生的。但两文未给出充分的证据,笔者也不认同其观点。此问题仍有待解决。
⑥ 以上三种之外,日本学者家井真认为《鼓钟》是"祭祀淮水神,祈求谷物丰饶的乐歌"(见氏著《诗经原意研究》,陆越译,江苏人民出版社2012年版,第299页)。但此论未解释悲伤情绪的问题。
⑦ 《左传·僖公二十二年》云:"初,平王之东迁也,辛有适伊川,见被发而祭于野者,曰:'不及百年,此其戎乎!其礼先亡矣。'"可见,周人一般并不提倡"野祭"先人。李、扬二人也都未给出《鼓钟》"野祭"先人的依据。

二 史实推测：周王亲征淮夷中的祭祖

任何解诗观点，必须得到诗文本的支持。若从诗文本出发，可推测与检验以下几点史实。

（一）被怀念的"淑人君子"是一位有功德的周先王

"淑人君子"的身份，《毛诗》并未明言，郑笺则简单地认为其是古代能遵行"礼"的"善人君子"，[①] 已有研究也如此一般将之判断得较为模糊。其实，我们都知道，在一定的文化语境中，有些词是专门用来形容某一类人的。结合《诗经》内证，我们能从"其德不回""其德不犹"两句赞颂词解读出"淑人君子"的身份。

先看"其德不回"。《毛传》说，"回，邪也"，另一处，又曰："回，违也。"[②] 概言之，"不回"有不违背、始终如一、顺从之意。"其德不回"意思是说：他的德行顺从、不曲邪。[③] 实际上，"其德不回"并不是一般的赞颂词，此语又可作"厥德不回"，在《诗经》中出现如下：

　　閟宫有恤，实实枚枚。赫赫姜嫄，其德不回，上帝是依。（《鲁颂·閟宫》）

　　维此文王，小心翼翼，昭事上帝。聿怀多福，厥德不回，以受方国。（《大雅·大明》）

"德"这个概念，在早期文献中"隐含了神秘化力量的意味"[④]，也有论者指出："周人之德还不能脱离天命来理解。"[⑤] 上面两例可见此

[①] "淑人君子，怀允不忘"，郑笺："淑，善。怀，至也。古者，善人君子，其用礼乐，各得其宜，至信不可忘。"
[②] 出自《文王》"聿怀多福，厥德不回"之《毛传》。
[③] 这是从双重否定的侧面角度讲，若从正面直写，则可作"其德之纯"，即德行纯正如一，如《周颂·维天之命》云："文王之德之纯。"这是极高的评价。
[④] 郑开：《德礼之间：前诸子时期的思想史》，生活·读书·新知三联书店 2009 年版，第 231 页。
[⑤] 罗新慧：《周代天命观念的发展与嬗变》，《历史研究》2012 年第 5 期。

意，周人的女性始祖姜嫄"其德不回"，使上帝临其身，生下周先祖后稷；文王"厥德不回"，使上帝授予其天下方国。可以说，"不回"之"德"是上帝神灵的意志，能代表此意志者就持有了"德"。故而不论是姜嫄还是文王，均系有"天命"在身，对周民族发展有重要意义的周之先王。看来，"其德不回"的主体系对周人有重要贡献的先王，不是一般的贵族。

再看"其德不犹"。《毛传》："犹，若也。"郑笺："犹当作瘉。瘉，病也。"前一解释实际上还是围绕"刺诗"的宗旨[1]；后一解释则"改字解经"，并不稳妥。两种观点现已大都不被采信。实际上，"其德不犹"与"其德不回"对文出现，应有差不多的寓意，最起码应是一句赞颂词。对此，训诂大家王引之的观点值得重视：

《鼓钟》篇：其德不犹。毛传曰：犹若也。笺曰：犹当作瘉，瘉，病也。引之谨案：《尔雅》：犹，已也。其德不犹言久而弥笃，无有已时也。《南山有台》篇曰：德音不已。[2]

若此论不错，"其德不犹"也就是"其德不已"。这使我们想到另一个来专门形容周先王的词"其德靡悔"。《大雅·皇矣》形容文王："比于文王，其德靡悔。既受帝祉，施于孙子。"马瑞辰认为"其德靡悔"的"悔"通假于"晦"，而"晦"是终、尽之意，那么"其德靡悔"就是说"其德不已"。[3] 如此，"其德不犹"即"其德靡悔"。要达到"其德不已"惠及后人的程度，说明其主体也该有所成就。这样的话，"其德不犹"的主体也应为一位有所功绩的周先王。

综上，由《诗经》中"其德不回""其德不犹"出现的相关情况看，两者都应是专门形容有功德周先王的词语。据此，《鼓钟》"淑人君子"

---

[1]《毛传》的解释还是紧密围绕了《诗序》"刺诗"的宗旨，照此理解，这句话即"他的德行并不如此"的意思。那么此句就成了一转折句。以此句为界，在《毛诗》看来，其以上的诗文中的奏乐都是淫乐，乃幽王的行为；而其之下的奏乐则是合礼之乐，系淑人君子的行为。但这类理解并不合理。后文还会详说。

[2]（清）王引之：《经义述闻（上）》，上海书店出版社2012年版，第169页。

[3] 参见（清）马瑞辰《毛诗传笺通释》，中华书局1989年版，第848页。

当为一位有功德的周先王。

(二) 奏礼乐于淮水之滨

《鼓钟》中的奏乐是否合于周礼？其是礼乐还是"淫乐"？这是一个非常关键的问题，直接关涉全诗礼乐类型的判断。但《毛诗》、郑笺对此之解释却不能令人满意。

先看《鼓钟》第四章，其云："鼓钟钦钦，鼓瑟鼓琴，笙磬同音，以雅以南，以籥不僭。"《毛传》解释：

> 钦钦，言使人乐进也。笙磬，东方之乐也。同音，四县皆同也。为雅为南也。舞四夷之乐，大德广所及也。东夷之乐曰昧，南夷之乐曰南，西夷之乐曰朱离，北夷之乐曰禁。以为籥舞，若是为和而不僭矣。

此处《毛传》的释义还是很公允的。由诗文及《毛传》的释义来看，第四章的奏乐乃礼乐，其中没有违反礼的事情。这正如晋代孙毓所言："此篇四章之义，明皆正声之和。"① 但《毛诗》对前三章奏乐的解释却与第四章大不相同。

《毛诗序》云："《鼓钟》，刺幽王也。"《鼓钟》第一章及《毛传》、郑笺的解释为：

> 鼓钟将将，淮水汤汤，忧心且伤。《毛传》："幽王用乐，不与德比，会诸侯于淮上，鼓其淫乐，以示诸侯。贤者为之忧伤。"郑笺："为之忧伤者，嘉乐不野合，牺、象不出门。今乃于淮水之上，作先王之乐，失礼尤甚。"

按此理解，《鼓钟》第一至第三章这些淮滨之奏乐，全部是不合周礼的。如此，同一首诗中的奏乐有两种截然相反的形态。前三章违礼之乐与第四章的礼乐有什么关联，《毛诗》、郑笺均未讲清楚。《孔疏》倒

---

① 出自"淑人君子，怀允不忘"之孔疏。

是为它们串起完整的意义，其云："经四章，毛、郑皆上三章是失礼之事，卒章陈正礼责之。"也就是说，孔颖达认为最后一章的礼乐正好是对前三章违礼之乐的一种"讽刺"，这就回到《诗序》"刺诗"的主旨上来了。

但《毛诗》、郑笺对前三章违礼之乐的阐释却十分令人生疑。先看《毛诗》。细细分析，《毛诗》"淫乐"阐释的依据是《毛传》"幽王用乐，不与德比，会诸侯于淮上，鼓其淫乐，以示诸侯"的解释。但恰恰此条解释，却没有依据。文献中并没有幽王到过淮水的记载，诗文中也看不出会诸侯之事，那么所谓"淫乐"就失去了能够成立的所有条件。其实，前人对此早有质疑，如欧阳修说："然旁考诗、书、史记，无幽王东巡之事，无由远至淮上而作乐，不知此诗安得为刺幽王也？"① 截至出土资料已经非常丰富的今天，我们也未见过幽王到淮水的有关史料。②

再看郑笺。实际上，郑玄的态度十分谨慎。此诗的阐释，郑玄自始至终没有采信《毛诗》"幽王会诸侯于淮上"的说法，只是泛说某王到淮上"作先王之乐，失礼尤甚"。郑玄认定淮上之乐违礼，他的依据是"嘉乐不野合，牺、象不出门"这一文献。此句话源自《左传·定公十年》齐鲁"夹谷之会"中孔子之言，郑玄试图以之来"以礼解诗"。按照他的理解，"嘉乐不野合"即礼乐不能野外演奏，而淮上奏乐正是野外演奏礼乐，这就违礼了。但郑玄的"以礼解诗"并不妥当，因为"嘉乐不野合"有特指，不能理解为一般的准则。《左传·定公十年》载：

　　齐侯将享公。孔丘谓梁丘据曰："齐、鲁之故，吾子何不闻焉？事既成矣，而又享之，是勤执事也。且牺、象不出门，嘉乐不野合。飨而既具，是弃礼也；若其不具，用秕稗也。用秕稗，君辱；弃礼，名恶。子盍图之！夫享，所以昭德也。不昭，不如其已也。"乃不果享。

---

① （宋）欧阳修：《诗本义》，《景印文渊阁四库全书》第70册，台北：台湾商务印书馆1986年版，第242页。

② 在《毛诗》中，《鼓钟》及其接下来的几首诗《楚茨》《信南山》《甫田》《大田》等，《毛诗序》皆以"刺幽王"的"变雅"模式释之，若站在本义的角度，这种解释并不能令人信服，如今也大都不被学者采信。

齐侯想在郊外"夹谷"对鲁侯行"享礼",被孔子以"牺、象不出门,嘉乐不野合"的理由阻止了,但这只限于"享礼"类的礼制语境。对此,孔疏解释得很清楚:

> 此言"不出门""不野合"者,谓享燕正礼,当设于宫内,不得违礼而行,妄作于野耳,非谓祭祀之大礼也……孔子知齐怀诈,虑其掩袭,托正礼以拒之,故言"不野合"。

燕享之礼当于宫殿中举行,礼乐自然奏于其内。但同时,确有不少祭祀礼乐在野外演奏,如《周礼·春官·大司乐》所载降天神的"圜丘"之乐、降地神的"泽中"之乐,还有我们后面要说的祭祀"迁庙主"礼乐,等等。看来,单以"嘉乐不野合"还不能判定《鼓钟》前三章的奏乐乃违礼之乐,因为诗文中并未有"燕享"的内容。如果《鼓钟》与祭祀等礼制有关,也就不必遵循"嘉乐不野合"的原则。

事实上,若我们从文本出发,本着语义连贯的原则,作整体的"以礼解诗",可认定前三章与第四章都是同一时空即淮水边所发生之事,第四章的奏乐也系同一种奏乐——礼乐。而《毛诗》、郑笺割裂诗义,将奏乐分成两种截然相反形态的做法,至少是没有依据的。从本质上说,《毛诗》、郑笺并未找对《鼓钟》的礼制背景,故而越辩越乱了。

(三) 诗中礼乐为祭祀之用,而整首诗的功能系祭祖乐歌

《鼓钟》反复申述"淑人君子",有明显的对象性,而根据第一点,"淑人君子"的真实身份——周先王——这一祖先神正是预设的"听众"。依礼制,为祖先神演奏的礼乐系沟通神人的祭祀之用。《礼记·礼运》:"列其琴瑟,管磬钟鼓,修其祝嘏,以降上神,与其先祖。"在祭祀中,礼乐有降神与享神的功用。《鼓钟》以钟、鼓、琴、瑟、笙、磬多种乐器齐奏祭祀的形式,在《诗经》中还有他例。如前面已有论述的《周颂·有瞽》,这是一首王室祭祖乐歌,其云"设业设簴""应田县鼓,鞉磬柷圉。既备乃奏,箫管备举。喤喤厥声,肃雝和鸣。先祖是听",涉及近十种乐器。两诗可互参。

那么《鼓钟》整首诗的性质又是怎样的呢？宋人郑樵指出："礼非乐不行，乐非礼不举。自后夔以来，乐以诗为本，诗以声为用。"① 我们已经反复说过，周代"诗乐合一"，诗即诗中之乐的相配之歌②，《鼓钟》正为当时仪式现场与器乐相配合的祭祖乐歌。所谓"诗言志，歌永言，声依永，律和声。八音克谐，无相夺伦，神人以和"（《尚书·尧典》），在祭祀中，与器乐相比，更重人声歌唱，因为其能传达祭祀参与者之"志"（所感所想），实现人神交流。

还有一点，《鼓钟》云"怀允不忘"，这种祖先神之前、礼乐中的"思念"，我们前一节已有论述，实质上此乃祭祀中的"思"。《礼记·祭义》曰："是故先王之孝也，色不忘乎目，声不绝乎耳，心志嗜欲，不忘乎心，致爱则存，致悫则著，著存不忘乎心，夫安得不敬乎！"主祭者祭祀先王"淑人君子"，不忘其德行，于"其德不回""其德不犹"的回忆中，以诗乐的形式表达了自己深刻的思念之情。那么，由全诗的三大主题"先王、礼乐、思念"入手，也可以较为清晰地判定《鼓钟》是祭祖乐歌。

（四）主持礼乐者为一位周王，他到过淮水边，更确切地说是亲征过淮夷

由于被祭者是一位周先王，根据周礼身份对等的原则，主持礼乐的主祭者一般而言也该是一位周王。《毛诗》虽然判断主持奏乐者为幽王，这不确，但对其身份等级的认定倒是可取的。另外，从礼乐规格来看，《鼓钟》中出现金石之乐，诗又曰："以雅以南"，胡承珙谓："自是以'雅'为王者之正乐，南为四夷之南乐。"③ "雅"是王室正乐，无须再辨。而"南"则系四夷之乐中的南夷之乐，《周礼·春官·鞮鞻氏》云："掌四夷之乐与其声歌。"郑注曰："王者必作四夷之乐，一天下也。"《白虎通义》也云："王者制夷狄乐。"据此，只有王室才有资格奏四夷之乐。概言之，《鼓钟》既奏金石之乐与王室正乐，又选奏四夷之乐的

---

① （宋）郑樵：《通志》，中华书局1987年版，第625页。

② 可参看本书第二章第三节。

③ （清）胡承珙：《毛诗后笺》，黄山书社1999年版，第1079页。

礼乐规模，非王者莫属。

　　这位周王在淮水边主持礼乐，他自然到过此处。而淮水流域是淮夷（又称南淮夷、南夷）[①]、徐夷聚居地。淮夷是王室经济掠夺的重要对象，在高压剥削之下，他们时常军事反抗，而徐夷对周王朝也有不小的军事威胁。对淮水流域，"周王朝并未能依赖常设行政机构实行过有效的、常规性的统治"[②]，每当淮夷、徐夷叛乱时，周人都会发兵进行镇压。《诗经》中与这两个族群有关的诗篇如《大雅·江汉》《鲁颂·泮水》反映周人对淮夷的征伐，《大雅·常武》则反映与徐夷的战争。事实上，在已知的西周史上，凡涉足淮水的周王，均以"御驾亲征"的形式到此地，亲自指挥与淮夷、徐夷的作战。他们是穆王、厉王、宣王三王[③]。那么，《鼓钟》中的礼乐主持者应为三王之一。

　　穆王曾征伐徐夷，古本《竹书纪年》记穆王"伐纡（徐），大起九师，东至于九江"，"九江"在今淮河南岸的安徽寿县一带[④]。而《左传·昭公四年》云："穆有涂山之会。"涂山也在寿县附近，此次"涂山之会"当是穆王伐徐夷中与诸侯的一次"会同"。古人曾指出《鼓钟》与穆王有关，《左传·昭公十二年》载祭公谋父作《祈招》以劝谏穆王停止"欲肆其心，周行天下"，清代《御纂诗义折中》即联系穆王征徐之事，认为："《鼓钟》之作与《祈招》同旨，其为穆王时诗无疑也。"[⑤]

　　厉王多次亲征淮夷，不少新近发现的铭文有涉及，如：

　　　　王肇遹省文武勤疆土。南国𢓜子敢陷虐我土。王敦伐其至，扑伐厥都。𢓜子廼遣间来逆邵王，南夷东夷具见，廿又六邦。（《㝬钟铭》，《集成》260）

[①] 徐中舒：《蒲姑、徐奄、淮夷、群舒考》，《四川大学学报》（哲学社会科学版）1998年第3期。

[②] 朱凤瀚：《论西周时期的"南国"》，《历史研究》2013年第4期。

[③] 参见朱凤瀚《论西周时期的"南国"》（《历史研究》2013年第4期）与欧波《金文所见淮夷资料整理与研究》（博士学位论文，安徽大学，2015年）。

[④] 朱凤瀚：《论西周时期的"南国"》，《历史研究》2013年第4期。

[⑤] （清）傅恒等：《御纂诗义折中》，《景印文渊阁四库全书》第84册，台北：台湾商务印书馆1986年版，第241页。

> 王征南淮夷，伐角、津，伐桐、遹。（《翏生盨铭》，《集成》4459）
>
> 唯十又三年正月初吉壬寅，王征南夷。（《无㠱簋铭》，《集成》4225）

按传世文献记载，周厉王"专利""弭谤"，其形象基本负面。不过，随着诸多厉王朝青铜铭文的发现，我们对他的了解也更加立体了。其实，厉王在军事上有不少作为。朱凤瀚即指出，上述前二例铭文共属于厉王时同一次对淮夷作战取胜的大战役，而且角、津、桐、遹四地即"淮泗之会"的洪泽湖周边地区，其系西周晚期南淮夷居住与活动的中心区域。① 厉王已率军攻打到淮夷的根据地，可见，他征淮取得了重大胜利。由此，《鼓钟》也可能作于"厉王时"，但此类观点，笔者尚未见前人论及。

宣王也曾亲征徐夷。《大雅·常武》载"率彼淮浦，省此徐土"，"王奋厥武，如震如怒""徐方不回，王曰还归"。此诗描写了宣王对徐夷（徐方）作战的一次重要胜利。事实上，也有论者指出《鼓钟》与宣王有关。如明代曹学佺分别对《鼓钟》《大雅·常武》作解：

> 考《大雅》（笔者按：实指《常武》），宣王平徐夷，盖躬至淮矣，即谓淮人之思宣可也。彼云"王犹允塞"，此云"怀允不忘"，语相照应；且南夷之乐，亦即徐夷之服而籥舞也，于"不僭"之义益明。（《鼓钟》）②
>
> 按此即《小雅·鼓钟》淮上而作，淮人感宣王之德而思之也……且"怀允"与"允塞"二字亦相照应。（《常武》）③

---

① 朱凤瀚：《由伯㦰父簋铭再论周厉王征淮夷》，《古文字研究》第27辑，中华书局2008年版，第194页。
② （明）曹学佺：《诗经剖疑》，《续修四库全书》第60册，上海古籍出版社1995年版，第133页。
③ （明）曹学佺：《诗经剖疑》，《续修四库全书》第60册，上海古籍出版社1995年版，第192页。

此外，在清人方玉润看来，《鼓钟》或与《常武》同作于宣王征徐夷之时，系"淮、徐诗人重观周乐，以志欣慕之作"①。今人孙作云则认为，《鼓钟》为《常武》所反映宣王战胜徐夷后，会诸侯于淮上，大奏乐以振发王威之事。②

前人"穆王时"与"宣王时"之说，能从礼乐主持者的身份与行迹进行反推，思路可取，不过尚未考虑多种可能性，那么到底为哪一位周王仍需更多证据验证。

（五）被祭的周先王很可能"死于非命"

《鼓钟》云"忧心且伤""忧心且悲""忧心且妯""怀允不忘"，如此"哀之复哀"，难免会使人怀疑被祭的周先王有过什么不幸的遭遇，需要这等反复的"同情"与"悼念"。因为与之相比，在正常死亡、"寿终正寝"的周先王之祭祀仪式中，气氛正好相反，如《周颂·执竞》曰："钟鼓喤喤，磬筦将将，降福穰穰。降福简简，威仪反反。既醉既饱，福禄来反。"此诗为祭祀武王的乐歌，从中可见其祭祀氛围是喜悦的，与《鼓钟》"悲哀"的氛围形成鲜明对比。

对非正常死亡的先王，有所"同情"与"悼念"，于礼也可通。《礼记·坊记》即云"礼者，因人之情而为之节文"，《史记·礼书》则谓"缘人情而制礼，依人性而作仪"，看来，礼用来节制感情，但又不排斥合理感情之抒发。李山与扬之水已敏锐地指出被祭者很可能战死，无疑存在这种可能。不过，此处我们先暂不深究，作一猜想，且待后文再述。

综合以上的分析，推测出以下史实。事件：周王亲征淮夷中的礼乐祭祖；主祭者（祭祀发起者）：周穆王、厉王或宣王；被祭者：一位有功德且"死于非命"的周先王；地点：淮水边。那么，主祭者与被祭者到底是谁？在军事中祭祀先王，有何依据？解决上述问题，就需要我们进一步还原《鼓钟》的礼制背景。

---

① （清）方玉润：《诗经原始》，中华书局 2015 年版，第 429 页。
② 孙作云：《诗经与周代社会研究》，中华书局 1966 年版，第 380 页。

三 礼制背景考索：军礼"迁庙主"祭祀

《左传·成公十三年》："国之大事，在祀与戎。"军事关涉国家的盛衰兴亡，其重要性无须多言。在鬼神信仰浓厚的周代，军事不止是人事，更是神事。在征战过程中，有一整套相关的鬼神祭祀礼制，其属于周代吉、凶、宾、嘉、军五礼中的军礼。而与征淮军事有关的《鼓钟》实际正涉及军礼。

（一）以"迁庙主"礼制证祭祀双方身份

《鼓钟》涉及祭祀先王，而祭祀先王必有其依托的物质形式。众所周知，神主是一种常见的代表祖先的方式。事实上，天子亲征，某位祖先的神主也会随行，以示祖先神灵护佑，并在途中依礼进行相应的祭祀。这是一种古老的礼制。《尚书·甘誓》载夏启之言："用命赏于祖，弗用命戮于社。"所谓"祖"正指祖先神的神主，就是说在战争过程中，凡有功劳之将士要在祖先神主前进行奖赏。其用意，《墨子·明鬼》云："赏于祖者何也？言分命之均也。……故古圣王必以鬼神为赏贤而罚暴。"无疑是以神事之效力显示公平。商代卜辞也云：

> 贞：燎于王亥，告其比望乘？（《合集》7537）
>
> 燎于王亥十牢，卯十牛，三牢，告其比望乘伐下危？（《合集》6527）

这是说燎祭于商先祖王亥，并卜问其神主是否随将领望乘讨伐下危。[①] 周武王伐商时，曾带文王神主。《史记·周本纪》写道："为文王木主，载以车，中军。武王自称太子发，言奉文王以伐，不敢自专。"当然，上述是周礼未创制前的情况。

代表周代礼制的《周礼》一书也有相关记录，《春官·小宗伯》："若大师。则帅有司而立军社。奉主车。若军将有事。则与祭。"《春

[①] 郭旭东：《殷墟甲骨文所见的商代军礼》，《中国史研究》2010 年第 2 期。

官·肆师》："凡师、甸，用牲于社、宗，则为位。"大师即指王亲征，而以上"主"与"宗"皆为随军的祖先神主。① 按分工，小宗伯要在王亲征时护奉载有神主之车，肆师则在祭祀用牲于神主时设置祭位。

春秋时代此礼制仍在施行。《左传·成公十六年》所载"鄢陵之战"中，晋厉公在军中"张幕"，即支起帷幕，楚国太宰伯州犁见此情景，云："虔卜于先君也。"于此，《周官集注》解释："虔卜于先君，以主车在军故也。"② 这也就是指在军中祖先神主前虔诚占卜，借鬼神之力来预测。诸侯有此制度，周王也可推知。

由上面的多种文献互证，可知确有王亲征时祖先神主随行之礼制。当然，历代祖先神主有许多，哪一个应该随行？《礼记·曾子问》载：

> 曾子问曰："古者师行，必以迁庙主行乎？"孔子曰："天子巡守，以迁庙主行，载于齐车，言必有尊也。"

此处"大师礼与巡守同"③，依孔子之言，天子亲征"迁庙主"应随行，这已成为定制。所谓"迁庙主"（又常简称"迁主"），孔疏引皇侃云："新迁庙之主。"迁者，去也，拆也。迁庙主即新近被拆除自己庙的神主。这是针对周礼中的庙制及毁庙制度而言的。《礼记·王制》："天子七庙，三昭三穆，与大祖之庙而七。"郑注曰："此周制。七者，大祖及文王、武王之祧，与亲庙四。大祖，后稷。"天子保持七庙，其中后稷为太祖庙，文王、武王为祧庙，三者系不迁之庙；而四亲庙，指与在位天子血缘最亲的四位祖先之庙。随着世代更替，新死之王必定新立一庙，而原有的四亲庙中与天子血缘最远的祖先之庙要拆除，其神主此时为"迁庙主"。

无庙的"迁庙主"藏于何处呢？孔颖达指出，按照"昭穆"排行，"若是昭行，寄藏武王祧。若是穆行，即寄藏文王祧"。由此，杨天宇为"迁庙主"下了简捷定义："所谓迁主，是指最新迁入祧庙的神主，即高

---

① （清）孙诒让：《周礼正义》，中华书局2013年版，第1448页。
② （清）方苞：《周官集注》，《景印文渊阁四库全书》第101册，台北：台湾商务印书馆1986年版，第156页。
③ （清）孙诒让：《周礼正义》，中华书局2013年版，第1449页。

祖之父的木牌位。"① 在周代王位世袭"父死子继"的一般情况下，高祖之父即现任周王之前的第五代祖先；由此判断"迁庙主"，较为简便。

值得注意的是，除郑玄外，王肃的天子宗庙体系也影响深远。与郑氏不同，他认为天子七庙是太祖庙、高祖之父及祖二祧庙再加四亲庙，祧庙是"迁庙"，并不固定。② 不过，这并不影响对"迁庙主"的认定。因为，前后两王更替时，原先的高祖之父升为高祖之祖，其神主仍在祧庙"不迁"，此时又有了新的高祖之父与祧庙主。这时正如陈澔所说："迁庙主谓新祧庙之主也。"③ 可见，在王肃体系下，"迁庙主"仍是高祖之父的神主，杨天宇的定义有普遍适用性。

那么，《鼓钟》所反映穆王、厉王或宣王征淮中的"迁庙主"分别是哪位呢？先来看周之君王世系：

文王—武王—成王—康王—昭王—穆王—共王—懿王—孝王—夷王—厉王—宣王—幽王

上数五位，穆王"迁庙主"是文王。④ 若也只用此方法，厉王"迁庙主"似是穆王，宣王时则似是共王。

然而，从共王到夷王间出现了非"父死子继"的特殊情况：懿王死后，出于某种原因，君位由其父共王之弟孝王继任，孝王死后，"诸侯复立懿王太子燮，是为夷王"（《史记·周本纪》），君位又传于懿王之子。故而对厉王、宣王来说，孝王并不是自己的直系祖先，只算旁系。

---

① 杨天宇：《周礼译注》，上海古籍出版社 2013 年版，第 289 页。
② 参见《礼记·曾子问》"迁庙主"一节之孔疏。
③ （元）陈澔：《礼记集说》，上海：世界书局 1936 年版，第 105 页。
④ 在王肃宗庙体系中，文王是"迁庙主"没有疑问。不过，在郑玄宗庙体系中，文王神主作"迁庙主"就是"变通之礼"。接着上引《曾子问》，孔子又讲了与"迁庙主"有关的特殊情况。他说："当七庙，五庙无虚主。""虚主"即空着神位，也就是能随军出征。孙诒让解释："盖言天子七庙，其大祖及四亲庙皆不可虚主，惟二祧为迁庙，则可虚主，故出则奉以行也。"[（清）孙诒让：《周礼正义》，中华书局 2013 年版，第 1449 页] 是否祧庙要"迁庙"可再商，但其神主能出征是可以肯定的。由于文王正好是穆王高祖之父，故而其神主可暂离祧庙临时承担"迁庙主"功能，以保证穆王不至于没有随军神主。

在万斯大看来，兄弟"同昭穆""同庙异室"[①]；王贵民则认为，"庙制既产生于宗法制度，按照宗法制度，庙数只能以世数为准，而世数只能以直系为准，旁系不能立庙，兄弟相继只立长兄之庙"[②]。可见，共王、孝王兄弟二人只算一世代，若立庙的话，二人也最多有一庙，且孝王从属于共王庙。基于此，在厉、宣二王的四亲庙中都应排除孝王庙。那么排除后，上数五代，厉王时"迁庙主"正为昭王；事实上，以辈分而言，昭王也系厉王真正的高祖之父。而宣王时"迁庙主"为穆王。由此可以得出"穆王—文王""厉王—昭王""宣王—穆王"三组"迁庙主"祭祀组合。

前面推测，被祭者当为一位有功德且"死于非命"的先王。哪一位"迁庙主"与此相符呢？

从"功德"讲，不论文王、昭王还是穆王皆满足此条件。文王的功劳无须再说。《国语·齐语》载管仲之言："昔吾先王昭王、穆王，世法文、武远绩以成名。"昭王、穆王能与周开国之君文王、武王相提并论，可见二人功劳也都不小。不过，若再从"死于非命"的角度讲的话，文王、穆王就应排除了。传说"文王九十七乃终"（《礼记·文王世子》），其高寿而终，没有悲惨遭遇。而众所周知，穆王巡游天下，一生潇洒，《穆天子传》即附会其事而作，最后"获没于祗宫"（《左传·昭公十二年》），即在自己的离宫祗宫"寿终正寝"，也无不幸。故而，二王无须《鼓钟》"忧心且伤"云云的"悼祭"，他们并不是此诗的祭祀对象，由此，穆王、宣王也不为此诗主祭者。

事实上，昭王完全满足"死于非命"这一条件。古本《竹书纪年》载：

周昭王末年，夜有五色光贯紫微。其年，王南巡不返。

"南巡不返"是委婉的说法，实际指昭王南征江汉丧命。至春秋齐

[①] （清）万斯大：《学礼质疑》，《景印文渊阁四库全书》第129册，台北：台湾商务印书馆1986年版，第442—450页。
[②] 王贵民：《商周庙制新考》，《文史》1998年第45辑，第35页。

桓公伐楚时，管仲仍以"昭王南征而不复"（《左传·僖公四年》）向楚人问罪。昭王具体死因，传说是溺亡。《吕氏春秋·音初》："周昭王亲将征荆，辛余靡长且多力，为王右。还反涉汉，梁败，王及蔡公抎于汉中。辛余靡振王北济，又反振蔡公。"所谓"梁"，指浮桥。昭王过汉水时，浮桥突然崩坏，以致其不幸溺亡，辛余靡最后"只是拖起尸体而已"①。昭王死于周王朝向南方开疆拓土的大业中，可以说是"为国捐躯"了，无疑是悲壮且值得特别纪念的，而这与《鼓钟》所体现的"哀思"与"感怀"风格正相符。②另外，昭王的生平能与被祭者"死于非命"的推测相符，也反过来证明此推测能够成立。由此，诗中悲伤情绪的来源也得到了合理的说明。

综上，《鼓钟》之主祭者当是周厉王，被祭者系昭王。虽然昭王去过江汉，未到过淮水，但从周人的地理概念来说，不论是江汉还是淮水，同属于南国的范围③。昭王两次亲征江汉的楚荆，对周之南方领土的开拓有重要贡献。西周《史墙盘铭》赞之曰："宏鲁昭王，广笞楚荆，唯贯南行。"（《集成》10175）厉王征淮并取得重大胜利，从某种程度上说，也是继承了昭王开拓南疆的遗志。

据已知的周礼，昭王神主（也就等同于昭王）只有在作为随军"迁庙主"时，才有机会离开王室宗庙又到达其殒身的南国之地，而这种情况也只发生在厉王在位之际。故而，厉王征淮时，借昭王神主南行之机会，在南国悼祭他一番，以尽孝思，顺情顺理。基于此，《鼓钟》当系"厉王时"所作，今文《诗》家"昭王时"的观点，并不可靠。

---

① 杨宽：《西周史》，上海人民出版社2003年版，第557页。
② 据最近的研究，昭王军队可能于江汉下游洪泛区，遇到了秋冬季的大洪水，方才有如此大的损失（参见尹弘兵《地理学与考古学视野下的昭王南征》，《历史研究》2015年第1期）。若此说成立，则在大洪水之后，也极有可能找寻不到昭王尸体，"南巡不返"某种程度上暗示了此种情况的发生。如此则昭王"死不见尸"，其遭遇之悲剧色彩又添一层，《鼓钟》反复出现"哀其不幸"的诗句也不难理解。
③ 朱凤瀚指出，南国在周之南方领土的更南面，"大致在今淮水流域、南阳盆地南部与汉淮间平原一带"，楚荆、淮夷都在这一范围内（参见朱凤瀚《论西周时期的"南国"》，《历史研究》2013年第4期）。

（二）祭祀昭王"迁庙主"的时间与方式

祭祀"迁庙主"也有具体的时间。《鼓钟》之礼乐祭祖，在从容氛围中徐徐展开，它不会是激烈征战过程中的仪式。实际上，在战胜之后，会有隆重的祭祖仪式。《礼记·大传》载：

> 牧之野，武王之大事也。既事而退，柴于上帝，祈于社，设奠于牧室。遂率天下诸侯执豆笾，逡奔走。追王大王亶父、王季历、文王昌，不以卑临尊也。

郑注曰："牧室，牧野之室也。古者郊关皆有馆焉。先祖者，行主也。"也就是说，在伐商胜利后，武王于牧野战场原地举行了一次祭祖仪式，而牧室里被祭奠的对象正是随行的祖先神主。

与此类似，《左传·宣公十二年》所记录晋楚"邲之战"中，楚庄王率军取胜后：

> 祀于河，作先君宫，告成事而还。

从《左传》楚庄王论述"大武乐""止戈为武"等言行来看，他是周礼的践行者，连其敌国晋国之士会都评价他"德立、刑行、政成、事时，典从，礼顺"（《左传·宣公十二年》）。基于此，楚庄王上述祭祀行为，均当是周礼之规定。"告成事而还"，即将胜利告诉先君。孔疏则以"迁庙主"文献疏解"先君"，至确。概言之，"先君"也就是"迁庙主"。

此外，"祀于河，作先君宫"还透露了祭祀迁庙主的方式。"作先君宫"当然不是造庙，朱大韶谓："作先君宫，告成事。宫谓坛墠也，筑坛，四边为埒埠，谓之宫。"①《礼记·祭法》云："是故王立七庙，一坛一墠……去祧为坛。坛墠，有祷焉祭之，无祷乃止。"孔疏云，"'去

---

① （明）朱大韶：《春秋传礼征》，《续修四库全书》第128册，上海古籍出版社1996年版，第119页。

祧为坛'者，谓高祖之父也"，"高祖之父，既初寄在祧，而不得于祧中受祭，故曰'去祧'也"。可见，"迁庙主"正是"去祧为坛"之神主；祭祀时，此神主须离开祧庙，筑坛祷祭之；那么，"坛"也即"先君宫"之"宫"意所在，朱说良是。总之，祭"迁庙主"须筑祭坛。

联系《鼓钟》一诗，其在淮河边祭祖，也极可能缘此。征淮夷胜利后，在离淮河不远处，厉王为随行的昭王神主筑坛设置祭位，进行隆重的乐舞祭祀。礼乐能够"行乎阴阳而通乎鬼神"（《礼记·乐记》），厉王以礼乐沟通人神，以自己的胜利告慰死于南国的昭王之灵。

还应注意的是，《鼓钟》："以雅以南。"而前已述，南夷其实正是淮夷的另一称呼[1]。那么，"南"也就为淮夷之乐。战胜后，厉王主持演奏王室雅乐外，又兴淮夷之乐，应该说是有特别的目的，即用战败者的乐舞告慰昭王之灵。这种情况史有前例，《逸周书·世俘解》载，武王伐商胜利后祭祖，"籥人奏《武》，王入，进《万》"，而《万》本属商人之乐，商代甲骨卜辞有相关记录[2]。两事可互参。

可能有人会问，行军中哪有条件去创制祭祀乐歌？其实不然，周王亲征不是小事，其时国之精锐尽出。《周礼》载，《大祝》："大师，宜于社，造于祖，设军社，类上帝，国将有事于四望，及军归献于社，则前祝。"《大史》："大师，抱天时与大师同车。"《大师》："大师，执同律以听军声，而诏吉凶。"可知，王亲征（大师）时，神官系统的祝官之长大祝、史官之长大史、瞽矇乐官之长大师皆亲随王。贵族子弟作为战士的主体，也从小学习乐舞。这些人才策划祭祀，创制乐歌，参与相关表演，都不是难事。

可能还会有人问，为什么不到昭王溺死的汉水流域祭祀，而要在淮水边上？需要说明的是，本书的考察无意否定这种可能性。只要符合礼制，祭祀先王能有多次、多种可能。毕竟，祭祀是由主祭者发起，厉王如果亲征过汉水，那么昭王"迁庙主"会随行到此处，也有祭祀之可

---

[1] 这种看法，也可参见朱凤瀚《论西周时期的"南国"》，其谓："关于淮水流域夷人族群，在金文中有'淮夷'、'南淮夷'、'淮南夷'及'南夷'诸称，对于这些名称所指，学者间有不同意见，笔者以为这些名称其实应该均是指称同一族群。"

[2] 裘锡圭：《释万》，《裘锡圭学术文集·甲骨文卷》，复旦大学出版社2015年版，第47—50页。

能。不过，这与《鼓钟》本事无涉，已不在本书研究范围内。

综上，通过以上文、史、礼制互证，得出《鼓钟》中被哀悼的"淑人君子"实际上是不幸死于南国的周昭王，而诗中所写"鼓钟将将"之礼乐系祭祀之用。这一发生于淮水之滨的祭祖典礼，其因缘在于周厉王亲征淮夷时，在礼制上"迁庙主"应随行。而昭王作为厉王高祖之父，其神主正是"迁庙主"。因此，昭王神主随征淮大军，再次回到了南国，也就代表了昭王于南国故地重游；厉王借此机会，在战争胜利后，通过《鼓钟》乐歌表演，既感念昭王开拓周之南疆的功德，又同情他死于南国的不幸遭遇，极尽对昭王之灵的宽慰之情。以上就是《鼓钟》之本事。《鼓钟》作为当时之祭祖乐歌，历经两千八百余年，虽其乐已逝，但它的词却编入《诗经》中流传下来，为后人保留了这一珍贵的"文化记忆"。

以往尚未发现周代军礼祭"迁庙主"之诗，若本书结论不错，则《鼓钟》可补充此认识，也为《诗经》与礼制之生动关系作一注脚。事实上，笔者相信，诸多《诗经》本事的求证，有赖于文、史、礼制互证方法的进一步运用。

第四章

时周之命:《大武》组乐再探

毫不夸张地说,组乐《大武》是留存在《诗经》中最为有名的祭祖礼乐,一直以来备受关注。于内容上,一般认为,《大武》歌颂了武王克商的功绩。郑玄即云:"《大武》,武王乐也。武王伐纣以除其害,言其德能成武功。"①《左传·襄公二十九年》载季札观乐:"见舞《大武》者,曰:'美哉,周之盛也,其若此乎。'"看来,《大武》已成为周民族夺取天下那段最辉煌"记忆"的载体。从功能上讲,《周礼·春官·大司乐》写道:"歌夹钟,舞《大武》,以享先祖。"这表明《大武》是周王室宗庙祭祖的通用乐舞。除此之外,在先秦文献中,我们也能找到很多祭祖搬演《大武》的史料。

那么,《大武》包含哪些诗乐?其如何构成?《左传·宣公十二年》所载楚庄王之言涉及其中的一部分:

> 夫文,止戈为武。武王克商,作《颂》曰:"载戢干戈,载櫜弓矢。我求懿德,肆于时夏,允王保之。"又作《武》,其卒章曰:"耆定尔功。"其三曰:"铺时绎思,我徂维求定。"其六曰:"绥万邦,屡丰年。"夫武,禁暴、戢兵、保大、定功、安民、和众、丰财者也。故使子孙无忘其章。

里面提到的《大武》卒章、三章、六章分别为《周颂》中的《武》

---

① 《周礼注疏·春官·大司乐》"以乐舞教国子:舞《云门》《大卷》《大咸》《大韶》《大夏》《大濩》《大武》"之郑注。

《赉》《桓》。这是已知文献对《大武》组成诗篇唯一的记载。此外,《礼记·乐记》有对《大武》舞容的详细描述,但未提及相配的具体诗篇、诗乐。如此,《大武》其余构成诗篇是哪些呢?其从首篇至尾篇的排序又是怎样的呢?这引起了后世学者极大的兴趣,成为《诗经》研究中的热点话题。截至现在,据不完全统计,已有三十余种看法,呈诸家"争鸣"之势。现制表于此,以备查阅(见表3)。从表中可初步了解,有些问题,大家有较为一致的看法,如在已知的三篇以外,《大武》还包含《周颂》之《酌》《般》;有些问题如诗篇的排序、诗篇数量(六篇或七篇)等,还有很大争议。

《大武》如何构成,也是"《诗经》祭祀礼乐探索"绕不开的议题,故而笔者在梳理前人研究的基础上,尝试提出自己的看法。

表3　　　　　　　各家所定《大武》诗篇及次第[①]

	1	2	3	4	5	6	7
伪申培《诗说》	武	赉	时迈	般	酌	桓	
何楷	武	酌(武宿夜)	赉	般	时迈	桓	

[①] (明)申培:《诗说》,中华书局1985年版,第45—46页;(明)何楷:《诗经世本古义》,《景印文渊阁四库全书》第81册,台北:台湾商务印书馆1983年版,第333—344页;(清)傅恒等编:《御纂诗义折中》,《景印文渊阁四库全书》第84册,台北:台湾商务印书馆1983年版,第375—376页;郑环之说见(清)陈逢衡《竹书纪年集证》卷24,清嘉庆襄露轩刻本;(清)魏源:《诗古微》,岳麓书社2004年版;(清)龚橙:《诗本谊》,清光绪十五年刻本;王国维:《周大武乐章考》,载氏著《观堂集林(外二种)》,河北教育出版社2001年版;高亨:《周代"大武"乐考释》,《山东大学学报》1955年第2期;张西堂:《周颂"时迈"本为周〈大武〉乐章首篇说》,《人文杂志》1959年第6期;孙作云:《周初大武乐章考实》,载氏著《诗经与周代社会研究》,中华书局1966年版,第239—272页;袁定基:《周大武乐章考证》,《南开学报》1980年第5期;阴法鲁:《〈诗经〉中的舞蹈形象》,《舞蹈论丛》1982年第4期;彭松:《〈大武〉舞的时代背景和诗乐舞结构》,《舞蹈论丛》1986年第2期;杨向奎:《宗周社会与礼乐文明》,人民出版社1992年版,第336—357页;王玉哲:《周代〈大武〉乐章的来源和章次问题》,载氏著《先秦史研究》,云南民族出版社1987年版;姚小鸥:《诗经三颂与先秦礼乐文化》,北京广播学院出版社2000年版,第45—69页;贾海生:《周初礼乐文明实证——〈诗经·周颂〉研究》,博士学位论文,西北师范大学,2000年;马银琴:《西周诗史》,博士学位论文,扬州大学,2000年,第75页;张建军:《诗经与周文化考论》,博士学位论文,苏州大学,2001年,第41—49页;李山:《周初"大武"乐章新考》,《中州学刊》2003年第5期;梁锡锋:《大武章数、

续表

	1	2	3	4	5	6	7
《御纂诗义折中》	武	酌	赉	般	（亡佚）	桓	
郑环	武	时迈	酌	赉	般	桓	丰年
魏源	武	酌	赉	般	（亡佚）	桓	
龚橙	武	酌	赉	维清（象）	般	桓	
王国维	昊天有成命（武宿夜）	武	酌	桓	赉	般	
高亨	我将	武	赉	般	酌	桓	
张西堂	时迈	武	赉	般	酌	桓	
孙作云	酌	武	般	赉	（原无）	桓	
袁定基	时迈	武	赉	酌	般	桓	
阴法鲁	酌	武	赉	般	（亡佚）	桓	
彭松	我将	昊天有成命	赉	般	酌	桓	武
杨向奎	武	时迈	赉	酌	般	桓	
王玉哲	我将（《武》为序曲）	时迈	赉	般	酌	桓	
姚小鸥	时迈	我将	赉	酌	般	桓	武
贾海生	武	（亡佚）	赉	（亡佚）	酌	桓	
马银琴	我将	武	赉	酌		桓	
张建军	时迈	武	赉	般	我将	桓	
李山	武	赉	桓				
梁锡锋	武	时迈	赉	般	昊天有成命	桓	酌
杨合鸣	酌	武	般	赉	（无）	桓	
李炳海	武	酌	赉	般	时迈	桓	

（接上页）章次考辨》，《诗经研究丛刊》（第5辑），学苑出版社2003年版；杨和鸣：《诗经大武舞组诗考辨》，载《第六届诗经国际学术研讨会论文集》，学苑出版社2005年版，第23—34页；李炳海：《〈诗经·周颂〉大武歌诗论辨》，《陕西师范大学学报》（哲学社会科学版）2008年第5期；张国安：《从〈武〉、〈三象〉至〈大武〉看周公制礼作乐》，《学术月刊》2008年第10期；陈致：《从礼仪化到世俗化：〈诗经〉的形成》，上海古籍出版社2009年版，第164—165页；张怀通：《〈武瘖〉是〈大武〉的第二乐章》，《天津师范大学学报》（社会科学版）2005年第5期；祝秀权：《西周〈大武〉乐章及其演变考论》，《扬州大学学报》（人文社会科学版）2009年第3期；刘全志：《西周大武乐章新论》，《湖北大学学报》（哲学社会科学版）2012年第1期；林志明：《西周用诗考》，新北：花木兰文化出版社2013年版，第45—65页；丁迎雪：《〈诗经·大武〉研究》，硕士学位论文，山西大学，2018年。

续表

	1	2	3	4	5	6	7
张国安	昊天有成命	时迈	赉	维清	酌	桓	武
陈致	时迈	武	赉	未知	未知	桓	
张怀通	武	武宿（武宿夜）	赉	般	酌	桓	
祝秀权	时迈	武	赉	般	酌	桓	
刘全志	维清	武	酌				
林志明	武	赉	桓				
丁迎雪	阙失	武	赉	般	酌	桓	

第一节　古今《大武》研究方法检讨

王国维认为，《大武》有六篇，这六篇中除《武》《酌》《赉》《桓》外，"其余二篇，自古无说"①。不少论者受此影响，以为《大武》组诗的研究从王氏开始，在作研究综述时也多从他论起。实际上，王国维失察②，查阅资料可发现，明清两代已有不少相关研究，但这些研究学界关注还不够。其实，古人所用的方法与材料，多被今人沿用；易言之，今人的研究思路尚未有很大突破。概括来说，古今研究《大武》的典型方法有下列几种，我们一一梳理。

一　从《礼记·乐记》有关《大武》的记载入手

《乐记》之《宾牟贾》节载：

> 宾牟贾侍坐于孔子。孔子与之言及乐，曰："夫《武》之备戒

---

① 王国维：《周大武乐章考》，载氏著《观堂集林（外二种）》，河北教育出版社2001年版，第48页。
② 李庆《关于〈诗经·周颂〉中〈大武〉诸诗的探讨——王国维〈周大武乐章考〉商榷》(《复旦学报》2005年第5期) 已指出这点。

之已久，何也？"对曰："病不得其众也。""咏叹之，淫液之，何也？"对曰："恐不逮事也。""发扬蹈厉之已蚤，何也？"对曰："及时事也。""《武》坐致右宪左，何也？"对曰："非《武》坐也。""声淫及商，何也？"对曰："非《武》音也。"子曰："若非《武》音，则何音也？"对曰："有司失其传也。若非有司失其传，则武王之志荒矣。"子曰："唯。丘之闻诸苌弘，亦若吾子之言是也。"宾牟贾起，免席而请曰："夫《武》之备戒之已久，则既闻命矣，敢问迟之，迟而又久，何也？"子曰："居，吾语汝。夫乐者，象成者也。揔干而山立，武王之事也。发扬蹈厉，大公之志也。《武》乱皆坐，周、召之治也。且夫《武》始而北出；再成而灭商；三成而南；四成而南国是疆；五成而分，周公左、召公右①；六成复缀以崇。天子夹，振之而驷伐，盛威于中国也。分夹而进，事蚤济也。久立于缀，以待诸侯之至也。"

这段文字所描述的舞蹈表演，有时被前人称为《大武》"舞容"。② 但实际上，它所描述的，并不纯粹是舞容，其系舞容与对舞容解读的结合，姑且称之为舞义。王国维已对此作了"舞容"与"所象之事"的区分。③ 此区分很重要。容，容貌也，样子也，侧重于外在形态。如"揔干而山立"即舞者持盾牌像山一般屹立不动，这才是真正意义上的舞容，但说及"武王之事"乃就是从外在形态深入内部的解读。如果一个不知晓《大武》的人，单纯去观看此舞，他看到的将是一系列动作，并不能看出"武王之事""再成而灭商""四成而南国是疆"云云的意义，必须有人予以解说才能明白。故而，将上面所引称为"舞容"的观点，

---

① 此句，《史记·乐书》作："五成而分陕，周公左，召公右。"按：通过对读叩发现，《史记·乐书》是比《礼记·乐记》更早的《乐记》版本，更接近河间献王刘德所献之书，因而其记载更加可信（参见杨合林《〈礼记·乐记〉与〈史记·乐书〉对读记》，《文学遗产》2011年第1期；王小盾《中国音乐文献学初阶》，北京大学出版社2014年版，第50—60页）。另外，《宾牟贾》节的内容也出现于《孔子家语》中，字词略有差异，《孔子家语》版似乎更通达顺畅。

② 傅斯年、杨向奎、刘全志等均持此类观点。

③ 王国维：《周大武乐章考》，载氏著《观堂集林（外二种）》，河北教育出版社2001年版，第50页。

有失于不严谨之嫌。①

对上面内容，郑注云："成，犹奏也。每奏《武》曲一终为一成。始奏，象观兵盟津时也。再奏，象克殷时也。三奏，象克殷有余力而反也。四奏，象南方荆蛮之国侵畔者服也。五奏，象周公召公分职而治也。六奏，象兵还振旅也。复缀，反位止也。崇，充也。凡六奏以充《武》乐也。"这也就是说，《大武》乐舞反映了武王伐纣至凯旋的整个过程，整个组乐至少有六首诗乐，《乐记》的每一成舞义都对应于一首诗乐。② 此观点被广泛接受，如高亨："大武是象征武王统一中国的故事，共有'六成'，就是六个阶段，也就是六场……大武的歌辞应该是六章，每场歌诗一章。"③ 与郑玄观点实际一致。

通过寻找诗篇内容与舞义的联系，来确定《大武》的组成部分，是古今最常用的方法。然而，尽管均使用此法，但各家得出的诗篇却相当不同。举例来说，《礼记·乐记》云："五成而分，周公左，召公右。"

---

① 事实上，整个《乐记》均侧重于解说"乐"的义理。郑注云："名《乐记》者，以其记乐之义。"另外，虽然先秦乐舞合一，但要根据乐义（舞义）来复原乐容（舞容），恐怕也很困难。清代孙希旦即云："自古乐散亡，器数失传，而其言义理者，虽赖有是篇之作，而不可见之施用，遂为简上之空言矣。"[（清）孙希旦：《礼记集解》，中华书局 1989 年版，第 976 页]《大武》的舞容，《礼记正义》引北朝熊安生所说"三步以见方""再成舞者从第二位至第三位"云云，他试图复原《大武》舞容，他之后有诸多学者发表了不同的看法，但有多少符合古制，确实不好说。

② 关于"成"的意义，存在争论。张世彬认为，成是乐之一终，一终则为乐曲从头到尾演奏一遍，那么《大武》"六成"乃《大武》组诗从头到尾演奏六遍。相对应的舞蹈，则系舞者在每一成选择一个主题即"象"，如"北出""灭商"进行表演。实际上，乐曲重复是中国古代音乐常用的延长乐曲之方式（见氏著《中国音乐史论述稿》，香港友联出版社 1975 年版，第 19 页）。姚小鸥认为：终乃乐中较小单位，而将组乐完整演奏一遍为一成，那么《乐记》载《大武》六成，也就是演奏整个诗乐六遍，每遍配一舞（见氏著《诗经三颂与先秦礼乐文化》，北京广播学院出版社 2000 年版，第 48—53 页）。通过充分爬梳先秦史料，还与清华简《周公之琴舞》"琴舞九絉（卒）"的结构相比较，邓佩玲提出，"'成'是乐章组成单位，每'成'相当于乐章的每一章节，而'终'与现代汉语的'遍'、'次'相近，是计量乐章演唱次数的量词"，"乐章虽然分为若干'成'，每'成'又包含一首诗，而在具体演奏中，每诗又仅只诵唱一次，即一'终'"，"清华简《周公之琴舞》有所谓'九絉'，'絉'或该读'卒'，相当于传世文献的'终'，简文于成王儆惎'九絉'下共列有诗九首，由此可以证成《大武》'六成'应该包含六首诗篇"[见氏著《〈诗经·周颂〉与〈大武〉重探——以清华简〈周公之琴舞〉参证》，《岭南学报》（香港）复刊 2016 年第 4 辑]。总体来看，几个音乐术语的解释，邓文论证充分，较可信。这也说明，郑玄的解释是可靠的，不能骤然否定。

③ 高亨：《周代"大武"乐的考释》，《山东大学学报》1955 年第 2 期。

就是说《大武》第五篇表现的是周、召二公分陕而治的历史。明代何楷认为,《时迈》所云"时序在位","乃次序诸侯之在位者,立周、召为东西二伯","正指分陕事也";基于此,《时迈》是《大武》五篇(五成)。① 与何楷不同,王国维将《赉》定为《大武》第五成,他说:"《赉》之义为封功臣,则与五成'分周公左、召公右'之事相合。"② 但对王国维的乐章安排,傅斯年又尖锐地批评:"他事不必论,即就舞容与舞诗比较一看,无一成合者。"③ 而在高亨看来,第五篇乃《酌》,《酌》"实维尔公允师"中的"尔公"正是周公、召公。④ 仅就第五成看,除以上三种观点外,还有另外六种不同的看法,真可谓见仁见智。这也从侧面说明,此方法存在较大问题,否则各家的结论也不会相差如此之大。

实际上,《乐记》对《大武》舞义的记载并不能成为推导《大武》组成诗篇的直接证据。原因如下。

第一,最初与《大武》之乐相配的舞蹈,乃商代《万》舞。

《逸周书·世俘解》载武王灭商返回后祭祖:

> 甲寅,谒戎殷于牧野。王佩赤白旂。籥人奏《武》。王入,进《万》,献《明明》三终。

这是有明确记载的《大武》的第一次搬演。陈逢衡谓:"《武》,大武乐,此诗所奏祗大武一成之歌。"⑤ 正如本书后面将要说的,《大武》并不是一次创制完成,它的最终完成有一个过程。此处《武》,或并不是一成那么少,但仅为《大武》一部分是成立的。应特别注意的是,此

---

① (明)何楷:《诗经世本古义》,《景印文渊阁四库全书》第81册,台北:台湾商务印书馆1983年版,第339、342页。

② 王国维:《周"大武"乐章考》,载氏著《观堂集林(外二种)》,河北教育出版社2001年版,第49页。

③ 傅斯年著,董希平笺注:《傅斯年诗经讲义稿笺注》,当代世界出版社2009年版,第55页。

④ 高亨:《周代"大武"乐的考释》,《山东大学学报》1955年第2期。

⑤ 参见黄怀信等撰《逸周书汇校集注》(修订本),上海古籍出版社2007年版,第428页。

处与《大武》相配的舞蹈系《万》舞。这点,陈致已指出"《世俘解》告诉我们《大武》创制之初即有万舞相伴进行"①。

《万》舞是商代就已存的舞蹈。它有祭祀之用,商代甲骨卜辞有"万于父甲"(《合集》27368、27468)、"万于祖丁(《合集》27310、27368、30354)等实录,《商颂·那》也云:"庸鼓有斁,万舞有奕。"在周礼未创制的周初,周王室沿用殷礼的现象常见,《尚书·洛诰》:"周公曰:'王肇称殷礼,祀于新邑。'"孔疏引郑玄云:"王者未制礼乐,恒用先王之礼乐。是言伐纣以来,皆用殷之礼乐,非始成王用之也。"也就是说在营建洛邑的成王之时,周人仍以"殷礼"举行典礼。这也不难理解,历来政权更迭都要有一个施行旧政的过渡期。故而,灭商后周人以《万》舞来配《大武》之乐也是"顺理成章"之事。

然而,周礼创制后的情况有了变化。据史料记载,周礼创制后,用来祭祀的舞蹈,有六大舞:《云门》《大卷》《大咸》《大韶》《大夏》《大濩》《大武》(《周礼·春官·大司乐》),季札观乐时所见则有:《象箾》《南籥》《大武》《韶》《濩》(《左传·襄公二十九年》),均未有《万》舞的位置。但它也未销声匿迹,《商颂》有载,说明宋国仍用此舞。此外,《万》舞还在殷遗民集聚、受殷商文化熏陶的地区(如鲁国、卫国)存留着,并继续在祭礼中搬演。②《鲁颂·閟宫》:"白牡骍刚,牺尊将将,毛炰胾羹,笾豆大房,万舞洋洋,孝孙有庆。"③这是用《万》舞来并

---

① 陈致:《"万(萬)舞"与"庸奏":殷人祭祀乐舞与〈诗〉中三颂》,载《陈致自选集》,上海人民出版社2012年版,第204页。按:万舞的相关情况,也可参见此文。

② 这点前面已经指出,再强调一下。《左传·定公四年》:"分鲁公以大路大旗,夏后氏之璜,封父之繁弱,殷民六族……分康叔以大路,少帛,綪茷,旃旌,大吕,殷民七族……而封于殷虚,皆启以商政,疆以周索。"从这段文字可以得知,鲁国与卫国的特殊之处在于深受商文化影响,不仅有其族群,甚至还"启以商政",继续执行某些商代的政策。如此,鲁国的孔子大谈"周因于殷礼"(《论语·为政》)就不难理解了,因为他真实地见到了鲁国所留存的两种礼制;而且孔子周游列国有十四年,他选择在卫国的时间是最长的,前后有十年,还说:"吾自卫反鲁,然后乐正,《雅》《颂》各得其所。"(《论语·子罕》))为什么在卫国如此长的时间,有很多解释,恐怕也与卫国礼制的特殊性有一定关系。

③ 《毛传》:"白牡,周公牲也。骍刚,鲁公牲也。"《礼记·檀弓》载"殷人尚白""牲用白";"周人尚赤""牲用骍"。此处,祭祀周公用"白牡"明显是沿用了殷礼。虽说鲁国是遵守"周礼"的样板,但其所存的殷礼确有不少,还比如被熟知的"亳社",也乃地道的殷礼。

祭周公与鲁侯。而卫诗《邶风·简兮》更详细地描述了《万》舞的舞容①：

> 简兮简兮，方将万舞。日之方中，在前上处。
> 硕人俣俣，公庭万舞。有力如虎，执辔如组。
> 左手执籥，右手秉翟。赫如渥赭，公言锡爵。

这里的舞蹈没有《乐记》所载《大武》"总干而山立""始而北出"云云那么繁复的形态。《毛传》："以干羽为《万》舞，用之宗庙山川。"干，盾牌也，表现武治的武舞所用舞具。羽，羽毛也，表现文治的文舞所用舞具。《毛传》这样解释，就是视《万》舞为武舞与文舞的结合。那么，在《简兮》中，"有力如虎，执辔如组"属武舞的成分，这种动作模仿了驾驶战车；而"左手执籥，右手秉翟"归于文舞，即持乐器籥与羽毛，象征了礼乐。如此理解也是符合历史的。《左传·隐公五年》："九月，考仲子之宫将《万》焉。"《左传·宣公六年》："辛巳，有事于大庙，仲遂卒于垂。壬午，犹绎，《万》入，去籥。"这些鲁国将《万》舞用于宗庙祭祀的记载，表明"《万》兼羽籥也"②，就是说《万》舞确有文舞的成分。而《逸周书·世俘解》："籥人奏《武》。王入，进《万》。"可见是籥人进《万》，即跳万舞，那么，其在表演时持《简兮》《左传》"万舞"一样的"籥"也在情理之中。

由上，作一比较就会发现，《乐记》所载《大武》均是武舞③，而最初与《大武》之乐相配的《万》舞则有文舞的成分，这意味着《乐记》的表演方式并不是与《大武》的音乐部分一起产生，当系后起的。

第二，周人自己的《大武》相配之舞，可能由周公最初制作而成。这至少说明，有些构成《大武》的诗篇与舞蹈并不是同一时间之产物。

在先秦文献中，有关《大武》的三个时间，值得注意。一是，《左

---

① 王维堤也指出："《简兮》所反映的卫国公庭用万舞，这是和殷民遗风的影响分不开的。"（王维堤：《万舞考》，《中华文史论丛》1985年第4辑，第181页）
② （清）王先谦：《诗三家义集疏》，中华书局1987年版，第186页。
③ 先秦文献谈到《大武》舞容时，一般会说"朱干玉戚，冕而舞《大武》"（《礼记·明堂位》），这是武舞的表演形式。

传·宣公十二年》所写楚庄王谈论《大武》，在公元前 597 年。二是，《左传·襄公二十九年》载季札观乐："见舞《大武》者，曰：'美哉，周之盛也，其若此乎。'"这在公元前 544 年。三是，《论语·八佾》："子谓《韶》：'尽美矣，又尽善也。'谓《武》：'尽美矣，未尽善也。'"《乐记》又载孔子与宾牟贾谈论《大武》。季札观乐时，孔子只有七岁①，还是个孩童。当孔子谈论《大武》时，其应当已经成年，大致可推测此事在公元前 530 年以后。三件事情集中发生在公元前 6 世纪的春秋时代，这意味当时应存在一种《大武》舞容。此时距武王克商之年（公元前 11 世纪）已有差不多五百年了。实际上，当他们能够对《大武》侃侃而谈时，说明此乐舞早就存在。此舞之时间还可往前追溯。当然，三人所见与《乐记》记录是否相同，现在没有证据来求证，只能存疑。

事实上，有周公作《大武》的说法。《庄子·天下》篇云："文王有辟雍之乐，武王、周公作《武》。"众所周知，周公"制礼作乐"，《礼记·明堂位》载："是以周公相武王以伐纣，武王崩，成王幼弱，周公践天子之位，以治天下。六年，朝诸侯于明堂，制礼作乐，颁度量，而天下大服。七年。致政于成王。"结合这一史实，有理由相信，《大武》确为周公所最终完成。在马银琴看来："《大武》初作于武王克殷胜利后，以缅怀文王，歌颂胜利为主题；重修于周公制礼作乐时，歌颂文王、武王的文功武绩，重现开国平天下的历史，以告功于神明，垂鉴于子孙。"② 此论大体能成立。不过，周公之后，《大武》是否有"润益"，目前史料不足，只能盼以后有更多出土文献来求证。③

第三，《乐记》所载《大武》舞义，夹杂了成王以后的历史观点。这意味着舞义的年代要比周人自制的《大武》舞晚。

《乐记》的《大武》舞义到底是何时的解读？事实上，《乐记》的

---

① 以孔子生于公元前 551 年（襄公二十二年）为准推算。《史记·孔子世家》载："鲁襄公二十二年而孔子生。"

② 马银琴：《西周诗史》，社会科学文献出版社 2006 年版，第 118 页。

③ 邓佩玲也认为："《大武》乐章（指音乐和诗篇）虽然作成于武王克殷后，但舞容却应该是后世根据实际行礼需要而再作编排的。"［参见邓佩玲《〈诗经·周颂〉与〈大武〉重探——以清华简〈周公之琴舞〉参证》，《岭南学报》（香港）复刊 2016 年第 4 辑］

成书年代较晚，成分复杂。《汉书·艺文志》曰："武帝时，河间献王好儒，与毛生等共采《周官》及诸子言乐事者，以作《乐记》。献八佾之舞，与制氏不相远。"《乐记》是汉武帝时所出，由献王刘德组织门客毛苌等人参考了各家之说，编写而成。如此，《乐记》的取材是很广的，既有先秦的成分，也可能有汉人的理解与阐释。而《乐记》的《大武》记载到底是何时的呢？有没有其他证据验证？在先秦文献中，还未发现有另外的《大武》舞义之记载，一般提到《大武》，只说其舞剧与装扮："朱干玉戚，冕而舞《大武》。"（《礼记·明堂位》）①对此，傅斯年说：

> 此节（笔者按：《乐记》大武的章节）明明是汉初儒者自己演习《武》舞之评语。《牧誓》虽比《周诰》像晚出，却还没有这一套战国晚年的话，后来竟说到"食三老五更于太学"，秦爵三老五更都出来了，则这一篇所述武容之叙，即使不全是空话，至少亦不过汉初年儒者之武。且里边所举各事，如"声淫及商"，可于《大雅》之《大明》《荡》中求之，"发扬蹈厉太公之志也"，在《大明》里，"北出"在《笃公刘》《文王有声》里；"南国是式"在《崧高》里，其余词皆抽象，不难在《大雅》中寻其类似。这样的一篇《大武》，竟像一部《大雅》的集合，全不合《周颂》的文词了。大约汉初儒者做他的理想的《大武》，把《大雅》的意思或及文词拿进去，《乐记》所论就是这。不然，《武》为克殷之容，而"南国是式"，远在成康以后，何以也搬进去呢？②

此论颇有胜义。《大武》舞义确实夹杂后世的历史观念。还可补充一点，《乐记》："五成而分，周公左、召公右。"意味着武王克商之中已完成此事。而《史记·燕召公世家》："其在成王时，召公为三公：自陕

---

① 其他记载还有，《礼记·郊特牲》："朱干设钖，冕而舞《大武》。"《礼记·祭统》："朱干玉戚以舞《大武》。"《春秋公羊传·昭公》："朱干玉戚，以舞《大夏》，八佾以舞《大武》。"

② 傅斯年著，董希平笺注：《傅斯年诗经讲义稿笺注》，当代世界出版社2009年版，第58—59页。

以西，召公主之。自陕以东，周公主之。"① 据此，"分陕而治"在成王之时，并不是武王克商后形成的政治格局。可见，"五成而分周公左、召公右"，很可能是距成王时代较远人们的历史"想象"；由于已经不清楚那段历史，他们的"想象"与真实情况有所出入。当然，是否如傅斯年所说，《乐记》的记载晚至汉代，仍有商量的余地。因为，《乐记》言之凿凿，这种对礼乐的精审见解，由孔子说出，是合理的。而且《孔子家语》也记录了此事，又说孔子在鲁侯支持下曾"问礼于老聃，访乐于苌弘"。②《乐记》"大武"一节载"丘之闻诸苌弘"，是说孔子从周臣苌弘那里了解到《大武》的相关情况。这些记载相互支持，使我们不敢随意否定其真实性。

第四，《大武》乃舞诗，并非剧诗。易言之，《大武》舞容表现不出舞义所述的"故事"，"故事"系后世观《大武》舞容的"道古"。

周代礼制诗乐的性质是什么？其是剧诗还是舞诗？这是一大关键。日本学者赤塚忠可能受到闻一多以戏剧思路研究《九歌》相关论著的影响③，提出《诗经》有剧诗的现象。④ 什么是剧诗？"所谓'剧诗'，在《诗经》中出现的形式特点是由参与者伴随音乐表演诗的内容、情节。"⑤ 这时诗内容有决定意义。什么是"舞诗"？"舞诗"是以诗乐的

---

① 刘起釪解释，营建洛邑后"周公从此归政成王专守成周，与留守宗周辅佐成王的召公'分陕而治'的局面（陕即陕陌，今河南三门峡西南，当成周与宗周之中）"（见氏著《周初八〈诰〉中所见周人控制殷人的各种措施》，载氏著《古史续辨》，中国社会科学出版社1991年版，第369页）。

② 《孔子家语》篇章的真实性，近年来越来越得到学界肯定。可参见宁镇疆《〈礼记·檀弓上〉"不诚于伯高"再议——兼谈〈孔子家语〉的相关问题》，《中国典籍与文化》2013年第3期；崔富章、陈英立《〈四库全书总目·孔子家语〉篇发疑》，《文献》2015年第4期；等等。

③ 可参见闻一多《什么是九歌》《〈九歌〉的结构》等论文，见闻一多《神话与诗》，天津古籍出版社2008年版。

④ ［日］赤塚忠：《〈皇皇者华〉篇与〈采薇〉篇——试说中国古代的剧诗》，蒋寅译，《河北师范学院学报》1991年第1期。按：蒋寅吸收赤塚忠这一"剧诗"的思路，提出"角色诗"的概念（参见蒋寅《中国诗歌的类型、作者与抒情主题——角色诗与作者的性别转化》，载氏著《中国诗学的思路与实践》，广西师范大学出版社2001年版）。

⑤ 周延良：《〈诗经〉"剧诗""舞诗"研究》，《诗经研究丛刊》（第2辑），学苑出版社2002年版，第65页。

"节奏而达到显示'舞'的情感内涵"①，而不是诗篇之情感内涵。这时舞蹈本身更为重要，诗乐只是起了辅助作用。若认定了《大武》是剧诗，则完全能从舞容去推测诗义；若它是舞诗，则舞与诗义并无直接联系，而是更多借助了诗乐的节奏去表演。

那么，《大武》到底是何性质？举例来说，《乐记》载《大武》："三成而南。"是说武王灭商后大军继续向南。据《左传·宣公二十年》"其三曰：铺时绎思，我徂维求定"之记载，《赉》乃《大武》第三篇。舞义与诗文，两者有联系吗？高亨说：

> 《赉》篇说："文王既勤止，我应受之，敷时绎思"，是说武王承受文王的基业，普遍当时都很愉快。接着说："我徂维求定"是说武王去征伐南国，目的在求中国统一，四方定安。又接着说："时周之命，于绎思！"是劝告南国你们遵奉周朝的命令，接受周朝的统治，是愉快的。诗的内容和《大武》舞第三场所象征的故事如此相符合。②

然而，高氏此论只是将舞义与诗义相互阐释，还未能真正地证明两者的必然联系。其他观点，《毛诗序》云："《赉》，大封于庙也。"是说此诗反映了在周庙中分封之事，这就与《乐记》的舞义产生了矛盾。若我们以诗内容为准，根本看不出所谓"三成而南"。还应注意的是，《乐记》的主要编辑者是献王的博士——《毛诗》的鼻祖毛苌，但他也未将《乐记》"三成而南"之舞义吸收进《毛诗》的阐释中去，此间意味也值得深思。③ 再比如前面提及的《大武》第五篇，何楷、王国维、高亨分别认为是《时迈》《赉》《酌》，依据均为通过寻找《乐记》舞义与某诗篇中个别词句的联系，但这些联系均系偶合；即使个别词句说得通，但全篇诗义仍与《乐记》舞义存在较大距离。这说明《大武》组诗与《乐

---

① 周延良：《〈诗经〉"剧诗""舞诗"研究》，《诗经研究丛刊》（第2辑），学苑出版社2002年版，第78页。
② 高亨：《周代"大武"乐的考释》，《山东大学学报》1955年第2期。
③ 《诗序》云"《武》，奏《大武》也"，"《酌》，告成《大武》也"，这两则记载是否为毛苌从《乐记》原始材料中得到启发而写下的呢？不能排除这种可能。

记》的舞义并没有直接的关联。先入为主地以舞义去推求《大武》之构成，恐不妥当。

实际上，周代礼乐，从本质上说，当是"舞诗"，并不是"剧诗"，周延良《〈诗经〉"剧诗""舞诗"研究》一文详细考证此问题，已得出上述结论，可谓卓识，笔者认同此观点。虽然周文未详论《大武》，但《大武》也并不例外，其实质为"舞诗"。总体上说，礼乐的舞蹈讲究的是整齐划一的集体化与程式化，类似今天的仪仗队、团体操，而且并不提倡表现特别繁复的动作。有史料为证：

> 魏文侯问于子夏曰："吾端冕而听古乐，则唯恐卧。听郑卫之音，则不知倦。敢问古乐之如彼何也？新乐之如此何也？"子夏对曰："今夫古乐，进旅退旅，和正以广，弦匏笙簧，会守拊鼓；始奏以文，复乱以武；治乱以相，讯疾以雅；君子于是语，于是道古。修身及家，平均天下，此古乐之发也。夫新乐，进俯退俯，奸声以滥，溺而不止，及优、侏儒，獶杂子女，不知父子，乐终不可以语，不可以道古，此新乐之发也。今君之所问者乐也，所好者音也。夫乐者，与音相近而不同。"（《礼记·乐记》）

> 故听其雅颂之声，而志意得广焉；执其干戚，习其俯仰屈伸，而容貌得庄焉；行其缀兆，要其节奏，而行列得正焉，进退得齐焉。（《荀子·乐论》）

> 朱干玉戚，以舞《大夏》，八佾以舞《大武》。（《春秋公羊传·昭公》）

《乐记》魏文侯说的"古乐"，郑注："古乐，先王之正乐也。"易言之，也就是周代礼乐。魏文侯处于"礼崩乐坏"的战国时期，那时礼乐已被富有感官愉悦的新乐"郑卫之音"抢走了风头，成了一件令人"昏昏欲睡"的古董。之所以有这种感受，是因为礼乐要求舞者集体"进旅退旅"，即"俱进俱退，言其齐一也"（郑注），行列庄重且节奏缓慢，一板一眼，缺少繁复的变化，不像新乐"舞者如猕猴戏"（郑注）那般新奇自由。看来，如此程式化的舞容表现不出繁复的故事。① 那么故事是从哪儿来的呢？要特别注意，《乐记》曰："君子于是语，于是道古。"君子可以在观赏礼乐时"道古"，宋儒方慤曰："道古，道古之事。"② 这里面当然可以包括帝王事迹与故事。那么，《乐记》记录的《大武》舞义所讲述的武王"灭商"故事，也可算一种"道古"。事实上，它是后世观《大武》舞容所作的阐释与解读。如此，舞义中夹杂了较晚的历史观点，也不难明白。

基于上述，我们就不必过于苛求诗义与《大武》舞义的对应。高亨《周代"大武"乐的考释》开篇也谨慎地提出："大武，不能说是一个舞剧，应该说是一个具有戏剧性的歌舞——象征历史故事的歌舞，诗歌、音乐、舞蹈相结合的歌舞，文学创作与艺术创作统一起来的歌舞。"③"象征"二字用得准确。既然如此，以上所引高亨论证《大武》第三成时出现"诗义与舞义不能相互证明"的情况，也可以理解。

当然，《乐记》所载《大武》六成，并非没有任何参考价值。至少，从中可知《大武》的主体部分有六首诗，一诗乃一成舞的伴奏。而且，这些史料还留存虽零星但珍贵的后世《大武》舞容如"发扬蹈厉"等内容。

二　从《左传》"武有七德"入手

（一）"武有七德"的推测限度

《左传·宣公十二年》载楚庄王援引《时迈》《大武》讲："夫武，禁暴，戢兵，保大，定功，安民，和众，丰财者也。故使子孙无忘其章。"古今论者均有从此入手以探求《大武》之构成。清代乾嘉时期的经学家郑环已用此法，他说：

> 楚子言禁暴、戢兵、保大、定功、安民、和众、丰财，乃《武》之序；而卒章、三章之序疑有误。"禁暴"取"胜殷遏刘"之义，

---

① 宋代朱载堉《乐律全书》（《景印文渊阁四库全书》第214册）尝试恢复了部分先秦礼乐舞蹈，读者由此书可窥见礼乐舞蹈程式化的性质，此处不再赘言。
② （清）孙希旦：《礼记集解》，中华书局1989年版，第1013页。
③ 高亨：《周代"大武"乐的考释》，《山东大学学报》1955年第2期。

所谓"止戈为武"也；楚子以此为卒，与首"禁暴"之义不合；《武》当为《大武》之首章。"戢兵"取"载戢干戈，载櫜弓矢"之义，《书》所谓"偃武修文"，《记》所谓"倒载干戈，包之以虎皮"也；《时迈》作于狩管之时，而"建櫜"则在于归丰之日；《时迈》当为其二。"保大"取"实维尔功允师"之义，《序》所谓"告成大武，酌先祖之道以养天下也"；酌而养之，所以保大；《酌》当为其三。"定功"取"我徂维求定"之义，《记》所谓"将帅之士，使为诸侯"，《序》所谓"大封于庙"也；《赉》当为其四。"安民"取"哀时之对"之义；巡狩以行庆让所以亲诸侯，即所以慰民望；《般》当为其五。"和众"取"绥万、屡丰、保士、定家"之义，《桓》当为其六。"丰财"取"丰年多黍多稌，以洽百礼"之义，《内传》所谓"周饥，克殷而年丰"也，《丰年》当为卒章。[①]

郑氏认为"武有七德"即《大武》之《序》，可从此出发，推测《大武》组成与排序。但他的看法，立论过于险巧。单从"武有七德"出发，郑氏已经把《左传》明确记录的《大武》其三《赉》、卒篇《武》的顺序打乱，此举甚不妥。实际上，"武有七德"的论述，出发点还是春秋"引诗赋诗"的逻辑，即为照顾叙述者的意图可打破诗内容的顺序，灵活运用诗句。如在论及《大武》时，楚庄王先提"卒章"就是最好的例证。

而且，郑环以"武有七德"推求出《大武》有《酌》《般》《丰年》也不甚妥当。楚庄王说完"武有七德"后，接着说："故使子孙无忘其章。"杜预注："著之篇章，使子孙不忘。"孔疏："杜以'不忘其章'，谓子孙不忘上四篇之诗，故云'著之篇章，使子孙不忘'必知然者，以文承'武王克商作《颂》'之后，文连四篇诗义，故以为著之篇章。"看来，"武有七德"只是对楚庄王自己说到的《时迈》《武》《赉》《桓》四诗之总结。如此，它就不能用来推测四诗之外的诗篇。

---

① 见（清）陈逢衡《竹书纪年集证》卷23，清嘉庆裛露轩刻本。按：郑说本出氏著《竹书纪年考证》，惜其未刊出，此书观点多被辑录进陈逢衡《竹书纪年集证》一书中。

(二)《大武》的构成结构

从"武有七德"出发,最富争议的是,《时迈》能否为《大武》之一?这就涉及另外一个问题,"武有七德"之"武"到底指"武力"(军事)之武,还是指《大武》简称之《武》?认同前者,便无法确定《时迈》为《大武》之一;认同后者,则能肯定《时迈》系《大武》的组成篇章。上述郑环的论述,无疑支持后一种观点。不过,《左传》言:"作《颂》曰……又作《武》。"有论者认为这就是说此《颂》(《时迈》)与《武》(《大武》)是并置的,两者不能混在一起,那么后者也不包含前者。如胡承珙认为:

> 《左传》首言武王克商作《颂》,然后曰"又作《武》"云云,盖谓《时迈》及《武》、《赉》、《桓》诸诗皆颂武王克商之事。《传》文于《时迈》言"作《颂》",所以包下《武》《赉》《桓》三篇。而于《武》则举篇名,于《赉》《桓》则举篇次,此不过行文错举互见耳。然于《时迈》泛言"作《颂》",固已别于《武》乐。①

此论看似无法反驳了。但《大武》构成的复杂性正在此处,从前面表3中可知,不少论者坚持认为《时迈》系《大武》之一,而且是其首篇,尽管他们立论各异。如张西堂认为,"《时迈》提纲挈领地将大武乐歌的主题思想说出,全文也极气势充沛,这诗是这个乐章的首篇,应无疑义"②。确实如此。而这实质上已关涉《大武》结构的问题,乃理解《时迈》在《大武》中位置的关键。

让我们借助出土文献来重新认识《大武》结构。从《左传·宣公十

---

① (清)胡承珙:《毛诗后笺》,黄山书社1999年版,第1557页。按:胡氏接下来还说:"其上文随武子引《汋》曰,又引《武》曰,亦可见《酌》及《时迈》必非《武》乐中之诗篇矣。"此言是对《左传·宣公十二年》随武子引诗"《汋》曰:'于铄王师。遵养时晦。'耆昧也。《武》曰:'无竞惟烈。'抚弱耆昧。以务烈所。可也"而言的。但此处的《武》指《周颂·武》篇非指《大武》。《大武》有时也简称《武》,《荀子·礼论》:"步中武象,趋中韶護。"《论语·八佾》:"子谓《韶》:'尽美矣,又尽善也。'谓《武》:'尽美矣,未尽善也。'"此处的《武》与《韶》《濩》这些周代"大舞"并置,肯定是指《大武》而不是《武》篇。

② 张西堂:《周颂"时迈"本为周〈大武〉乐章首篇说》,《人文杂志》1959年第6期。

二年》可知，《大武》其六为《桓》，又有卒章，那么它至少有七章。《乐记》又说《大武》舞蹈部分有六成，易言之，对应六首诗。如此，《大武》的组诗多出来一篇。同样的情况出现在最近热议的清华简组诗《周公之琴舞》，其云："琴舞九絉（卒）。"① 据此，按一般的理解，组诗当有九篇了，但恰恰它也多了一篇《周公多士儆毖》，实际为十篇。② 多出来的这一篇怎样理解？是不是文献记录错了？

其实，爬梳先秦文献可得知，周人在音乐上崇尚数字"六"与"九"。对"六"，《周礼》载"六乐""六舞""六律""六同""六诗""乐六遍"等。对"九"，《周礼》也载"乐九变""九夏"，《尚书·益稷》"箫韶九成，凤皇来仪"，《左传·文公八年》"劝之以九歌，勿使坏。九功之德，皆可歌也，谓之九歌也"，《逸周书·世俘解》"籥人九终"，等等。正如本书后面将要论及的，周人又有诗乐三篇连奏的礼制，如被熟知的《文王》之三、《鹿鸣》之三等。"六"与"九"均是"三"的整数倍，这些音乐数字现象当存在一定关联。基于此，有理由相信，《大武》《周公之琴舞》的舞蹈部分为六成、九卒均应是正确的。

多出来的一篇自有它的用处，《乐记》载《大武》舞蹈开始前，"备戒之已久"，"咏叹之，淫液之"，郑注说"备戒，击鼓警众""咏叹、淫液，歌迟之也"；就是说长时间的击鼓作准备，并慢声放歌，绵延不绝。对此，孙希旦云：

> 愚谓凡舞必歌诗以奏之，《周颂》《桓》《赉》诸篇，《左传》皆谓之《武》，盖奏《大武》之所歌也。咏叹，谓长言而唱叹。淫液，谓流连而羡慕也。舞者在下，歌者在上，而其节奏相应，此谓先鼓备戒之时，歌者之声如此也。《武》舞六成，而《左传》言《武》

---

① 李学勤主编：《清华大学藏战国竹简》（三），中西书局 2012 年版，第 133 页。《周公多士儆毖》全文为："无悔享君，罔坠其孝，享惟慆币，孝惟型币。"（释文采用宽式）

② 有论者认为《周公之琴舞》遗失了周公的八首，是残缺不全的，原本应有十八首。但观竹简整体结构似并不如此。蔡先金指出："该颂通体是一篇完整的乐章，而非两篇之拼凑。"[蔡先金：《清华简〈周公之琴舞〉的文本与乐章》，《西北师大学报》（社会科学版）2014 年第 4 期] 此说当是。

有七篇，则其首篇乃未舞之先所歌也，其戒备之久亦可见矣。①

"未舞之先所歌"就是说多出的一篇有类似序幕的作用。这样解释是非常合理的。此解释也与《周公之琴舞》之结构有共通之处，邓佩玲即认为："《大武》乐舞进入'六成'之前，或许会有一序幕的阶段，本著怀疑《左传·宣公十二年》所记的《时迈》应该是序幕时所诵唱的诗篇。《周公之琴舞》中有周公儆毖诗一首，共四句，亦可能是该乐章的序幕部分。"② 实际上，孙、邓二人之说心有戚戚，已共同揭示了一种引人注目的诗乐现象。

还可补充的是，《国语·周语上》开篇引《时迈》云："是故周文公之《颂》曰：'载戢干戈，载櫜弓矢。我求懿德，肆于时夏，允王保之。'"韦昭注云："文公，周公旦之谥也。"这说明《时迈》由周公所作，而《周公之琴舞》多出的一篇《周公多士儆毖》，也系周公的作品。结合周公"制礼作乐"的历史，这提醒我们可能存在这样一种现象：周公之诗往往是一系列舞诗的序幕，有总领的作用。这或许是周公制作礼乐时的设计，或许是历代周王推崇周公的表现。

当然，《时迈》为《大武》序幕的推测，确为一种值得探索的思路，但还要更多证据。这就要从《大武》组诗内容之间的联系去寻找线索。

三 结合武王灭商后的一系列礼制活动来认识

武王灭商之后，在一个长时段内举行了一系列祭祀礼制仪式。《逸周书》的《作雒》《世俘》等篇对此多有记载。可以说，这些仪式实际上组成了周朝的开国大典，其意义无疑非常重大。古今学者，也有结合此类仪式来理解《大武》之构成，这也是一种值得重视的思路；而且越来越多的证据与相关研究，指明此思路的可行性。

还是郑环，他说：

---

① （清）孙希旦：《礼记集解》，中华书局1989年版，第1021页。
② 邓佩玲：《〈诗经·周颂〉与〈大武〉重探——以清华简〈周公之琴舞〉参证》，《岭南学报》（香港）复刊2016年第4辑。按：《周公多士儆毖》这篇的作用，有多种说法，详情也可参考此文。

《大武》始于十三年,是年作《酌》、作《赉》,狩管作《时迈》,大有年作《丰年》,十五年狩方岳作《般》《桓》与《武》,至周公作乐而后备。七德序于周公,其歌至康王三年定乐而后定,故《武》与《桓》俱有武王谥,而卒、三、六之序,乐与《诗》参差不同,楚子但识其大略。①

今本《竹书纪年》记录,武王十三年即灭商第二年:"遂狩于管""作《大武乐》""荐殷于太庙,遂大封诸侯,秋大有年";武王十五年:"初狩方岳,诰于沬邑";康王三年:"定乐歌"。② 通过比照诗篇大义与这些记录,郑环得出以上结论。虽然今本《竹书纪年》是伪书③,并不可尽信,但郑氏之论,能从更宏观的礼制活动角度解读诗篇,令人耳目一新。

其实,借鉴这种方法,并依据可信史料建构出的武王灭商后之真实仪式活动轨迹,可对《大武》有另一番认识。对《般》诗,明代邹忠胤写道:

《史记》:"武王忧天保之未定,谓周公曰自雒汭延于伊汭,居易无固,其有夏之居,我南望三涂,北望岳鄙,顾瞻有河,粤瞻伊雒,毋远天室,将营周居于雒邑。"夫三涂岳鄙之望,高山是陟矣,有河伊雒之瞻,翕河是由矣,洛居中土可以隆上都,而观万国为朝觐者所走集,故是冬遂迁鼎焉。④

邹氏所引《史记》的这则史料,其原始出处应是《逸周书·度邑》。《逸周书·周书序》云:"武王平商,维定保天室,规拟伊洛,作《度

---

① 参见(清)陈逢衡《竹书纪年集证》卷23,清嘉庆裹露轩刻本。
② 王国维:《今本竹书纪年疏证》,载方诗铭、王修龄《古本竹书纪年辑证》,上海古籍出版社1981年版,第236—237、242页。
③ 参见王国维《今本竹书纪年疏证》,第188—290页。也可参见邵东方《竹书纪年研究论稿》(高等教育出版社2011年版)的相关内容。
④ (明)邹忠胤:《诗传阐》,《四库全书存目丛书·经部》第65册,齐鲁书社1997年版,第785页。

邑》。"《度邑》反映了武王灭殷后规划营建洛邑的礼制活动。《般》云："陟其高山,嶞山乔岳,允犹翕河。"这种从由高处观察的叙述内容,与《度邑》所载非常切合。清代李光地更清晰地指明了这种联系:"武王因般游而望三涂、岳鄙,顾瞻河洛之间,有定都之志,故作此诗,其后成王与周、召成之。而武王庙乐,亦以此诗歌焉。"① 与从《乐记》舞义等角度出发相比,此种解读无疑更直接,更具启发性。

另一首诗《时迈》,其曰:"怀柔百神,及河乔岳。"这与《般》"陟其高山,嶞山乔岳,允犹翕河"的内容相呼应,看来,两诗当有非常紧密的联系。清人胡承珙也将《时迈》与《度邑》结合起来解读:

> 《逸周书》《大匡解》、《文政解》,俱有"维十有三祀,王在管"之文,与《竹书纪年》"武王克商命监殷,遂狩于管"之文合。又《度邑解》云:"我南望过于三涂,北望过于有岳,丕显瞻过于河宛,瞻过于伊洛"与诗言"及河乔岳"亦相近。《史记·周本纪》:"武王既克殷,命宗祝享祠于军,乃罢兵西归,行狩,记政事,作《武成》。"《书序》云:"武王伐殷,往伐归兽,作《武成》。"所谓"归兽"者,即《乐记》云:"马散之华山之阳,牛散之桃林之野"者。其下文云"车甲衅而藏之府库,而弗复用,倒载干戈,包之以虎皮。"正与此诗"载戢干戈,载櫜弓矢"语合。然则《时迈》虽作于周公,要为颂武王克殷后巡守诸侯之事,甚明。②

《毛诗序》云,"《时迈》,巡守告祭柴望也","《般》,巡守而祀四岳河海也"。《诗序》均认为两诗与巡守有关。此处,胡承珙通过比较诗义与武王克殷后的行迹,也极力要证明《时迈》与巡守的关系,而"度邑"之事则包含在这一巡守过程中。这一考证已有相当的收获,可能离真相不远了。

然而,古人如邹忠胤、胡承珙者,更多的是为《般》《时迈》提供

---

① (清)李光地:《诗所》,《景印文渊阁四库全书》第 86 册,台北:台湾商务印书馆 1983 年版,第 163 页。

② (清)胡承珙:《毛诗后笺》,黄山书社 1999 年版,第 1525—1526 页。

了一个大致的历史背景。其实,《颂》诗为仪式乐歌,则此二诗与哪类仪式有关系呢?地下文物的出土,为进一步认识二诗提供了新契机。清代道光年间,有一件名为"天亡簋"青铜重器出土于周人故土陕西岐山。经过一百余年的研究,该礼器铭文所载珍贵礼制史实清晰起来。铭文曰:"王祀于天室。"(《集成》4261)① 经邹衡、蔡运章、林沄等历史学者考证②,"天室"即太室,今嵩山太室山。此铭文记载武王伐商回国途中,专门到太室山上祭祀上帝并以文王配享。这是一次非常重要的祭祀仪式。

在商代,只有商王的祖先才能配享上帝,这是天下共主独揽的神权。而周人夺取天下后,举行"祀于天室"的仪式以夺取神权,此举代表了"天命"的转移,对建立政权的合法性有极大意义。这种仪式也就是后世所谓的"封禅",而"封禅"又常为"巡守"之礼的一部分,更准确地说,是最为重要的一部分。

如此,结合"天亡簋"铭,我们对《时迈》《般》就有了更深入的理解。既然,武王登上了太室山,古人所言《时迈》、《般》与《逸周书·度邑》相联系从"高处俯察山岳"的情形,便得以落实。也就是说,武王在太室山祭祀上帝,又在上面进行了"度邑"(观测新都地形)的活动。所谓"及河乔岳"(《时迈》)、"陟其高山,堕山乔岳,允犹翕河"(《般》)、"南望过于三涂"(《度邑》)云云,均是此事的反映。林沄即指出《般》诗之"般",通于"瞥"字,《说文》:"瞥,转目视也。"《般》系歌颂武王太室山祭祀上帝时望祭之诗,而《时迈》也是与武王封禅太室山有关之诗。③

---

① 完整铭文参看本书第四章第三节。
② 陈杰祥《周初青铜器铭文"王在阑师"与"王祀于天室"新探》(《中原文化研究》2013年第4期)对"天室"的相关研究作了总结,可参看,此不赘。
③ 林沄:《天亡簋"王祀于天室"新解》,《史学集刊》1993年第3期。按:陈杰祥在林沄基础上,进一步申述,《时迈》"应是赞颂武王巡守至太室山兼行封禅的乐歌",而《般》则"应是一首赞颂武王巡行至太室山祭天的乐歌"(陈杰祥《周初青铜器铭文"王在阑师"与"王祀于天室"新探》,《中原文化研究》2013年第4期)。李山也认为"《诗经·周颂》中的《时迈》篇,是西周开国之初在'天下中心'的'成'地(即后来的'成周'之地)大祭上天时的作品。"(《〈诗经·时迈〉篇创作时地考》,《河北学刊》2002年第2期)此论未提及林沄的研究。

由上可见，目前历史学界已对《般》《时迈》两诗，有了比较深入的研究，与诗义很贴切。总体而论，前贤研究两诗的思路已暗含了一条探索《大武》的绝佳途径：从灭商后的礼制仪式出发。然而，专门研究《诗经》的学者们，目前仍对此不够重视。① 当然，将《般》《时迈》定为《大武》组诗的第几首，两诗的礼制背景更具体是什么，这涉及对《大武》整体的思考；只理解了诗中部分礼制信息，恐怕还是不够的。此问题值得我们进一步思考与完善，这也是后文即将论述的。

第二节 《大武》的构成与"天命"主题思想（上）

《大武》的性质是什么？想必凡是熟悉周代礼乐的人，这个问题并不难回答。它是周王室宗庙的祭祀礼乐。本章开篇已经论及此问题。不过，不要忘了《大武》由七篇诗乐组成。哲学常识告诉我们，部分与整体不可等同，部分形成整体时，整体往往有了新的功能。那么要追问的是，这七篇诗乐分别来自何处，是否为同一时间形成的呢，它们各自的原始语境是什么。

本章第一节已指出，从"仪式礼乐"的角度去考察《大武》组诗，是一可行的思路。实际上，灭殷之后，周成为天下共主，武王成为天子。周人除了在肉体上消灭敌人，并控制疆土，还举行了一系列开国典礼仪式，其中包括若干重要的确立神权的仪式。② 这些仪式对建立政权的合法性极为重要。以往的《大武》研究，受《乐记》舞义影响，过于关注灭商的军事行动，对周初这一系列建立神权的大事未予以足够的重视。其实，《大武》与之有密切的联系。

循着"仪式礼乐"这一思路，笔者分析发现，《大武》由四部分组成，这四部分主要来自灭商后周人开国大典的仪式用乐，还有一部分是

---

① 据笔者所见，除李山《诗经选》（商务印书馆 2015 年版，第 391 页）的解读吸收了林沄等历史学者的观点外，其他还未有涉及者。

② 这里面有一些以前只有商王才有权力举行的仪式。

祭祀武王的礼乐。它们共同歌唱了周人在"天命"神权基础上，灭商夺取天下的喜悦与豪迈，并对完成这一过程的武王极尽赞美。总的来看，"天命"乃《大武》主题思想。现分析如下。

一 第四部分（第六、七篇）：祭祀武王之乐《桓》《武》

让我们从《大武》的最后一部分（即第四部分）开始分析。这一部分，史料有明确记载。要论述的两诗分别为（以《周颂》中的顺序出现）：

> 《武》：於皇武王，无竞维烈。允文文王，克开厥后。嗣武受之，胜殷遏刘，耆定尔功。
> 《桓》：绥万邦，娄丰年，天命匪解。桓桓武王，保有厥士，于以四方，克定厥家。於昭于天，皇以间之。

众所周知，在先秦文献中，《左传》是最为可信的一种。《左传·宣公十二年》载楚庄王之言：

> 又作《武》，其卒章曰："耆定尔功。"其三曰："铺时绎思，我徂维求定。"其六曰："绥万邦，屡丰年。"

文中《武》即《大武》。[①] 据"其三""其六"所引诗句，可知《大武》第三、第六篇分别为《赉》《桓》，这没什么疑问。争议出现在"卒章"。何为"卒章"？《周颂》诗篇皆不分章，故而一篇即一章；《大武》

[①]（清）胡承珙：《毛诗后笺》，黄山书社1999年版，第1557页。按：胡氏接下来还说："其上文随武子引《汋》曰，又引《武》曰，亦可见《酌》及《时迈》必非《武》乐中之诗篇矣。"此言是对《左传·宣公十二年》随武子引诗"《汋》曰：'于铄王师。遵养时晦。'耆昧也。《武》曰：'无竞惟烈。'抚弱耆昧。以务烈所。可也"而言的。但此处的《武》指《周颂·武》篇非指《大武》。《大武》有时也简称《武》，《荀子·礼论》："步中武象，趋中韶濩。"《论语·八佾》："子谓《韶》：'尽美矣，又尽善也。'谓《武》：'尽美矣，未尽善也。'"此处的《武》与《韶》《濩》这些周代"大舞"并置，肯定是指《大武》而不是《武》篇。

乃组诗，包含多篇，也就说包含多章；在多章前提下，才能讲"卒章"，"卒章"即"最后一篇"。"卒章"所引出自《周颂·武》篇，如此《武》篇即《大武》最后一篇即第七篇。杨伯峻也指出："古今诗之篇次不尽同，故下文以《赉》《桓》俱属《武》，则此句盖本为《武》之卒章也。"①他说的《武》即《大武》，其论可从。不过，有论者非要"改字解经"，或把"卒"作"首"之误，如马瑞辰②；或将"卒"认为是"次"之误，如高亨③；那么，《武》就成了《大武》第一或第二篇了，如此认为者不在少数。然而这类解释，乃是一种消极策略，均不甚妥当。陈寅恪曾告诫我们："夫解释古书，其谨严方法，在不改原有之字，仍用习见之义。故解释之愈简易者，亦愈近真谛。"④ 要之，并不应"改字解经"，将"卒章"理解为《大武》"最后一篇"，是允当的训释。

其实，"改字解经"之做法，大都是为了迎合《毛诗序》与《乐记》的记载。因为，在不少论者看来，《毛诗序》"《武》，奏《大武》也"可以理解为"奏《武》乃始奏《大武》"，那么《武》似是第一成；而《武》"耆定尔功"与《乐记》"再成而灭商"能对应，如此，《武》也似可看作第二篇。

然而，舍弃《左传》而强就《毛诗序》与《乐记》，恐怕是经不起推敲的。前面已经说过，《毛诗序》的成分非常复杂，是从先秦至汉初层累而成；《乐记》舞义则有后世的历史成分。它们与《左传》相比，单就历史价值来说，要逊色得多。杨向奎已指出："谈《大武》，弃《左传》，而重《乐记》，重舞容而轻乐曲的说法是不可取的。舞容无据，而诗歌有词，按词求义，可以离题不远。"⑤ 笔者认同此看法。总之，研究《大武》应以《左传》与诗文内容为准。

实际上，与《大武》其他篇章《赉》《酌》《般》相比，《桓》《武》

---

① 杨伯峻：《春秋左传注》，中华书局 2009 年版，第 745 页。
② 马瑞辰说："'卒章'盖'首章'之讹。"见氏著《毛诗传笺通释》，中华书局 1989 年版，第 1089 页。
③ 高亨："古文次与篆文卒形相似，因而写错了。"见氏著《周代"大武"乐考释》，《山东大学学报》1955 年第 2 期。
④ 陈寅恪：《金明馆丛稿二编》，上海古籍出版社 1980 年版，第 262 页。
⑤ 杨向奎：《宗周社会与礼乐文明》，人民出版社 1992 年版，第 338 页。

出现了与它们相异的一致特征,而这些特征强有力地证明,两诗本应属于一组。这些特征有以下几种。

首先,两诗均出现了其他篇章未有的"武王"谥号,而根据谥号可大致确定诗篇年代。传统的观点:谥号是在君王去世后所定。对此,古人并无怀疑。《礼记·檀弓》曰:"幼名、冠字、五十以伯仲、死谥,周道也。"《史记·周本纪》也云:"诗人道西伯,盖受命之年称王而断虞芮之讼。后十年而崩,谥为文王。"就是说制谥制度是周人的传统,于文王时已存在。据此,《桓》《武》均系武王去世后的作品。朱熹《诗集传》也已意识到这点。[①] 但目前学界还流行一种周初"文、武、成、康"等诸王"生称谥"的说法,其由王国维、郭沫若提出[②],这一观点影响很大。若认同此观点,《桓》《武》则可能创制于武王在世之时。但随着金文资料的不断出土,能对这一问题进行更为透彻的分析。近年来,彭裕商、杜勇等学者通过系统研究,已否定了"生称谥"的"新论",又回到传统的理解上来[③],此说应是。总之,《桓》《武》皆是武王之后的作品。

其次,从礼制背景来看,两诗最初当系祭祀武王的礼乐。《周礼·春官·大司乐》:"乃奏无射,歌夹钟,舞《大武》,以享先祖。"《大武》创制后,成为通用的祭祖乐舞。不过,还可再细分,《桓》:"桓桓武王,

---

① (宋)朱熹:《诗集传》,中华书局2015年版,第308、313页。按:朱熹认为,两诗出现"武王"谥号,因而它们作于武王之后。但他又以此来否定《左传》的记载,朱氏认为按照《左传》"武王克商……又作《武》"的说法,意味着《大武》组诗皆系武王克商后不久就创作出来,即武王时的作品。对此,姚际恒云:"按《传》云,'武王克商作',未尝云自作,岂可以辞害意!"(姚际恒:《诗经通论》,中华书局1958年版,第343页)这是正确的。《左传》所谓"武王克商"完全可以理解成一个更长的时段,成王属不属于"武王克商"后?当然属于。实际上,武王克商后第二年就去世了,《大武》在武王时未创制完成,是可以理解的;"武王克商"又能视作《大武》的创制渊源,不必如朱熹理解的那样,强加一个精确的时间。

② 王国维的观点见《遹敦跋》,载氏著《观堂集林(外二种)》,河北教育出版社2003年版,第443页。郭沫若的观点见《谥法之起源》,载氏著《二十世纪中国礼学研究论集》,学苑出版社1998年版,第306—315页。按:王氏与郭氏分别认为谥法起源于周共懿之后、战国时代。

③ 这一问题的详细论述,可参见彭裕商《谥法探源》,《中国史研究》1999年第1期;杜勇《金文"生称谥"新解》,《历史研究》2002年第3期。

保有厥士"；《武》："於皇武王，无竞维烈"。二诗皆采用第三人称视角，描述与强调的是武王的功业，故而它们最初应为武王庙祭祀仪式的乐歌，不宜用之他庙。① 两诗主旨，前人已有可取论断。于《桓》，邹忠胤写道："《桓》诗即明堂祀武王之乐，歌曰'天命匪懈'，曰'於昭于天，皇以间之'，盖俨然以武王配天也。"② 方玉润也有相似的看法。③ 祭祀地点是否在明堂，可再商，但"祭祀武王"之最初功能，确切无疑。对《武》，林志明认为"从诗篇中呼唤武王——'於皇武王'的口吻"等来看，"诗的祭献对象乃武王。既然诗以武王为歌唱对象，可见它用于祭祀武王的典礼中"。④ 此论洵为卓识。

综合以上的分析，《桓》《武》分别为《大武》第六、第七篇，它们最初均是用来祭祀武王的礼乐，后来被编入《大武》组乐。这意味着，《大武》组诗排序与诗篇创制的年代有关系。这也表明，《大武》的形成经历了一个过程，《庄子·天下》云："文王有辟雍之乐，武王、周公作《武》。"《大武》先在武王时创作一部分，然后周公辅佐成王时又作另一部分，这一记载是符合实际的。⑤ 《桓》《武》排在《大武》最后，这样的顺序也符合情理。按常理讲，成王主持制作的礼乐应排在其父武王亲自主持制作的之后；若排在武王之前，恐怕也说不过去。毕竟，周礼讲究"见长幼之序""明尊卑之等"（《礼记·祭统》）的原则。

---

① 《武》："允文文王，克开厥后，嗣武受之。"可能有论者据此认为《武》说到了文王，那么此诗当也祭祀文王。不过，细查文意，全诗以"於皇武王"开头，若真要祭祀文王，恐怕把武王放在最前面就不太合适了。毕竟，祭祀诗中的诸王排序是有讲究的，比较《周颂》其他篇目就能明白这点。实际上，此诗强调的是武王从文王那里继承"天命"，在这首诗里，说文王还是为了表现武王之伟大。

② （明）邹忠胤：《诗传阐》，《四库全书存目丛书·经部》第 65 册，齐鲁书社 1997 年版，第 789 页。

③ （清）方玉润：《诗经原始》，中华书局 2015 年版，第 625 页。

④ 林志明：《西周用诗考》，新北：花木兰文化出版社 2013 年版，第 48 页。

⑤ 明代何楷认为："《周礼》新言舞《大武》意者，《大武》之舞已作于武王之世，特其诗未备，及周公时乃始成之耳。"（《诗经世本古义》卷十，《景印文渊阁四库全书》第 81 册，第 334 页）《大武》之舞创制于武王时，尚无证据，但他说《大武》组诗于周公摄政时完成，这是很正确的。

二 第三部分（第三、四、五篇）：宗庙献捷"恺乐"《赉》《酌》《般》

据《左传》，可以肯定的是，《赉》《桓》《武》分别为《大武》第三、六、七篇，那么《大武》其余组成是哪些诗篇呢？

事实上，在《周颂》中，与《赉》《桓》《武》形式相近者，非《酌》《般》莫属，五首诗的诗名均不取自原文，这与其他诗篇相异。此特征非常鲜明，历代研究者倾向于将这五首诗定为《大武》篇章。方玉润就说："《桓》、《赉》二篇既入《大武》，则此诗（《酌》）与《赉》、《般》皆一体，而独不可以入《大武》乎？"① 笔者也认同此看法。那么《酌》《般》到底是《大武》第几篇？排序是怎样的？依据何在？三诗的全文先写在此处（以《周颂》的顺序出现）：

《酌》：於铄王师，遵养时晦。时纯熙矣，是用大介。我龙受之。蹻蹻王之造，载用有嗣。实维尔公，允师。

《赉》：文王既勤止，我应受之。敷时绎思，我徂维求定。时周之命，於绎思。

《般》：於皇时周，陟其高山，嶞山乔岳，允犹翕河。敷天之下，裒时之对，时周之命。

通过分析可发现，三诗之间存在着密切的联系。在时间线索上，《赉》描写出灭商前的兴师。"我徂维求定"，陈奂曰："徂，往也，往伐殷也。"②《酌》则叙述了灭商。其云："於铄王师，遵养时晦。"《毛传》："遵，率。养，取。晦，昧也。"孔疏云："於乎美哉！武王之用师也，率此师以取是暗昧之君，谓诛纣以定天下。"一兴师，一灭商，表明两诗前后相连。另外，《赉》"我应受之"，《酌》"我龙受之"；"应受"是去灭商夺取"天命"，到了"龙受"则是灭商成功，受"天"宠而最

---

① （清）方玉润：《诗经原始》，中华书局2015年版，第624页。
② （清）陈奂：《诗毛氏传疏》，上海商务印书馆1933年版，第405页。

终获得天命,这也意味着两诗前后相继。①

而《般》则记录了"凯旋"途中进行"度邑"的规划工作。《般》与太室山"度邑"有关,前已述,此不赘。《般》的诗名,向来有"乐也"(《诗序》)、"般旋"(苏辙)等义②,孙作云认为:"《般》诗篇名,盖取义于还镐。'般'有'还'字之义,《尔雅·释言》:'般,还也';《说文·舟部》:'般,辟也,象舟之旋','旋'亦有回还之义。"③此说谛当。另外,《般》"时周之命"与《赉》"时周之命"相对应,这意味着两诗彼此牵连。而上面已说,《赉》与《酌》相关联。如此,三诗以《赉》为中心有紧密的联系。

综上,《赉》《酌》《般》呈现时间上的递进,当为紧密相连、前后相依的一组诗。《赉》是《大武》第三篇,那么,可推测《酌》《般》分别系第四、第五篇。其实,这个排序也不是笔者自己的看法。学者袁定基、杨向奎、姚小鸥均如此安排,只是他们并未深究三诗的仪式背景。那么,可进一步追问,三首诗的礼制仪式背景是什么呢?

以诗文本为准。先从叙述视角看。与《桓》《武》第三人称视角不同。《酌》曰"我龙受之",《赉》云"我应受之""我徂维求定",两诗并未直接出现武王,而是采用第一人称视角来叙述。以此视角表演的诗乐适用于武王出现的仪式现场,能以"代言"的形式,表达武王所想所思。

再从诗文内容看,《赉》《酌》均表达了对祖先的赞美,如此,它们应与宗庙祭祀存在关联。《赉》开篇云:"文王既勤止,我应受之。"突出先王文王的功绩。《酌》则曰:"蹻蹻王之造,载用有嗣。实维尔公,允师。"《毛传》:"公,事也。"马瑞辰有不同的看法,他说:

> 公对上"王之造"言,当谓先公。允犹用也,语词之用也。师当训为师法之师。允师犹言用师也。诗上言"蹻蹻王之造",造,为也,为犹成也。盖言王业之成所由足用为嗣者,实维尔先公用

---

① 两诗"天命"思想后有详述,此处先略述。
② (清)方玉润:《诗经原始》,中华书局 2015 年版,第 628 页。
③ 孙作云:《诗经与周代社会研究》,中华书局 1966 年版,第 253 页。

师,正序所云"酌先祖之道"也。①

此说精审。这也意味着《酌》"实维尔公,允师"实际上与《赉》"文王既勤止,我应受之"一样,将功绩归功于祖先。"尔"系从武王的角度指涉祖先,表明与祖先的直接交流,这些话在宗庙出现再恰当不过。

在前人的研究中,礼学家秦蕙田将《酌》与"恺乐"文献归为一类。②恺者,乐也。所谓"恺乐"即军礼宗庙献捷仪式中的庆功乐歌。按《周礼·春官·大司乐》的记载:"王师大献,则令奏恺乐。"郑注曰:"大献,献捷于祖。恺乐,献功之乐。"《乐师》:"凡军大献,教恺歌,遂倡之。"《镈师》:"军大献,则鼓其恺乐。"可见,"恺乐"是声乐与器乐相配合之仪式音乐。宗庙献捷前,乐师先要将乐歌教授于众乐人,在现场演唱时,他将领唱（倡之）;镈师负责伴奏。史书也有记载可印证,《左传·僖公二十八年》:"秋,七月,丙申。振旅恺以入于晋,献俘授馘,饮至大赏。"此"恺"当为"恺乐"。若《酌》为恺乐,那么,依据三诗之间的关系,可推测《赉》《般》均应是此类乐歌。

实际上,三诗为宗庙献捷"恺乐"有史可证,秦蕙田的判断是正确的。在武王伐商胜利后回到镐京的一系列仪式中,《逸周书·世俘解》载:

> 甲寅,谒戎殷于牧野,王佩赤白旂,籥人奏《武》,王入,进《万》,献《明明》三终。

这是有明确记载的《大武》之第一次搬演。所谓"谒戎殷于牧野",孔广森:"谒,告也,祭神而告代殷于牧野之事也。"③就是说,将灭殷夺取胜利之事报告宗庙里的祖先;简言之,即军礼"献捷"。"王佩赤白旂",孙诒让:"此王盖用军礼,故亦被徽识,赤白旂者,盖以赤帛为縿

---

① （清）马瑞辰:《毛诗传笺通释》,中华书局1989年版,第1118页。
② （清）秦蕙田:《五礼通考》卷二百三十八"凯旋告社稷"条,《景印文渊阁四库全书》第141册,台北:台湾商务印书馆1983年版,第524—526页。
③ （清）孔广森:《经学卮言》,华东师范大学出版社2010年版,第60页。

而白旆。"① 看来，为行军礼，武王专门穿上了军装。《大武》在此仪式上搬演，那么它正为军礼宗庙献捷之"恺乐"。实际上，今人高智群也将整个《大武》的性质定为宗庙献捷之乐。② 此外，《吕氏春秋·古乐》："武王即位，以六师伐殷，六师未至，以锐兵克之于牧野。归，乃荐俘馘于京太室，乃命周公为作《大武》。"此记载也表明《大武》是为宗庙献捷而作。

需要注意的是，此次搬演的只是后来意义上《大武》的一部分。前已述，《桓》《武》不可能在武王时创作出来。而《赉》《酌》《般》这一组反映在武王获得"天命"下"兴师—灭商—凯旋"的诗篇，归为"谒戎殷于牧野"的宗庙献捷仪式"恺乐"最为恰当。这三篇当为《大武》最初的构成。

《赉》《酌》《般》三篇连奏这种形式，也是周代诗乐的普遍现象。魏源："古乐章皆一诗为一终，而奏必三终。"③ 如《左传·襄公四年》载晋侯享穆叔"工歌《文王》之三""歌《鹿鸣》之三"，《文王》之三实际指《文王》《大明》《绵》三篇，《鹿鸣》之三系《鹿鸣》《四牡》《皇皇者华》三篇。又如《仪礼·乡饮酒礼》："工歌《鹿鸣》、《四牡》、《皇皇者华》。"相对应，《礼记·乡饮酒义》则云："工入，升歌三终。"基于此，有理由相信，《逸周书·世俘解》"篅人奏《武》"之《武》包含了以上三首。

总之，《赉》《酌》《般》系武王胜殷回国后甲寅日的宗庙献捷"恺乐"。三首礼乐乃《大武》有记载的最初之构成。

第三节 《大武》的构成与"天命"主题思想（下）

行文至此，《大武》构成之探索，已行进至最为艰难的部分。上面笔者所认为的《大武》篇章三至章七：《赉》《酌》《般》《桓》《武》，相

---

① （清）孙诒让：《大戴礼记斠补（外四种）》，中华书局2010年版，第216页。
② 高智群：《献俘礼研究》，载复旦大学历史系编《切问集》，复旦大学出版社2005年版，第147页。
③ （清）魏源：《诗古微》，岳麓书社2004年版，第175页。

对来说特征鲜明，较容易甄别与排序。如果《大武》第二篇保留在《周颂》中，它是何者？这较难确定，诸家也众说纷纭。笔者以为，若想确定此篇，不妨先让我们考察一下已明确的《大武》五篇的主题思想，这五篇已占《大武》七成之强，确定了它们的主题思想，再以此推测还未确定的诗篇，不失为一种可行的方法。

一 《大武》的"天命"主题

先看《大武》第三篇《赉》。此诗主题，《毛诗序》："《赉》，大封于庙也。赉，予也。言所以赐予善人也。"郑笺云："大封，武王伐纣时，封诸臣有功者。"也就是认为《赉》是伐纣胜利后，武王封赏功臣之诗。不过，从诗文内容上，真看不出"封赏"之义，姚际恒即云："诗中无大封之义也。又曰，'赉，予也，言所以赐予善人也'，则直本《论语》'周有大赉，善人是富'为辞矣。"[①] 的确，《诗序》之解释因循了《论语》，与诗义并不贴切。

事实上，这首诗的主题的确是"赉，予也"，但"赉"的双方是上帝（天）[②] 与文王、武王，所"赉"乃"天命"，即上帝的旨意。[③] 这是当时最大的神权了。前人已指出这点，姚小鸥说："《毛诗序》'赉，予

---

① （清）姚际恒：《诗经通论》，中华书局1958年版，第351页。
② 已有研究经常认为周人的"天"与商人的"上帝"是两种不同的信仰，其实我们多读一下西周的文献，"天"与"上帝"多混用，实难分立，有论者指出："西周时期天、帝已经合二为一，难分彼此，二者的宗教地位、神权、神性和社会功能都没有本质差异。"（见陈筱芳《西周天帝信仰的特点》，《史学月刊》2005年第5期）此说应确。另外，《商颂·玄鸟》云："天命玄鸟，降而生商，宅殷土芒芒。古帝命武汤，正域彼四方。"前说"天"，后说"帝"，可见早在商人观念里，两者已有密切联系。徐复观更认为，"周初的天、帝、天命等观念，都是属于殷文化的系统"（徐复观：《中国人性论史·先秦篇》，湖北人民出版社2002年版，第31页）。这个意见也值得重视。
③ 周人有时也称"天命"为"帝命"，如《大雅·文王》曰"有周不显，帝命不时""穆穆文王，於缉熙敬止，假哉天命""商之孙子，其丽不亿。上帝既命，侯于周服。侯服于周。天命靡常"。既说"帝命"，又说"天命"，意味着两者实质上是一回事。这也说明，在周人观念里，"上帝"与"天"密不可分。其实，"帝命"在商代就已存在，《商颂·长发》："帝命不违，至于汤齐，汤降不迟，圣敬日跻，昭假迟迟，上帝是祗。帝命式于九围。"看来，周人吸收了商人的思想，确为"周因于殷礼"。

也'，言天赐周人以大命。"① 在杨合鸣看来："篇名'赉'的含义当为'上天赐命武王'。"② 洵为卓识。何以见得？诗云"文王既勤止，我应受之"，我，武王也；"应受"的是什么？武王从文王那里继承的、最令周人可歌可颂的，自然是"天命"，此类记载有很多，如《周颂·昊天有成命》："昊天有成命，二后受之。"《毛传》："二后，文、武也。"此处说"受之"，《赉》云"应受"，二诗可互证。③ 又如《逸周书·祭公解》载祭公之言："皇天改大殷之命，维文王受之，维武王大剋之，咸茂厥功。"出土文献也能印证，西周早期《大盂鼎铭》即云："丕显文王受天佑大（天）命，在武王嗣文王作邦，辟厥慝，敷有四方，畯正厥民。"（《集成》2837）可见，文、武受命，已成为周人重要的"文化记忆"。

于省吾对此诗的"天命"思想也多有阐释，他说：

"敷时绎思"言遍以续之，完成文王未竟之功也。"时周之命，於绎思"言此周之命于续之。《书·梓材》"用怿先王受命"，怿、绎古通，《頍弁》篇"庶几说怿"，怿，《释文》："怿本又作绎。""用怿先王受命"与"时周之命，於绎思"义同，句有倒正耳。④

所谓"用怿先王受命"，实质仍指文王受"天命"。看来，《赉》全诗以应受"天命"始，以"敷时绎思"即去获取"天命"过渡，最后以祝愿周人"天命"永存而终，突出强调了"天命"思想。

"天命"在《大武》其他篇章也被鼓吹着。第四篇《酌》："我龙受之。"《赉》云："我应受之。"此处说"龙受之"，《毛传》："龙，和也。"陈奂："凡应天顺人谓之和，言我周协和伐商，遂受天命，有天下。"⑤ 所受仍是"天命"。

---

① 姚小鸥：《诗经三颂与先秦礼乐文化》，北京广播学院出版社2000年版，第66页。
② 杨合鸣：《〈诗经〉疑难词辨析》，湖北辞书出版社2002年版，第203页。
③ 《大雅·皇矣》也云："比于文王，其德靡悔，既受帝祉，施于孙子。"《大雅》中有不少篇章、诗句，刻意强调了文王受"天命"的思想。
④ 于省吾：《双剑誃尚书新证·双剑誃诗经新证·双剑誃易经新证》，中华书局2009年版，第561页。
⑤ （清）陈奂：《诗毛氏传疏》，上海商务印书馆1933年版，第404页。

第五篇《般》："敷天之下，裒时之对，时周之命。"郑笺云："众山川之神，皆如是配而祭之，是周之所以受天命而王也。"可见"时周之命"说的正是周人获有"天命"，其实这句话第三篇《赉》已出现，两者呼应。

第六篇《桓》："绥万邦，娄丰年，天命匪解。"《左传·僖公十九年》有载："昔周饥，克殷而年丰。"是说周人曾遭遇饥荒，克殷之后，有了丰收之年。《老子》云："师之所处，荆棘生焉。大军之后，必有凶年。"兵事往往被古人视作不祥，战争使生灵涂炭，农业生产遭到破坏，发生饥荒。但武王克商，却能获得"丰年"，原因何在？在于"天命匪解"，朱熹："天命之于周，久而不厌也。"① "丰年"是周人获得"天命"的又一证验。② 因为，既然克商是上帝的旨意，那么履行此旨意，必将得到回报。诗又曰"於昭于天，皇以间之"，说武王之灵配天，也是"天命"观念支配下的一种表达。③ 总之，《桓》突出了"天命"思想。

卒篇《武》："允文文王，克开厥后。嗣武受之，胜殷遏刘，耆定尔功。"陈奂认为，"嗣武受之"与《赉》"我应受之"句义相同。④ 此处仍强调的是武王继承"天命"，在这一条件下，"胜殷遏刘，耆定尔功"之灭商成功都是"顺理成章"之事。

通过以上分析，得出一个事实：《大武》的主题系周获有"天命"的思想。

旧有的认识：《大武》反映了武王克商。这本不错，但容易忽略此

---

① （宋）朱熹：《诗集传》，中华书局2015年版，第313页。

② 《左传·僖公十九年》："秋，卫人伐邢，以报菟圃之役，于是卫大旱。卜有事于山川，不吉。宁庄子曰：'昔周饥，克殷而年丰。今邢方无道，诸侯无伯，天其或者欲使卫讨邢乎？'从之，师兴而雨。"在当时，"邢国无道"，处于大旱之中的卫国讨伐，宁庄子以同类的"克殷获丰年"之事以预测，结果应验，卫国兴师之后，便有了降雨，旱情也得以缓解。之所以有这样的结果，宁庄子认为是因为顺应了天意，上天加以回报。

③ 邹忠胤："'於昭于天，皇以间之'犹云'文王陟降，在帝左右'也。"（邹忠胤：《诗传阐》，载《四库全书存目丛书·经部》第65册，齐鲁书社1997年版，第788页）确如此论，此句表现出武王之灵侍奉上帝，这是一种非常古老的对君权与最高神权相结合的认识。商代卜辞经常出现的商先公先王"宾于帝"的记载是其先声。

④ （清）陈奂：《诗毛氏传疏》，上海商务印书馆1933年版，第405页。

前提:"天命"。所谓"师必有名"(《礼记·檀弓下》),古人非常重视发起军事行动的理由,"天命"正是周伐商之"名",也是合法性所在。《鲁颂·閟宫》:"至于文武,缵大王之绪,致天之届,于牧之野。无贰无虞,上帝临女。敦商之旅,克咸厥功。"郑笺:"届,极。"而《释言》:"极,诛也。"也就是说灭商是执行上帝(天)的命令。由《閟宫》也可知,牧野之战,周人喊出了"上帝临女"的动员口号,《大雅·大明》也云:"殷商之旅,其会如林。矢于牧野,维予侯兴。上帝临女,无贰尔心。""上帝临女"即上帝站在我们这边,并监视我们的行动。夺取天下后,武王仍持"天命"以劝商人放弃抵抗,《逸周书·商誓解》载武王对商遗民说"予克致天之明命""予惟甲子,克致天之大罚",话语之间不离"天命"。

看来,殷周更替之际,周人无时无刻不在宣扬自己受"天命",在一定程度上,"'天命'不仅是周王朝'革殷'立国的根本依据,而且对于周人维持统治亦具重大现实意义"①。周初《大武》之主题仍不离"天命"。实际上,这一周人获取"天命"神权之事,也被《诗经·大雅》中的《文王》《大明》《皇矣》等诗篇继续欢呼着、吟唱着,甚至周人似有信心,将受"天命"之时间,从文王上提至后稷,写下《生民》"昂盛于豆,于豆于登,其香始升。上帝居歆,胡臭亶时。后稷肇祀,庶无罪悔,以迄于今"有关祭祀上帝之诗句。

二 第二部分(第二篇):天室祭祀乐歌《我将》

《大武》主题乃"天命",这一结论在有益于我们进一步认识《大武》外,还对推测《大武》剩余组成有帮助。前已述,《大武》的构成与诗篇的制作年代有关,若从"仪式乐歌"角度出发,也就等同于与典礼的时间有联系。循此思路,我们试着寻找殷末周初的各类仪式,寻找那些不晚于《逸周书·世俘解》"甲寅,谒戎殷于牧野"之宗庙献捷,且与"天命"有关的典礼。最终,《天亡簋铭》所载武王天室祭祀上帝之仪式,引起了我们的关注。

---

① 罗新慧:《周代天命观念的发展与嬗变》,《历史研究》2012 年第 5 期。

《天亡簋铭》(《集成》4261) 曰:

> 乙亥,王有大礼,王凡(磬)① 三方。王祀于天室,降,天亡尤(佑)王。衣祀不(丕)显考文王,事喜(糦)上帝。文王德在上,丕显王作笙,丕显王作庸(镛),丕克迄殷王祀。丁丑,王飨大宜,王降,亡敗,釐退囊。惟骏有蔑,敏扬王休于噂。白。

先略疏解铭文大意。"天亡尤",也就是名叫"天亡"的臣子助祭武王天室祭祀,这些祭祀之事包含两项,"一为'衣祀不显考文王事',一为'喜上帝'"②。"衣祀"即"殷祀",殷,盛大之意,那么,"衣祀"就是盛大的祭祀。③ 喜,通糦,《商颂·玄鸟》:"大糦是承。"糦,陆德明《经典释文》引《韩诗》云:"大祭也。""丁丑"之前的铭文大意④是:乙亥日,武王举行了盛大的典礼,王眺望三个方向,在太室山行祭祀仪式。祭毕下山。在以上的祀典中,天亡助祭,对伟大的先考文王与上帝举行了隆重的祭祀。文王的德行昭行于天。伟大的武王以笙与镛为配乐完成仪式⑤,终止了商王的天命。

经推算,此仪式"上距牧野之战的甲子日是 12 天,距武王在管的辛未日是 5 天,下距武王在镐京举行祭天祀祖典礼的庚戌日是 34 天"⑥。前面说过,"天室"即今嵩山太室山,此地被看作处于天下之中,故被古人称为"中岳"。古人又有"山岳则配天"(《左传·庄公二

---

① 参见刘晓东《天亡簋与武王东土度邑》(《考古与文物》1987 年第 1 期)与林沄《天亡簋"王祀于天室"新解》(《史学集刊》1993 年第 3 期)的厘定。

② 陈梦家:《西周青铜器断代》(上册),中华书局 2004 年版,第 5 页。

③ 《礼记·曾子问》:"君之丧服除,而后殷祭,礼也。"孔疏云:"殷,大也。小大二祥变除之大祭,故谓之殷祭也。"

④ 释文综合参考陈梦家《西周铜器断代》(一)(《考古学报》1955 年第 1 期)、孙作云《说天亡簋为武王灭商以前的铜器》(《文物参考资料》1958 年第 1 期)、孙稚雏《天亡簋铭文汇释》(《古文字研究》第 3 辑,中华书局 1980 年版,第 166—180 页)、唐兰《西周青铜器铭文分代史征》(中华书局 1986 年版,第 11—16 页)等。

⑤ "丕显王作笙,丕显王作庸"这句由李学勤在裘锡圭的有关研究基础上释译出,本书参考之。李文见《"天亡"簋试释及有关推测》,《中国史研究》2009 年第 4 期;裘文见《甲骨文中的几种乐器名称》,《古文字论集》,中华书局 1992 年版。

⑥ 张怀通:《武王伐纣史实补考》,《中国史研究》2010 年第 4 期。

十二年》）的信仰。武王规划营建东都洛邑，说："定天保，依天室。"（《逸周书·度邑解》）所谓"天保"，《小雅》有《天保》篇，其云："天保定尔，亦孔之固。"《鲁诗》解释："言天保佐王者，定其性命，甚坚固也。"① 可见，"天保"其实仍是在"天命"前提下的"保佑"。依靠太室山，可定此"保佑"。② 这暗示，"太室"所举行祭祀上帝与文王的仪式，有特殊的宗教意义。

《天亡簋铭》即云："丕克迄殷王祀"，对此，陈梦家说："终迄其祭祀，亦即终其天命。"③ 刘晓东则认为："铭文中的'克乞殷王祀'应是特指武王占有殷天室，从而终止了殷人祖先在天室中配享上帝的特权一事而言。"④ 这些看法都是正确的。前面说过，祖先配祭上帝的仪式，以前只有商王有权力举行，是王者独揽的神权。而武王在太室山大祭文王与上帝，宣告了神权的转移。

由上可见，此次"天室"祭祀最终标志着殷商"天命"的终结与周人"天命"的最终获取。如此，这次仪式之性质实质系接受"天命"，意义非常重大，甚至可以说是周人灭商之后最为关键的一次仪式。这次仪式也成为周人重要的"记忆"，成王时的《何尊铭》曰："唯王初宅于成周，復禀武王醴祼自天。"（《集成》6014）有论者已指出："这里说的武王告天之'礼'，正是'天亡'簋（退簋）的那次'大礼'。"⑤ 此说应是。

前面说，灭商前，周人即宣扬文、武受"天命"，但对非周族群特别是对商人来说，这一宣扬恐怕还不够有说服力。毕竟，商人统治天下已有五百年，根基深厚。对商与周的"天命"心态，《史记》有传神的描述。《史记·周本纪》载周人四处征伐、攻城略地，"殷之祖伊闻之，惧，以告帝纣。纣曰：'不有天命乎？是何能为。'"纣王仍自信"天命"神权在手，周人不会成功。对此，周人自己有时也信心不足，《史记·

---

① （清）王先谦：《诗三家义集疏》，中华书局1987年版，第576页。
② 太室山崇拜的相关情况，详可见刘长东《武王周公作雒原因考论》，《第三届中国俗文化国际学术研讨会暨项楚教授七十华诞学术讨论会论文集》，2009年。
③ 陈梦家：《西周铜器断代》（一），《考古学报》1955年第1期。
④ 刘晓东：《天亡簋与武王东土度邑》，《考古与文物》1987年第1期。
⑤ 李学勤：《"天亡"簋试释及有关推测》，《中国史研究》2009年第4期。

周本纪》又载武王九年有孟津之会，"是时，诸侯不期而会盟津者八百诸侯。诸侯皆曰：'纣可伐矣。'武王曰：'女未知天命，未可也。'乃还师归"。既然文王已受天命，此时武王"未知天命"何意？说到底，这一"天命"神权的转移，并不是光靠自己的宣扬就能够实现的，其必须以代商接管天下之"夺取政权"的事实，来彰显与保证。毕竟，"枪杆子里出政权"，神权只能解释政权，并不能直接获得政权，而政权才是神权的最终依靠。灭商之后，周人终于有底气说获有"天命"，此时各族群也不得不信。而实际上，周人在这时举行"天室"祭天配祖仪式，真正象征了"天命"的最终转移。

再回过头来看《天亡簋铭》所记的祭祀形式。铭文出现两个祭祀对象——文王与上帝，有最高神上帝出现，以主次而论，当然是主祭上帝以文王配享。这种祭祀形式后世也可见，《孝经》："宗祀文王于明堂以配上帝。"只是此处祭祀地点是宗教建筑明堂，《天亡簋铭》所记的祭祀形式更原始，其在天室，即太室山上，山上无疑距天更近。铭文显示天室祭祀有"作笙""乍（作）庸（镛）"的配乐，我们知道，周人诗乐合一，此次仪式也该少不了歌诗礼乐。据仪式内容，可推测此诗歌反映了祭祀上帝与文王，并象征"天命"的最终获有。它应是《大武》第二篇。若其留存在《周颂》中，是哪一篇呢？

比照《周颂》各诗与《天亡簋铭》可发现，《我将》与铭文的祭祀形式一致。[①] 此诗云：

> 我将我享，维羊维牛，维天其右之。仪式刑文王之典，日靖四方。伊嘏文王，既右享之。我其夙夜，畏天之威，于时保之。

《毛诗序》云："祀文王于明堂也。"之所以这样解释，是因为诗中出现了祭祀文王与天（上帝）的内容。[②] 正如方玉润所说："首三句祀

[①] 《周颂·维天之命》也曾列入考察范围，因为此诗的内容同为祭祀上帝与文王，但其与《清庙》《维清》应属一组诗，从"曾孙笃之"的口气看，不该是武王所发，故而排除。

[②] 前面已说过，周初"天"与"上帝"的宗教功能是一致的。古人也如此认为，如朱熹说："此宗祀文王于明堂，以配上帝之乐歌。"（朱熹：《诗集传》，中华书局2015年版，第300页）文中是"天"，朱熹谓"上帝"，已表明他的态度。

天，中四句祀文王，末三句则祭者本旨。"① 天即上帝。而前面说过，《孝经》曰："宗祀文王于明堂以配上帝。"《毛诗序》与此相合，不过，这是年代较晚的说法了。有论者已指出，《孝经》成书年代晚至战国（甚至汉初）。② 而若将《我将》"文王配天（上帝）"的祭祀类型往前追溯，寻找更早的原型，它明显与《天亡簋铭》相合，这不该是巧合，两者应是一事的产物。

另外，诗文内容与武王伐商的情形也相对应。《桓》："桓桓武王，保有厥士，于以四方，克定厥家。"《我将》：说："仪式刑文王之典，日靖四方。"均是指在武王继承文王"天命"前提下，征伐"四方"，也就是灭商。而《我将》"我其夙夜，畏天之威，于时保之。"马银琴说："'我其夙夜'之'我'应为武王。"③ 此"我"确实指武王。武王于"天室"祭祀上帝，最终接受"天命"，故而"畏天"，如此才能常保"天命"，享有国祚。

实际上，高亨也认为《我将》是《大武》组成之诗篇，且为第一篇。在他看来，《我将》反映了周武王伐商出征时祭祀上帝与文王，祈求保佑的相关史实，而这与《乐记》第一成象征武王出征"始而北出"的记载相符。④ 然而，尚未发现史料记录武王出征前祭祀了上帝（天），高氏也未给出依据。通过上述分析，存在这样的事实：在克商回镐京途中，武王祭祀了上帝与文王，有《天亡簋铭》为证。所以将《我将》一诗定为"天室"祭祀乐歌更为妥当，其当是《大武》第二篇。在王国维研究的基础上，高亨还认为，《礼记·祭统》"夫祭有三重焉，献之属莫重于裸，声莫重于升歌，舞莫重于《武·宿夜》"之《武·宿夜》实际正是《我将》，这是因为《我将》"我其夙夜"之"夙夜"与"宿夜"通。此论极有见地。确实，表现获得"天命"的《我将》被用作最重要的祭祀舞蹈之配乐，是十分合适的。

---

① （清）方玉润：《诗经原始》，中华书局 2015 年版，第 589 页。
② 参见黄中业《〈孝经〉的作者、成书年代及其流传》，《史学集刊》1992 年第 3 期。
③ 马银琴：《西周诗史》，社会科学文献出版社 2006 年版，第 116 页。
④ 高亨：《周代"大武"乐的考释》，《山东大学学报》1955 年第 2 期。

三 第一部分（第一篇）：灭商"巡狩礼"乐歌《时迈》

在本章第一节，笔者援引孙希旦、邓佩玲的观点，已说明《时迈》是《大武》"序幕时所诵唱的诗篇"①，此处不再赘述。简言之，于篇次上，《时迈》即《大武》第一篇，这与《周公之琴舞》的结构是一样的道理。《周公之琴舞》发现十篇，但却说："琴舞九絉（卒）。"②这意味着它的第一篇《周公之儆毖》与《时迈》看似多余，但同样有舞蹈序幕之作用。③《时迈》是克商后不久由周公所作④，全诗为：

> 时迈其邦，昊天其子之？实右序有周。薄言震之，莫不震叠。怀柔百神，及河乔岳。允王维后！明昭有周，式序在位。载戢干戈，载橐弓矢。我求懿德，肆于时夏。允王保之！

若从"仪式乐歌"角度看，《时迈》当是《天亡簋铭》所记天室祭祀前的"巡狩礼"乐歌。如此，它作为《大武》第一篇也极合理。理由如下。

前面说，第二篇《我将》反映了天室祭祀上帝（天）之事。《白虎通义》曰"巡狩必祭天"，在国都外的高山上祭天（上帝），难免使人联想到"巡狩礼"。这是一种古老的礼制，系后世"封禅礼"的前身，也

---

① 邓佩玲：《〈诗经·周颂〉与〈大武〉重探——以清华简〈周公之琴舞〉参证》，《岭南学报》（香港）复刊 2016 第 4 辑。

② 李学勤主编：《清华大学藏战国竹简》（三），中西书局 2012 年版，第 133 页。

③ 有论者认为：《周公之琴舞》的周公部分遗失了八首，其原来应同成王部分均为九首。但这类观点值得商榷。因为《周公之琴舞》的第一简，已包括了成王部分一个字，其曰"周公作多士儆毖，琴舞九絉（卒）。元纳启曰：'无悔享君，罔坠其孝，享惟慆币，孝惟型币。'成。""成"字正为成王部分的开始，这意味着两部分连贯，并没有发生遗失。这点，有很多论者已指出了。如蔡先金说："该颂通体是一篇完整的乐章，而非两篇之拼凑。"[蔡先金：《清华简〈周公之琴舞〉的文本与乐章》，《西北师大学报》（社会科学版）2014 年第 4 期] 此说应是。

④ 《左传·宣公十二年》载楚子之言："夫文，止戈为武。武王克商，作《颂》曰：'载戢干戈。载橐弓矢。我求懿德。肆于时夏。允王保之。'"所引诗句出自《时迈》，可知《时迈》是克商后不久所作。《国语·周语》又载此诗为"周文公之颂"，也就是说其作者为周公。

是只有天子才有权力举行的仪式。《尚书·舜典》即载圣王舜"岁二月，东巡守，至于岱宗，柴望秩于山川"。而从牧野灭殷到天室祭天中间的这十二天之中，武王确实举行了"巡狩礼"。《史记·周本纪》写道："乃罢兵西归。行狩，记政事，作《武成》。""行狩"即"巡狩"，"狩"字表明了它的原始含义，即打猎。《逸周书·世俘》详细描述了"武王狩"的众多猎物："禽虎二十有二"，等等。实际上，能在别人的地盘"巡"而随意打猎，这象征了最高"征伐"权力的获有，也就代表了拥有天下。紧接着打猎的内容，《逸周书·世俘》说"武王遂征四方"，即见此意。宏观来看，天室祭上帝与文王，正是这次返回镐京途中"巡狩"之重要目的。

于《时迈》，《毛诗序》云："巡守告祭柴望也。"《诗序》说得不错。而且，正如宋人黄櫄所言："武王巡守之事，诗有《时迈》，《书》有《武成》。"① 《时迈》的"巡守"正为上述胜殷后的武王"巡狩"。胡承珙《毛诗后笺》对此有较允当的论证，笔者在第一节已经征引过，此不赘。②

另外，《大武》主题系"天命"，《时迈》是这样吗？这也可验证此诗是否属《大武》。

《毛传》："迈，行也。"但这样解释不妥。寻找更早的史料，在金文中，"迈"与"万"通，林义光曰："迈读为万，诸彝器'万年'多作迈年。迈与万古通用。"③ 此说精审。这样的例子有《先兽鼎铭》："兽其迈年。"（《集成》2655，西周早期）《大鼎铭》："大其子子孙孙迈年永保。"（《集成》2807，西周中期）《小克鼎铭》："迈年无疆。"（《集成》2796，西周晚期）等等。

那么，"时迈其邦，昊天其子之？实右序有周"就是说：在万千邦国中，昊天把谁当儿子呢？老天实在保佑我周家。《时迈》开篇这句，强烈地表达了周人初获天下的喜悦，仍不离《大武》"天命"主题，而且这一主题贯彻全文。

---

① （宋）李樗、黄櫄：《毛诗李黄集解》，《景印文渊阁四库全书》第71册，台北：台湾商务印书馆1983年版，第725页。
② （清）胡承珙：《毛诗后笺》，黄山书社1999年版，第1525—1526页。
③ 林义光：《诗经通解》，中西书局2012年版，第398页。

其他体现"天命"的诗句。《时迈》曰:"式序在位",此"序"何意？一般理解为"次序",是说诸侯有次序地被分封。这样解释不妥。"序"已出现在第三句"实右序有周"里,马瑞辰曰:"'实右序有周',犹言实佑助有周也。右、序二字同义。《笺》谓:'次序其事',失之。"① 序,助之义。"式序在位"之"序"也是一样的意思。"在位"指什么？古人多循《诗序》"巡守"之意,解释为"在位之诸侯"②,如此解释也不恰当。此词也在《大雅·荡》中出现,其曰:"文王曰咨:咨汝殷商,曾是强御,曾是掊克,曾是在位,曾是在服。"对照可发现,"在位"意味掌权,拥有天下,与某某君王"在位"之义相近。再具体说,"位"实指"天位",《大雅·大明》:"明明在下,赫赫在上。天难忱斯,不易维王。天位殷适,使不挟四方。"《毛传》:"纣居天位,而殷之正適(嫡)也。"朱熹:"天位,天子之位也。"③《尚书·召诰》:"皇天上帝,改厥元子,兹大国殷之命。"获有"天命",即成为天之"元子"(嫡长子)④。总之,"式序在位"所表达的意思与"昊天其子之"相同,即上天佑助周成为天之子,获得"天命"也。

从《时迈》的整体结构来看"天命"。以"允王维后"为界,《时迈》可分为相互对称的两部分,对此,严粲说:

> "右序有周"与"明昭有周"语意一同,"明昭"不言实承上省文也。言"天之右序有周",而结之"以允王维后",谓膺天命而无愧也。言"天之明昭有周"而结之"以允王保之",谓保天命于无穷也。结上文"右序"及"明昭"之意皆以允言之。⑤

---

① (清)马瑞辰:《毛诗传笺通释》,中华书局1989年版,第1055页。
② "明昭有周"之后的诗句,朱熹解释:"又言明昭乎我周也。既以庆让黜陟之典,式序在位之诸侯。又收敛其干戈弓矢,而益求懿美之德,以布陈于中国,则信乎王之能保天命也！"(朱熹:《诗集传》,中华书局2015年版,第302页)
③ (宋)朱熹:《诗集传》,中华书局2015年版,第236页。
④ 《鲁颂·闷宫》:"王曰叔父,建尔元子,俾侯于鲁。"叔父指周公;元子是伯禽,即周公的嫡长子,鲁国的第一代国君。
⑤ (宋)严粲:《诗缉》,《景印文渊阁四库全书》第75册,台北:台湾商务印书馆1983年版,第453页。

此论极是。《时迈》两部分均强调了"天命",皆以夸耀"上天保佑"成为"天子"始,以祝愿"天命"永存、国祚永享终。在整个《大武》组诗中,此诗对"天命"的表达最为强烈。

从诗的整体内容来看。前面说过,有研究者看到《时迈》"及河乔岳"与反映胜利回国途中"度邑"之诗《般》存在联系,所以将两诗归为一类,认为"《时迈》也可看作是和武王封禅嵩山这一历史事件有关的诗篇"①。不过,《时迈》篇幅较长,内容丰富,并不是"度邑"所能涵盖的。况且,"及河乔岳"前,《时迈》还说:"怀柔百神",明显针对包含河、岳的众神而言。于此,王宗石的论断值得重视,他说:

> 这篇诗实在是周人打败殷商统一中国后向万邦宣告新王朝成立的文告。内容包括立国思想、制度、政策各个方面的大问题,应是我国最古的一篇重要历史文件。②

笔者认同此看法。《时迈》不仅洋溢着周人初获天下的喜悦,还承诺"怀柔百神,及河乔岳""载戢干戈,载櫜弓矢。我求懿德,肆于时夏"。前一句表明周人宗教态度:对众神安抚之、祭祀之。而相比商纣王,后者却"昏弃厥肆祀,弗答"(《尚书·牧誓》),轻蔑地抛弃了祭祀,不管不顾。后一句表明了周人的政治态度:偃武修文。收起兵器,"然后知武王之不复用兵也"(《礼记·乐记》),即结束战事,与民休息;并且征求好的政治措施(懿德)③,推行天下。相比,纣王"弃成汤之典"(《逸周书·商誓解》),放弃了先人的法则。看来,此诗类似"安邦定国"的"开国宣言",它针对殷商的暴政,提出了自己的良政。基于以上,《时迈》系《大武》第一篇。

---

① 林沄:《天亡簋"王祀于天室"新解》,《史学集刊》1993年第3期。
② 王宗石:《西周王朝的开国颂词》,《文史》1999年第4辑,第309页。
③ "懿德"多解释成"美德",但周代的"德"多有"政治"色彩。《左传·僖公二十四年》载富辰之语:"周之有懿德,犹曰'莫如兄弟',故封建之。其怀柔天下也,犹惧有外侮,捍御侮者,莫如亲亲,故以亲屏周。"此处"懿德"指分封制度。

综合以上分析，制表如下①。

表 4　　　　　　　　　《大武》组诗篇目及排序

舞次	序幕	一成 （《武宿夜》）	二成	三成	四成	五成	六成
诗（乐）次	一	二	三	四	五	六	七
篇名	《时迈》	《我将》	《赉》	《酌》	《般》	《桓》	《武》
原始仪式乐歌功能及背景	灭商后的武王"巡狩礼"乐歌	武王天室祭祀上帝与文王之乐歌	凯旋回镐京后，甲寅日武王军礼宗庙献捷"恺乐"（《大武》最初构成）			祭祀武王之乐	

《大武》组乐最初只包含第三、四、五首，后来又吸收了其余四首。这些乐歌并不是同一时间形成的：前五首乃周之开国典礼的乐歌；后两首系成王时代祭祀武王之乐。在组乐中，这七首以"天命"为主题的"仪式乐歌"按所属仪式的时间先后依次排序。通过周初"制礼作乐"，组乐与表现灭商的六成舞相配，最终形成了通用于王室祭祖的《大武》乐舞。《大武》这一构成方式，对进一步认识诗乐与仪式关系不无裨益，也对探索周代礼乐结构或有推进作用。

---

① 尽管角度不同，本书《大武》组诗篇目及排序与姚小鸥观点一致。不过他并未详论排序原因，也未深究各诗原始仪式功能，若本书结论不错，可弥补此缺憾。另外，本书与他关于音乐术语"成"的看法也不同。

第五章

雨我公田：《小雅》之《甫田》《大田》"公田礼"乐歌考

周民族始终与农业有密切关系：其族名"周"字，甲骨文作田，"象农田整饬，中有农作物之形"①。周人始祖周弃，因其农业才能，传说夏代以来"祀以为稷"（《国语·鲁语》），即被选作谷神世代祭祀，因而周弃又被称为"后稷"②。周人也以守"后稷之业，务耕种，行地宜"（《史记·周本纪》），作为本民族的立身之本。他们在农业生产中，相应地发展出一整套礼制仪式，以祭祀祈求神灵护佑农事。

于这些农事仪式中，"籍田礼"被人熟知，有礼也就有其仪式乐歌，《诗经》中有《载芟》《良耜》等几首"籍田礼"乐歌，业已成为共识③；不过，还有一种天子"公田礼"，一直未得到关注。《诗经·小雅》之组诗《甫田》《大田》正是两首西周晚期的天子"公田礼"乐歌④，此礼也多亏二诗予以保存。《甫田》全诗为⑤：

---

① 徐中舒：《周原甲骨初探》，载《川大史学·徐中舒卷》，四川大学出版社2006年版，第220页。

② 后稷，君也。

③ 这类研究有很多，如韩高年《周初藉田礼仪乐歌考》[《福建师范大学学报》（哲学社会科学版）2005年第3期]即认为《载芟》《良耜》《噫嘻》《臣工》皆系"籍田礼"乐歌。

④ 对《甫田》《大田》的组诗性质、年代及等级所属，学界已有较多讨论，可参见李中华、杨合鸣编著《〈诗经〉主题辨析》（广西教育出版社1989年版，第198—205页）、马银琴《两周诗史》（社会科学文献出版社2006年版，第212—213页）等。要注意的是，当下流行的二诗幽王说或宣王说皆无坚实之证据，但它们同为西周晚期之作品是可信的。

⑤ 两诗章节划分以《毛诗》为准。

第五章 雨我公田:《小雅》之《甫田》《大田》"公田礼"乐歌考

倬彼甫田,岁取十千。我取其陈,食我农人。自古有年。今适南亩,或耘或耔。黍稷薿薿,攸介攸止,烝我髦士。(一章)

以我齐明,与我牺羊,以社以方。我田既臧,农夫之庆。琴瑟击鼓,以御田祖。以祈甘雨,以介我稷黍,以谷我士女。(二章)

曾孙来止,以其妇子,馌彼南亩,田畯至喜。攘其左右,尝其旨否。禾易长亩,终善且有。曾孙不怒,农夫克敏。(三章)

曾孙之稼,如茨如梁。曾孙之庾,如坻如京。乃求千斯仓,乃求万斯箱。黍稷稻粱,农夫之庆。报以介福,万寿无疆。(四章)

《大田》全诗为:

大田多稼,既种既戒,既备乃事。以我覃耜,俶载南亩。播厥百谷,既庭且硕,曾孙是若。(一章)

既方既皁,既坚既好,不稂不莠。去其螟螣,及其蟊贼,无害我田稚。田祖有神,秉畀炎火。(二章)

有渰萋萋,兴雨祁祁。雨我公田,遂及我私。彼有不获稚,此有不敛穧,彼有遗秉,此有滞穗,伊寡妇之利。(三章)

曾孙来止,以其妇子,馌彼南亩,田畯至喜。来方禋祀,以其骍黑,与其黍稷。以享以祀,以介景福。(四章)

笔者认为,可以透过《甫田》《大田》二诗去"以诗补礼",求证一种尚未引起注意的礼制——"公田礼"。不过,今人受杨宽与孙作云的影响,混同了"籍田"与"公田",以至常以为:二诗的仪式地点为"籍田",二诗是"籍田礼"乐歌。其实,"籍田"与"公田"是性质不同的两种田地,不可混淆,这亟须澄清。①

事实上,二诗之性质,孙作云已触及真相。他将《国语·周语》所载周王田地仪式分为耕礼、耨礼、获礼,并首次以此思路判断二诗的仪

---

① 对混同"公田""籍田"的现象,已有一些批评,有代表性的是金景芳《论井田制度》(齐鲁书社1982年版,第50—56页)、宁镇疆《周代"籍礼"补议——兼说商代无"籍田"及"籍礼"》(《中国史研究》2016年第1期),但均较为零散,且对影响较大的杨宽"籍田说",未有一个集中的检讨。

式类型，找到了可行的方向，其曰："《甫田》，我以为是周天子在锄地的时候，到公田（周天子庄园）中举行'耨'礼的歌；在这时候，并祭祀四方神、社神（土地神）及田祖（始耕田者）。""《大田》，我以为是周天子在秋收时，到公田里举行获礼，并祭祀方社的歌。"① 可惜的是，他将"公田"等同于"籍田"，不免功亏一篑。他之后，二诗属"公田礼"之说法，少有人提及。实际孙氏两个判断，在修正几处错误后，就可以成立。另外，他仅给出了观点，仍需进一步论证。今笔者在检讨欠妥观点的同时，将《甫田》《大田》两首"公田礼"乐歌考察如下。

第一节　"籍田礼"还是"公田礼"

一　仪式地点辨析

（一）"籍田""公田"辨正

杨宽的《古史新探》《西周史》与孙作云的《诗经与周代社会研究》为《诗经》研究必读书，以至二人的"籍田说"影响甚广。在其影响下，李山以为《甫田》《大田》，"正是出于对周王亲自主持的籍田典礼活动的记述"②；姚小鸥说，《大田》叙述"曾孙到南亩行'馌礼'即'籍礼'"③；扬之水认为《大田》"雨我公田"之"公田"系"籍田"④；蒋立甫注释《大田》时云"公田，又称籍田"⑤；等等，不一而足。不过，前已述，杨、孙之说是有问题的。在商榷前，先对"籍""公田""籍田"一组概念作简要辨析。

先来看"籍"。"籍"，又常写作"藉""耤"，其初义为"耕作"，后来衍生出"助""借"之义。"籍"实际是商周时代一种贵族田地的生产方式与税收模式。《孟子·滕文公》："助者，藉也。"从生产方式上讲，

---

① 孙作云：《诗经与周代社会研究》，中华书局1966年版，第367、368页。
② 李山：《诗经的文化精神》，东方出版社1997年版，第55页。
③ 姚小鸥：《诗经三颂与先秦礼乐文化》，北京广播学院出版社2000年版，第128页。
④ 扬之水：《诗经名物新证》（修订版），天津教育出版社2007年版，第73页。
⑤ 蒋立甫：《诗经举要》，安徽师范大学出版社2014年版，第201页。

"籍"又名为"助";所谓"助",裘锡圭云:"商王在农业上主要是采取让商族平民或臣属诸族集体耕种直属于他的大块'公田'的办法进行剥削的。这应该就是所谓'助'法。"① 周代实际仍如此。简言之,"籍"是借助农民的劳动以事生产;若从税收模式上讲,其系劳役地租。

再来看"公田"。与"公田"相对的是"私田",《孟子·滕文公》:

《诗》云:"雨我公田,遂及我私。"惟助为有公田。由此观之,虽周亦助也。

周代广泛采用井田制,一定单位的农人在耕作各自"私田"的同时,共同耕作一块田地,此田地收入交公。这块共同耕作的田地即"公田"。前已述,"助"即"籍",那么由"惟助为有公田"可知,"公田"与"籍"法彼此依存。"公田"出现的时代较早,至少在已有"籍"法的商代就存在了,其规模很大,是王室收入的重要来源。细分的话,"公田"包含多种,如西周《扬簋铭》说:

王若曰:扬,作司工,官辞粮田甸。(《集成》4294)

其中的"粮田",裘锡圭指出:"粮田当是为统治阶级生产军粮或其他行道所用之粮的公田。"② 则"公田"又能包括"粮田"。在地理位置上,"公田"可存在于诸多地方。

什么是"籍田"?文献载:

甸师掌帅其属而耕耨王藉,以时入之,以共粢盛。(《周礼·天官·甸师》)

是月也,天子乃以元日祈谷于上帝。乃择元辰,天子亲载耒耜,措之于参保介之御间,帅三公、九卿、诸侯、大夫,躬耕帝

---

① 裘锡圭:《西周粮田考》,载《周秦文化研究》,陕西人民出版社1998年版,第298页。
② 裘锡圭:《西周粮田考》,载《周秦文化研究》,陕西人民出版社1998年版,第293页。

藉，天子三推，三公五推，卿诸侯九推，反执爵于大寝。三公、九卿、诸侯、大夫皆御，命曰劳酒。（《礼记·月令·孟春》）

乃命冢宰："农事备收，举五谷之要，藏帝藉之收于神仓，祇敬必饬。"（《礼记·月令·季秋》）

是故昔者天子为藉千亩，冕而朱纮，躬秉耒；诸侯为藉百亩，冕而青纮，躬秉耒。以事天地、山川、社稷、先古，以为醴酪齐盛，于是乎取之，敬之至也。（《礼记·祭义》）

由上可知，"籍田"又称"帝籍""王藉""千亩"，其在古代有固定含义，郑玄解释：

> 籍田，甸师氏所掌。王载耒耜所耕之田，天子千亩，诸侯百亩。籍之言借也，借民力治之，故谓之籍田。①

可见，天子"籍田"也施行"籍"法，产品归王室所有，因而可以说它也是"公田"，但绝不意味着"籍田"等同于"公田"。因为从规模上看，"籍田"千亩，按周代"百亩合今三十一点二亩"②算的话，则相当于现代的三百一十余亩，如此面积之收入不可能应付王室开销；另外，从地理位置上看，《礼记·祭统》云"天子亲耕于南郊"，可见"籍田"在国都南郊，有固定的地点。实际上，"籍田"的功能是产出粮食以"共粢盛"，享祭以上帝为统领的各路神灵；其性质，金景芳总结说："籍田是一种礼节性的、象征性的东西。既不能根据它说当时的统治阶级真的参加农业生产劳动，也不能认为当时的天子、诸侯只靠这项收入来过活。"③新近整理清华简《系年》载：

> 昔周武王监观商王之不恭上帝，禋祀不寅，乃作帝籍，以登祀上帝天神，名之曰千亩，以克反商邑，敷政天下。……宣王即位，

---

① 《载芟·诗序》之郑笺。
② 杨宽：《西周史》，上海人民出版社2003年版，第187页。
③ 金景芳：《论井田制度》，齐鲁书社1982年版，第54—55页。

共伯和归于宗。宣王是始弃帝籍,弗田,立卅又九年,戎乃大败周师于千亩。①

此记录再次印证"籍田"之性质。从中也可知,"籍田"设置的原因是借鉴"不恭上帝"之"商鉴",设置年代为周武王时,其系"周人的制度创造"②。

再回过头来看杨宽、孙作云的观点。杨宽认为:

> 西周时代所说的"大田"、或称"甫田",原是井田制中农民集体耕作的"公田",这样集体耕作"公田",当时称为"籍法"或"助法",因而又称为"籍田"。
>
> "籍田"或称"公田",原是原始社会末期村社中集体耕作的公有地,其收获是用于祭祀、救济、尝新等公共开支的。③

以上,杨宽无疑将"公田"等同于"籍田"。《甫田》《大田》开篇分别云"倬彼甫田""大田多稼",表明二诗仪式地点分别为"甫田""大田",二诗也因此得名。据杨氏"大田""甫田""公田""籍田"名异实同的说法,二诗仪式地点均为"籍田"。

实际上,杨宽的"籍田"定义与古人不同,他以"籍"这种生产方式为视角,进行一系列追溯与推演,并将所有施行此生产方式的田地,都看作"籍田"。但逻辑的推论并不一定符合历史的约定俗成,"籍田"在古代有明确的含义;不能因为"公田""籍田"均用"籍"法,就混同二者。前已述,古人所云"籍田"专指天子亲耕的那一块国都南郊之田。杨宽定义之"籍田"实际包含古人所理解的"公田"与"籍田"。若以他的定义去读古书,很多地方都要出错;因而在"籍田"定义上,应该遵守传统的观点。再者,限于当时的史料,杨宽特别强调"籍田"的延续性,他认为"籍田"可追溯到原始公社末期,其实,"籍田"制

---

① 李学勤主编:《清华大学藏战国竹简》(二),中西书局2011年版,第136页。
② 宁镇疆:《周代"籍礼"补议——兼说商代无"籍田"及"籍礼"》,《中国史研究》2016年第1期。
③ 杨宽:《西周史》,上海人民出版社2003年版,第205、280页。

度是周人之新创，杨宽未能了解这一层真相。

　　杨宽所说的"籍田礼"也失之过于宽泛。据《国语·周语》，得出的主要是天子亲耕"帝籍"的礼仪，而杨氏把它扩大到所有施行"籍"之生产方式的田地上。总之，以杨宽的"籍田"及"籍田礼"之说来阐释《甫田》《大田》二诗，均不妥。

　　孙作云与杨宽有相似的看法，他说：

> 这"耤"，即力役地租，实行这种力役地租的田地，叫做"耤田"（即"公田"、"领主的自营地"）；在耤田里举行始耕典礼，谓之"耤礼"，亦简称"耤"。①

　　可见，孙氏也混同了"籍田"与"公田"，他常讲的"公田"，实际也涵盖古人所说的"籍田"与"公田"。孙作云甚至以为宣王废除"籍田"，即废除了"籍"之生产方式及税收模式，也就等同于变革了公田制②；但同时，他又将《甫田》《大田》定性为宣王时代的"公田礼"乐歌。那么，既然废除了公田制，则宣王又何需这两首"公田礼"乐歌呢？这本身矛盾。况且，废除"籍田"断然不同于废除"籍"（劳役地租），赵光贤已作批评③，此不赘。

　　综上，在20个世纪60年代④，杨宽、孙作云二人都自觉运用了唯物主义"生产方式决定论"的方法研究西周田制及"籍田礼"；虽创见良多，但由于过于强调"籍"的生产方式，只看到了"籍田""公田"之同，忽视了两者之异，以致混同二者。另外，杨、孙二人对古代礼学

---

① 孙作云：《诗经与周代社会研究》，中华书局1966年版，第99页。
② 孙作云：《诗经与周代社会研究》，中华书局1966年版，第388页。
③ 赵光贤认为，孙作云"宣王不藉千亩一事，颇有人夸大其词，说是废除井田制，改征土地税等等，这类说法都是想当然的说法，并无实据。如果真是这样，为什么鲁宣公十五年《春秋》大书'初税亩'呢？鲁宣公时鲁国废除井田制，改行彻法，亦即改劳役地租为实物地租，这是说得通的，因为有'初税亩'的明白证据，说宣王则如此改革，则缺乏明白证据，所以是不可信的"。（参见赵光贤《评孙作云著〈诗经〉与周代社会研究》，《史学史资料》1980年第6期）
④ 杨氏的《"籍礼"新探》最初刊于《古史新探》（中华书局1965年版，第218—233页），后收入其他著作。

重视不够，这也可能是他们出现失误的重要原因。其实，早于他们，旧学根底深厚的范文澜，已正确指出了"公田""籍田"之关联：

> 周天子有大量公田，称为大田、甫田、南亩，每年出产谷物，以百室或千仓或万箱计数，这是天子收入的主要部分。公田里天子有藉田千亩、诸侯百亩，名义上是天子诸侯亲自耕种，实际自然是农夫代耕。在公田上耕种的人就是领得私田的农夫。①

此论良是。可惜，现在罕有人注意。

（二）"甫田""大田"为"公田"

事实上，《甫田》《大田》二诗仪式地点为"籍田"之观点，古代已出现。《甫田》："琴瑟击鼓，以御田祖，以祈甘雨。"郑笺："设乐以迎祭先啬，谓郊后始耕也。"所谓"郊后始耕"，源自《左传·襄公七年》，其曰："夫郊祀后稷，以祈农事也。是故启蛰而郊，郊而后耕。"这是说鲁国之礼，即天子礼；此记载与《礼记·月令》孟春天子"元日祈谷""躬耕帝藉"相合，则"始耕"指"籍田"（帝籍）春耕之礼。郑玄如此解释，留下"甫田"可为"籍田"的空间。之后，有发挥此意者，《甫田》之孔疏云：

> 王基因于不遍之言，而引《周语》以此为藉田之事，谬矣。然此诗止说丰年之义，无刺废藉之文。《笺》之上下，言不及藉。下篇刺矜寡不能自存，其文亦同于此。岂令矜寡之人，就藉田捃拾也？又下章庚、稼，共此接连，《笺》称"古之税法"，非为藉田，明矣。

王基为三国时人，力主郑学，曾与王肃论战。王氏之作早已亡佚，不过从上可知，他进一步支持了《甫田》"籍田"之说。

然而，孔颖达并不认可王基之观点，他主要从三方面反驳。第一，

---

① 范文澜：《中国通史简编》修订版第1编，人民出版社1955年版，第141页。

二诗并无讽刺废除"籍田"之义。第二,《大田》:"彼有不获稚,此有不敛穧。彼有遗秉,此有滞穗,伊寡妇之利。"意思是说,收获时,特意为寡妇这类弱势群体留下一定量的粮食,但"籍田"不可能如此。作为组诗,《甫田》仪式地点当也不为"籍田"。第三,《甫田》:"倬彼甫田,岁取十千。"郑笺:"甫之言丈夫也。明乎彼大古之时,以丈夫税田也。岁取十千,于井田之法,则一成之数也。"此处,郑玄将"岁取十千"理解为井田税收之法。上文已述,有井田是"公田"而不是"籍田"。孔颖达的驳辞,第一点遵从美刺之说,不宜信从;第三点则依附郑玄的解释,尚缺乏合理的依据,"十千"系虚指,应取《毛传》"十千言多"之意为长;其第二点较为有力。

"籍田"是宗教性的田地。前引清华简《系年》已道明其产出用于"登祀上帝天神"。《礼记·月令》也载季秋,王命冢宰"藏帝藉之收于神仓,祗敬必饬",孔疏:"言天子于此月,命冢宰藏此帝藉所收禾谷,于此神仓之中,当须敬而复敬,必使饬正。"可见"帝籍"之收入必恭敬地归藏于神仓,并无《大田》"伊寡妇之利"的道理。类似地,"籍田"合现今三百余亩,产出用于众多神灵祭祀之粢盛,应不会有太多的剩余,而《甫田》云"我取其陈,食我农人",若"甫田"为"籍田",能专门取出陈粮"食我农人",当无这种可能。另外,《甫田》云"攸介攸止,烝我髦士",此句理解颇多争议,黄瑞云释"介"为"大",释"止"为"满""成"之义,则此句可理解为"逐渐变大变成熟"[①],此说应确。则上引一句可释为:"庄稼变大变成熟,养活我的好人才。"那么"烝我髦士"与"以谷我士女"相对应,表明"甫田"的粮食用于供养人才,并不是如"籍田"一般单纯"享神",由此也可证"甫田"不是"籍田"。

不过,《国语·周语》载:

  宣王即位,不籍千亩。虢文公谏曰:"不可。夫民之大事在农,上帝之粢盛于是乎出,民之蕃庶于是乎生,事之供给于是乎在,和

---

① 黄瑞云:《谷风甫田诗义索原》,《湖北师范学院学报》(哲学社会科学版)1987年第1期。

协辑睦于是乎兴，财用蕃殖于是乎始，敦庞纯固于是乎成，是故稷为大官。古者，太史顺时覛土，阳瘅愤盈，土气震发，农祥晨正，日月底于天庙，土乃脉发。

"先时九日，太史告稷曰：'自今至于初吉，阳气俱蒸，土膏其动。弗震弗渝，脉其满眚，谷乃不殖。'稷以告王曰：'史帅阳官以命我司事曰："距今九日，土其俱动，王其祗祓，监农不易。"'王乃使司徒咸戒公卿、百吏、庶民，司空除坛于籍，命农大夫咸戒农用。

"先时五日，瞽告有协风至，王即斋宫，百官御事，各即其斋三日。王乃淳濯飨醴，及期，郁人荐鬯，牺人荐醴，王裸鬯，飨醴乃行，百吏、庶民毕从。及籍，后稷监之，膳夫、农正陈籍礼，太史赞王，王敬从之。王耕一墢，班三之，庶民终于千亩。其后稷省功，太史监之；司徒省民，太师监之；毕，宰夫陈飨，膳宰监之。膳夫赞王，王歆大牢，班尝之，庶人终食。

"是日也，瞽帅音官以风土。廪于籍东南，钟而藏之，而时布之于农。稷则遍诫百姓，纪农协功，曰：'阴阳分布，震雷出滞。土不备垦，辟在司寇。'乃命其旅曰：'徇。'农师一之，农正再之，后稷三之，司空四之，司徒五之，太保六之，太师七之，太史八之，宗伯九之，王则大徇。耨获亦如之。'民用莫不震动，恪恭于农，修其疆畔，日服其镈，不解于时，财用不乏，民用和同。

"是时也，王事唯农是务，无有求利于其官以干农功，三时务农而一时讲武，故征则有威，守则有财。若是，乃能媚于神而和于民矣，则享祀时至，而布施优裕也。"

在上引著名的"籍田"文献中，记载"籍田礼"当日，"瞽帅音官以风土。廪于籍东南，钟而藏之，而时布之于农"，杨宽认为此句与后文"祀时至而布施优裕"相对应，意思是说"籍田"收获可按时节散发给农民，如此"籍田"收入既可"奉粢盛"，又能救济农人，可以达到"媚于神而和于民"的效果。[①] 如果认可此观点，上文就不能排除"籍

[①] 杨宽：《西周史》，上海人民出版社 2003 年版，第 274 页。

田"了。但是，杨宽的观点难以成立，理由如下。

其一，如前所述，"籍田"面积太小，粮食产出有限，承担不了救济农人的任务。

其二，"廪于籍东南，钟而藏之，而时布之于农"三句非常突兀，至今没能得到很好的解释。俞樾将此三句看作错简：其应在"耨获亦如之"之下，"于农"则是衍文。杨宽否定了俞樾的错简说。但俞樾云：

> 是时甫耕，未及收也，何遽及此，且王所藉田以奉粢盛，何以布之于农？[①]

这仍是较有力的质疑，徐元诰[②]、张以仁[③]都认可俞氏错简说。

另一种可能，笔者认为不存在错简，但"时布之于农"并不是"按时发散粮食给农人"的意思。此句之下，《国语》："民用莫不震动，恪恭于农……不解于时。"所谓"不解于时"正可与"时布之于农"相对应，说的是"敬授民时"的制度，"时布之于农"系"时，布之于农"即"以农时告之于农人"的意思。《尚书·尧典》：

> 钦若昊天，历象日月星辰，敬授人时。

---

① （清）俞樾：《群经评议》，《续修四库全书》第178册，上海古籍出版社2002年版，第456页。

② 徐元诰：《国语集解》，中华书局2002年版，第21页。

③ 张以仁：《国语斠证》，台北：台湾商务印书馆1969年版，第40页。之后，张以仁又有新的看法，他说："韦注以为御廪系藏籍田获物之仓。然虢文公所论仅就籍礼之过程及随后展开之农事言，似不当涉及日后之收获及分配问题。且为御廪以奉王室粢盛，何以'时布之于农'？亦不可解。俞樾……为错简……然于'时布之于农'句仍不可解。窃疑此盖指经籍田祈福之五谷种子而言，故临事即于籍地为廪以藏，而以此布之于农为秧作之种，所谓'时'，盖以五谷播种期有参差之故。"（张以仁：《春秋史论集》，台北：联经出版事业公司1990年版，第182页）这也是一种被广泛接受的释义。但张氏此论的礼制依据何在，笔者尚未找到。而且后文会说到，《周礼·天官·内宰》曰："上春，诏王后帅六宫之人，而生穜稑之种，而献之于王。"郑注云："古者使后宫藏种，以其有传类蕃孳之祥。必生而献之，示能育之，使不伤败，且以佐王耕事共禘郊也。"如果此说不错的话，"籍田"种子当藏于王宫，而不是藏于"籍田"所在之处。

"人时"即"农时",《尚书大传》对此解释:

> 当上告之天子,而下赋之民。故天子南面而视四星之中,知民之缓急,急则不赋籍,不举力役。故曰"敬授民时",此之谓也。①

而《国语》:"稷为大官……农祥晨正,日月底于天庙,土乃脉发。""大官"即"天官","农祥""天庙"正为星象;《国语》又载"瞽告有协风至",瞽矇本身能听风辨时,是知"天道"者;则"籍田礼"反复出现星象、时令一类,该不会缺少"敬授民时"这一制度,而且"时布之于农"在"瞽帅音官以风土"之下,当与瞽矇的职能有内在联系。

其三,"享祀时至,而布施优裕"应与"匮神乏祀,而困民之财"对应;"享祀时至""匮神乏祀"针对"籍田"而言,"布施优裕""困民之财"针对天下田,特别是"公田"而言。据《国语》,"籍田礼"所谓"遍诫百姓,纪农协功"、各级农官"徇""王大徇"云云,表明此礼的一层深意:安排督促农业生产,建立天下农事秩序。这也是虢文公极力劝阻宣王"不籍千亩"的重要原因所在;他担忧"籍田礼"废,则天下农事秩序大乱。所以,《国语》"籍田礼"文献,看似谈论的只是"籍田"之事,其实它借题发挥,经常溢出这个话题,议论天下农业生产之事及"籍"这种生产方式。杨宽、孙作云之所以对"籍田"有不恰当之理解,不得不说与《国语》此段"籍田"文献的特点有密切关系。因为此段文献并不单纯,除"籍田"之外,始终有"公田"的影子在里面。②

杨宽以为"籍田"有救济的功能,其实国家自有一套救济制度建立在古老的"公田"制度上。杨宽在探讨原始村社制"公田"时,已经发现这点,他说:

---

① 皮锡瑞:《尚书大传疏证》卷1,清光绪丙申师伏堂本。
② 《国语·周语》"宣王即位,不籍千亩"至"战于千亩"一段文字,很可能由《国语》作者汇集了不同来源的史料编辑而成。沈长云即撰文指出,"宣王不籍千亩"与"千亩之战"失败没有直接因果联系,《国语》作者出于自己的意图将两事融会到一起(参见沈长云《关于千亩之战的几个问题》,载《周秦社会与文化研究——纪念中国先秦史学会成立20周年学术研讨论文集》,陕西师范大学出版社2003年版,第171—182页)。笔者推测,《国语》"籍田礼"的内容,也极有可能融会了"公田礼"的成分。

村社中集体耕作的"公田",其收获主要用于祭祀和救济。①

不过真实情况是,"公田"收获用于祭祀之功能被周人单独划分到"籍田"之上;"公田"之救济功能,仍被延续下来。杨宽发现《周礼·地官·里宰》"合耦于锄"之"锄",实际正是指"公田",其产出为"锄粟";《周礼·地官·旅师》:"旅师掌聚野之锄粟……以质剂致民,平颁其兴积,施其惠,散其利,而均其政令,凡用粟,春颁而秋敛之。"可见"锄粟"还有救济的性质。②可惜,杨宽混同了"籍田"与"公田",把"公田"的救济功能错置于"籍田"之上了。

至此,已排除"甫田""大田"为"籍田",不过尚未证明两地为"公田"。从二诗中的线索看,第一,二诗皆有"田畯"一词,《毛传》:"田畯,田大夫也。"③ 其是巡视田地的官员。孙作云说:"诗中凡言'田畯'的,一定是指公田里的农事,而不是指农夫份地里之事,因为焉有在耕种自己的土地时,还请人从旁予以监督。"④ 此说有一定道理,不过仍稍显绝对。

第二,《甫田》"曾孙之稼,如茨如梁"云云,明为祝颂周王粮食丰收的内容。而所有田地中,除去"籍田","公田"收获归王室所有,则"甫田"为"公田"。

第三,《大田》:"雨我公田,遂及我私。"先"公"后"私",已点明"大田"即"公田"。

第四,《甫田》:"我取其陈,食我农人。"孔疏:"《地官·旅师》云:'凡用粟,春颁而秋敛之。'注云:'困时施之,饶时收之。'此即'我取其陈'也。"可见,"甫田"施行的,正是上述之"公田"救济制度。而《大田》云"伊寡妇之利",此处也是一种救济制度,"大田"当也是"公田"无疑。

综上,《甫田》《大田》中的仪式地点并不是"籍田",而是"公田";以仪式地点为准,二诗应属"公田礼"。

---

① 杨宽:《西周史》,上海人民出版社2003年版,第279页。
② 杨宽:《西周史》,上海人民出版社2003年版,第279页。
③ 《豳风·七月》"同我妇子,馌彼南亩,田畯至喜"之《毛传》。
④ 孙作云:《诗经与周代社会研究》,中华书局1966年版,第98—99页。

（三）"南亩"不等于"籍田"

另外，还有一种思路需要检讨。《甫田》《大田》皆云："曾孙来止，以其妇子。馌彼南亩，田畯至喜。"有论者认为，通过"南亩"一词，可认定《甫田》《大田》的仪式地点为"籍田"。此论是否合适呢？

先来看"南亩"。目前，"南亩"大致有两种解释方法：其一认为它是田垄走向为南北的田地，其二认为它是地理位置在某地南方的田地。第一种为古代学者的一般认识，依靠的是文字学即小学的方法；第二种系近年来不少研究者所倾向的认识，此类认识有的也依靠了文字学的方法。如郭沫若认为"南亩"为向阳之田，"南为向阳"为简单的训释，周振甫、袁梅、陈子展、程俊英都采纳了这一译法。① 不过，此译法聊胜于无，试问平原地区之田地，哪一块不是向阳的呢？于第二种认识，多数学者还是依靠整体决定部分的思路，即以整体诗义推知其中语词之义。如曲英杰则认为，"南亩"不为泛指，而是特指西周都城丰镐之南的田亩：

> 丰镐之北，靠近渭河，尽属低洼的碱滩，为河流的冲积地，沙土质，不宜垦田耕种。丰镐之南，直至终南山，河水密布，黄土质好，适于耕作，周人以此为都之前可能多已进行开发。周人建都于此，此一带的肥沃土地必然要首先为周王室所占有，并继续进行开发。②

此论不能算错，至少在《甫田》《大田》中基本可以成立。此外，日本学者增野弘幸认为，《诗经》中的"'南亩'是指举行农耕仪式时所

---

① 郭沫若：《由周代农事诗论到周代社会》，《青铜时代》第1辑第1册，群益出版社1935年版，第87—107页；周振甫：《诗经译注》，中华书局2002年版，第520页；袁梅：《诗经译注》，齐鲁书社1985年版，第989页；陈子展：《诗经直解》，复旦大学出版社1983年版，第767、1129页；程俊英：《诗经译注》，上海古籍出版社1985年版，第646页。

② 曲英杰：《〈诗经〉"南亩"解》，《江汉论坛》1986年第5期。

处的位于郊外南方土地的位置"①。他说的"郊外"当然是国都郊外。不过，曲英杰又说："'南亩'诸诗，多为周王行藉田之礼时所唱。"增野弘幸的观点几乎也等同于认可"南亩"为"籍田"，因为"籍田"正是国都南郊的"千亩"之地。还有论者直接认定《甫田》《大田》的属性是"南亩籍田"仪式。②依他们的意思，《甫田》《大田》的仪式地点"南亩"近于"籍田"。

实际上，以"南亩"为"籍田"者的推测思路是相似的。"南亩"一词，在《周颂》的《载芟》《良耜》也出现了：

有略其耜，俶载南亩，播厥百谷。（《载芟》）
畟畟良耜，俶载南亩，播厥百谷。（《良耜》）

《毛诗序》云，"《载芟》春籍田而祈社稷也"。"《良耜》秋报社稷也"。两诗同为王室"籍田礼"乐歌，这已得到公认。那么，两诗中的"南亩"也应与王室"籍田"有联系。前面已说，籍田在"南郊"。那么，"南亩"与"籍田"都在南方，则两者似是一事。如此，再把《载芟》《良耜》"南亩"为"籍田"之义代入《甫田》《大田》，则后两诗也应为在籍田之诗。而且，《大田》云："雨我公田，遂及我私"，此处出现"公田"，则"公田"也是"籍田"。

然而，上述思路并不妥当。以"南亩"之义，推测不出四诗的仪式地点。实际上，"南亩"的解释，应遵循传统文字学方法。且除四诗外，《豳风·七月》也出现"馌彼南亩，田畯至喜"的套语，《豳风》为周初豳地之诗，豳地在今天陕西彬县附近。若"南亩"为国都南郊籍田，此处显然解释不通。

"南亩"到底为何意呢？先来看亩，与亩相对的概念是畎。所谓亩、畎，《国语·周语下》："或在畎亩"，韦昭注曰："下曰畎，高曰亩。亩，垄也。"简单地说，亩是用于种植作物的高垄，畎是亩之间的沟。胡承

---

① ［日］增野弘幸：《略论〈诗经〉中的"南亩"》，载《日本学者论中国古典文学：村山吉广教授古稀纪念集》，李寅生译，巴蜀书社 2005 年版，第 28 页。
② 原昊、程玉华：《籍田礼中的农业神祇及祭祀乐歌考论》，《古籍整理研究学刊》2014年第 2 期。

珙解释得很清楚：

> 古人制田始于一亩，行水始于一畎，姑以一亩之畎言之，畎顺水势，亩顺畎势，畎纵则亩纵，畎横则亩横，此自然之理也。南北曰纵，东西曰横。畎自北而注南为纵，则亩之长亦随畎而南，曰南亩。①

此外，《周礼·地官·遂人》及《考工记·匠人》记载了周代的井田排水兼灌溉系统。基于此，林义光的"南亩"观点也值得重视，他说：

> 畎水入遂，遂水入沟，沟水入洫，洫水入浍，浍水入川。故为亩必顺川势。川横（东流为横）则浍纵，洫横，沟纵，遂横，畎纵（畎纵即畎水南行），而亩皆南行。是川东流则南亩也。②

总结胡、林二人之义：亩要与畎同向，而畎则最终大致呈垂直于田地所在区域最大河流的方向，则亩也垂直于大川，这样可以兼顾排水与灌溉。③ 而姬周王畿一带大川为渭河，其流向从西往东；豳地大川为泾河，其流向为西北向东南，则两地田地之亩都应倾向于南北走向。概言之，"南亩"是西周时周王室中心统治区域一带，田垄略垂直于大川流向，呈南北走向的田地。如此理解"南亩"，于《诗经》中均能解释得通。

总之，"南亩"不等于"籍田"。只凭"南亩"一词，不能推求出《甫田》《大田》仪式地点为"籍田"。

二　仪式礼制背景及时间探析

（一）"以礼解诗"：局部还是整体？

笔者认为《甫田》《大田》是仪式乐歌，易言之，二诗与某个集中

---

① （清）胡承珙：《毛诗后笺》，黄山书局1999年版，第1097页。
② 林义光：《诗经通解》，中西书局2012年版，第263—265页。
③ 金景芳对周人的"畎亩"制度也有系统的总结，见氏著《论井田制度》，齐鲁书社1982年版，第23—31页。

时间段的仪式行为相互指涉。不过，古代不少学者将二诗看作叙事诗，也就是说其记录了长时间段的仪式行为；以此观点，二诗均有可能囊括耕、耘、获整个农事过程。产生如此分歧，原因之一在于方法的不同。

以《甫田》为例。按《毛传》章节划分，此诗第二章之"以社以方"，郑玄释为"秋祭社及四方，为五谷成熟，报其功"之事。"我田既臧，农夫之庆"，郑氏释为冬季"庆赐农夫""大蜡之时，劳农以休息"。"琴瑟击鼓，以御田祖，以祈甘雨"，郑玄曰："设乐以迎祭先啬，谓郊后始耕也。"孔颖达进一步解释，明其为第二年春季之事。此诗最后一章之"报以介福，万寿无疆"，郑玄曰："报者为之求福，助于八蜡之神，万寿无疆竟也。"则又回到了冬季大蜡之事。朱熹有类似的看法。第二章"以社以方"，朱熹："方，秋祭四方，报成万物。"第三章"曾孙来止"四句，朱熹说："曾孙之来，适见农夫之妇子来馌耘者。"① 则其又成夏耘之事。以此类观点，《甫田》并未按时间顺序来结撰，显得杂乱无章。

上述观点，颇受后人质疑。如胡承珙认为第二章：

> 其实此章是统言为农祷祀，致其诚敬，祈报皆在其内……郑以一章而画为两年之报祈，又以农夫之庆为大蜡劳农，皆迂拘，非达诂也。②

马瑞辰则将第二章全看作冬季蜡祭之事，他说：

> 此诗"以社以方"谓因蜡而祭方、社也。"我田既臧，农夫之庆"为蜡后腊，劳农息民也。"以御田祖"，谓蜡祭主先啬而祭司啬也。"以祈甘雨"，即《月令》"祈来年于天宗"，《籥章》"祈年于田祖"也。皆年终之祭。《笺》以方、社为秋祭，以御田祖为郊后始耕，并失之。③

---

① （宋）朱熹：《诗集传》，中华书局2015年版，第207页。
② （清）胡承珙：《毛诗后笺》，黄山书社1999年版，第1108页。
③ （清）马瑞辰：《毛诗传笺通释》，中华书局1989年版，第717页。

胡氏将郑玄分作两年的仪式时间重划为一年，马氏则更精确地将其定位于冬季。二人都看到郑玄分割仪式时间对文意连贯造成的伤害，这是可取之处。

不过，胡氏仍失之过宽，其判断较模糊。马氏的考证又多从《周礼》与《礼记》郑玄注中寻觅依据，如此则难免"据郑玄来攻郑玄"了，从方法上讲并不稳妥。尚且，即使第二章是冬季之事；而按马氏解诗逻辑，第三章"禾易长亩，终善且有"，明为苗茂盛生长之时，系夏季之事；时间又成错综。其实，胡、马之方法只是对郑玄方法的局部调整，本质上并无不同。

实际上，郑玄的方法是有问题的。毋庸置疑，郑玄对整个经学厥功至伟，他也是"以礼解诗"方法的开拓者。然而，郑氏"以礼解诗"却支离了诗之整体。唐代赵匡曾批评郑玄解经"随文求义"①，乔秀岩谓："郑玄的思维紧贴文本，从经纬文献的文字出发，根据这些文字展开一套纯粹理论性的经学体系。"②确实如此，上引郑玄的阐释，每句皆"随文"以礼解之，此类方法把《甫田》割裂成前后时间错综的叙述。以此法，《甫田》如同一堆零散的历史材料，像一盘散沙；即使每一句皆能阐释清楚，但诗之主旨仍模糊。看来，这种从局部"以礼解诗"的方法，并不成功。

再来看从诗之整体阐释者。宋代有不少学者以"省耕""省敛"之礼解说此二诗。如曹粹中以为"曾孙来止"四句，"《甫田》所言省耕时也，《大田》所言省敛时也"③。范处义直接将此四句的时间，定为整篇之仪式时间，"《甫田》既言省耕之事，《大田》疑为省敛而作"④。可见，宋儒倾向于先把"曾孙来止"四句看作二诗之核心事件，再以"省耕""省敛"二礼解说此事，诗中的其他仪式行为均系行此二礼时所发

---

① （唐）赵匡：《辨禘义》，见（唐）陆淳《春秋集传纂例》卷2，清武英殿聚珍版丛书本。
② ［日］乔秀岩：《论郑王礼说异同》，见《北大史学》（13），北京大学出版社2008年版，第14页。
③ 参见（宋）段昌武《毛诗集解》，《景印文渊阁四库全书》第74册，台北：台湾商务印书馆1986年版，第757页。
④ （宋）范处义：《诗补传》，《景印文渊阁四库全书》第72册，台北：台湾商务印书馆1986年版，第261页。

生。这种阐释方法使二诗有了"筋骨",可以立起来;这一整体观照的"以礼解诗"之致思方向是可取的。而所谓"省耕""省敛",语出《孟子·梁惠王下》,其载晏子之言:

> 天子适诸侯曰巡狩,巡狩者,巡所守也。诸侯朝于天子曰述职,述职者,述所职也。无非事者。春省耕而补不足,秋省敛而助不给。夏谚曰:"吾王不游,吾何以休?吾王不豫,吾何以助?"一游一豫,为诸侯度。

由此,天子在巡狩之中有"省耕""省敛"之礼,赵岐注曰:"春省耕,补未耕之不足。秋省敛,助其力不给也。"可见,此二礼有救济农人的功能。不过,据上文"夏谚"云云,若史料不误的话,表明二礼是夏礼,则以此解说西周晚期之二诗,恐不能相符。因为礼制有发展变化的过程,"以礼解诗"之"礼"应是诗篇产生年代之礼。宋儒之方法虽可取,但找到的礼制背景并不贴切。

事实上,《孟子》所载的夏代天子"省耕""省敛"之礼,在西周也能找到相似的制度。前已述,《国语·周语》载对天下田地之春耕"王则大徇,耨获亦如之",这说明周代有王在春季耕种、夏季除草、秋季收获时亲自巡视的礼制;孙作云称之耕礼、耨礼、获礼;这种礼制很可能由夏代"省耕""省敛"之礼演变而来。孙氏以此三礼来作整体观照的"以礼解诗",最终为二诗找到了最为恰当的礼制背景。

不过,仍有问题未解决。不论是用宋儒之"省耕"还是孙作云的"耨礼"来解释《甫田》,诗中仍有不少庆祝丰收、报祭神灵的诗句,其时间疑似秋冬之季,如最后一章"曾孙之稼,如茨如梁""报以介福,万寿无疆"等。对此,方玉润的观点值得注意:

> 此王者祈年因而省耕也。祭方社,祀田祖,皆所以祈甘雨,非报成也。观其"或耘或耔",曾孙来省,以至尝其馌食,非春夏耕耨时乎?至末章极言稼穑之盛,乃后日成效,因"农夫克敏"一言推而言之耳。文章有前路,自有后路。宾主须分,乃得其妙。不然,方祈甘雨何以便报成耶?《集传》按章分释,虚实莫辨,已失

语气。①

方玉润是出了名的"文学释《诗》"一派，他主张读《诗经》当"先览全篇局势，次观笔阵开阖变化，后乃细求字句研炼之法"②，以此来探求诗旨。此诗，方氏吸收了宋儒"省耕"说，虽然也没找对仪式背景，但他批评了朱熹式，也即郑玄式"按章分释"的局部"以礼解诗"法，进而提出"分辨虚实"，认为此诗中"稼穑之盛"为虚，"春夏耕耨"为实。与郑玄、朱熹相比，方氏的阐释方法尊重诗之整体，并认识到诗中"虚"的一面，即其中想象性的成分，这是极为可取的。

实际上，"分辨虚实"对理解仪式诗非常重要。分清诗篇之"虚"，则会促使"虚落实出"，对"实"即诗篇中真实发生的仪式行为，给出最合理的阐释；若"虚"者"实"解，则会扰乱对诗篇的理解。若说《诗经》"实"的一面，是一种"客观时间""历史时间"；"虚"的一面，则是一种"主观时间""心理时间"。在仪式诗中，"虚"的一面要以"实"的仪式时间为中心，向后是回忆，向前则系展望；换言之，仪式诗围绕某个集中时间段的，或者某个时间节点的仪式行为展开回忆与展望。

总之，为寻找诗之仪式背景而采用的"以礼解诗"法，其在运用时，不能割裂诗意，应从诗之整体出发，在确立中心事件与"分辨虚实"后，以诗篇产生年代的、符合诗篇主旨之礼阐释之。孙作云以周王"大狩"田地三礼阐释《甫田》《大田》，虽然其结论仍可商，但其方法有示范意义。

（二）仪式时间：夏耨与春耕

《甫田》《大田》二诗，孙作云分别以"公田"耨礼、获礼释之，那么《甫田》的仪式时间为夏季，《大田》则为秋季。③但是，孙氏并未具体论证，这样解释是否正确呢？

---

① （清）方玉润：《诗经原始》，中华书局2015年版，第436—437页。
② （清）方玉润：《诗经原始》，中华书局2015年版，凡例第2页。
③ 本书所说的季节以夏历即农历为准。

先来看《甫田》的仪式时间。

其一，从祝颂辞的角度看。祝颂辞系面向当下及未来的祝愿，在诗中是正在发生及未发生之事。诗中的仪式时间应不晚于祝颂辞中被祝愿的内容；反过来说，若将祝颂辞解释为仪式行为之后所发生，则其将失去有效性。据祝颂辞与仪式行为之时间关系，可大致推测仪式时间。

《甫田》中有大量祝颂辞，其是：一章之"攸介攸止，烝我髦士"，二章之"以介我稷黍，以谷我士女"，三章之"禾易长亩，终善且有。曾孙不怒。农夫克敏"，四章之全部。这些祝颂辞有的祝愿田苗茂盛、有的祝愿丰收，其中"禾易长亩"时间最早，"苗生既秀谓之禾"①，禾即谷类作物已长大即将结实。则《甫田》的仪式时间不会晚于此时间，即不晚于夏末秋初。

其二，从农事活动的角度观察。《甫田》："或耘或耔。"《毛传》曰："耘，除草也。耔，雝本也。"耘、耔即除草、埋草为肥以养根之农事。《周礼·天官·甸师》："掌帅其属而耕耨王藉。"郑注曰："耨，芸芓也。""芸芓"即本诗之"耘耔"。则"或耘或耔"实指"耨"。《墨子·三辩》："农夫春耕夏耘，秋敛冬藏。"耘或说耨在夏季也。

综上，两条证据相互支持，可确定《甫田》为夏耨乐歌，仪式时间系夏季。以此验证，孙作云的判断是正确的。

再来看《大田》仪式时间。孙作云的秋季之说，有一定代表性；受宋儒"省敛"说影响的学者，也持此观点。但笔者并不认同。

其一，从祝颂辞的角度看。《大田》有无祝颂辞呢？乍看起来，诗中有播种、苗生长、秋收之事，这些内容常被理解为记叙的成分，如方玉润谓："一章追叙方春始种一层。二章顺叙夏耘除害一层。三章秋成收获一层……四章此乃省敛正面，一路顺写。"② 其实，一章之"既庭且硕"、二章、三章，全是"俶载南亩"时的祈祝与愿景，其系以"俶载南亩"为时间焦点，面向未来的描述。如"不稂不莠""田祖有神，秉畀炎火"这类内容，不可能真实发生，试问真实的田地中怎会不长杂草呢？它们只能是祝颂辞。不过，《大田》的祝颂辞多经修饰，文学色

---

① 《豳风·七月》"十月纳禾稼"之孔疏。
② （清）方玉润：《诗经原始》，中华书局2015年版，第439页。

彩浓厚，如在表现对丰收的期盼时，《大田》"彼有不获稚，此有不敛穧"云云，正如方玉润所说，"诗只从遗穗说起，而正穗之多自见"①，此处有侧面烘托之作用。在这些祝颂内容中，二章云"既方既皁"，意为"发芽出苞"，其是时间最早的祝颂，则《大田》的仪式时间不晚于此时间，即大致不晚于夏季。

其二，以农事活动来观察。《大田》首章："既种既戒，既备乃事，以我覃耜，俶载南亩，播厥百谷。"这说的是春耕之事；其又云"曾孙是若"，马瑞辰谓："《说文》：'若，择菜也。'……《烝民》诗'天子是若'，谓天子择其人而用之，即下'明命使赋'也。此诗'曾孙是若'盖谓曾孙择其稼之善者而劝之，即省耕之谓也。"②可见，在春耕之时，周王省耕，这正与"公田"耕礼相印证。

其三，从诗之整体结构来看。作为组诗，《大田》与《甫田》有相似的结构。《甫田》三章之"曾孙来止"与首章之"今适南亩，或耘或耔"对应，两者同为一时之事。则《大田》卒章之"曾孙来止"对应于首章之"俶载南亩，播厥百谷""曾孙是若"，其均为周王巡视"公田"春耕之事。质言之，《大田》首尾呼应，其诗体结构是圆形；倘将《大田》看作线性结构，不妥。

其四，从仪式行为来看。《大田》："来方禋祀，以其骍黑。"《毛传》："骍，牛也。黑，羊豕也。"可知，禋祀方神用骍色之牛牲与黑色的羊、猪二牲。郑玄、孔颖达以后起的阴阳五行之说来解释牺牲的颜色，均非的解。若从甲骨卜辞中寻找线索，会发现黑色牺牲与求雨有密切联系，如有卜辞云"祷雨，叀黑羊，用。有大雨"（《合集》30022），此是以黑羊求雨。③这种现象在其他民族中也能看到，《金枝》记载印度教徒、东非万布圭人常使用黑色牺牲求雨④。要之，黑色与水有密切的联系，以黑色牺牲求雨，是一种顺势巫术；古人试图通过黑色牺牲招来乌云，引起降水。如此，"来方禋祀，以其骍黑"也是求雨，此句诗

---

① （清）方玉润：《诗经原始》，中华书局2015年版，第439页。
② （清）马瑞辰：《毛诗传笺通释》，中华书局1989年版，第721页。
③ 汪涛专门研究过卜辞中此类现象，详见氏著《颜色与祭祀：中国古代文化中颜色涵义探幽》，郅晓娜译，上海古籍出版社2013年版，第167—180页。
④ ［英］J. G. 弗雷泽：《金枝》，汪培基等译，商务印书馆2016年版，第119、126页。

正对应于三章之祝颂辞"有渰萋萋,兴雨祁祁",而祈雨是在农作物生长阶段的行为,即春种至秋收之间的事;秋收及之后,粮食要晾晒,正需晴天,何需求雨?基于上述,可证《大田》的仪式时间是在秋收之前;将时间推至秋收及以后的观点,不合理。

其五,从"大田""甫田"之田地称名来看。《甫田》开篇云"倬彼甫田",《大田》开篇曰"大田多稼",二诗因田地得名。《毛传》曰:"甫,大也。""大田""甫田"都可解释为广大的田地。然而不同的是,《甫田》"倬彼甫田",郑笺云:"甫之言丈夫也。"《说文》则曰:"甫,男子美称也。"可见,"甫"虽为"大",但与"美"又有联系。其实,周代有"以大为美"的审美潮流,如《诗经》中屡次出现的"硕人",《卫风·硕人》:"硕人其欣。"郑笺曰:"硕,大也。"王先谦云:"古人硕、美二字为赞美男女之统词。"① 若单称"大",多数表示中性;称"甫""硕"一类,则有褒义。因而,"甫田"实质上比"大田"多出"美"的成分。《齐风·甫田》云"无田甫田,维莠骄骄""无田甫田,维莠桀桀";莠为稷的伴生杂草,因杂草丛生,"甫田"内的作物被淹没,使其名实不副。则"甫田"的内在之意:不易长杂草、利于作物生长。当然,这种情况是人工维护,即"或耘或耔"的结果。《小雅·甫田》也云"黍稷薿薿",在"内容"上,"甫田"之"甫"还缘于田地之上的作物茂盛、长势喜人。

与"甫田"相比,"大田"只是表田之大,《大田》云"大田多稼",《毛传》曰"种之曰稼"②,大田因其大,具备种植多种作物的条件。由"大田"进而成为"甫田",实际有一个时间的过程。"大田"经耕耘方有成为"甫田"的可能。要之,"大田"时间早于"甫田",即早于夏季。二诗开篇已暗示了仪式时间。

上述证据表明《大田》仪式时间并不是秋季,而是春季。在祭祀对象上,孙作云认为《大田》祭祀方神、社神;但《大田》说"来方禋祀",明为只祭祀方神,未有社神;此外,《大田》"饁彼南亩,田畯至

---

① (清)王先谦:《诗三家义集疏》,中华书局2015年版,第277页。
② 《魏风·伐檀》"不稼不穑"之《毛传》。

喜"表明此诗也祭祀田祖①，祭祀对象应以诗文本为准。

总结本节，"公田""籍田"的生产方式均为"籍"，即借民之力，以事生产。但"公田"出现时间较早，至少在商代就已有，其可存在于诸多地方，是王室收入的重要来源；而"籍田"脱胎于"公田"，出现于周代初年，只在国都南郊，其规模较小，由周王象征性地亲自耕作，存在主要是为了宗教目的。杨宽与孙作云混同了两者，这个错误应更正，与此有关的诸多论述也应重新思考。以仪式地点为礼制划分依据，《甫田》《大田》均不属"籍田礼"，二诗当是西周晚期的"公田礼"仪式乐歌。

回顾开篇，在分清"公田"与"籍田"前提下，孙作云对《甫田》的判断可以成立。此诗实为周天子在夏季除草之时，巡视"公田"，举行耨礼，祭祀方、社、田祖的仪式乐歌。孙作云对《大田》的判断并不正确，此诗应系周天子在春季耕作之时，巡视"公田"，举行耕礼，祭祀方神、田祖的乐歌。二诗保留之"公田礼"，是进一步研究周代礼乐文明的重要依据。

第二节　方、社、田祖之祀探源

《甫田》云"以社以方""以御田祖"，《大田》曰"田祖有神""来方禋祀"；另外，两诗均有四句仪式套语："曾孙来止，以其妇子，馌彼南亩，田畯至喜。"由此可知，在两诗所反映的"公田礼"农事仪式上，《甫田》祭祀方、社、田祖，《大田》祭祀方、田祖；四句仪式套语表明两诗有相同的祭祀方式。其实，四句仪式套语也在《豳风·七月》中有相近的表达，其曰"四之日举趾，同我妇子，馌彼南亩，田畯至喜"。《七月》为周民族居豳地之诗，豳地即今天的陕西黄土高原旬邑、彬县一带。而据《史记·周本纪》，豳地是周祖先公刘至古公亶父率族人所居之地，历经夏末至商末。可见《七月》的年代在周人夺取天下之前，

---

① 详见本章第二节。

即先周时代，则此诗中的农事仪式自然相当古老。① 从先周之《七月》到西周晚期之《甫田》《大田》，也可窥见周人农事仪式的变迁。

对《甫田》《大田》"公田礼"的具体祭祀内容，还可探索的是：其一，方、社、田祖之祀来源于何处，其是否为周人自己的传统？② 其二，"以其妇子"有什么寓意？其三，田畯、田祖有何关系，两者分别指什么？

一　以社以方：周因于殷礼

《甫田》之农事仪式祭祀社神、方神，《大田》则是祭祀方神。方神即四方神，社神系土地神。《大雅·云汉》云"祈年孔夙，方社不莫"，《云汉》是西周晚期王室求雨雩祭之诗。由此诗可知，方、社常一同祭祀，而且祭祀二神与祈年有直接关系。《说文·禾部》："年，谷熟也。""年"字的本义指谷物的收成，其又可泛指农作物的收成。那么，祈年实质上即祈求粮食丰收。如此，祭祀方、社本身是祈求丰收，此乃农事仪式的"题中之义"。

先周时代《七月》之农事仪式，尚未有方、社之祭，那么西周晚期之《甫田》《大田》中二神的祭祀源自何处呢？考察商代甲骨卜辞可发现，其中有不少"求年""受年""求禾""受禾"之记录，而且在当时方、社已是祈年的祭祀对象。③ 如：

> 1. 其求年于方受年于方雨，兮寻，求年。（《合集》28244）

---

① 《七月》的年代已有较多论述，陈久金《论〈夏小正〉是十月太阳历》（《自然科学史研究》1982年第4期）发现《七月》所用历法是一种非常古老的"十月太阳历"，可追溯至商代前。也可参见黄怀信《〈七月〉与三正》（《诗经研究丛刊》第25辑，学苑出版社2013年版）等。

② 台湾礼学专家叶国良指出："一整套的礼仪，可把其中的各仪节切割开来看，一一加以分析，便知各自的起源先后是不一样的，到后代的演变也不一样，有的继续的存在，有的加了进来，有的消失掉了。过去把整本礼书或整个礼典打包讨论的方式是不务实的。"（参见《古礼书中礼典与仪节研究方法举例》，台湾《中正汉学研究》2014年第1期）此论洵为卓识。实际上，方、社、田祖之祀，它们并不是同源的，所以应注意区分研究。

③ 彭邦炯：《甲骨文农业资料考辨与研究》，吉林文史出版社1997年版，第445—519页。

2. 丙子卜，宾，贞求年于邦土。(《合集》10104)
3. 今日不雨，燎于土。(《屯南》1105)
4. 燎于土宰，方帝。(《合集》11018)

例1是说希望向方神祈求丰收与雨水。例2之土，即社神，此例大致意思是希望求丰收于国之社。例3意思是，卜问今日若不下雨，是否要燎祭社神。例4则卜问是否燎祭社神一种特殊的牺牲，是否帝祭四方神，此例表明商代社神也与方神并祭。

商人祈年为何祭祀方、社呢？因为在他们的思维中，方神所代表的四方与社神所代表的大地，实际是人们对生存空间的认识；而这其中的田地粮食生产，也必然与此空间之神秘力量产生关联。从神灵权能上看，常玉芝说："方神受上帝的指使，统领着风神、雨神等神灵，而这些神灵又直接关系到农业生产的丰歉；而社神即土地神又是主宰万物生长的神灵，也是关系到农业生产的丰歉的。"① 总之，方神、社神主管农业生产的必要条件雨水、土地，其是殷礼中农事仪式的重要祭祀对象。

在西周晚期方、社祭祀中，《甫田》云"以祈甘雨，以介我稷黍"，《大田》曰"有渰萋萋，兴雨祁祁"；两处均是求雨，这与商代卜辞一脉相承；而且在祭祀方法上，《大田》"来方禋祀"，禋祀与卜辞燎、帝的祭祀方式相近，都是焚烧祭品升烟之祭。看来，《甫田》《大田》中的农事仪式吸收了殷礼方、社之祭的内容及方式，这是较为典型的"周因于殷礼"(《论语·为政》)。

二　以其妇子：传类蕃孳之祥

《七月》曰"同我妇子，馌彼南亩"，《甫田》《大田》皆云"以其妇子，馌彼南亩"；这说明周人居豳时已有妇女参与农事仪式的习俗，这是周人固有的传统，西周晚期仍遵循。不过"以其妇子"的寓意，古人多有争论。郑笺曰："成王来止，谓出观农事也。亲与后、世子行，使

---

① 常玉芝：《商代宗教祭祀》，中国社会科学出版社2010年版，第109页。

知稼穑之艰难也。"郑玄以"教化之意"来阐释"王后亲行",算是可通。然而,此类解释受到一些学者的批评。

先秦文献并无相关记载与农事仪式中的"以其妇子"相印证,这难免带来阐释上的困难。王肃说:"妇人无阃外之事。"孙毓云:"古者妇人无外事,送兄弟不逾阈。唯王后亲桑,以劝蚕事,又不随天子而行。成王出劝农事,何得将妇儿自随?……农人遵于其事,妇子俱馌也。"①王、孙两人皆质疑郑玄的阐释,原因在于这与礼制"常识"相违背。因为文献明确载:

> 男女不杂坐,不同椸枷,不同巾栉,不亲授,嫂叔不通问,诸母不漱裳。外言不入于梱,内言不出于梱。(《礼记·曲礼上》)

与此类似的记载还有许多,皆是讲解贵族"男女之大防""男女授受不亲"的相关仪节。依此理,则"以其妇子",不应是王后亲自参与众多男性在场的农事,否则违背了"男女授受不亲""妇人无阃外之事"的原则。故孙毓将此句诗理解为农夫之妇子。《礼记·曲礼下》云"礼不下庶人",解释为农人之事,也就是农人之妻不必遵守贵族的那套仪礼,这样解释似可通。孙氏之说,朱熹②、马瑞辰③等诸多学者均和之。其实,《甫田》《大田》"以其妇子"正是"王后亲行"之义,但不论是郑玄的"教化"还是王肃、孙毓的"男女之防",均是后起的礼制,未能正确解释"以其妇子"的寓意。

为何有王后亲自参与农事仪式的这类习俗呢?若不囿于先秦文献,将线索向前追溯,则会发现其与部落时代之顺势巫术有很大联系。世界上的诸多民族存在此类农事仪式风俗。弗雷泽说"多生育的妇女能使植物多产",其目的在于借助妇女能够生育的"寓意",由妇女的多子、"宜子孙",试图引起田地的多产,这是一种非常古老的生殖崇拜。《金枝》记录了此类不少例子,如:

---

① 王、孙二说为《甫田》"以其妇子"之孔疏所引。
② (宋)朱熹:《诗集传》,中华书局2015年版,第207页。
③ (清)马瑞辰:《毛诗传笺通释》,中华书局2012年版,第717页。

第五章　雨我公田:《小雅》之《甫田》《大田》"公田礼"乐歌考　221

　　一个不生孩子的女人通常会被丈夫遗弃;希腊和罗马人甚至把孕妇作为牺牲奉献给谷物女神和土地女神,其目的无疑是为了使土地丰产和谷穗饱满。奥里诺科的印第安人让他们的女人怀抱婴儿,顶着烈日在地里播种,当天主教神父对此提出指责时,男人们回答说:"……要是女人们去播种,玉蜀黍的杆上将结出两三个穗,丝兰花的根将有两个篮子的产量,所有的东西都会成倍增产……"①

不惟农业生产中王后亲自参与,实际上,王室在选择种子时,类似寓意的巫术就已经存在。《周礼·天官·内宰》曰:

　　上春,诏王后帅六宫之人,而生穜稑之种,而献之于王。

郑注云:

　　古者使后宫藏种,以其有传类蕃孳之祥。必生而献之,示能育之,使不伤败,且以佐王耕事共禘郊也。

"生穜稑之种"即挑选有生殖力的种子,郑玄以"传类蕃孳之祥"释之,就是说王后及后宫之人可把妇女自身的生殖能力传到种子之上,这正得生殖崇拜性质中顺势巫术的真义。

三　田畯至喜:馌饁田祖神尸

(一)田畯:农官与神尸

《甫田》《大田》都有"田祖""田畯"二词,后者也在《七月》中出现。"田祖"为农神,古今无疑义。但围绕"田畯"有诸多说法。《七月》"田畯至喜",《毛传》曰"田畯,田大夫也";《甫田》"田畯至喜",郑笺曰"田畯,司啬,今之啬夫也"。总之,毛、郑认为《诗经》之田畯是农官,是政府派到田地的管理者。而"喜",郑笺云"喜读为饎,

---

① [英]J.G.弗雷泽:《金枝》,汪培基等译,商务印书馆2016年版,第53页。

酒食也"，则"田畯至喜"可理解为酒食款待农官田畯之意，这是较传统的看法。

不过，《周礼·春官·籥章》云：

> 凡国祈年于田祖，吹豳雅，击土鼓，以乐田畯。

同时出现的"田祖""田畯"正可与《甫田》《大田》相对应，但郑注却认为："田祖，始耕田者，谓神农也……郑司农云：'田畯，古之先教田者。《尔雅》云：畯，农夫也。'"此处，郑玄又引郑司农的说法，将田畯理解为一种农神。如此，田畯有人与神两义。

今人姚小鸥《田畯农神考》果断否定了《诗经》田畯农官说，认为"馌彼南亩"实系飨神的仪式行为，且"田畯与田祖为同飨之农神"①，此观点从者甚多。笔者同意姚文飨神之说，但说田畯是一种农神，还可商榷。古人所说的"田畯"既是人又是神，看似不合理，其实隐含了另一种真相。实际上，田畯本质上是农官，是人非神；同时其又在馌飨神灵时充当了田祖之神尸②，这种条件下，田畯由人变成了神；馌飨完毕，田畯变回农官本职。

为什么说田畯本质上是人非神呢？首先看"畯"字。"畯"在西周金文中写为"畍"，并有"畍（畯）在位""畍（畯）臣天子"等套语。此字，戴家祥认为：

> 允、夋古音同部。故畯得写为畍，畯、峻、骏、浚俱从夋声，凡声同音，字亦通也。《小雅·甫田》"田畯至喜"，《释文》："畯，本作俊。"……举凡形象特出者，均名之曰俊，马之名骏，山之名峻，水之名浚，人才之特出者曰俊或傻。皆一语繁衍字也，形虽多变，音义一也。……"畯在位"为俊杰在位之省略语，"畯臣天子"犹言贤臣天子。③

---

① 姚小鸥：《诗经三颂与先秦礼乐文化》，北京广播学院出版社2000年版，第227页。
② 所谓尸，《礼记·郊特牲》云："尸，神象也。"其是周代祭祀中的神灵的凭依者与扮演者。在祭祀仪式中，神尸代神灵享受献祭、履行仪节。
③ 戴家祥：《金文大字典》，学林出版社1995年版，第3383页。

戴说至确。要言之,畯指人中俊杰。田畯则是善于种田者,而周代"学在官府",善于种田者,首先应是农官,其是人非神。

其次,《甫田》《大田》皆云"曾孙来止",即周王亲自到田地巡视,而其所巡视田地都有农业官员的指导监督。《国语·周语》所载籍礼前,"命农大夫咸戒农用";籍礼之中,"乃命其旅曰:'徇,农师一之,农正再之,后稷三之……王则大徇。耨获亦如之。'"这就是说,籍礼前,农大夫要准备好农具;籍礼后,农师、农正、后稷要巡视国家农业生产;此外,周王还要亲自巡视。上述农官中,韦昭注曰"农大夫,田畯也""农正,后稷之佐,田畯也"。① 据此,农正与农大夫实际为一类官,即田畯。看来,田畯出现在农业生产的现场。由此,周王在巡视田地之时,由农官田畯配合举行一系列农事仪式,于理也可通。总之,《大田》《甫田》所反映的农事活动,确实有农官田畯在场,其在从事农业生产时,是人非神。

为什么说馌飨神灵,即"馌彼南亩"时,田畯充当了农神田祖之神尸呢?其实,古人早有此认识,清代庄存与《周官记》云:

> 田畯各掌其田之耕耨之令,以役农师,平其众庶,稽其功事,劝而赞之……蜡则飨农以息之,国祈年于田祖则为尸。②

这是对田畯职能的概括,庄氏认为农官田畯在祈年时充当了田祖之尸,则在祭祀时,田畯身份出现转化,由人临时变成神。这样解释,古人注疏中田畯"既是人又是神"的矛盾可涣然冰释。今人李白也有同样的看法。③ 这绝不是调和之论,此看法相当合理。李白已从用食、用乐、职官与尸之关系三点来论述,仍不够充分,笔者要补充一点,即由《甫田》"攘其左右,尝其旨否"一句可推知,田畯为田祖之尸,原因如下。

"攘其左右,尝其旨否"一句,古今争议颇大,争议之一是此句指

---

① 徐元诰:《国语集解》,中华书局2002年版,第17—20页。
② (清)庄存与:《周官记》卷4,清味经斋遗书本。
③ 李白:《"田祖""田畯"考》,《学术交流》2009年第10期。

涉何种仪式行为。姚小鸥认为：

> 这里的"尝"即《仪礼·特牲馈食礼》中"祝命尝食"的"尝"。古代祭祀荐神的食物撤下来以后，都要由参与祭祀的人分而食之，这是"礼"，一定要遵守。①

所谓"祝命尝食"，是指祭祖之后，分享祭品的行为，即"馂神之余"。姚氏又引《国语·周语》所载籍礼，认为此礼中也存在"馂神之余"，则两者可以相互论证。按此观点，"攘其左右，尝其旨否"为籍礼祭祀后之"馂余"。然而，《国语·周语》曰："王歆大牢，班尝之，庶人终食"，明显是周王歆即嗅气味而不吃，其他人依次吃完，可见籍礼中并无"馂余"的行为。倘若是"馂神之余"，天子为何不食？杨宽认为籍礼上这种饮食行为的性质为"宴会"。② 上博战国楚简《天子建州》有一段类似的内容，其云"凡天子歆气，邦君食浊，大夫承荐，士受余"，曹建墩认为其系大飨礼。③《礼记·月令》所载籍礼，说"反执爵于大寝。三公、九卿、诸侯、大夫皆御，命曰劳酒"，可知这种饮食行为也是飨礼一类。不论是"宴会"还是飨礼，均无分享祭品之仪节。总之，根据现有文献，得不出"籍礼"有"馂余"。因而，即使按姚说，《甫田》《大田》为"籍礼"诗，但其也无"馂神之余"，故以《仪礼》"祝命尝食"难以解释此句诗。

实际上，祭品美味与否，并不是祭祀仪式中的凡人可以论及的，能"尝其旨否"的只能是神。《仪礼》中有"告旨"这一仪节，广泛存在于各种仪式中，"尝其旨否"正间接指涉此仪节。因为有"告旨"，则此之前的饮食行为，可称为"尝旨"。如《仪礼·乡饮酒礼》：

> 席末坐啐酒。降席，坐奠爵，拜，告旨。（郑注曰：啐亦尝也。）

---

① 姚小鸥：《诗经三颂与先秦礼乐文化》，北京广播学院出版社2000年版，第229页。
② 杨宽：《西周史》，上海人民出版社2003年版，第269页。
③ 曹建墩：《上博简〈天子建州〉与周代的飨礼》，《孔子研究》2012年第3期。

又如《仪礼·特牲馈食礼》：

> 佐食取黍稷肺祭授尸。尸祭之，祭酒，啐酒，告旨。主人拜。尸奠觯答拜。祭铏，尝之，告旨。

前一例是说，宾在接受主人的献酒后，经过一系列仪节，最后"啐"即尝了酒，然后拜谢主人，并告旨，即告诉主人酒美，以示敬意。后一例是说祭祖仪式中的神尸，在尝酒、尝铏羹之后，皆向主人告旨。遍查《仪礼》，告旨者均为仪式中的主宾或尸，其实尸也是一种主宾，只不过属于祭祀仪式罢了。总之，"尝其旨否"对应于《仪礼》"告旨"仪节前的饮食行为，其主体在祭祀仪式中是尸；而《甫田》中"尝其旨否"的主体为被"馌"者即被献祭者田畯，故而田畯为神尸，再联系全诗及《周礼·春官·籥章》的内容，可确定其为农神田祖之尸。

而"攘其左右"，马瑞辰谓：

> 此诗攘即揖攘字，谓田畯将尝其酒食，而先让其左右从行之人，示有礼也。①

此说可从。简言之，"攘其左右，尝其旨否"，是说田祖之尸田畯受到献祭后，揖让左右之人，并食用祭品，尝其美味与否。"攘其左右，尝其旨否"，两句诗表达了一种小心翼翼以侍神的情绪。

综上，田畯并不是一种农神，其系农官。在农业生产中，田畯指导监督农夫劳作；在农事祭祀仪式上，其临时充当田祖所凭依之尸。

（二）田祖：农事职事神

田祖是何性质？他是否某个上古人物？要回答这些问题，先来看田畯与田祖之关系。

实际上，田祖是农官田畯之神。李白已指出这点。不过，王安石

---

① （清）马瑞辰：《毛诗传笺通释》，中华书局2012年版，第717页。

说："田祖者，生而为田畯，死而为田祖。"① 李白表示反对，其云："从《七月》《甫田》《大田》来看，田祖和田畯同时出现，且是祭祀神灵，而在世的田畯是不应该被祭祀的。因此，王安石观点也不妥。"② 其实王安石是对的，王氏的意思并不是说要祭祀农官田畯。李白所引并不完整，此句之后，王氏还说"若乐工之死而为乐祖也"③，这是对《周礼》"乐祖"与乐工（乐师、瞽矇）的关系而讲的，它们的关系对理解田祖、田畯有重要价值。

《周礼·春官·大司乐》曰：

> 大司乐掌成均之法，以治建国之学政，而合国之子弟焉。凡有道者、有德者，使教焉，死则以为乐祖，祭于瞽宗。

此条叙述了周代大学教学制度，所谓"凡有道者、有德者，使教焉"，实际指大司乐下属的众瞽矇乐人之贤者，其以"乐德""乐语"教授国子。而"死则以为乐祖"，则指这些乐人之贤者，死后成为神灵，郑注曰："死则以为乐之祖，神而祭之。"若将此关系与田畯、田祖比照，会发现，田畯类似乐人之"有道者、有德者"，而田祖类似"乐祖"。可见，田祖确为田畯之神。也正缘于这种关系，田畯才能成为田祖之神尸。因为某神之尸，除祖先神之尸基于血缘外，其余则以"类"来选择，《通典》云："周代大小神祀皆有尸也，至于周人轻重各因其象类。"④ "因其象类"可包括职事上的一致。

孙诒让也看到了上述联系，他说：

> 今考田之祭田祖，盖犹乐官之祭乐祖也……是教乐者可祭为乐

---

① （宋）段昌武：《毛诗集解》，《景印文渊阁四库全书》第74册，台北：台湾商务印书馆1986年版，第753页。
② 李白："田祖""田畯"考，《学术交流》2009年第10期。
③ （宋）段昌武：《毛诗集解》，《景印文渊阁四库全书》第74册，台北：台湾商务印书馆1986年版，第753页。
④ （唐）杜佑：《通典》卷49，清武英殿刻本。

祖，则教田者亦可祭为田祖，不必始耕田之帝王矣。①

孙氏进一步指出田祖不必为"始耕田之帝王"，这是针对田祖被经常认为是神农而言的。其实，不论是田畯还是田祖，都不是单独一个，而应是一个群体，或可说属于一个类别。联系农业生产，也可推知，在诸多的田地中，农官性质之田畯不可能只有一位，田祖自然不能只有一位。

再进一步讲，田祖应是农事职事神。而且田祖的这一性质，在周代有普遍性。宋代陈旸指出：

> 古者有事于释奠祭先师，有事于瞽宗祭乐祖，养老祭先老，执爨祭先炊，马祭先牧，食祭先饭，然则于田祭田祖，亦示不忘本始而已。②

周代每一类职事，都有主管神灵。这些职事神，神灵等级虽不高，却相当重要。因为它们与生产生活息息相关，属于"官小权大"的一类。职事神又类似于祖师爷，田祖可以说是农事的祖师爷，因而田祖在东周时代又被称为先农、先啬。在每次大规模农事前，祭祀田祖，功利目的是祈求丰收，情感目的系"不忘本始"。

农神田祖源自何处呢？在商人甲骨卜辞的"神谱"中③，还未发现过此神。而古老的《七月》中已出现"田畯至喜"，根据上面的分析，田畯是田祖之尸，那么此句已表明先周时代，周人已有了祭祀农神田祖的仪式。而且用"尸"这一现象，也是极具周人特色的一种仪式模式，目前甲骨卜辞中尚未发现积极的证据证明商人已有此习俗④。种种线索

---

① （清）孙诒让：《周礼正义》，中华书局 2013 年版，第 1913 页。
② （宋）陈旸：《乐书》，《景印文渊阁四库全书》第 85 册，台北：台湾商务印书馆 1986 年版，第 297 页。
③ 根据朱凤瀚《商人诸神之权能与其类型》（载吴荣曾主编《尽心集：张政烺先生八十庆寿论文集》，中国社会科学出版社 1996 年版）与常玉芝《商代宗教祭祀》所列商人神灵谱系，尚未发现田祖一神。
④ 沈培：《关于古文字材料所见古人祭祀用尸的考察》，载李宗焜主编《古文字与古代史》第 3 辑，台湾"中央研究院"历史语言研究所，2012 年，第 53 页。

均表明，祭祀田祖本属于周这个著名的农业民族特有的传统。

概言之，田祖并不是某个上古帝王，而是农事职事神，属于一类"群体神灵"。从田畯与田祖的关系来说，田祖系农官田畯之神。

总结本节，西周晚期《甫田》《大田》之农事仪式，实际上是文化融合的产物。方神、社神之祀，源自殷礼；王后亲自参与仪式、田祖之祀及田畯作为神尸的祭祀方式，本属于周民族固有之传统；这些农事祭祀最终在周人礼乐文明的创造中，融为一体。子曰："周因于殷礼，所损益，可知也。"（《论语·为政》）周礼如何形成，怎样"损益"前代及本族文化，本书对两诗之分析，或可提供一个生动的视角。

结　　语

　　《国语·鲁语上》:"夫祀,国之大节也。"祭祀在周代占有重要地位,而举行祭祀必有一套相应的礼制仪式,在这种仪式诉求之下,祭祀礼中之乐即"祭祀礼乐"也就随即产生。周代"祭祀礼乐"的音乐活态早已消散在历史的长河中,但幸运的是,这类礼乐中有不少乐歌的歌词留存在《诗经》之中,成为我们探索周代祭祀文化的"活化石"。不过,遗憾的是,于"《诗经》祭祀礼乐",先秦文献只存在零星的几篇记载。《毛诗序》倒是对《周颂》《商颂》的祭祀仪式之用有较为详细的叙述,但鉴于其复杂的层累形成过程,我们不能无条件地全盘接受;另外,于《风》与《雅》,《毛诗序》多以"美刺"说之,对两者之中的"祭祀礼乐"几乎没有涉及。如此,《诗经》之中到底哪些诗篇是"祭祀礼乐",其为何种类型的"祭祀礼乐"? 这是古今《诗经》研究者面临的共同问题。

　　意图解决以上问题,是本书的缘起。当然,在有限的条件下,本书着重找出并研究了十四首"《诗经》祭祀礼乐"。探索它们的原始仪式之用,是本书的主线。若把本书比作一株树的话,这也如同此树的树干部分。但不止于此,笔者在阅读文献时,发现了一些有探索价值的小问题。在本书五章之中,以探索这十四首"《诗经》祭祀礼乐"的原始仪式之用为线,笔者试着回答了这些问题。对这些问题的解答,则可以说是书之树的树枝及其上结的果。当然,是否真的结了果,还需学界检验。

　　在方法上,本书始终贯穿"以礼解诗"法,且意欲呈现的三个特色是多重证据、立体与整体。多重证据是指新旧材料、文学、史学、人类学、礼制图像资料等证据的综合运用，本书尤重视新材料，读者会发现本书各章均会涉及一些最新的史料，如"禘祭"金文、"卲各"钟铭、清华简"籍田"文献、天亡簋"祀天室"铭文等。立体是指还原"《诗经》祭祀礼乐"所搬演的角色、时空、行为之立体礼制背景。在笔者看来，已有的《诗经》研究大都侧重于平面文本的解读，若想有所"突破"，很可能需要此类立体的还原。而整体是说不"随文求义"，不割裂诗义，而是尊重诗之整体，在确立中心事件与"分辨虚实"后，以诗篇产生年代、符合诗篇主旨之礼阐释之。笔者以为，很多诗篇之中有文学想象的成分，其当是一种场景性、表演性的"虚拟"，未必真的发生，分辨这种"虚拟"，也许对"仪式诗"会有更深入的认识。另外，正如郑樵所言"礼乐相须以为用"，若说"以礼解诗"是"礼"作为方法研究"诗"，那么"诗"同样可作为方法研究"礼"。于此，本书又试着"以诗补礼"，由诗文呈现的仪式迹象，探索了可能存在的祭祀礼制。

在内容上，本着由易到难的顺序，本书首章关注了《周颂·雝》，先秦文献多记录它有祭祀"彻歌"之用，这是仅有的几首有明确记载的"《诗经》祭祀礼乐"。但《毛诗序》又认为它是"禘祭"乐歌。对此，后代学者多不采信，而是支持"彻歌"的说法。但最新"禘祭"金文的发现，使我们对《毛诗序》的说法有了新的认识。新证据表明，《雝》原本正为"禘祭"之用，此诗应是西周王室禘祭先考并以先妣配食的乐歌。为何《雝》后来又有了祭祀"彻歌"之用？笔者推测这是因其多韵节奏快的音乐形式，正好符合"彻祭""乐仪"的需要，故而被移用之。这样，经过本书分析，《雝》这样一首"祭祀礼乐"从发生到移用的轨迹，就得以澄清。在此章中，笔者关注两个角色：主祭者与瞽矇。以《雝》为例，可发现主祭者的献祭行为与对祖先的祈求往往构成"祭祀礼乐"的核心内容，而此内容又以瞽矇"叙事"与"代言"两种表演唱的方式实现。这就是"祭祀礼乐"较为典型的搬演方式。

于第二章，本书关注先秦文献没有记载用法的《商颂·那》与《周颂·有瞽》。周礼中是否有降神之乐，降神之乐是什么形式，这两个问题至今存在不少争议。而此章最为主要的意图是通过还原《有瞽》的原始祭祀之用，来论证以上问题。通过比较可发现，《有瞽》与《那》的内容主题基本一致，而商诗《那》是殷礼中的"合乐"降神之乐，这是较为明确的；再辅以其他证据，笔者以为《有瞽》乃继承殷礼的周代"合乐"降神之乐。另外，从周代青铜钟铭独特的、反复出现的降神词语"卲各"等证据，笔者推测，逆尸"金奏"也系一种降神形式。如此，此章得出结论：周礼有降神之乐，降神之乐至少包含"合乐"与逆尸"金奏"两种形式。

从内容形式上看，《那》与《有瞽》两诗，本身是"祭祀礼乐"，但两诗中又描写了祭祀中的各种奏乐。这样就可能产生一个"诗中之乐"与"诗"的关系问题。实际上，周代"诗乐舞"合一，这意味着"诗"即"诗中之乐"的相配之歌。于第三章之中，本书继续关注了两首描写祭祀乐舞的礼乐：《邶风·简兮》与《小雅·鼓钟》，如此我们的视野也从《颂》拓展到《风》与《雅》。有趣的是，两诗都渗透着思念之情，又均有"感伤"的美学风格，那么思念是哪类思想？"感伤"从何而来？这是值得探索的问题。

对两诗本事的阐释，《毛诗序》皆以"刺"诗说之，而且阐释模式相近，都认为是"诗人"看到了在位者某种不合"礼"之事，以至思念能行"礼"的"西方美人"或"淑人君子"。这类观点影响最大，占主流地位。然而，《毛诗》对两诗的解读实质上是以"刺"为主题先行的阐释，并不合于诗义。对《简兮》，本书在批判《毛诗》所谓硕人受到不公正待遇等观点基础上，通过整体的"以礼解诗"判断其当为一首祭祖乐歌。至于诗中对"西方美人"的思念，乃是对祖先略带"感伤"的"思慕"之情，并不脱离全诗的祭祖语境。而"西方美人"的身份，根据卫国的祭祀体系，笔者蠡测他可能为周文王。于《鼓钟》，通过文、史、礼制互证，本书发现它是首宗庙之外的祭祖乐歌。结合诗中的史实线索，寻找此乐歌的礼制依据，笔者以为，军礼"迁庙主"制度与之契合，通过此礼制又能较为确定地判断出主祭者与被祭者的身份：周厉王与周昭王。诗中"感伤"情绪正与昭王"南巡不返"的悲壮遭遇有关。

以上三章，在第一章中，本书以一篇诗为例来展开论述；于第二、三章中，本书注意了一对诗的联系，即通过两诗的对读来发现一些值得关注的礼乐现象。至第四章，本书视野进一步扩大，探索由七首乐歌构成的《大武》组乐。《大武》乐是周王室的通用祭祖乐舞，但组成它的诗乐是否是同一时间、为同一目的创制？诗乐的排序原因是什么？这些问题，还未有一个清晰全面的讨论。

　　针对以上问题，本书第四章检讨了历代《大武》研究方法，发现既往研究常以《乐记》六成舞义去推知《大武》组乐构成。但笔者认为，乐与舞遵循不同的逻辑，两者并不存在直接对应；易言之，《大武》是"舞诗"并非"剧诗"。而现存较为成功的研究表明，已知的《大武》诗篇与周朝的开国典礼有莫大的联系，顺着这一思路，本书发现《大武》组乐由原本不同仪式背景的四部分七首诗乐构成。第一部分即第一首《时迈》，是灭商后的武王"巡狩礼"乐歌。第二部为第二首《我将》，系《天亡簋铭》所载武王祭祀上帝与文王之乐歌。第三部分包含第三、四、五首《赉》《酌》《般》，为《逸周书·世俘》记录的"甲寅"日武王军礼宗庙献捷"恺乐"，它们是《大武》的最初构成。第四部分包括第六、七首《桓》《武》，是祭祀武王之乐。与舞蹈相配时，第一首《时迈》成为序幕歌曲，其余六首则分别用于六成舞的节奏伴唱。总体来看，"天命"系这些乐歌的共同主题。这一"主题"对寻找与认识《大武》构成诗乐均有很大帮助。在乐歌顺序上，七首乐歌以所属仪式的时间先后依次排序。

　　从第一章至第四章，本书实际上一直关注的是"《诗经》祭祀礼乐"中占主体地位的"祭祖礼乐"，此外《诗经》中还有一类颇受关注的"农事祭祀礼乐"，也不可不察，本书第五章将视野转至这个领域。在"《诗经》农事祭祀礼乐"中，影响最大的，莫过于"籍田礼"乐歌，有不少研究者致力于此，但笔者在研读相关文献时发现，历来被论者倚赖的杨宽、孙作云"籍田"说存在一些问题，这从根源上影响了论者的判断。故而于第五章，本书在商榷杨、孙两家"籍田"之说的基础上，以《甫田》《大田》为中心，考察了一种未引起足够重视的农事祭祀类型——"公田礼"。

　　本书发现杨宽与孙作云在研究"籍田"时，过于强调"籍"这类借民之力劳作的生产方式与税收模式，如此使他们认为所有施行此法的田地均可称为"籍田"。但如此扩大了传统礼学的"籍田"定义，以至于"籍田"与另一种田地类型"公田"相混同。依据杨、孙二人观点，很多论者认为《甫田》《大田》均为"籍田礼"乐歌。不过，"公田"出现时间较早，至少在商代就已有，其可存在于诸多地方，是王室收入的重要来源，有救济农人的功能；而"籍田"脱胎于"公田"，出现于周代初年，只在国都南郊，其规模较小，由周王象征性地亲自耕作，存在主要是宗教的目的。在分清"籍田"与"公田"前提下，本书批判地吸收孙作云的观点，对《甫田》《大田》作了整体的"以礼解诗"。笔者发现《甫田》实为周天子在夏季除草之时，巡视"公田"，举行耨礼，祭祀方、社、田祖的仪式乐歌；《大田》应系周天子在春季耕作之时，巡视"公田"，举行耕礼，祭祀方神、田祖的乐歌。"公田礼"此类综合祭祀方、社、田祖的方式，当是商周文化融合的产物。若对这些祭祀对象追本溯源，方、社之神早在殷礼中就已出现，而田祖很可能系周民族独特的神灵信仰。在"公田礼"中，农官"田畯"临时充当了田祖的"神尸"，身份发生转变。

以上即本书的思路及结论。事实上，本书的诸多看法，前人也曾提及，只是大都较为模糊，有时尚未深入探讨或建立广泛的联系。而本书力图在前贤的基础上"接着讲"，力图往"深处"讲，向"细处"讲，对所发现的一些问题给出了自己的答案。本书也是笔者的阶段性研究成果，今后可以进行的工作还有很多，有不少"《诗经》祭祀礼乐"及围绕它们的问题有待我们深入探索。也许这些问题的解决，对从整体上认识《诗经》，有更为实在的意义。

最后，笔者想说的是，科学研究是一个不断试错的过程。古史微芒，《诗经》研究面临的困难很多，本书的探索可能会有诸多不足之处，但正如圣贤所言"修辞立其诚"，笔者所论所述、所想、所感发于肺腑，期待能为《诗经》研究贡献自己的一点力量，同时真诚地希望各位学界同人不吝批评指正。

参考文献

一 古籍

（汉）蔡邕：《独断》，中华书局 1985 年版。

（汉）何休、（唐）徐彦：《春秋公羊传注疏》，北京大学出版社 2000 年版。

（汉）刘熙：《释名》，中华书局 1985 年版。

（汉）申培：《诗说》，中华书局 1985 年版。

（汉）司马迁撰，（南朝）裴骃集解，（唐）司马贞索隐，（唐）张守节正义：《史记》，上海古籍出版社 2013 年版。

（汉）王逸：《楚辞章句补注·楚辞集注》，岳麓书社 2013 年版。

（南朝）皇侃：《论语义疏》，中华书局 2013 年版。

（唐）杜佑：《通典》，清武英殿刻本。

（唐）陆淳：《春秋集传纂例》，清武英殿聚珍版丛书本。

（隋）虞世南：《北堂书钞》，中国书店 1989 年版。

（宋）陈旸：《乐书》，《景印文渊阁四库全书》第 85 册，台北：台湾商务印书馆 1986 年版。

（宋）戴溪：《续吕氏家塾读诗记》，《景印文渊阁四库全书》第 74 册，台北：台湾商务印书馆，1986 年版。

（宋）段昌武：《毛诗集解》，《景印文渊阁四库全书》第 74 册，台北：台湾商务印书馆 1986 年版。

（宋）范处义：《诗补传》，《景印文渊阁四库全书》第 72 册，台北：

台湾商务印书馆 1986 年版。

（宋）黎靖德编：《朱子语类》第 3 卷，岳麓书社 1997 年版。

（宋）李樗、黄櫄：《毛诗李黄集解》，《景印文渊阁四库全书》第 71 册，台北：台湾商务印书馆 1986 年版。

（宋）欧阳修：《诗本义》，《景印文渊阁四库全书》第 70 册，台北：台湾商务印书馆 1986 年版。

（宋）苏辙：《苏氏诗集传》，《景印文渊阁四库全书》第 70 册，台北：台湾商务印书馆 1986 年。

（宋）王安石：《诗义钩沉》，中华书局 1982 年版。

（宋）严粲：《诗缉》，《景印文渊阁四库全书》第 75 册，台北：台湾商务印书馆 1983 年版。

（宋）郑樵：《通志》，中华书局 1987 年版。

（宋）朱熹：《诗集传》，中华书局 2015 年版。

（宋）朱熹：《诗序辨说》，《朱子全书》第 1 册，上海古籍出版社 2002 年版。

（元）陈澔：《礼记集说》，上海：世界书局 1936 年版。

（元）刘瑾：《诗传通释》，《景印文渊阁四库全书》第 76 册，台北：台湾商务印书馆 1986 年。

（明）曹学佺：《诗经剖疑》，《续修四库全书》第 60 册，上海古籍出版社 1995 年版。

（明）郝敬：《毛诗原解》，《续修四库全书》第 58 册，上海古籍出版社 1995 年版。

（明）何楷：《诗经世本古义》，《景印文渊阁四库全书》第 81 册，台北：台湾商务印书馆 1986 年版。

（明）王夫之：《船山全书》（六），岳麓书社 2011 年版。

（明）姚舜牧：《重订诗经疑问》，《景印文渊阁四库全书》第 80 册，台北：台湾商务印书馆 1986 年版。

（明）朱大韶：《春秋传礼征》，《续修四库全书》第 128 册，上海古籍出版社 1996 年版。

（明）朱载堉：《乐律全书》，《景印文渊阁四库全书》第 214 册，台北：台湾商务印书馆 1986 年版。

（明）邹忠胤：《诗传阐》，《四库全书存目丛书·经部》第 65 册，齐鲁书社 1997 年版。

（清）包世荣：《毛诗礼征》，《续修四库全书》第 69 册，上海古籍出版社 1996 年版。

（清）陈逢衡：《竹书纪年集证》，清嘉庆裛露轩刻本。

（清）陈奂：《诗毛氏传疏》，上海商务印书馆 1933 年版。

（清）陈立：《白虎通疏证》，中华书局 1994 年版。

（清）陈寿祺：《鲁诗遗说考》，清刻左海续集本。

（清）崔述著，顾颉刚编订：《崔东壁遗书》，上海古籍出版社 1983 年版。

（清）方苞：《周官集注》，《景印文渊阁四库全书》第 101 册，台北：台湾商务印书馆 1986 年版。

（清）方玉润：《诗经原始》，中华书局 2015 年版。

（清）傅恒等：《御纂诗义折中》，《景印文渊阁四库全书》第 84 册，台北：台湾商务印书馆 1986 年版。

（清）顾栋高：《毛诗订诂》，清光绪江苏书局刻本。

（清）胡承珙：《毛诗后笺》，黄山书社 1999 年版。

（清）金鹗：《求古录礼说》，清光绪二年孙熹刻本。

（清）孔广森撰，杨新助校注：《经学卮言》，华东师范大学出版社 2010 年版。

（清）李光地：《诗所》，《景印文渊阁四库全书》第 86 册，台北：台湾商务印书馆 1983 年版。

（清）梁诗正等：《西清古鉴》，《景印文渊阁四库全书》第 841、842 册，台北：台湾商务印书馆 1986 年版。

（清）凌廷堪：《礼经释例》，清嘉庆十四年阮氏文选楼刻本。

（清）刘宝楠：《论语正义》，中华书局 1990 年版。

（清）刘文淇：《春秋左传旧注疏证》，《续修四库全书》第 126 册，上海古籍出版社 1995 年版。

（清）陆奎勋：《陆堂诗学》，清康熙五十三年陆氏小瀛山阁刻本。

（清）马瑞辰：《毛诗传笺通释》，中华书局 1989 年版。

（清）皮锡瑞：《尚书大传疏证》，清光绪丙申（1896）师伏堂本。

（清）阮元校刻：《十三经注疏》，中华书局1980年版。

（清）孙希旦：《礼记集解》，中华书局1989年版。

（清）孙诒让：《大戴礼记斠补（外四种）》，中华书局2010年版。

（清）孙诒让：《周礼正义》，中华书局1987年版。

（清）万斯大：《学礼质疑》，《景印文渊阁四库全书》第129册，台北：台湾商务印书馆1986年版。

（清）王先谦：《诗三家义集疏》，中华书局1987年版。

（清）王先谦：《荀子集解》，中华书局2012年版。

（清）魏源：《诗古微》，岳麓书社2004年版。

（清）姚际恒：《诗经通论》，中华书局1958年版。

（清）俞樾：《群经评议》，《续修四库全书》第178册，上海古籍出版社2002年版。

（清）庄存与：《周官记》，清味经斋遗书本。

二　著作

曹本冶主编：《仪式音声研究的理论与实践》，上海音乐学院出版社2010年版。

曹建墩：《先秦礼制探赜》，天津人民出版社2010年版。

常森：《先秦文学专题讲义》，山西教育出版社2005年版。

常玉芝：《商代宗教祭祀》，中国社会科学出版社2010年版。

晁福林：《上博简〈诗论〉研究》，商务印书馆2013年版。

晁福林：《中国民俗史·先秦卷》，人民出版社2008年版。

陈宏天、吕岚编：《诗经索引》，书目文献出版社1984年版。

陈梦家：《西周青铜器断代》，中华书局2004年版。

陈梦家：《殷虚卜辞综述》，中华书局1988年版。

陈其泰等编：《二十世纪中国礼学研究论集》，学苑出版社1998年版。

陈戍国：《诗经刍议》，岳麓书社1997年版。

陈戍国：《四书五经校注本·诗经》，岳麓书社2006年版。

陈戍国：《中国礼制史·先秦卷》，湖南教育出版社2011年版。
陈寅恪：《金明馆丛稿二编》，上海古籍出版社1980年版。
陈英杰：《西周金文作器用途铭辞研究》，线装书局2008年版。
陈致：《陈致自选集》，上海人民出版社2012年版。
陈致编：《跨学科视野下的诗经研究》，上海古籍出版社2010年版。
陈中梅：《神圣的荷马：荷马史诗研究》，北京大学出版社2008年版。
陈子展：《诗经直解》，复旦大学出版社1983年版。
陈子展：《诗三百解题》，复旦大学出版社2001年版。
程俊英、蒋见元：《诗经注析》，中华书局2013年版。
程俊英：《诗经译注》，上海古籍出版社1985年版。
程树德：《论语集释》，中华书局1990年版。
丁进：《商周青铜器铭文文学研究》，西北大学出版社2013年版。
杜正胜：《古代社会与国家》，台北：允晨文化实业股份有限公司1992年版。
范文澜：《中国通史简编》第1编，人民出版社1949年版。
方建军：《商周乐器文化结构与社会功能研究》，上海音乐学院出版社2006年版。
方建军：《音乐考古与音乐史》，人民音乐出版社2011年版。
方诗铭、王修龄：《古本竹书纪年辑证》，上海古籍出版社1981年版。
冯浩菲：《历代诗经论说述评》，中华书局2003年版。
傅斯年：《民族与古代中国史》，河北教育出版社2002年版。
傅斯年著、董希平笺注：《傅斯年诗经讲义稿笺注》，当代世界出版社2009年版。
高亨：《诗经今注》，上海古籍出版社1980年版。
顾颉刚、刘起釪：《尚书校释译论》，中华书局2005年版。
顾颉刚：《顾颉刚全集》（12），中华书局2010年版。
郭宝钧：《商周铜器群综合研究》，文物出版社1981年版。
郭沫若：《青铜时代》第1辑第1册，群益出版社1935年版。
郝志达主编：《国风诗旨纂解》，南开大学出版社1990年版。

黄怀信等撰：《逸周书汇校集注（修订本）》，上海古籍出版社 2007 年版。

黄翔鹏：《黄翔鹏文存》，山东文艺出版社 2007 年版。

季旭昇：《诗经古义新证》，学苑出版社 2001 年版。

贾海生《周代礼乐文明实证》，中华书局 2010 年版。

姜昆武：《诗书成词考释》，齐鲁书社 1989 年版。

蒋立甫：《诗经举要》，安徽师范大学出版社 2014 年版。

蒋寅：《中国诗学的思路与实践》，广西师范大学出版社 2001 年版。

金家翔：《中国古代乐器百图》，安徽美术出版社 1994 年版。

金景芳：《论井田制度》，齐鲁书社 1982 年版。

李纯一：《中国上古出土乐器综论》，文物出版社 1996 年版。

李零：《简帛古书与学术源流》，生活·读书·新知三联书店 2004 年版。

李山：《诗经的文化精神》，东方出版社 1997 年版。

李山：《诗经析读》，南海出版公司 2003 年版。

李学勤主编：《清华大学藏战国竹简》（二），中西书局 2011 年版。

李学勤主编：《清华大学藏战国竹简》（三），中西书局 2012 年版。

李中华、杨合鸣编著：《〈诗经〉主题辨析》，广西教育出版社 1989 年版。

李宗焜主编：《古文字与古代史》第 3 辑，台湾"中央研究院"史语所，2012 年。

廖群：《先秦两汉文学考古研究》，学习出版社 2007 年版。

林义光：《诗经通解》，中西书局 2012 年版。

林志明：《西周用诗考》，新北：花木兰文化出版社 2013 年版。

刘家和：《古代中国与世界》，武汉出版社 1995 年版。

刘立志：《诗经研究》，中华书局 2011 年版。

刘起釪：《古史续辨》，中国社会科学出版社 1991 年版。

刘师培：《刘师培清儒得失论》，吉林人民出版社 2013 年版。

刘毓庆、郭万金：《从文学到经学：先秦两汉诗经学史论》，华东师范大学出版社 2009 年版。

刘毓庆：《诗经百家别解考·国风》，山西古籍出版社 2002 年版。

刘源:《商周祭祖礼研究》,商务印书馆 2004 年版。

马持盈:《诗经今注今译》,台北:台湾商务印书馆 1971 年版。

马银琴:《两周诗史》,社会科学文献出版社 2006 年版。

彭邦炯:《甲骨文农业资料考辨与研究》,吉林文史出版社 1997 年版。

裘锡圭:《古文字论集》,中华书局 1992 年版。

裘锡圭:《裘锡圭学术文集·甲骨文卷》,复旦大学出版社 2012 年版。

屈守元:《韩诗外传笺疏》,巴蜀书社 1996 年版。

邵东方:《竹书纪年研究论稿》,高等教育出版社 2011 年版。

沈文倬:《菿闇文存》,商务印书馆 2006 年版。

沈文倬:《宗周礼乐文明考论》,浙江大学出版社 1999 年版。

宋和平:《满族萨满神歌译注》,社会科学文献出版社 1993 年版。

苏东天:《诗经辨义》,浙江古籍出版社 1992 年版。

孙作云:《诗经与周代社会研究》,中华书局 1966 年版。

台湾"中央研究院":《古文字与古代史》第 2 辑,台湾"中央研究院"史语所,2009 年。

唐兰:《西周青铜器铭文分代史征》,中华书局 1986 年版。

王贵民、杨志清编著:《春秋会要》,中华书局 2009 年版。

王国维:《观堂集林(外二种)》,河北教育出版社 2001 年版。

王辉斌:《商周逸诗辑考》,黄山书社 2012 年版。

王健:《西周政治地理结构研究》,中州古籍出版社 2004 年版。

王力:《诗经韵读》,上海古籍出版社 1980 年版。

王明珂:《华夏边缘:历史记忆与族群认同》,社会科学文献出版社 2006 年版。

王霄冰主编:《文字、仪式与文化记忆》,民族出版社 2007 年版。

王霄冰主编:《仪式与信仰:当代文化人类学新视野》,民族出版社 2008 年版。

王小盾:《中国音乐文献学初阶》,北京大学出版社 2014 年版。

王秀臣:《三礼用诗考论》,中国社会科学出版社 2007 年版。

王玉哲:《先秦史研究》,云南民族出版社 1987 年版。

王耘：《"空"之美学释义》，上海人民出版社 2016 年版。

王子初：《中国音乐考古 80 年》，上海音乐学院出版社 2012 年版。

闻一多：《风诗类钞甲》，《闻一多全集》（4），湖南人民出版社 1994 年版。

闻一多：《神话与诗》，天津古籍出版社 2008 年版。

吴闿生：《诗义会通》，中西书局 2012 年版。

[美] 夏含夷：《兴与象：中国古代文化史论集》，上海古籍出版社 2012 年版。

[美] 夏合夷：《古史异观》，上海古籍出版社 2005 年版。

徐复观：《中国人性论史·先秦篇》，湖北人民出版社 2002 年版。

徐元诰：《国语集解（修订本）》，中华书局 2016 年版。

徐中舒：《川大史学：徐中舒卷》，四川大学出版社 2006 年版。

许倬云：《西周史（增补 2 版）》，生活·读书·新知三联书店 2012 年版。

薛宗明：《中国音乐史：乐器篇（上）》，台北：台湾商务印书馆 1983 年版。

扬之水：《诗经名物新证（修订版）》，天津教育出版社 2007 年版。

杨伯峻：《春秋左传注》，中华书局 2009 年版。

杨公骥：《中国文学》第 1 分册，吉林人民出版社 1957 年版。

杨合鸣：《〈诗经〉疑难词辨析》，湖北辞书出版社 2002 年版。

杨鸿勋：《宫殿考古通论》，紫禁城出版社 2001 年版。

杨华：《古礼新研》，商务印书馆 2012 年版。

杨华：《先秦礼乐文化》，湖北教育出版社 1997 年版。

杨宽：《西周史》，上海人民出版社 2003 年版。

杨树达：《积微居甲文说：卜辞琐记》，中国科学院出版社 1954 年版。

杨天宇：《周礼译注》，上海古籍出版社 2013 年版。

杨向奎：《宗周社会与礼乐文明》，人民出版社 1992 年版。

杨荫浏：《中国古代音乐史稿》，人民音乐出版社 1981 年版。

姚小鸥：《诗经三颂与先秦礼乐文化》，北京广播学院出版社 2000 年版。

姚小鸥：《诗经译注》，当代世界出版社 2009 年版。

叶国良：《礼制与风俗》，复旦大学出版社 2012 年版。

叶舒宪：《诗经的文化阐释：中国诗歌的发生研究》，湖北人民出版社 1994 年版。

尹盛平：《西周史征》，陕西师范大学出版社 2004 年版。

于省吾：《双剑誃吉金图录》，中华书局 2009 年版。

于省吾：《双剑誃尚书新证・双剑誃诗经新证・双剑誃易经新证》，中华书局 2009 年版。

余冠英：《诗经选》，人民文学出版社 1979 年版。

袁梅：《诗经异文汇考辨证》，齐鲁书社 2013 年版。

袁梅：《诗经译注》，齐鲁书社 1985 年版。

袁行霈：《陶渊明集笺注》，中华书局 2013 年版。

詹鄞鑫：《神灵与祭祀：中国传统宗教综论》，江苏古籍出版社 1992 年版。

张光直：《考古学专题六讲》，文物出版社 1986 年版。

张光直：《美术、神话与祭祀》，辽宁教育出版社 2002 年版。

张光直：《商文明》，辽宁教育出版社 2002 年版

张节末、李鹏飞：《中古诗学史：境化与律化交织的诗歌运动》，浙江大学出版社 2013 年版。

张节末：《禅宗美学》，北京大学出版社 2006 年版。

张世彬：《中国音乐史论述稿》，香港友联出版社 1975 年版。

张树波编著：《国风集说》，河北人民出版社 1993 年版。

张松如：《商颂研究》，南开大学出版社 1995 年版。

张亚初、刘雨：《西周金文官制研究》，中华书局 1986 年版。

张亚初：《殷周金文集成引得》，中华书局 2001 年版。

张以仁：《国语斠证》，台北：台湾商务印书馆 1969 年版。

赵诚：《二十世纪甲骨文研究述要》，书海出版社 2006 年版。

赵诚：《二十世纪金文研究述要》，书海出版社 2003 年版。

郑开：《德礼之间》，生活・读书・新知・三联书店 2009 年版。

中国社科院考古研究所编：《中国考古学・两周卷》，中国社会科学出版社 2004 年版。

中国社科院考古研究所编：《中国考古学·夏商卷》，中国社会科学出版社 2003 年版。

周聪俊：《祼礼考辨》，台北：文史哲出版社 1994 年版。

周聪俊：《飨礼考辨》，新北：花木兰文化出版社 2012 年版。

周锡银、望潮：《西藏原始宗教》，四川人民出版社 1999 年版。

周振甫：《诗经译注》，中华书局 2002 年版。

朱芳圃：《殷周文字释丛》，中华书局 1962 年版。

朱凤瀚：《商周家族形态研究（增订版）》，天津古籍出版社 2004 版。

朱凤瀚：《中国青铜器综论》，上海古籍出版社 2009 年版。

朱骏声：《说文通训定声》，武汉市古籍书店 1983 年版。

朱歧祥：《殷墟甲骨文字通释稿》，台北：文史哲出版社 1989 年版。

朱自清：《诗言志辨》，岳麓书社 2011 年版。

宗白华：《美学散步》，上海人民出版社 1981 年版。

三　论文

蔡先金：《清华简〈周公之琴舞〉的文本与乐章》，《西北师大学报》（社会科学版）2014 年第 4 期。

曹建墩：《上博简〈天子建州〉与周代的飨礼》，《孔子研究》2012 年第 3 期。

曹建国：《论先秦两汉时期〈诗〉本事》，《文学遗产》2012 年第 2 期。

曹玮：《西周时期的禘祭与祫祭》，《考古学研究》（六），科学出版社 2006 年版。

陈杰祥《周初青铜器铭文"王在闌师"与"王祀于天室"新探》，《中原文化研究》2013 年第 4 期。

陈絜：《应公鼎与周代宗法》，《南开学报》2008 年第 6 期。

陈梦家：《西周铜器断代》（一），《考古学报》1955 年第 1 期。

陈佩芬：《繁卣、趞鼎及梁其钟铭文诠释》，《上海博物馆集刊》1982 年第 1 期。

陈苏镇：《商周时期起源、发展及其社会原因》，《中国哲学》第 10 辑，生活·读书·新知三联书店 1983 年版。

陈炜湛：《商代甲骨文金文词汇与〈诗·商颂〉的比较》，《中山大学学报》（社会科学版）2002 年第 1 期。

陈筱芳：《西周天帝信仰的特点》，《史学月刊》2005 年第 5 期

陈英杰：《谈金文中▨、召、卲、邵等字的意义》，《中国文字研究》2007 年第 2 期。

崔富章、陈英立：《〈四库全书总目·孔子家语〉篇发疑》，《文献》2015 年第 4 期。

邓佩玲：《〈诗经·周颂〉与〈大武〉重探——以清华简〈周公之琴舞〉参证》，《岭南学报》（香港）复刊 2016 第 4 辑。

杜勇：《金文"生称谥"新解》，《历史研究》2002 年第 3 期。

付林鹏：《〈周颂·有瞽〉与周初乐制改革》，《古代文明》2013 年第 1 期。

高亨：《周代"大武"乐的考释》，《山东大学学报》1955 年第 2 期。

高亨：《周颂考释》，《中华文史论丛》1964 年第 4、5、6 辑。

高明：《论墙盘铭文中的微氏家族》，《考古》2013 年第 3 期。

顾颉刚：《逸周书世俘篇校注、写定与评论》，《文史》1963 年第 2 辑。

顾颉刚：《周易卦爻辞中的故事》，《古史辨》（三），上海古籍出版社 1982 年版。

郭旭东：《殷墟甲骨文所见的商代军礼》，《中国史研究》2010 年第 2 期。

何琳仪：《逢逢渊渊释训》，《安徽大学学报》（哲学社会科学版）2006 年第 4 期。

黄瑞云：《谷风甫田诗义索原》，《湖北师范学院学报》1987 年第 1 期。

黄翔鹏《均钟考》，《黄钟（武汉音乐学院学报)》1989 年第 1、2 期。

黄彰健：《释〈春秋〉所记鲁国禘礼并释〈公羊传〉'五年再殷祭'》，《"中央研究院"历史语言研究所集刊》，第 75 本第 4 分，2004

年12月。

贾海生、池雪丰：《由应公鼎及相关诸器铭文论应国曾立武王庙》，《湖南大学学报》（社会科学版）2016年第5期。

江林昌：《甲骨文与〈商颂〉》，《福州大学学报》（哲学社会科学版）2010年第1期。

孔令远：《徐国青铜器群综合研究》，《文物》2011年第4期。

李白：《"田祖""田畯"考》，《学术交流》2009年第10期。

李炳海：《〈诗经·周颂〉大武歌诗论辨》，《陕西师范大学学报》（哲学社会科学版）2008年第5期。

李清筠：《从文献考索看诗经入乐问题》，（台湾）《教育与研究》1990年第12期。

李庆：《关于〈诗经·周颂〉中〈大武〉诸诗的探讨：王国维〈周大武乐章考〉商榷》，《复旦学报》2005年第5期。

李山：《〈诗经·时迈〉篇创作时地考》，《河北学刊》2002年第3期。

李山：《西周穆王时期诗篇创作考》，《中国古典文献学丛刊》第七卷，中国古文献出版社2009年版。

李山：《周初"大武"乐章新考》，《中州学刊》2003年第5期。

李守奎：《先秦文献中的琴瑟与〈周公之琴舞〉的成文时代》，《吉林大学社会科学学报》2014年第1期。

李学勤：《"天亡"簋试释及有关推测》，《中国史研究》2009年第4期。

李学勤：《枣庄徐楼村宋公鼎与费国》，《史学月刊》2012年第1期。

栗建伟：《周代乐仪研究》，博士学位论文，华中师范大学，2014年。

林沄：《天亡簋"王祀于天室"新解》，《史学集刊》1993年第3期。

刘怀君：《眉县出土一批西周窖藏青铜乐器》，《文博》1987年第2期。

刘全志：《西周大武乐章新论》，《湖北大学学报》（哲学社会科学版）2012年第1期。

刘晓东：《天亡簋与武王东土度邑》，《考古与文物》1987年第1期。

刘雨:《伯唐父鼎的铭文与时代》,《考古》1990年第8期。

刘雨:《西周金文中的祭祖礼》,《考古学报》1989年4月。

刘毓庆:《〈商颂〉非宋人作考》,《山西大学学报》(哲学社会科学版)1980年第1期。

刘长东:《武王周公作雒原因考论》,《第三届中国俗文化国际学术研讨会暨项楚教授七十华诞学术讨论会论文集》,2009年。

罗新慧:《周代天命观念的发展与嬗变》,《历史研究》2012年第5期。

宁镇疆:《〈礼记·檀弓〉"不诚于伯高"再议——兼谈〈孔子家语〉的相关问题》,《中国典籍与文化》2013年第3期。

宁镇疆:《周代"籍礼"补议——兼说商代无"籍田"及"籍礼"》,《中国史研究》2016年第1期。

欧波:《金文所见淮夷资料整理与研究》,博士论文,安徽大学,2015年。

彭松:《〈大武〉舞的时代背景和诗乐舞结构》,《舞蹈论丛》1986年第2期。

彭裕商:《谥法探源》,《中国史研究》1999年第1期。

[日]乔秀岩:《论郑王礼说异同》,《北大史学》(13),北京大学出版社2008年版。

裘锡圭:《甲骨文中的几种乐器名称》,《中华文史论丛》1980第14辑。

曲英杰:《〈诗经〉"南亩"解》,《江汉论坛》1986年第5期。

任慧峰:《先秦军礼研究》,博士学位论文,武汉大学,2010年。

陕西省考古研究所等:《陕西眉县杨家村西周青铜器窖藏》,《考古与文物》2003年第3期。

陕西周原考古队:《陕西扶风庄白一号西周青铜器窖藏发掘简报》,《文物》1978年第3期。

沈长云:《关于千亩之战的几个问题》,《周秦社会与文化研究》,陕西师范大学出版社2003年版。

孙稚雏:《天亡簋铭文汇释》,《古文字研究》第3辑,中华书局1980年版。

孙作云:《说天亡簋为武王灭商以前的铜器》,《文物参考资料》

1958年第1期。

王贵民：《商周庙制新考》，《文史》1998年第45辑。

王维堤：《万舞考》，《中华文史论丛》1985年第36辑。

王小盾：《论汉文化的"诗言志，歌咏言"传统》，《文学评论》2009年第2期。

王莹：《〈诗经〉祭祀诗的诗体变迁与程式化叙事探论——以"尸"之主题为个案》，《兰州大学学报》（社会科学版）2017年第2期。

王蕴智：《释"豸"、"帚"及与其相关的几个字》，《于省吾教授百年诞辰纪念文集》，吉林大学出版社1996年版。

王洲明：《关于〈毛诗序〉作期和作者的若干思考》，《文学遗产》2007年第2期。

王宗石：《西周王朝的开国颂词——〈周颂·时迈〉》，《文史》1999年第49辑。

［韩］文铃兰：《〈诗经·简兮〉篇之主题探讨》，《第三届诗经国际学术研讨会论文集》，香港：天马图书有限公司1998年版。

吴壁群：《〈大雅·既醉〉之"祝"角色分析及其"致福"对唱》，《兰州大学学报》（社会科学版）2017年第2期。

［美］夏含夷：《从西周礼制改革看〈诗经·周颂〉的演变》，《河北师院学报》1996年第3期。

谢明文：《从语法角度谈谈金文中"穆穆"的训释等相关问题》，《古籍研究》2013年第1期。

徐中舒：《金文嘏辞释例》，《古文字学讲义》，巴蜀书社2012年版。

徐中舒：《蒲姑、徐奄、淮夷、群舒考》，《四川大学学报》1998年第3期。

闫月珍：《器物之喻与中国文学批评——以〈文心雕龙〉为中心》，《中国社会科学》2013年第6期。

闫月珍：《物：中国文学研究的新途径》，《学术研究》2017年第6期。

闫月珍：《作为仪式的器物——以中国早期文学为中心》，《中国社会科学》2017年第7期。

杨公骥、张松如：《论商颂》，《文学遗产增刊》1956年第2辑。

姚小鸥、李文慧：《〈周颂·有瞽〉与周代观乐制度》，《文艺研究》2012年第3期。

叶国良：《古礼书中礼典与仪节研究方法举例》，（台湾）《中正汉学研究》2014年第1期。

阴法鲁：《诗经》，《文史知识》1982年第12期。

阴法鲁：《诗经中舞蹈形象》，《舞蹈论丛》1982年第4期。

尹弘兵：《地理学与考古学视野下的昭王南征》，《历史研究》2015年第1期。

袁定基：《周大武乐章考证》，《南开学报》1980年第5期。

张国安：《从〈武〉、〈三象〉至〈大武〉看周公制礼作乐》，《学术月刊》2008年第10期。

张怀通：《武王伐纣史实补考》，《中国史研究》2010年第4期。

张怀通：《〈武宿〉是〈大武〉的第二乐章》，《天津师范大学学报》（社会科学版）2005年第5期

张节末、蔡建梅：《论〈葛生〉非抒情诗——一个主题学分析的个案》，《贵州社会科学》2014年第1期。

张节末、吴壁群：《"君臣"、"兄弟"与"朋友"——〈诗经〉中的人伦关系考察》，《浙江大学学报》（人文社会科学版）2014年第1期。

张节末、张强：《诗文本与周天子祭祖仪式搬演——〈文王〉原初仪式形态还原之一》，《社会科学战线》2016年第7期。

张节末、张硕：《禘祭中的"孝行"与瞽矇"表演唱"——〈周颂·雝〉主祭者角色分析及仪式还原》，《兰州大学学报》（社会科学版）2017年第2期。

张节末、张妍：《"自我指涉"：柯马丁对〈诗经〉的解读》，《浙江学刊》2013年第3期。

张节末：《〈诗经〉比兴循环解释现象探究"兴"的起源——以〈关雎〉〈汉广〉〈樛木〉三诗为例》，《浙江大学学报》（人文社会科学版）2017年第1期。

张强：《〈大雅〉诗文本与天子宗庙仪式搬演》，博士学位论文，浙江大学，2015年。

张西堂：《周颂"时迈"本为周大武乐章首篇说》，《人文杂志》

1959年第6期。

赵光贤:《评孙作云著〈《诗经》与周代社会研究〉》,《史学史资料》1980年第6期。

赵敏俐:《殷商文学史的书写及其意义》,《中国社会科学》2015年第10期。

赵琼琼、张节末:《论〈诗经〉抒情的公共性》,《学术月刊》2013年第10期。

周延良:《〈诗经〉"剧诗"、"舞诗"研究》,《诗经研究丛刊》(第2辑),学苑出版社2002年版。

朱凤瀚:《论西周时期的"南国"》,《历史研究》2013年第4期。

朱凤瀚:《商人诸神之权能与其类型》,《尽心集:张政烺先生八十庆寿论文集》,中国社会科学出版社1996年版。

朱凤瀚:《由伯㦰父簋铭再论周厉王征淮夷》,《古文字研究》2008年第27辑。

四 译著与外文文献

[日]白川静:《诗经的世界》,杜正胜译,台北:东大图书股份有限公司2003年版。

[日]白川静:《金文的世界:殷周社会史》,温天河、蔡哲茂译,台北:联经出版事业公司1989年版。

陈致:《从礼仪化到世俗化:〈诗经〉的形式》,吴仰湘等译,上海古籍出版社2009年版。

[日]赤塚忠:《〈皇皇者华〉篇与〈采薇〉篇——试说中国古代的剧诗》,蒋寅译,《河北师范学院学报》1991年第1期。

[日]岛邦男:《禘祀》,赵诚译,《古文字研究》(第1辑),中华书局1979年版。

[英]J. G. 弗雷泽:《金枝》,汪培基等译,商务印书馆2016年版。

[日]冈村繁:《周汉文学史考》,陆晓光译,上海古籍出版社2002年版。

[法]葛兰言:《古代中国的节庆与歌谣》,赵丙祥、张宏明译,广

西师范大学出版社 2005 年版。

［日］家井真：《〈诗经〉原意研究》，陆越译，江苏人民出版社 2011 年版。

［德］康德：《判断力批判》，邓晓芒译，人民出版社 2002 年版。

［美］兰德尔·柯林斯：《互动仪式链》，林聚任等译，商务印书馆 2009 年版。

［美］李峰：《西周的灭亡：中国早期国家的地理和政治危机》，徐峰、汤惠生译，上海古籍出版社 2007 年版。

［美］李峰：《西周的政体：中国早期的官僚制度和国家》，吴敏娜等译，北京：生活·读书·新知三联书店 2010 年版。

［美］罗泰：《西周铜器铭文的性质》，来国龙译，《考古学研究》（六），科学出版社 2006 年版。

［美］乔纳森·特纳等：《情感社会学》，孙俊才等译，上海人民出版社 2007 年版。

［英］汪涛：《颜色与祭祀：中国古代文化中颜色涵义探幽》，郅晓娜译，上海古籍出版社 2013 年版。

［美］王靖献：《钟与鼓：〈诗经〉的套语及其创作方式》，谢谦译，四川人民出版社 1990 年版。

［日］增野弘幸等：《日本学者论中国古典文学：村山吉广教授古稀纪念集》，李寅生译，巴蜀书社 2005 年版。

［美］Martin Kern, "Shijing Songs as Performance Texts: A Case Study of 'Chu ci' (Thorny Caltrop)" *Early China*, Vol. 20, 2000。

五 数据库

北京爱如生数字化研究技术研究中心：中国基本古籍库。

华东师范大学中国文字研究与应用中心：金文资料库，广西教育出版社 2003 年版。

台湾"中央研究院"历史语言研究所金文工作室：殷周金文暨青铜器数据库，网址 http://www.ihp.sinica.edu.tw/~bronze。

中华书局：中华经典古籍库，网址 http://www.gujilianhe.com。

后　　记

　　此书是在我的浙江大学博士学位论文的基础上修改完善而成，可以说是我一段时间内"历史癖和考据癖"的产物。读博期间，不知不觉着迷于古典式历史考据学。感觉从事考据，像个侦探一般，将破碎的证据理出线索，进行推理与想象，探索最可能成立的"真相"。我觉得，目前有些对《诗经》文本的解读，把诗读破了，语境破了，文本的完整意义破了。而运用多重证据、立体、整体的"以礼解诗"与文、史、礼制互证的两种方法，能够讲出不少完整的、有意味的《诗经》故事。当然，故事讲得好不好，还请读者朋友们批评指教。

　　本书相关研究得到山东省社会科学规划研究青年项目"《诗经·大武》组乐研究"（20DZWJ05）的资助，出版由山东师范大学中国语言文学山东省高水平学科·优势特色学科建设经费全额支持。感谢以上项目、经费的帮助，使我的处女作能够顺利问世，不至于计较日益上涨的出版费用。

　　我先后从游于苏州大学王耘先生、浙江大学张节末先生、山东师范大学周均平先生，感谢三位恩师对我学业与人生的指导。没有恩师的提携，难有今天的一切。

　　感谢山东师范大学文学院文艺学教研室各位同人。何其幸运扎根于此，这是个温暖的集体，我感动于此间浓浓的人情味。时常记起八十八岁的李衍柱先生于我结婚之前，宴请我们一对新人，结婚当日又不忘送上热忱的祝福短信。

　　感谢妻子高菲，你的温柔与爱护是我进步的不竭动力。感谢父母、岳父、岳母，你们默默地为我们奉献了全部，我们回报的太少！

感谢本书编辑王小溪博士,她对本书做了极为认真细致的编校,小到标点、格式,大到引文注释、行文表述,不放过任何一处可能存在问题的地方。这使我认识到编辑行业的辛苦,让我对他们肃然起敬。

"千里之行,始于足下。"最后,用这句名言鞭策自己,多些勤奋,少些散淡,踏踏实实地走好学术之路吧!

张　硕

2021 年 6 月 27 日于济南